主编 李骞

云上文丛 02

抗战时期昆明的
文化空间与文学表达

王 佳 著

中国社会科学出版社

图书在版编目（CIP）数据

抗战时期昆明的文化空间与文学表达/王佳著．—北京：中国社会科学出版社，2017.10
ISBN 978-7-5203-1273-8

Ⅰ.①抗⋯ Ⅱ.①王⋯ Ⅲ.①地方文学史—抗战文艺研究—昆明 Ⅳ.①I209.974.1

中国版本图书馆 CIP 数据核字（2017）第 261933 号

出 版 人	赵剑英
责任编辑	慈明亮
责任校对	赵雪娇
责任印制	戴 宽

出　　版	中国社会科学出版社
社　　址	北京鼓楼西大街甲 158 号
邮　　编	100720
网　　址	http://www.csspw.cn
发 行 部	010-84083685
门 市 部	010-84029450
经　　销	新华书店及其他书店
印　　刷	北京明恒达印务有限公司
装　　订	廊坊市广阳区广增装订厂
版　　次	2017 年 10 月第 1 版
印　　次	2017 年 10 月第 1 次印刷
开　　本	710×1000　1/16
印　　张	15.75
插　　页	2
字　　数	229 千字
定　　价	76.00 元

凡购买中国社会科学出版社图书，如有质量问题请与本社营销中心联系调换
电话：010-84083683
版权所有　侵权必究

序

王佳90年代后期上大学时，我给他们上现代文学史课。她在课堂讨论、作业论文里，都透着聪明。后来她保研跟我念硕士，对诗歌、小说的理解也很不错。在应试教育模式下，考入中文系的学生，并非全适合弄文学；文学感觉和语言表达都好的，也不十分常见，而王佳恰是有天赋的那类。可惜她不甚用功，读书随性，享受自由。硕士毕业后，从北京到上海，又从上海回昆明，日子过得悠悠达达。忽有一天想起考博士，却离开"学术"好些年了。生孩子，本该安排在无所事事的那些年，她却凑到读博时一齐办。因此，她博士论文做得比一般人辛苦，也就在情理之中了。

以抗战时期昆明为研究对象，是我为王佳定的题，尽管我自己并不擅长这个领域。研究"文学中的城市"，不同于"城市文学"（如海派文学、京味儿文学等），重心在城市。最近十多年，赵园先生的《北京：城与人》和李欧梵先生的《上海摩登》，以迥然不同的论述风格，将一种新的研究路径展现在我们面前；其后，以城市为对象的文化研究，俨然成为现代文学研究一个新的生长点。陈平原先生率众弟子对北京、天津的研究，他和王德威先生主编的《都市想象与文化记忆》论丛对北京、上海以外更多城市的关注与研究，启人良多。而对昆明的研究，至今阙如。

中国是一个农业国，"乡土中国"的观念与伦理，往往构成都市文化的底色，而昆明无疑又是其中最具乡土色彩的城市之一。尽管这座城市具有悠久的历史，晚清以来其追随"现代"的步伐，也并不亚于中国其他都市，但直至抗战全面爆发，它仍然保持小城寡民的悠然状态，以致当地受五四新文化影响的青年恨铁不成钢。全面抗战打破了昆明的宁静，北方和内地大量教育机构和人口的迁入，滇缅公路、中印公路、"驼峰航线"等国际战略通道的开设，使之在短短几年间，由"天末遐荒"的边陲小城，变为现代中心城市。这种身份的剧变，必定伴随文化的震荡。以往，昆明多作为西南联大及其作家群活动的背景被言说；现代文学中有关昆明的描述，也多出自外地人——无论是作为流浪过客的文艺青年艾芜，还是天之骄子的西南联大学生汪曾祺、鹿桥等。但昆明这座城市，在突然涌入大量人口、变为抗战重镇后，它"自己"的感受是什么，它的文化形态发生了哪些变化，却并不为人所知。王佳所关注的，便是在这骤然到来的命运突转和现代化契机中，昆明这"城与人"的感受、变化和文化创造。

王佳生于兹长于兹，做此论题，具有得天独厚的条件。不过，要把熟悉的城市变成有距离的审美/研究对象，并不容易。何况，昆明与中国其他城市一样，在过去的半个多世纪，屡经沧桑巨变。王佳熟悉的昆明，与她要论述的昆明，其实完全不是一回事。在跟我商议博士论文题目时，她多次表达担忧，而最终拗不过我的坚持。我知道，她对昆明之"不了解"，不但源于其沧海桑田，也源于那些变动之间缺乏自然的逻辑。为此，只好依靠史料，由历史材料，帮助建立起对历史的感觉。做博士论文的这几年，王佳几乎换了一个人。她一头扎进旧报刊中；查找和阅读报刊文献，差不多占据了她博士学习的大部分时间。最初两年，她经常为阅读后的茫无措感到苦恼。所幸她以顽强的毅力坚持了下来。当终于从历史碎片中拼合出"现场"，并最终触摸到历史的脉动时，她对于这篇论文的写作，才有了信心。由于材料功夫相对做得较足，她以翔实史料还原出的历史细节，生动可感，结论也大多比较可靠。如果说"城市是都市生活加之于文学形式和文学形式加之于都市生活的持续不断的双重建构"[①]，王佳的论文，就是力图厘清和呈现在抗战这一动态时刻，昆明城这种双重建构的过程和细节。涂尔干认为，每一种城市都创造一种心

---

① [美]理查德·利罕：《文学中的城市：知识和文化的历史》，吴子枫译，上海人民出版社2009年版，第3页。

灵状态，每一种文化都有自己确定的准则以调节人们的行为，而那些准则会内化为人们的个性的一部分。[①] 王佳的论文，不但生动呈现了昆明在文化心理上从"边缘"到"中心"的过程，而且通过大量文学文本，揭示了昆明如何在"被迫"成为国际性都市时，仍然以其质朴宽厚的文化创造了40年代昆明人（包括新移民）的"性情"。这个研究，填补了现代文学中都市文化研究的一个重要空白。由于绝大多数材料都来自第一手，相信该论著也将为今后的相关研究，提供材料和线索。她对一些作家作品原始版本的发现，也很珍贵。

当然，王佳目前的研究，尚有一些遗憾和缺陷。她对历史的还原与建构，完全依赖报刊史料，难免有时见木不见林。方志阅读和晚清民初历史把握得不足，使抗战时期的展开缺少从容的参照。还有，论及"本地"，语言是一个不可忽略的面向。当然，这些都需要足够的时间去深入细致思考与论述。历史研究，倘缺乏历史哲学的支撑和对历史的整体把握，便很难从碎片化的材料中建构起完整的历史形象。所幸研究就是学习，是一辈子的事，我愿与王佳共勉。

昆明作为一个"文学中的城市"，王佳的研究是一个较为扎实的开端。我愿意认为，它也是王佳今后学术研究的新起点，书中的不足、未及详论并值得发掘的有趣问题，都是可以大做文章的。期待王佳继续努力。

杨联芬

2017年9月12日于北京

[①] ［美］理查德·利罕：《文学中的城市：知识和文化的历史》，吴子枫译，上海人民出版社2009年版，第8页。

目　录

导论 …………………………………………………………………（1）
　一　抗战时期的昆明：文学研究的意义与方法 …………………（1）
　二　视野与角度：相关研究综述 …………………………………（6）
　三　城与人：研究思路与章节设计 ………………………………（11）

第一章　抗战前的昆明：趋向"现代"的城市文化空间 ……………（15）
　第一节　城市空间的演变：从"华族化"到"现代化" ……………（15）
　第二节　心态与表达：追慕"现代"与"自我"成长 ………………（27）
　第三节　从"旧"趋"新"的城市文化空间：自我想象与
　　　　　外来触碰 ………………………………………………（42）

第二章　相聚与融汇："外来"与"本地"共建"文化城"
　　　　（1937.7—1940）……………………………………………（54）
　第一节　从"圈外"到"生活组织战"：昆明文化秩序的
　　　　　"内地化" ………………………………………………（54）
　第二节　"新移民"昆明体验的建立：城市的"中心"与"边缘" …（70）
　第三节　抗拒"摩登"与《昆明杂记》风波：面对"外来"的
　　　　　复杂心态 ………………………………………………（86）
　第四节　"文化城"的共建："剧运"的现代洗礼与刊物的
　　　　　本土建设 ………………………………………………（97）

第三章　空袭与疏散:战争中文化空间的开拓(1940—1943) ……… (119)
　第一节　空袭中的昆明城:文化氛围的转变与战争
　　　　　心态的表达 …………………………………………… (119)
　第二节　"不同的河水":疏散中的"本地"与"外来" ………… (139)
　第三节　沈从文的呈贡:心灵栖息地与现实观测点 ………… (156)

第四章　顺应与反思:商业城中的现代表达(1943—1945) ……… (178)
　第一节　"软性"文学与小报短刊繁盛:"商城"的现代图景 …… (178)
　第二节　都市畸变体验:西南联大诗歌的现代性生成 ………… (198)
　第三节　抗战胜利前后的昆明:"内地化"语境中的
　　　　　现实与展望 ………………………………………… (212)

结语 …………………………………………………………… (227)
参考文献 ……………………………………………………… (232)
后记 …………………………………………………………… (241)

导 论

一 抗战时期的昆明：文学研究的意义与方法

或许由于当代中国对城市化的强烈渴望，以及城市本身与"现代性"的密切联系，城市研究从20世纪90年代以来成为一个研究热点，21世纪之后还有愈演愈热之势。在这一研究热潮中，"文学"以更富感性色彩的想象与追忆角度加入其中，在文化积淀浓厚的北京、"摩登"都市上海等中心城市取得丰硕的研究成果，对香港、西安、重庆、天津甚至开封等城市也进行了各具特色的呈现①。这些城市于"文学中的城市"研究序列中获得了它们的身份归属，而在这一研究序列中，昆明却似乎成了一个"失语"的存在。

"失语"的原因显而易见：作为地理与历史双重意义上的"边城"，昆明"到了明时才真正的开化，或者说真正的华化"②，抗战末期借助外来力量移植才勉强达成"内地化"，"即由独立隔离状态转变为与内地完

---

① 这些研究中以对北京、上海的研究为最多，如杨早《明末民初北京舆论环境与新文化的登场》（专著）、颜浩《北京的舆论环境与文人团体：1920—1928》（专著）、季剑青《北平的大学教育与文学产生：1928—1937》（专著）、葛飞《戏剧、革命与都市旋涡——1930年代左翼剧运、剧人在上海》（专著）、［美］傅葆石《灰色上海，1937—1945：中国文人的隐退、反抗与合作》（专著）、张英进《民国时期的上海电影与城市文化》（专著）、杜英《重构文艺机制与文艺范式（上海1949—1956）》等。其余几个城市的研究则有郝明工《陪都重庆文化与文学考论》（专著）、《香港：都市想象与文化记忆》（论文集）、《开封：都市想象与文化记忆》（论文集）、《西安：都市想象与文化记忆》（论文集）、黄育聪《文人群体与现代天津的文化空间》（博士学位论文，北京大学，2013年）等。

② 楚图南：《云南文化的新阶段与对人的尊重和学术的宽容》，《新动向》1938年6月创刊号。

全一致而成为中国不可分的一部之局面"①，至今在"现代化"发展大潮中，虽因省会地位忝列"二线"，但实际在经济地位、城市建设、文化发展等诸多方面仍与沿海、中原等地区的发达城市有不小差距。与不够"发达"的城市面貌相伴随的是历史发展过程中始终不够出色的文化呈现，虽偶有个人或作品或文学现象的出彩处，却也似乎不够支撑起一个相对完整时间段内的城市魅力。作为文学研究的主体，昆明缺乏足够的亮点。

让昆明这座城市出现在现代文学的研究视野中，要感谢的是抗战时期②的西南联大。因为西南联大毋庸置疑的研究价值，使作为其地理坐标的昆明亮相于文学史，并因为其"背景"意义在已取得丰硕成果的联大文学研究中"蹭"到一点儿关注。例如作为"大学文化"视野中西南联大研究"开山之作"的姚丹《西南联大历史情境中的文学活动》一书，在述及联大的到来时，就作为背景提到"龙云治下的云南"，介绍"云南王"龙云在20世纪30年代统治云南时所作的一系列改革，由此等到抗战时期联大入滇，"云南人民又义无反顾地跟随龙主席抗战建国，办理积谷，兴修公路，敞开胸怀迎接南渡西迁到滇的各路人马"③。还有在史料搜集方面下了"涸泽而渔"功夫的易社强（John Israel）《战争与革命中的西南联大》一书，在勾勒联大与外界诸因素的"交互影响"时，也注意到迎接联大进入的昆明。在易社强看来，1938年的昆明城外观上"是一个沉睡的、偏僻的东方城镇，且带有些许法国风情"④，本质上则农业气味浓厚，仅有"一丁点现代气息"⑤，面对更为"先进"的外来者还带有某种"自卑情结"⑥，联大师生置身其中，犹如"乡下人当中的世界主义者"⑦。

---

① 陈友松：《云南教育感言》，《云南日报》1944年8月14日。
② 本书中的"抗战"都是指全国性抗日战争（1937.7—1945）。
③ 姚丹：《西南联大历史情境中的文学活动》，广西师范大学出版社2000年版，第64—65页。
④ [美]易社强：《战争与革命中的西南联大》，饶佳荣译，（台北）传记文学出版社股份有限公司2010年版，第91页。
⑤ 同上书，第92页。
⑥ 同上书，第96页。
⑦ 同上书，第94页。

可以看出，在以姚丹和易社强为代表的西南联大研究者眼中，抗战时期的昆明价值正在与联大的相互关系中体现，而且这种关系也是在更偏重于联大的角度上结构，联大总是作为关系的主动者，而昆明是被动者。这种关系的牢固缔结以及其根深蒂固的接受使抗战时期的昆明得以出现在现代文学研究的视野，却也掩盖了它成为具备独立研究价值主体的可能。那么，如果跳出昆明作为联大"背景"的固有思路，跳出两者关系主动与被动的习惯性划分，抗战时期的昆明，是否有成为独立研究对象，进而走入"文学中的城市"研究序列的可能？

近年来，在抗日战争史的研究中，很多学者开始提倡从"现代化"的角度来探讨问题，抗战已经从传统意义上的防御性战争经由"防御性现代化"[①] 概念的引入，成为"中国现代民族国家建构中的重要一环"[②]。把战争中国"应对现代侵略战争的这种组织力日渐形成的过程"视为其"现代民族国家"的渐进过程甚至"枢纽"[③]，成为一种新的学界共识。在这一现代民族国家抗战时期的建构中，中国由于其内部存在着的广泛区域与地方差异，各区域之间的现代进程与具体脉络又各不相同，"'现代中国'——学生、平民和城市精英——从中国沿海地区向内地的被迫撤退，造成促进'心理统一'的强大压力，并加强了过去联系微弱的中国社会各阶层之间的认同感"[④]，抗战背景下"现代"从发展程度较为先进的中原与沿海地区的中心城市进入较为落后的内陆腹地，不仅加强了中国社会各区域阶层之间的联系与"认同"，也在客观上加快了广大内陆地区的现代发展步伐。

作为抗战中的"后方"，西南地区在战争中经历社会变迁的历程中，

---

① 费正清在探讨晚清外国侵华对中国现代化启动的刺激时提出了"防御性现代化"的概念，近年来的历史研究中，一些学者将这个概念引入，探讨中国在抵抗日本侵略的同时如何通过"防御性现代化"达致战时状态的发展，并实现国族认同与国家重建，参见袁成毅等《笔谈抗日战争与近代中国社会变迁》，《抗日战争研究》2008 年第 2 期。

② 马勇：《中国现代民族国家建构中的重要一环——从抗战期间中国学界深层思索说起》，《北京日报》2015 年 7 月 13 日第 19 版。

③ 杨奎松：《抗日战争：使中国走向现代民族国家》，《文汇报》2015 年 8 月 28 日第 T02 版。

④ [美] 吉尔伯特·罗兹曼主编：《中国的现代化》，国家社会科学基金"比较现代化"课题组译，江苏人民出版社 2003 年版，第 212 页。

也存在着指向"现代化"发展的"突发性""跳跃性"跃进①。在这一历程中，以往被中原地区视为"天末遐荒"的云南经历了"从边疆到门户"②的巨大变化，其省会昆明在云南诸城中更得风气之先，可以说其发展脉络正是抗战历程中云南巨变的缩影与"放大"：战前的"偏远山国"到战争中期已"俨然一大都市矣"，到战争末期更因中印公路、驼峰航线等国际战略通道的会集而为世界瞩目，成为国际知名的现代都市，"街心里流动着各种装饰的男人女人。华贵的狐腿子尖大衣，光润的卷发，木炭画成的眉毛，草绿色空军式眼镜，短裙，裸露的大腿，搂在盟国空军臂弯里，搂在发财者的臂弯里的，进出那些咖啡馆，小吃馆，电影院"③，这种时髦都市的风貌原本属于"和世界最先进的都市同步"④的摩登上海，经过短短几年却在战争初期街上连吆喝"卖报之声"都没有⑤的边疆农业小城出现，这种极具跳跃性的巨变使得抗战时期的昆明在"现代"光影的烛照下开始拥有了属于自己的城市魅力：它首先来自"变"，来自巨变之下隐藏的能量叠加和丰富呈现。

如果说，战争语境赋予昆明的现代巨变已给这座城市"着魅"，那么在笔者看来，这种魅力中还拥有更多值得探寻的层次。首先，对于抗战时期的昆明，这种现代巨变是完全来自外来移植，还是自身发展衍进的产物？如果这一结果是两者"合力"的结晶（在很大概率上应该如此），那么两者之间的"关系"又是如何缔结和呈现？这个"关系"的构成与体现使笔者深感兴趣，并成为笔者所认为的抗战时期昆明城市魅力的重要组成部分。

在笔者看来，聚焦于抗战时期的昆明城，如果把我们已知的现代巨变的达成视为最终结果，那么从结果倒溯至起初的"相遇"，"外来"

---

① 潘洵主编：《抗战时期西南后方社会变迁研究》，重庆出版社2011年版，第76—78页。
② 参见丁小珊《边疆到门户：抗战时期云南城市发展研究》，科学出版社2014年版。
③ 静春：《晓东街之夜（速写）》，《文哨》1945年第1卷第1期。
④ ［美］李欧梵：《上海摩登：一种新都市文化在中国1930—1945》，毛尖译，上海三联书店2008年版，第7页。
⑤ 战争初期内地旅行者来到昆明，惊异地发现这里"街头巷尾，既绝不闻呼叫卖报之声"，见李启恩《昆明风光》，《旅行杂志》1938年第12卷第1期。

（可以西南联大为代表）与"本地"两个"角色"如何在特定的历史境遇中走近对方，如何因原生背景的巨大差异而误解、争执，经由怎样的沟通和融合（假定良好结果的达成都应该通过"融合"这一途径）后，又怎样在共同创造的新环境中得到彼此不同又相互联系的继续发展，并最终合力在抗战八年的时间段中极大地改变了昆明城——这一系列图景的探寻与勾勒正赋予了抗战时期的昆明迥异于其他城市的独特魅力。在这一系列图景中既可以更深刻地看到城市，包括其物质面貌的现代变迁、城市文化氛围的相应流变，还可以更细致地看到城中的"人"，包括面对外来"现代"冲击时如何焦虑于自我塑造（self-fashioning）的本地人，以及在"乾坤坍陷到西南"[①]的巨变下艰难寻求自我重新定位（identity）的外来者（如沈从文），而探究心灵与考量人性，从来是文学的擅长。

论述至此，如果你也同意抗战时期的昆明已拥有成为"文学中的城市"的魅力，也具备以文学手段来探究的可能与必要，那么这个研究的题目已成立了一半。在这个题目下，笔者要注意昆明抗战时期的现代跃进，更想要研究这一巨变之中昆明文化氛围的变革及相应的文学表达，还有隐藏于上述这种种现象之下的"人"，包括外来者与本地人，他们在外界巨变刺激之下的自我塑造或者自我定位、心态变化及其在文学上的呈现——这个研究的范围显然已非传统的"城市文学"所能承载，其实也与一般意义上的"文学中的城市"（偏重于研究文学对城市的想象或虚构）有所区别，于是笔者找到"文化空间"这一研究视角。

现代文化研究理论中的城市文化空间，既包含罗伯·克里尔（Rob Krier）所谓物质性的实体空间，又包含贯穿于其中的"人类主体精神的内涵"[②]，是城市物质面貌和精神氛围的融合体。近年来这个概念常被引入文学研究，用以容纳超出传统文学范畴之外更为丰富广博的文化因素，从而扩大文学研究的外延并深化其内涵。把抗战时期的昆明置于"文化

[①] 浦薛凤：《浦薛凤回忆录》（中），黄山书社2009年版，第114页。
[②] 鲁品越：《当代文化空间的转型》，见《转型时代文化空间的建构（专题讨论）》，《学术月刊》2012年第11期。

空间"的研究视角之下，不仅可以在一个更为广阔的研究视野中综合考察城市的"物""文""人"等异质因素，又因此概念所原本凸显的空间因素而特别适用于"整合"此时突破空间限制而"相遇"的诸种文化力量，从而有助于我们更深入细致地探究它们之间的联系。

"文化空间"这一文化研究概念的使用，也意味着本书在采用传统"语文学"研究方法的基础上，将引入文化研究的视野与方法，采用跨学科的思路，兼及文学、史学、人类学、地理、建筑、艺术等角度，目的是尽可能阐释抗战时期的昆明——这一"文学中的城市"的最大魅力与价值。而经由这种阐释和研究，或许不仅能够丰富我们对于抗战文学乃至现代文学的认知视野，同时也能以抗战时期的昆明作为一鲜活个例，反思中国文学乃至文化走向"现代"的复杂历程。

二 视野与角度：相关研究综述

传统的"城市文学"研究[①]，作为"区域文学"研究的细化，本身具有一定的研究范式：一般以某个城市为中心，研究作家的城市生活体验，作品的生产和传播，城市文化与文学思潮的关系，等等，研究方法也主要在传统语文学范围。作为这一研究类型的代表作，赵园的《城与人》与李欧梵的《上海摩登：一种新都市文化在中国1930—1945》却实际不局限于此：《城与人》细致探究"城与人的多种形式的精神联系和多种精神联系的形式"[②]，《上海摩登》则以城市空间建筑、印刷文化、电影等元素与作家和文本并列，共同展现上海都市文化的斑斓图景。两部著作不仅突破传统语文学研究方法，研究意义也超越了传统研究范式，都指向文学与城市的现代性问题。与这两部著作"异曲同工"的，是陈平原《触摸历史与进入五四》及其一系列城市研究著作所提倡的"都市文化研究"，倡导兼及历史与文学，关注"都市生活"中"城与人的关系"，使融

---

① 张英进在《中国现代文学与电影中的城市：空间、时间与性别构形》中谈及他的研究理路时说："本书研究的不是'城市文学'本身（那是一种具体的文学），而是'文学中的城市'即文学与电影文本中想象中的城市"，参见张英进《中国现代文学与电影中的城市：空间、时间与性别构形》，秦立彦译，江苏人民出版社2007年版，第2页。

② 赵园：《小引》，《城与人》，北京大学出版社2002年版，第1页。

会历史感与个人色彩的都市，能够成为解读"纷纭复杂的'现代中国'"①的一种维度。

依据视野更为开放和多元，并与中国"现代"进程始终相伴随的"都市文化"研究思路，在诸如理查德·利罕《文学中的城市：知识与文化的历史》，瓦尔特·本雅明《发达资本主义时代的抒情诗人》《巴黎，19世纪的首都》，卡尔·休斯克《世纪末的维也纳》等一系列国外城市文化研究经典著作的启发下，不仅最为热门的上海、北京，还有香港、开封、西安、天津等一些相对冷门的城市近年来都在"文学的城市"研究序列中有了一席之地，有的城市还拥有了从多个角度阐释的一系列成果，这些成果在理论、视角、思路、方法等诸多方面都对笔者的研究有所启发。

在现代文学视野中，昆明因为地域距文化中心的偏远，以及本土创作实绩的不够突出，相关研究一直处于一种比较贫乏的状态，对昆明的研究，也多伴随西南联大题目而来。关于西南联大的研究成果比较丰富，很多成果也从"背景"意义上，加深了我们对抗战时昆明的认识与理解。

如闻黎明的《抗日战争与中国知识分子——西南联合大学的抗战轨迹》，著作注重一手资料的搜集，在很多章节里援引昆明本地报刊的原始资料，如"轰炸灾难"一节，就引用昆明本地大报《云南日报》的系列报道，尽量逼真重现轰炸实况。这种"重现"对于著作本身当然是为了切实勾勒西南联大存生的背景，但对于我们了解战时昆明的全貌也有益处。

还有姚丹的《西南联大历史情境中的文学活动》，该著作本身是"二十世纪中国文学与大学文化"丛书中的一部，注重探索的是"文学的现代化"背景下，现代文学与现代教育间的关系，在这个关系中来研究西南联大的"文学活动"。但为了切实分析这些文学活动所涉及的历史情境，著作也涉及对其时昆明的历史还原，比如"龙云治下的云南"，还有对当时昆明餐馆、茶馆等城市文化构成元素的叙述与比较。但这些叙述

---

① 陈平原：《"现代中国研究"的四重视野——大学·都市·图像·声音》，《汉语言文学研究》2012年第1期。

多为构筑西南联大存生的背景出发,没有深入探讨这些因素于昆明本身的意义。比如论著叙及龙云20世纪30年代对于云南教育的一系列改革,如推举熊庆来为云南大学校长、聘请各类专家来云南任教等,这些现象如能与云南大学1938年申请"国立"的举措合并理解,本就是昆明教育文化欲融入全国、从而走上"现代"之轨的努力之体现,但作者只是把其作为"云南政府和云南人民满怀期待""敞开胸怀迎接南渡西迁到滇的各路人马"[①]的背景形成因素。角度的选取当然因为著作题目决定,但也为我们留下了可以再供阐释的角度。

另一部值得注意的著作是易社强的《战争与革命中的西南联大》。这本可能是目前关于西南联大"校史"研究最好的著作,作者确实在史料搜集方面下了很大的功夫,同时也敏锐地感受到西南联大与所在地昆明的某些交互影响,如对"联大与龙云"相互关系的勾勒与分析。但在具体勾勒这种影响时,作者更多注意到的是两者的文化冲突,更多分析昆明作为"只有一丁点儿现代气息"、拥有"自卑情结"的"乡下人",对外来者(如西南联大)虽不至于"摩擦"却始终"格格不入"的尴尬情状,二者的互动也多半由联大(作为"先进者")主动造就,如冯友兰题为《云南人与外地人》的演讲、联大学生走出校园,通过"到学校当老师,做家教,也做白领"来"与当地百姓打交道"[②]等。那么,昆明城在外来"先进"文化强势进入的8年间,除了在空间上几近变为"外省人的世界",它自身的文化现代性进程有没有受到影响或者改变?同时作为文化影响力更为弱势的"落后"昆明,对代表强势文化的外来者又是否存在反向刺激?这些问题的进一步思考,也为我们聚焦联大背后的抗战昆明,提供了更为广阔的研究思路。

对于抗战时的昆明,除了大量史料型的研究(也多与联大或其时南迁的文化人有关),研究视野中的昆明,多作为承载在此居住或游历的

---

① 姚丹:《西南联大历史情境中的文学活动》,广西师范大学出版社2000年版,第63—64页。
② [美]易社强:《战争与革命中的西南联大》,饶佳荣译,(台北)传记文学出版社股份有限公司2010年版,第104页。

南迁文人的文化背景存在，如张新颖的《精神迷失的踪迹和文学理解的庄严——从〈黑魇〉看昆明时期的沈从文》，凌宇、张森的《论沈从文昆明时期的文学创作》，于昊燕的《老舍在昆明、大理的经历与创作》等论文，研究的最终目的还是归结于作家研究本身，或探索其"文学新质"，或完善其"创作链条"。

还有一些研究涉及"文学中的城市"，探索呈现于创作文本中的抗战昆明，如明飞龙《抗战时期"文学昆明"研究》（博士学位论文，南京大学，2013年）及其《抗战时期沈从文、冯至的文学创作与"风景昆明"》《作为"北平"的昆明——抗战时期外省作家笔下的昆明形象考察》等系列论文，关注南迁文人对昆明形象的想象与表达，很多感受细腻而有新意，如针对抗战中来到昆明的很多外来者都有"昆明像北平"的感受，作者通过细致的文本阅读和理论分析，认为这一"想象"在情感"移情"因素外，主要源于昆明城市建筑及生活情调与北平的相似之处，给笔者的研究以启发。

还有如张永刚、朱奇琼的论文《文学记忆中的城市文化审思——以20世纪三四十年代文学中的昆明为例》，书写昆明在联大和其他南迁者创作中的文学表现，而这些对昆明的"想象、抒写、塑造着昆明，使昆明形成独特的审美形象"，也丰富着昆明的"文化积累"，这篇文章还提及了研究"文学中的昆明"的一个现实意义："为昆明城市文化建设提供了历史资源和现实启示"。此类研究还有张多的论文《西南联大文学作品中的昆明书写——昆明的城市空间对40年代内迁文人创作的影响》，该论文认为正是在昆明为联大等提供的"校园创作空间"中，内迁文人们又共同用文字书写着他们心目中的昆明，贯穿其中的是内迁文人们从"蛰居"到"栖居"的心态变化，而由此产生的西南联大文学，其独特之处正在于"创作主体对空间的暂时依赖意识"。值得注意的还有高兴的论文《文人与边城——抗战时期的昆明城市形象及其文化内涵》，该论文切实指出"以民国时期的边城昆明为考察对象"，目的虽还是"探究中国近现代文人书写的昆明历史形象，并解读其文化内涵"，但也涉及了民国昆明在现代文化史上的"边缘价值与抗战机缘"，认为正因为昆明的这种边缘地位，外来文化元素的"强行注入"才既"推动了昆明社会的现代转型、促进了边城文化的繁荣进步，又在一定程度上造成了边城文化发展的内质失衡与多元混杂"。可惜昆明社会是如何被"推动"而"转型"？"转型"后的"边城文化"又是怎么"多元混杂"而"内质失衡"？作者没有来得及详细论述的这些观点，也为我们其后的研究留下了探索空间。

此外值得关注的，还有一些虽不是直接针对"文学"，却从别的学科角度给予我们启示的研究成果。如李艳林的《重构与变迁——近代云南城市发展研究（1856—1945年）》（博士学位论文，厦门大学，2008年）。论文认为"云南城市发展内生动力不足"，故"外部推力对云南影响较大"，而这外部推力主要通过"交通"来实现，抗战时期的内迁导致人口、工厂、教育机构等迁入云南各大城市，"给云南城市发展带来了新的契机，云南城市出现了短暂繁荣"。这个"外部推力"影响云南现代化进程的观点与笔者不谋而合，而具体到抗战时期，这个"外部推力"怎样从以往的单纯靠交通输入变为强势文化群体的"直接进入"，这个问题的推进，也为我们接下来的研究提供了探讨空间。另外，聚焦抗战时期昆明的现代化进程，李林瑞的《民国时期昆明地区电影放映事业发展研究》（硕士学位论文，云南师范大学，2008年），分析现代都市的一个重要因素——电影产业民国时期在昆明地区的发展历程，为我们深入了解抗战时昆明的现代形象，提供了不同角度的观照和更为具体的历史细节。值得关注的还有丁小珊在博士论文研究基础上出版的专著《边疆到门户：抗战时期云南城市发展研究》（科学出版社2014年版），勾勒了抗战时期云南诸城市的现代化变迁轨迹，其中有对省会昆明发展变迁的专章研究，虽然这个发展更多是物质层面的勾勒，但其史料搜集也为我们其后的研究提供了一些数据支持。

关于抗战时期昆明的研究，还需注意云南或者昆明本土学者对此课题的研究，毕竟情感因素在研究中有着不可替代性，如谢本书、李江主编的《昆明城市史》，李光荣的专著《季节燃起的花朵——西南联大文学社团研究》《西南联大文学作品选》《民国文学观念：西南联大文学例论》，杨立德的专著《西南联大的斯芬克斯之谜》，杨绍军的系列论文

《西南联大的人文学科刊物及其历史贡献》《西南联大的新文学研究及其学术史意义》等，熊朝隽的系列论文《五四时期昆明的文艺活动》《二、三十年代的昆明文艺》《抗日战争时期昆明的文艺运动》等，多以翔实细致的史料丰富着我们对于抗战前后昆明的了解。其中蒙树宏的专著《云南抗战时期文学史》虽出版时间较早（1998），却仍值得关注。著作以诗歌、小说、散文、话剧等文体分类结构章节，"外来"与本地作家同时容纳其中，意图勾勒抗战时期云南文化发展的全貌。相较于冯至、沈从文等较为知名的联大作家，著作尤其注意对云南本地作家的钩沉和挖掘，使白平阶、李寒谷、周辂等不太为外人注意的本地作家与外来知名作家一起并驾齐驱地出现在抗战时期云南文学的版图中，呈现出一种平等兼容的气度和学术眼光。著作最后的附录《云南现代文学大事记初编》，编录从1937年7月7日至1945年8月11日的云南文坛大事，细致详备，是研究云南抗战文学不可不看的珍贵资料。蒙树宏先生致力于对抗战时期云南文坛的史料搜集和整理，先后发表的《郭沫若、沈从文佚简六封》《云南抗战文学园圃漫步散记》《读马子华札记三题》等史料性文章都为此后云南/昆明抗战文学的研究打下了坚实地基。

值得注意的还有云南师范大学的余斌教授。余教授20世纪30年代中期生在昆明城，他本人喜爱京剧和昆曲，后又从事文教工作，对昆明城的地理掌故与文化景观都特别熟悉。这份谙熟与兴趣本身就是无可取代的研究资源。凭着这种如道家珍的熟悉，他的《西南联大·昆明记忆》三本小册子及一些与联大有关的研究论文中涉及不少有意思的问题，可惜问题发现大都"浅尝辄止"，多停留在对史料细节的赏玩阶段。但无论如何，这种"老昆明"的研究视角，为我们继续研究抗战时的昆明，留下了许多具体细致又包含情感因素的现场资料，而只有在不断对丰富"现场"进行挖掘、还原再进而深化反思的过程中，我们的研究才有可能进一步展开。

三 城与人：研究思路与章节设计

本书聚焦抗战时期的昆明，跳出以往类似研究中将昆明仅仅视为西南联大"背景"的研究模式,扩大研究视野,勾勒由外来者、本地人、昆明城及三者之间"关系"所共同构建的独特文化空间,以此空间在战争期间所经历的现代转型为线索,关注其中由文学表达所传递的文人心态与文化氛围,并力图以此空间为一鲜活个例,不仅丰富我们对于抗战文学乃至现代文学的认知视野,同时也能以此反思中国文学乃至文化走向"现代"的复杂历程。全书共分为四章,大致以时间为线索勾勒抗战前后昆明文化空间的演变,在此基础上探索昆明城市文化氛围的变革及其相应的文学表达。

第一章,聚焦抗战之前昆明文化空间的变革。首先梳理昆明城有史记载以来直至民国时期的演变历程。关于这一历程,抗战前的昆明知识界已经敏锐地注意到本地文化有从"土著文化"到"华族文化"再到"现代化"的发展脉络。在他们看来,昆明历史上的"华族化"完成已晚,民国以来的"现代化"发展和沿海中原地区相比更为落后,因而他们心态焦灼,以"交通"为着眼点探索昆明现实发展途径,并通过《云南日报》及其副刊《南风》来谋求昆明文化的"现代"。面对这由外而来、与己身差距较大的"现代",昆明文化界心态复杂,既倾慕渴求,甚至不惜以此掩盖本土体验,又敏感抗拒,害怕在外界现代的侵袭下失去"自我",这种复杂心态在围绕《绅士之家》与"云南话的舞台语"的两场争论中得到集中体现。同时,为了对战前昆明面貌有更为具体的展现,也为战后"外来"进入做一更细致的背景铺垫,此章最后一节聚焦战前昆明,以本城、州县(昆明以外云南以内)、云南以外观察者的三重视角"想象"昆明城,多角度展现昆明此时的文化面貌,并揭示其传统与现代的混杂、物质与精神以及区域发展的不平衡,力求从文学想象的角度在现代发展的坐标系上"定位"战前昆明。

从第二章到第四章,本书梳理了抗战历程中昆明文化空间演变的三个阶段。这三个阶段的划分依据,来源于笔者按时间顺序逐日阅读抗战期间以《云南日报》、云南《民国日报》为代表的本地刊物的阅读感受,因此与以往历史研究视角下的划分方式有所区别,具体处理如下。

第二章,书写抗战初期(1937年7月—1940年),战争与"外来"

双重刺激下昆明文化的现代演进，以及与此同生的、充满蓬勃生机的"文化城"面貌。这章的关注重点是"相遇"：通过以诗歌和剧本创作为代表的文学想象，昆明与遥远的战争"同感"联结，又通过以战争为中心的救亡宣传，最终达成文化氛围与秩序的"内地化"；同时，以西南联大"新移民"为代表的外来者又通过对昆明都市感的发现、异域特色的挖掘，还有"边缘"和"中心"的不同居住体验建立与这座城市的情感联系。本地人与外来者在体验中相互"走近"，走近的过程却伴随着矛盾和波折：对于昆明，迎接外来者的心态兴奋中始终伴随疑惧，甚至不惜"妖魔"化外来"摩登"，这种疑惧心态在李长之《昆明杂记》事件中升级，"排外"表象下是全新历史语境中小城自我定位的艰难，以及由此而生不免"异化"的自我塑造。亲身接受过中原"现代"熏陶的云南文化人成为两者矛盾的沟通者，本地日渐生成的文化"自省"和开放心态也促进这种矛盾的缓解。在两者渐趋良好的沟通与友善积极的合作下，1940年前后的昆明成为新兴"文化城"，蓬勃发展的话剧运动（以下简称"剧运"）与本地刊物的"井喷"式兴起正是这种文化城面貌的具体诠释。

第三章，从1940年到1943年，昆明城文化氛围发生巨大变化。这一变化的原因，以往昆明抗战史研究[①]归结为1941年皖南事变，认为是这一事变的政治影响使小城文化氛围从战争初期的"希望"走向其后的"坚忍"[②]。但是从笔者阅读本地报刊的感受来看，这一变化最直接也是最大的原因却是"空袭"。依据这一阅读感受，本书把空袭最为频繁的1940—1943年划分为抗战时期昆明文化氛围转变的第二个阶段：空袭造成的最直接影响是普遍的"疏散"，随着本地文化人（以学校教师和学生为主）基本疏散到周围乡村，昆明文化力量"人去城空"，这使得战争初期以本地文化人为主要建设力量的"文化城"面貌不复存在，昆明文化

[①] 作为本地抗战文学代表性专著的蒙树宏《云南抗战时期文学史》，还有对西南联大历史研究集大成者的易社强《战争与革命中的西南联大》都采用了这一划分方式，常见的昆明抗战史资料也一般采用这种划分方式。

[②] ［美］易社强：《战争与革命中的西南联大》，饶佳荣译，（台北）传记文学出版社股份有限公司2010年版，第333页。

舆论中心也从抗战初期的"本地"逐渐分散到"外来"手中。空袭还造成物资匮乏，加速由此引发的通货膨胀，从此通货膨胀成为始终妨害抗战时期昆明建设的巨大阻碍。空袭也使昆明真正走入战争语境，表达不同战争心态的同时，本地人与外来者也通过地点各异、方式不同的疏散与昆明乡村郊野建立新的联系。对于沈从文，居住6年多的疏散地呈贡则不仅成为他湘西之后的心灵栖息地、观测与对抗复杂现实的心理基点，还在客观上促成他与城内政治氛围的"疏离"。

第四章，聚焦抗战末期（1943—1945年）的昆明。空袭的结束、盟军的进驻、国际战略通道的交会使昆明成为现代光影笼罩下的"商城"。商业氛围与都市语境结合，促成"软性"文学的发展与小报短刊的繁盛。注视抗战昆明的现代演变，相较本地诗人偏于简单化的二元对立式批判，西南联大诗人却在都市畸变的体验基础上铸成其诗歌的现代品格。抗战结束之后的昆明，主体性的日渐增强使它在着意加强自身文化建设的同时，对城市日后的发展充满希望，私立五华学院正是昆明这种自我意识确立与发展的产物。同时，"内地化"语境既使昆明与内地"一致"，却也使得小城在这特殊时期的"一致"中饱受困扰。同样困扰昆明的还有"外来"撤去后城市发展的乏力与难以为继。战争之后的昆明如何在"现代"之轨上继续自己的发展？这个问题也许直至今天仍有意义。

第一章　抗战前的昆明:趋向"现代"的城市文化空间

第一节　城市空间的演变:从"华族化"到"现代化"

要更全面也更准确地认识抗战之时的昆明,我们首先需要调整目光,注视"昆明"及"昆明城"的起源之时。

"昆明"一词,最早并不是城市名称,也并非地名,而是古代西南一个少数民族的族称。直到唐代,"昆明"才作为地名出现,即《元和郡县图志》所记载之"武德二年,于镇置昆明县,盖南接昆明之地,因此为名"。但此时所说之昆明县,并非今天之云南省昆明市,而是四川定筰镇(今盐源县境),唐代之所以把定筰镇命名为昆明县,从上述记载来看,原因正是该镇在地理位置上接近"昆明"——此时之昆明族。汉唐以前,昆明族大部分定居于云南西部地区,直到唐代,南诏、大理国时期,由于乌蛮、白蛮兴起,原先昆明族居住的地方为乌蛮、白蛮占有,昆明族遂东迁滇中,聚居于滇池周围。宋宝祐二年(1254),元灭大理,在鄯阐设昆明千户所,"昆明"才在大致相当于今天云南省昆明市的位置作为地理名词出现,这一称呼遂延续至今。

而"昆明"作为城市,其起源、发展与演变的过程,则自古以来就与"外来"——中原政治势力的控制与文化力量的影响渗透关系密切。昆明建城历史,可稽考察的最早记录苴兰城,便是战国末期楚国将军庄蹻所建。战国末期楚王为控制滇池地区,派庄蹻率兵入滇,而庄蹻在战争凯旋归楚的途中,恰巧遇到秦国军队在此作战而导致归途被阻,庄蹻只得返回滇池区域,从此在这里称王并建立滇国,并在此处修建了苴兰城。滇国居民虽以本地"叟"族为主,"庄蹻开滇"却为它带来了楚国和中原内地的先进文化。到了汉代,由于汉朝实行屯田实边政策,大量汉族移民由此来到昆明地区,与当地土著居民共同开发生产。此时的汉族移民由于掌握较为先进的生产技术,逐渐殷富起来,不少人成为当地有权有势的"大姓"。

唐时南诏国统一云南,在此地区建立"拓东城",成为南诏之"别都""东京"(其都城太和城为西京)。拓东城大致位置在今昆明市区南部,地跨盘龙江两岸,北迄今长春路,南至今金碧路一带,周长约三公里,是一个狭长形的土城,城内有王宫、官署、馆驿、寺庙等,其中两座富有唐代风格的十三级密檐式砖塔东、西寺塔几经修缮至今犹存。拓东城兴建后,大量移民填充至滇池地区,滇池地区的政治、经济、文化中心也由滇池东岸一带向滇池北岸平缓开阔、具有发展潜力的盘龙江三角洲转移,拓东城由此开昆明城市发展之先河。

后晋天福二年段思平建大理国,在昆明地区建立鄯阐府,以其为大理国的"东京",此后大理段氏家族不断经营东京,广营宫室于其中,至宋时,原拓东城四面的滇池水滨已经发展为城的附属部分。宋宣和年间滇东三十七部起事,攻克鄯阐,原拓东城受到严重毁坏,几乎成为废城。在鄯阐任职的高氏家族重新修筑土城,称为新城,沿称鄯阐城。新筑的鄯阐城面积大于拓东城,越过盘龙江向西发展,东临盘龙江,南靠玉带河,西界鸡鸣桥,北至五华山,城区约在盘龙江西岸,今文庙、长春路、东寺街一带。鄯阐城既是鄯阐府政治中心,又是大理国物资集散地,大理国官方及民间商品,都经由鄯阐城运往邕州横山(广西田东县),与宋交易。运出的商品有战马、云南刀、赤藤杖、鞍辔、麝香、药材等,从宋输入的商品则有汉文书籍、丝绸锦缎和各种工艺品等。大理与宋频繁的经济文化交往,大大促进了鄯阐城的经济发展与提高了文化水平,鄯阐城逐渐成为工商业有一定发展水平的城市。

元代是昆明城发展的重要时期,昆明正式成为全省政治、经济、文化的中心。1254年元灭大理国后,在昆明设千户所,此为"昆明"在滇

第一章 抗战前的昆明：趋向"现代"的城市文化空间

池地区作为地名首次见诸记载。其后忽必烈命赛典赤为云南行省平章政事来治理云南，把云南正式划为行政区域。赛典赤改昆明两千户为昆明县，改鄯阐万户为中庆路，并在修浚滇池和修筑松华坝后修建中庆城（中庆路治所设于此故得名，也叫押赤城、鸭池或雅岐），从而把云南省的行政中心从大理迁至昆明。中庆城在鄯阐城的基础上，向西北发展到现昆明城区的中部，是一座南北长而东西窄的土城，南端为土桥，北端为五华山，东在盘龙江西约100步，西在今福照街至鸡鸣桥一带，其城中心是三市街，即今威远街口的正义路中段至金碧路一带，至此昆明城粗具规模。据《马可波罗行纪》记载，此时的中庆城是一座"壮丽的大城"：

> 城大而名贵，商工甚众。人有数种，有回教徒、偶像教徒及若干聂思脱里派之基督教徒。颇有米麦，然此地小麦不适卫生，不以为食，仅食米，并以之掺合香料酿成一种饮料，味良而色明。所用货币则以海中所出之白贝而用作狗项圈者为之。八十贝值银一两，等若物搦齐亚城钱（gros）二枚，或二十四里物（livres）。银八两值金一两。
>
> 其地有盐井而取盐于其中，其地之人皆恃此盐为活；国王赖此盐收入甚巨。①

这座壮丽大城也进入云南本地文人视野，元代著名云南文人王升这样描绘中庆城："探华亭之幽趣，登太华之层峰；觅黔南之胜概，指八景之陈踪。碧鸡峭拔而岌嶪，金马逶迤而玲珑；玉案峨峨而耸翠，商山隐隐而攒穹；五华钟造化之秀，三市当闾阎之冲；双塔挺擎天之势，一桥横贯日之虹；千艘蚁聚于云津，万舶蜂屯于城垠；致川陆之百物，富昆明之众民。"② 从这段诗句的描绘中可以看出，元代中庆城的特点：一是自然胜景尤其是山峦密集，华亭、太华、碧鸡、金马、玉案、商山、五

---

① ［意］马可波罗：《马可波罗行纪》，冯承钧译，东方出版社2007年版，第324页。
② 王升：《滇池赋》，昆明市地方志编纂委员会办公室编《文明的步履——昆明历史文化简明读本》，云南人民出版社2013年版，第186页。

华等群山环绕；二是物资集散等经济活动频繁，已俨然有繁荣壮丽的城市风貌。

及至明代，现今我们看到的昆明城开始正式营建。明王朝改中庆路为云南府，在昆明设立云南都指挥司、云南布政司和提刑按察司。1382年明洪武年间，昆明城正式开始修建，这次修建和以往拓东城不同，完全是按中原传统理念规划修建：摒弃以往土城，改为用砖砌城，同时府城也不是旧城规模，而是向盘龙江以西拓展，城区面积约有3平方公里，城市规模更为宏大完善，"高二丈九尺二寸，向南。城共六门，上各有楼：南门曰丽正，楼曰近日；大东门曰咸和，楼曰殷春；小东门曰敷贲，楼曰璧光；北门曰拱辰，楼曰眺京；大西门曰宝城，楼曰拓边；小西门曰威远，楼曰康阜；居南门西偏者为钟楼。环城有河，可通舟楫。外有重关，跨隘街市……"①府城内主要设有衙署、官邸和寺庙，一般居民并不多，近郊多是王公贵族和官员的园林别墅，黔宁王府（沐氏宅邸）、都指挥使司、布政使司署、提刑按察司、巡按察院和都察院等要害部门则集中于今正义路、威远街一带。明代还有一个适边政策，从江浙一带迁徙了3万多人来到昆明进行开发，中原文化也由此大量输入昆明。

清代沿袭明制，仍以昆明为省会，称其为云南府城或会城。昆明城市规模基本延续了明代以来的状况，城市周围为明洪武年间修筑的城墙所环绕，城墙外为护城河，河可通航，出产在附近呈贡、晋宁等地的粮食常由船载过滇池经护城河运至小西门，然后再由人力搬至城内。除城墙以内的部分外，清代昆明城还包括城墙外周围的地区。在城市建设方面，在明代原有旧城的基础上，清代先后对昆明城区修整过23次，尤其街道有了较大发展。此时城内外共有大小街道150余条，大小巷道400多条。这些街道中，除主要街道南门、大东门、小西门三条稍宽外，其余均极狭窄，交通要道常有拥挤情况，而且街道不编门牌号码，找人较为困难。就整个昆明城看，市区北部以庙宇、食馆、茶园居多，人口较为稀少；南部则人口密集，差不多占全城人口的十分之七。

---

① 何明、卿前锋：《昆明城市研究》，云南科技出版社1999年版，第20页。

第一章 抗战前的昆明：趋向"现代"的城市文化空间

清代昆明作为省会，除原有的政治功能外，经济、商业上的功能得到了增强。清初平定"三藩之乱"后，开放昆明城"与民共之"，城内民产有所增多，但仍未成为居民主要居住区，"会垣小城内居民十之三，附郭十之七"[①]。城墙内商业活动较为零散，城市面貌显得比较安静冷清。而城外市民主要分布在南门外，如三市街、珠市街、金马碧鸡坊、云津铺、太和街、东寺街等，这些地方商业活动繁盛城景热闹，甚至出现"房屋栉比云连，货物堆山塞海"[②]的盛景。这种情况在清咸丰、同治年间有所变化：因云南回民起义，昆明城周边居民为躲避战乱纷纷迁入城内，使城内居民大大增加，甚至成为市民的主要居住区，商业活动也相应向城内转移，城内中心地带的是三牌坊、四牌坊一带逐渐繁华起来。及至清末，城内的三牌坊、四牌坊一带与城外的南门外区域，成为昆明城最为活跃的商业区。清代昆明城随着经济水平的发展，风景游览区也有所增加，初步开发了石林、龙门、大观楼、黑龙潭、金殿、筇竹寺等风景名胜，并有了"滇池夜月""云津夜市""螺峰叠翠""商山樵唱""龙泉古梅""官渡渔灯""坝桥烟柳"等"昆明八景"。

19世纪末20世纪初，蒙自等三海关开设，改变了云南的封闭状态。云南省的对外贸易进一步扩大，省内的贸易也很发达，以昆明为起点的马帮贸易三大干线形成了。昆明城内邮政、电信、电话等开始配备，近代工业初步形成。这样，由于商业、交通、通信的发达，玉溪、蒙自、下关、昭通等交易城市在经济上联合了昆明，云南逐渐形成了以昆明为中心的省内统一市场。除了经济的发达以外，由于新式学校和军事制度的成立，昆明的政治地位进一步提高。1922年，云南省政府在1919年在昆明首设市政公所的基础上，重设昆明市政公所，划定省会区域脱离昆明县而隶属于市，并按历史地理关系正式命名为昆明市，此设置是昆明行政机制由古代到现代的历史性转折，也在很大程度上促进了昆明城市的发展。

---

① 张涛：《滇乱记略》，昆明市志编纂委员会编《昆明市志长编》卷六（内部发行），1984年，第810页。

② 节录自特约撰稿员罗养儒供稿，昆明市志编纂委员会编《昆明市志长编》卷六（内部发行），1984年，第888页。

抗战时期昆明的文化空间与文学表达

值得注意的是，晚清之后，与云南的其他城市一样，由于内生动力不足，外部推力对昆明的影响则更为明显[①]，而昆明城的变化更与"外来"——西方列强尤其是法国势力的渗透密切相关。1883—1885年的中法战争使法国人打开了入侵云南的门户。随着中法《天津条约》《越南边界通商章程》《续议商务界务专约》等条约的签订，法国取得在云南开放通商口岸并进入陆路通商，法国商人可以在通商口岸租地建房、开矿筑路等特权。此后，外国商品与资本凭借种种不平等条约所规定的优厚条件大量输入昆明，极大地冲击了昆明的传统市场。1903年中法签订《滇越铁路章程》，滇越铁路云南段开始正式动工。

眼看着外国商品和资本利益将凭借即将完成的滇越铁路对昆明市场产生更大影响，为保"商务利权"，云南绅士、翰林院编修陈荣昌等云南士绅向云贵总督丁振铎呈禀，认为省城昆明南门外东南部今得胜桥一带为官商往来要道，且临近滇越铁路昆明终点站选址，请求援照山东、湖南等省自辟商埠之成案章程，在昆明自开商埠。1905年，丁振铎奏请清廷，认为随着蒙自、思茅等地的先后开关，中外贸易通商逐渐繁盛，滇越铁路又即将通车，而昆明乃"省会要区，商货尤为辐辏，自不得不开设商埠以保主权"[②]，要求把昆明辟为自开商埠，清廷准奏，昆明遂宣布开埠，经多方筹办，昆明商埠至1910年渐具规模，其位于昆明东南角，界址东起重关，西抵三级桥，南自双龙桥，北达东门外桃源口，计东西长三里六分，南北长三里五分，周围十二里有余。1910年3月31日，滇越铁路全线竣工通车。铁路由越南海防港口至昆明，全长855公里，轨距为1米（后俗称"米轨"），成为云南历史上的第一条铁路。

法国主张修筑滇越铁路，是希望通过这条运输干线，将云南的物产矿源运到法属越南，再将国外商品运至云南倾销，从中谋求经济利益。但对于云南自身，滇越铁路却也促进其经济、政治、教育等诸方面的巨

[①] 观点参见李艳林《重构与变迁——近代云南城市发展研究（1856—1945年）》，博士学位论文，厦门大学，2008年。
[②] 丁振铎奏折，周钟岳、赵式铭等纂：《新纂云南通志》卷七，云南人民出版社2007年版，第92页。

第一章 抗战前的昆明：趋向"现代"的城市文化空间

大发展。首先，它使云南的对外贸易飞跃发展。此时云南主要的输出产品是锡，最大的输入产品是棉织品，前者经过香港运销欧美，后者也经过香港进入云南，而云南与香港的连接通道就是滇越铁路。因为滇越铁路的开设，20世纪20年代云南的对外贸易大都被广东和香港商人把持，云南遂隶属于以广东为中心的华南商业圈。随着各种各样的洋货引进，云南尤其是昆明的近代商业逐渐兴盛。其次，滇越铁路的开通促进了交通运输，使外界先进的设备、技术和人才大量引入云南，从而推动了云南近代工业的初步发展。再次，滇越铁路使得越来越多的昆明本地学生利用滇越铁路去内陆与国外的大城市求学，国内的报纸、杂志和书籍的输入也由于滇越铁路而增加，滇越铁路使昆明与外界的联系日益增多[1]。

"让昆明超越蒙自成为云南最大的对外贸易口岸"[2]之外，滇越铁路也极大地促进了民国时期昆明都市形态的现代转型。首先，包含滇越车站（即滇越铁路的终点站——昆明车站，本书按民国时期地图地名标示一律称之为"滇越车站"，下同）及铁路沿线昆明区域在内的昆明东南角商埠区因货物流通频繁、客流量大质高成为新兴的商业中心，并吸引餐饮、酒店、旅馆、医院、洋行、电报邮政局等近代行业的加入，至1922年，这块区域已经和传统的三牌坊、四牌坊一起，成为昆明"最盛"的商业区且"洋货业甚发达"[3]。20世纪30年代，随着法国甘美医院和商务酒店、英美烟草公司、法国龙东公司和徐壁雅洋行、美国三达水火油公司等相继设立，本地大户人家的西式豪宅也渐渐增多，距滇越车站不远的巡津街及附近的巡津新村、金碧路、同仁街一带渐渐洋化而"摩登"起来，与以正义路为中轴线、比较传统保守的老城区形成格调迥异的文化对比，这种摩登风格一直持续至抗战时期。其次，滇越铁路的修建为昆明城市交通变迁提供了契机。此前昆明城郭内外"仅有肩舆代步，其污秽即属不堪，索值又复昂贵"，1909年9月7日周成珠等职员向云南劝

---

[1] 参见石岛纪之《近代云南的地域史》，《读书》2006年第4期。
[2] 车辚：《滇越铁路与民国昆明城市形态变迁》，《广西师范学院学报》（哲学社会科学版）2013年第3期。
[3] 赵树人撰辑：《昆明县地志资料》，1922年抄本。

业道提出要求成立人力车公司的禀折，其成立原因即是"现在滇越铁路将达省城，转瞬开车，人烟日渐辐辏，行旅往来尤伙，仅持肩舆代步更多不便"①。虽由于种种原因，昆明人力车在1923年才开始正式运营，但其引进初衷仍然与滇越铁路促成的交通需求密不可分，滇越车站也被市政公所列为与劝业场、文明街、金马坊等地点并列的人力车辆"停憩处"②。20世纪30年代，以人力或畜力拉动的胶轮大车在昆明兴起，而其车行之营业，"多为顾客来往滇越铁路车站或汽车站或篆塘运送货物，以衔接火车、汽车或水路之长距离运输"③。此后，昆明城市交通干道运行的公共汽车也以拓东路口（滇越车站）为其终点站，由此，滇越车站身兼铁路和公共汽车终点站，又有人力车和胶轮大车聚集，其周边难免成为"商业之中枢，交通之要道"④，呈现出极为繁忙的交通枢纽风貌。再次，滇越铁路的修建还影响了昆明城市的建筑风貌。20世纪初的昆明城为一典型的中古城市风貌，而自昆明开埠、滇越铁路修通后，西洋的建筑形式、材料甚至用具开始进入昆明的城市生活。滇越车站主楼为中西合璧式建筑，两层砖石结构，四阿顶，拱券式长窗，站台则由立柱支撑悬平顶，边檐起翘，和主楼、附厅形成中西风格交汇的封闭式建筑群，其建筑风格可谓开一代之风气，1912年6月4日《滇南公报》评论道："自西式建筑法传播至滇，公署学校竞仿"——1911年修建在滇越车站旁的云南邮政总局，1913年加盖的昆明西庄火车站候车室，1917年扩建的歌米那多士酒店新洋楼，1920年修建的群庄番菜馆和惠滇医院等都是中西合璧或纯西式结构，其他借鉴西洋风格的公共或私人建筑还有很多。据1929年前后的调查，其时昆明因"毗连越南，交通称便，欧风输入容易，故其街市房屋，大都完整，新式建筑亦多"⑤，可见滇越铁路之兴建对于昆明城市风貌的影响。

---

① 云南省档案馆编：《清末民初的云南社会》，云南人民出版社2005年版，第66页。
② 《昆明市政月刊》1923年12月。
③ 张肖梅：《云南经济》，中国国民经济研究所1942年版，第65页。
④ 《云南新商报》1934年9月18日。
⑤ 《铁道部财务司调查科·粤滇线云贵段经济调查总报告》，沈云龙主编《近代中国史料丛刊三编》第八十七辑，（台北）文海出版社1969年版，第108页。

第一章 抗战前的昆明:趋向"现代"的城市文化空间

值得注意的是,昆明东南角商埠区及滇越车站的兴建更推动了昆明市政建设的近现代化发展。商埠区及滇越车站带动其附近昆明传统商业区——南门外一带客流量增加、愈加繁华,于是1912年,昆明市政当局"将商务繁盛之南门外一带改筑马路"①,将南门外三市街、郭义街及金马坊至滇越车站一段,以及小西门至大观楼一带改修为碎石马路,这是昆明修筑马路的开端,由此至1924年后更"将商业繁盛之主要街道次第修为石块路"。此外,南门外三市街、广聚街(今金碧路)的愈加繁华、"列肆纵横"②,使得每天从南门城墙瓮洞出入的车马人流络绎不绝,原有城墙导致的狭窄路面无法适应这人口激增、商业繁荣的新局面,于是1923年起市政公所逐渐将南门城墙的丽正门及月城拆除,就丽正门东西两侧各开一口,向外扩大了城区范围(此后更进一步扩大),并沿月城旧址修筑环形石块马路,1930年又拆除南部城墙正义路以东、护国路以西段,以城墙土填护城河,修筑为宽12米块石路面,成为新兴街道南屏街。至1928年昆明市政府建设局成立后更拓宽主要街道并"两廊铺面改建西式,并遍植行道树,浚修干沟"③,并于1931年开始修筑环城马路。至抗战前,昆明市区主要街道大多改修为块石路面,正义路、武成路、金碧路等主要街道都装置路灯,三市街、金马街植行道树,11条主要街道改建为能通行汽车的近代公路,1937年南屏街整修为沥青路面(昆明城第一条沥青马路)。交通的便捷和城市风貌的由封闭走向开放正是城市近现代化发展的一种体现。

滇越铁路及昆明开埠加速了昆明城向外开放的步伐,刺激了昆明城的现代发展。同时,"云南王"龙云统治的确立、此后云南政局的相对稳定也成为抗战前昆明城市现代化发展提供了保障。从20世纪30年代开始,经过数年军阀混战最后胜出的龙云在云南站稳了脚跟④,开始从军事、政治、经济、文化教育等诸方面对云南和昆明进行整顿与改革,力

---

① 《觉报》1915年6月18日。
② 李书还口述,杨宇白整理:《我心中的老昆明之南屏街》,厉忠教主编《口述昆明》,云南民族出版社2008年版,第297页。
③ 京滇公路周览筹备会云南分会:《云南概览·昆明市政》,昆明排印,1937年,第7页。
④ 1928年1月17日蒋介石任命龙云为云南省政府主席,云南政局于是日趋明朗,进入相对稳定的十多年龙云统治期,政局的稳定也为云南文化的现代化转型奠定了基础。

求"庶几三民主义革命建设的新云南，得如吾人之期望而涌现"①。尤其在1931年以后，获得蒋介石支持的龙云在强化军事统治、注意军事建设的同时，开始着重省内的经济文化建设。在经济上，龙云改革税制，整理金融，1932年成立由缪嘉铭（云台）② 执掌的富滇新银行来管理货币，从而"统一货币制度，建立稳固的银行储备，以使纸币获得民众的最大信任"，从而使"云南之金融基础得以奠定"③。同时，龙云又通过禁烟罚款和改田赋为耕地税等措施大大增加了云南的财政收入。龙云批准将全省烟酒专卖税收作为教育经费，专款专用，同时采取许多措施来发展教育，培养人才，以期振兴云南，比如大量选派留学生出省和出国学习④，在一些县份增设师范和职业学校等。对于省会昆明，龙云对文化教育的发展更为重视：他将其时云南最高学府、1922年由时任云南省都督的唐继尧创办的私立东陆大学改为"省立"（1934年9月正式改组为云南省立云南大学），落实其经费来源，扩大其办学规模，并在1936年7月任命著名数学家熊庆来为云南大学校长，为云南大学在1938年进一步转为"国立"奠定基础，使云南大学如他所愿成为"培养领袖及专门人才的场所"⑤；他还通过省教育厅厅长龚自知，在莲花池一带（即今天的云南民族大学本部）兴办私立学校南菁中学，专门培养上层人物的子弟，校长由龙云直接聘用；1935年，他又利用盈余的教育经费，在昆明市大西门外建设了一个比较集中的学校区，先后兴建了昆华农、工、中、师四个学校⑥，从

---

① 《云南行政纪实》第一册末页，转引自《云南近代史》编写组编《云南近代史》，云南人民出版社1993年版，第425页。
② 此公后来在抗战时期与外来文化人，尤其是西南联大学者群关系密切，常相互来往，在梅贻琦、吴宓等人的日记中都有所记载。
③ 云南省通志馆：《续云南通志长编》（下）第7卷上册，云南省志编委会1985年版，第77页。
④ 此后，在抗战时期回归故乡，并在昆明积极创办刊物以期建设"文化城"的许多本地文化人便是在这一时期得到出省和出国学习的机会，参见本书第二章第四节："'文化城'的共建：'剧运'的现代洗礼与刊物的本土建设。"
⑤ 刘兴育编著：《云南第一学府：从东陆大学到云南大学》，云南教育出版社2013年版，第31页。
⑥ 抗战爆发后，辗转迁到昆明的西南联大在还没有自己的校舍时，便租借这四个学校的一些校舍进行学习和生活。

而使昆明的教育文化水平得到大幅度提高。1935年蒋介石夫妇到昆明视察时，边陲小城昆明已然展现出的整齐洁净、秩序良好的现代风貌显然使他们大为惊奇。在宋美龄看来，"昆明城的街道十分干净整洁，建筑物都是同一色彩，和我们在其他地方见到的那些杂乱的建筑物相比，使人感到更舒服"，而且"昆明街头的行人已分为左、右两边行走，并以最有秩序的方法往返"①。

但是，昆明城市的近现代化发展并不平衡。昆明城传统商业中心本在城南，后来商埠区与滇越车站又设立于城市东南角，因此新兴的商行、洋行、银行等多集中于昆明城东南部，尤其是几条主要街道如三市街、金碧路（原金马街）、巡津街、护国路、正义路等道路宽敞，洋楼轩敞，百货云集，不仅市面繁盛"与大都市全形相像"②，而且"行人车马的往来，已有规定：行人各向自身左边走，中为车道，各循其序，有条不紊"，初具现代城市的秩序和面貌。但这繁华现代之处仅限于个别街道与区域，城市中、西、北部广大地区直至抗战前仍为"农业城"的古朴市容：大多街道仍是土路面或石子路，房屋也多是古老、通风与采光均不便的"三正间四耳房"式样平房，街上很少见到汽车来往，黄包车也不多，即使是龙主席出行也习惯坐四人抬的大绿轿子，街上满是牛车，"街道狭窄，秩序纷扰"③，很多街区不注重卫生，脏乱混杂，不仅老鼠"比昆明市的住人，恐怕要多着几倍"，还随处有"其臭难当"的油漆味和"满街满巷的棺材铺"④，货币也自成一统使用滇币，市面上见不到国内通行的大洋和法币；即使是较为发达的东南部区域，也有诸如祥云街、南强街等满是污水坑、烂泥潭，街面凌乱不堪的"贫民区"。这种根植于农业经济社会、封闭而不加规划整饬的"农业城"风貌某种程度上而言倒正是抗战前昆明城的基本面貌，而城市繁华区域则犹如在这基本面上穿

---

① 蒋夫人言论汇编编辑委员会编：《蒋夫人言论汇编》第4卷，（台北）正中书局1956年版，第24—25页。
② 《西南旅行杂记》，转引自谢本书、李江主编《近代昆明城市史》，云南大学出版社1997年版，第172页。
③ 莫子：《关于本市交通的一点意见》，云南《民国日报》1935年10月29日。
④ 社论：《为本市卫生进一言》，《云南日报》1935年6月13日。

抗战时期昆明的文化空间与文学表达

插点缀着的些微现代之光、摩登之色。这种城市各区域发展水平的不平衡与呈现面貌的差异一直延续至抗战之后（抗战中甚至得到加强），并深刻影响着抗战时昆明文化空间的构建与文学表达的形成。

抗战前后，云南知识界已经开始回望与审视此前云南历史变迁的过程。在此时云南知识界有代表性的本地文化人楚图南[①]看来，云南此前的文化发展正有一条从"土著文化"到"华族文化"再继续发展至"现代化"的成长脉络。楚图南认为，汉唐以前的云南，因为距离"中国"很远又山势高峻交通不便，于是形成了独立封闭的土著文化时代，土著文化时代云南本地的文化力量超过外界影响，所以楚将庄蹻虽在滇国的政治上居于统治地位，文化上却仍不能不"变服以从其俗"，算是"投降"了本地土人。汉唐以后，滇缅交通开辟，云南有了通向外界的管道，外来佛教文化与本地土著文化"合流"，开始对云南社会产生影响。华族文化真正统治云南的时代还要从明代算起。明代沐英到了云南以后，"华族到了这里来了，政治、社会、文化都起了很大的变革，华族在政治上是征服者，华族文化在社会上是支配者"，因此云南"到了明时才真正的开化，或者说真正的华化"。清代延续"华化"直到民国，而此时沿海各省、中原各地已开始"现代化"。云南虽也历经革命，也有了连通外界的滇越铁路，但只是"文化形式上有了轻微的变革"，"在社会的基本组织，文化和思想的本质，以及其对于人民的关系和作用"上"已经华族化，但却没有现代化"[②]——楚图南认为这便是此时云南文化"落后"的实质。楚图南的观点正可以代表战前云南知识界对云南文化发展历程的基本判断。

以楚图南为代表的云南知识界自省云南文化，其评判标准明显是晚

[①] 楚图南（1899—1994），生于云南文山，14岁到昆明求学，1919年考入北京高等师范学校，1923年回到昆明在省立一中任教，后辗转北京、哈尔滨、山东泰安、上海等城市，七七事变后返回昆明，任教云南大学，并成为文协昆明分会（起初叫文协云南分会，自1939年1月8日改称文协昆明分会，此文统称为文协昆明分会）成员和积极组织者，是抗战时期昆明本地知识界代表性人物之一。

[②] 楚图南：《云南文化的新阶段与对人的尊重和学术的宽容》，《新动向》1938年6月创刊号。

清以来影响独大的"进化论"。在他们眼中，云南文化发展该有其必然的进化脉络，即土著文化—华族文化—现代文化。其对云南文化"落后"的评判来自云南文化与中原沿海文化在发展进程上的巨大落差：以往云南封闭难与外界通声息，导致自身滞留于土著文化时代太长，其发展本就慢中原沿海文化很多，当后者已进入华族文化高峰期（汉唐）甚至开始衰落时（明清），云南才开始缓慢过渡到华族文化；而当民国以后沿海中原地区已经开始发展到现代文化时，云南却只有局部"向前"变革，大部分仍停滞于华族文化，这个停滞即"落后"，该痛思变革、迎头追上。作为到文化中心北京城接受过高等教育，又游历过中原沿海诸城的楚图南，此种比较眼光与评价标准的形成自有其自身经历、视野等"个体"因素的影响，但这种以"进化论"为根基、视此时自身生存的云南/昆明为落后、渴慕并追求"现代"的文化焦虑却成为民国以来云南知识界普遍的心态。

第二节 心态与表达：追慕"现代"与"自我"成长

一 关注"交通"：发展渴望与现实不满

在民国以降的云南知识界眼中，此时的中国固然贫弱、落后于各国，云南却因贫困程度比其他各省尤甚而成为"落伍者的落伍者"，急切寻求"跟上时代的路径"[①]。那么如何跟上时代、发展云南？那时云南知识者列举各种手段，但最后又多把眼光放置于"交通"二字之上，这个原因归结和他们对于云南"落后"的成因分析有关。在他们看来，云南之所以从古至今落后于中原沿海，最大原因就是云南僻处边疆"和中原隔绝"[②]"少于内地有关系""地理上所谓'锁国'"[③]，遂最终导致"实业颓颜，经济滞涩，文化落后，社会闭塞"[④]——是为"落后"。要改变这种隔绝

[①] 《我们为什么要出这本月刊？》，《滇潮》1920年10月25日创刊号。

[②] 汤汝光：《云南的根本问题及其解决方法》，《天南》1933年第1卷。

[③] 楚图南：《云南文化的新阶段与对人的尊重和学术的宽容》，《新动向》1938年6月创刊号。

[④] 叶在和：《从自然环境影响社会谈到云南文化之落伍》，《天南》1933年第1卷。

于世、封闭停滞的面貌，当然要首先发展交通，让云南和国内各地乃至国外有直接联系，从而"把时代落伍的云南纳于世界潮流之轨，与人类相互并进"。因为把"交通"甚至视为改变云南"唯一之工具"①，民国时代云南知识界对其时云南唯一铁路——滇越铁路评价极高，认为它是云南的"咽喉"②，起到了"沟通中原的功效"，甚至"云南仅有的一点现代文化，是这近代工具立起来的"③，是为"文化线"④。对滇越铁路的这个意义评价，当生于云南知识界对滇越铁路沟通联络之功效，以及它造成省城昆明局部繁华，甚至带动昆明"欧风东渐""新学文明之化"⑤风气的现实观照。

沟通外界本是夙愿，又目睹滇越铁路之现实功绩，无怪乎云南知识界把云南现代化的"药方"开给"交通"，并热情回顾重提昔日孙中山实业计划中的西南路线（广州、大理、腾卫一线及广州、思茅一线两条铁道改变云南的出路），可惜此计划并未实行。抗战前云南虽修筑了一些铁路和公路，如1912年修建的个碧石铁路、1925年修筑的全省第一条公路昆碧公路，其后昆明至下关、昆明至玉溪的公路等，但大都限于省境内，沟通外界从而输入"现代"的功效并不大。直到1937年初滇黔公路修筑完成，宣告京滇公路的全线贯通，才又成为滇越铁路之后云南舆论界的第二个"交通"兴奋点。

滇黔公路首次打通昆明通往内地的公路运输线，加强了昆明与内地的联系，而包含滇黔公路的京滇公路起自南京，经皖、赣、湘、黔直达昆明，贯通六省，长2974公里，为其时中国"东部与西南联络公路之唯一干线"⑥。鉴于其重要意义，国民政府在其建成后发起组织京滇公路周览团，"俾实现宣扬中央德意，慰问民间疾苦，开发边疆实业，及发展交

---

① 杨蓝春：《如何使云南新？》，《滇潮》1920年10月25日创刊号。
② 汤汝光：《云南的根本问题及其解决方法》，《天南》1933年第1卷。
③ 《发展云南文化建设》（社论），《云南日报》1938年1月18日。
④ 《龚厅长在省大讲——云南教育发展过程》，《云南日报》1938年1月17日。
⑤ 钱文选：《游滇纪事》，昆明市志编撰委员会编《昆明市志长编》卷十二（内部发行），1984年，第450—451页。
⑥ 《京滇周览团》，《海外通讯》1937年第6期。

第一章 抗战前的昆明：趋向"现代"的城市文化空间

通之目的"①，同时也有预见性地意图"使中央与西南一脉相通，一旦战事发生，东南国防吃紧，西南大军即可迅速开赴前方捍卫疆土"②。京滇公路周览团于1937年4月5日出发，由南京经安徽、江西、湖南、贵州诸省，同年4月29日到达昆明。云南省主席龙云率各界人士结队郊迎三公里，代表云南省府举行公宴欢迎周览团，并在公宴上发表讲话。

龙云的讲话概述了云南公路从1929年（大约是他主政之时）以来的修筑情形，表达虽有心建设，但因匪患阻挠、经费枯竭等原因"力不从心"，导致"本省认真修路，只有三年之谱，所修之路，连已未通车路线合计，约有三千公里，进度迟缓"，故希望国民政府将云南边疆的交通"由中央当局，直接办理"，地方政府则作为协助。龙云还借机发牢骚，认为"国家各项建设，一切交通，窃以为不宜集中内地，而当注意边疆之平均发展""势非移注内地之物力，以沟通边地交通莫可"，因为即使要开发边地富源"交通是先决前提，没有交通，一切发展，都谈不上"③。

龙云的"牢骚"透露出某种与中央政权"博弈"的意味，此种云南地方势力与国民政府中央集权不完全一致所导致的权力空隙也为其后抗战时昆明城文化发展提供了更为自由与多元化的外在空间，此为后话，暂且不表。审视龙云此番演讲，我们会发现这个云南地方势力的最高领袖在某种程度上也类同云南知识界，将云南的发展问题归结于"交通"，并想得更实际，意图借中央政府之力而改善交通、开发云南。这种对"外力"的倚重自有其现实逻辑，但又何尝没有云南/昆明继往历史发展模式的某种因素在内？既然昆明城最早的建筑记录来自中原外来的将领庄蹻，"华族化"源自明朝中央官员沐英的亲身到来输入，"现代化"的零星光影则依靠法人修筑之滇越铁路移植，那么此时的云南交通问题解决，又何尝不可以转借于中央当局"直接办理"？然而云南本地固有此期待意愿，此时内外交困的当局却无暇顾及。云南交通的下一个"兴奋点"，则要留待抗战中逶迤

---

① 《京滇公路周览蒋极为重视》，《申报》1937年3月10日。
② 万琮：《京滇公路周览会报告书》，转引自潘先林、张黎波《联通中央与边陲：1937年京滇公路周览团述论》，《中国边疆史地研究》2012年第3期。
③ 《龙主席致辞》，《云南日报》1937年5月1日。

闻名的滇缅公路，本书将在后面章节对此加以论述。

　　此外，龙云的此番牢骚还透露出对中央政府以往"集中内地"、忽视边疆的某种不满，埋怨中央政府没有将"内地"与"边疆"视为一体，从而不能公平对待，使各地"平均发展"。这种被外界忽视冷落的失落感受并不独属于龙云，也贯穿于民国以来云南文化界的表达与言论之中。即使对于京滇公路，其后固盛赞它是滇越铁路之后云南交通事业的"划时代的第二桩大事"，有着"从此中原文化可以直接灌输到云南"① 的重大意义，但在迎接京滇公路周览团的当下，兴奋欣慰之余，云南文化界还是忍不住要借机埋怨内地各省和沿海"对于边疆的云南，总是另眼相待，视为蛮荒之邦，好像衣食住行，都和内地人成两样"②。这种被"另眼相待"而成为内地沿海所组成"内地"之外的感受当然最大原因来自"历史遗留"，来自其时中央政府政策指向、发展投入等的有所偏颇，但当其逐渐形成之后，却在某种程度上固化为云南文化界的自我想象。

　　在云南文化界的这种自我想象中，云南总是被外界视为化外之地的"天末暇荒"，"素为国人所漠视"③ 的偏远"山国"④，这里的一般人民"就像居在雾里头样"⑤ 无知无觉，甚至云南文化界本身，也在这种想象中调侃自身为文化晚开，只有"竹凳高"⑥ 的"土文坛"⑦。这种既渴望现代发展又因不可逾越之差距而显现出自怜自怨又不免自嘲的心态透露出现代语境下云南文化界"自我"意识的成长，也显现出根源于长久封闭所导致的自我评价失衡，犹如青春期⑧的少年，既逐渐明确自我的存在，又因自我的弱小无力而对外界更强有力因素呈现出敏感易怒甚至防

---

① 社论：《发展云南文化建设》，《云南日报》1938年1月18日。
② 茶博士：《欢迎周览团》，《云南日报》1937年5月2日。
③ 张廷勋：《滇越铁路与云南》，《天南》1933年第2卷。
④ 其时外界报道中常把云南称为"山国"，云南文化界也习惯以"山国"自况。
⑤ 姚宗贤：《女子解放和环境的关系》，《滇潮》1920年10月25日创刊号。
⑥ 寿山：《批评的解放》，《云南日报》1935年6月15日。
⑦ 帆：《"批评"略谈》，《云南日报》1935年6月21日。
⑧ 如果将文化比作人，将文化的发展比作人的一生，按照前述楚图南的理解，如果说"华族化"发展完备，并已继而整体迈入"现代化"发展领域的内地文化是"成人"，云南文化倒正恰如处在"青春期"之少年。

御过度的自我保护姿态。云南文化界的这种心态在抗战爆发以后,当更庞杂丰富的"现代"突破时空界限"移植"到昆明之后,因外界刺激的加剧而表现得更为激烈。只有理解了这种文化的类青春期心态,才能理解抗战初期昆明文化界对"外来"之李长之《昆明杂记》、朱自清《是勒吗》等文章所表现的过度反应①,这正是"现代"自我意识加剧之后的云南文化界面对外界强大压力,因实力悬殊、自我保护过度进而引起防御过度并演变为某种"进攻"的非理性行为。这种反应在外界看来偏向于认为是小题大做的"排外"②,实则"排外"只是行为,行为背后却自有其形成的心理基础与心态发展理路。

二 《云南日报》与其副刊《南风》:谋求文化"现代"

心态的敏感既与现代语境下的文化成长相伴,也透露出此时云南/昆明知识界"诸事落后,欲求进步"③的进取姿态,即使最高当局与知识界的共同关注"交通",其本质仍在于对交通所连接入内之"现代"的渴望倾慕,这种渴望倾慕形诸文字,则构成抗战前云南/昆明文化界众声喧哗中仍难以忽视的主调。

抗战之前云南文化整体贫弱,"与国内的文化运动脱了轨而不互相衔接"④,"云南出版物的寥落,是可怜得不用到数的"⑤,昆明城作为省会城市也同样报纸稀少,期刊零落,规模较大、可读性较强的报纸,市场上一共只有《云南日报》、云南《民国日报》两份⑥,其中《云南日报》

---

① 参见本书第二章第三节"抗拒'摩登'与《昆明杂记》风波:面对'外来'的复杂心态"。
② 例如沈从文便将李长之因写作《昆明杂记》而被昆明文坛驱逐之事的原因归结为"排外",1941年在给施蛰存的信中说昆明本地人"过去排外,知识分子如'长之'公,亦因小小事件迫得离开学校"。见沈从文复施蛰存,1941年3月28日,《沈从文全集》第18卷,北岳文艺出版社2002年版,第393页。
③ 拯难:《云南一瞥》,云南《民国日报》1936年7月19日。
④ 高寒:《一年来云南文化工作的检讨》,《南方》第2卷第1期,1938年11月29日。
⑤ 立明:《抗战以来云南文化工作的检讨》,《战时知识》第1期,1938年6月10日。
⑥ 1938年沈从文初到昆明,昆明文化人周辂向其介绍本地文坛时曾说:"这里的报社,只有民国日报社和云南日报社两家的报纸可以看"(周辂:《沈从文先生会见记》,《云南日报·南风》1938年第745期)。外来者在介绍抗战初期的昆明时,也认为其"除云南日报及云南民国日报规模较大外,余皆简陋"(李启愚:《昆明风光》,《旅行杂志》1938年第12卷第1期)。

31

更具思想性与文学性，可说是抗战前与抗战初期昆明文化界的舆论中心。《云南日报》1935年5月4日在昆明创刊，此后十余年间，它成为本地影响、销量最大也最重要的报纸，常在广告中自称"云南唯一大报"，也被外界视为昆明"日报的权威"[①]。据创刊号公布，《云南日报》的董事会由董事长龙志舟（龙云）[②]及董事周惺甫（周钟岳）[③]、缪云台（缪嘉铭）[④]、龚仲钧（龚自知）[⑤]等人组成，官方色彩浓厚，故也被认为是云南省政府机关报。

《云南日报》创刊号上发表春水《唤起民众和打开出路》的《社论》一文，可视为报纸的"开宗明义"。此文认为，其时整个中华民族"在国际群里生存竞争的成绩""低下微弱，弱到被人侵略不能自主的地步"：

> 云南是中国的一省，也就是全国国防建设经济建设文化建设的一个单位。它需要唤起民众，打通出路的迫切，和全国各省，初无二致。尤其在地处边疆，强邻逼处的环境之下，唤起民众，打通出路的要求，比较内地腹省，还要来的迫切。它是本报诞生的地方，自然是本报致力的一个重要对象。

---

① 程迈：《二期抗战中的昆明出版界》，《国讯旬刊》1939年第205—206期。

② 龙云（1884—1962），字志舟，彝族，民国时期国民党滇军高级将领，20世纪30年代统一云南成为云南省政府主席，其时中央政府并没有完全控制云南，云南处于半独立状态，因此龙云也被称为"云南王"。

③ 周钟岳（1876—1955），惺甫为其号，云南剑川金华忠义巷人，白族。光绪二年乡试中第一名，称解元。1904年至日本弘文学院留学，肄业师范，1905年进早稻田大学，习法政。1907年回云南任两级师范学堂教员、教务长，继掌云南教育司，任都督府秘书长，1919年曾任云南代理省长，1931年云南通志馆成立任馆长。抗战爆发后，任国民政府内政部长、国府委员、考试院副院长及总统府资政。为云南文化界久负盛名之贤达。

④ 缪嘉铭（1894—1988），字云台，云南昆明人，1913年留学美国，1920年回国后任云南个旧锡矿公司经理、云南省政府委员兼农矿厅厅长、云南富滇新银行行长等职，抗战期间为云南经济委员会主任、国民参政会参议员，为其时云南经济政治界重要人物，与西南联大诸学者及其他外来文化界人士也多有往来。

⑤ 龚自知（1894—1967），字仲钧，云南大关县翠华人。1917年北京大学预科毕业，回滇任教于云南高等师范学校、东陆大学，并创办《尚志》杂志，宣传新思想和新文化。1922年任职昆明市政公所教育课课长，1928年起任省政府秘书长，1929—1945年任省教育厅厅长达15年之久，为抗战期间云南教育界重要人物。其自1935年起主持《云南日报》编务近十年，对抗战时期云南文化的现代发展功不可没。

第一章 抗战前的昆明:趋向"现代"的城市文化空间

这个交织着"救亡"与"启蒙"主题的发刊词所表达的情绪粗看与内地其时并无太大区别,但仔细分辨,我们会发现文章自觉地把"云南"认可为"中国的一省",强调云南其时的发展愿望与全国各省"初无二致",把云南此时发展合理自然地放到"整个中华民族"的语境中加以讨论,既强调其与全国整体诉求的一致性,也顺带点出云南其时某些特殊性——这种表达方式与前述云南文化界某种既存的自我想象对比,显示出《云南日报》此时对云南与中原一体化或曰"内地化"①的自觉认同,报纸所谓"唤起民众",当也包括对这种一体化价值观自上而下的传递与普及。因此虽然其时全国舆论中的文化氛围都围绕"救亡"与"启蒙"这两个关键词,云南的"启蒙"却有其特殊性:它既包含"启蒙"普遍的现代性范畴,又包含云南自身的"内地化"诉求("华族化"的某种延续,希望形同"内地")。

秉承此种开放性的启蒙态度并将之落于文学上积极加以实践的,首推《云南日报》文学副刊《南风》。《南风》自《云南日报》创刊之日起就设立,在其后续出版的 7 种副刊②中地位最重,不仅每日发刊,也受到文化界更多的关注,其辉煌一直延续至抗战时期,在 1940 年 7 月 22 日"因报社经费困难的原故"③停刊之前,《南风》一直被视为昆明文化界表达观点并针砭现实之"写作的园地"④。《南风》发刊词《南风第一声》秉承刊物先"破"后"立"的文化建设姿态:文章开首即表示对内地已有副刊,诸如《自由谈》《论语》《人间世》《芒种》《太白》等的不满,认为它们不是秉承"封建遗老"的各种观念,就是"矜然自得的'为艺术而艺术'",或者服务对象"专恃某一阶层或某一等级",与这些貌似"先进",实则在《南风》看来不以为然的副刊比较,《南风》所要做的,

---

① "所谓内地化,即由独立隔离状态转变为与内地完全一致而成为中国不可分的一部之局面",见陈友松《云南教育感言》,《云南日报》1944 年 8 月 14 日。
② 初创时的《云南日报》一般周二刊载副刊《云南教育》,周三刊载《农村改进》,周四刊载《现代公民》,周五刊载《大众学园》,周六刊载《乡土史地》,周日刊载《时事一周》,这 6 种副刊都为周刊,独有《南风》每日刊登,可见地位重要。
③ 登岷:《殒灭和希望——为〈南风〉停刊而作》,《云南日报》1940 年 7 月 22 日。
④ 《一年来的昆明文化界》,《朝报》1941 年 1 月 2 日。

则是致力于"补助教育的不及和加强教育的功能来提高全体民众的文化水准",这个"全体民众"包含"受有相当教育的人"也包括"'拖着一双泥草鞋'的人",服务对象是真正的"全体民众"。因此在刊物趣味上,《南风》将不追求像内地所风行的"轻松简短的小文章",不满这种"侧重在富于趣味底轻松,泼辣的简体文",也不愿意像以编副刊著名的孙伏园那样仅仅以"娱乐"为副刊的主要目的[1]。

既然不满内地已有的文化副刊,那么《南风》的刊物宗旨又究竟为何?《南风》编者指出,"南风"这一刊名来自孔子家语"南风之薰兮,可以解吾民之愠兮;南风之时兮,可以阜吾民之财兮",并由此阐释,认为"'解愠'是一种精神工作,'阜财'是一种物质工作;能做到'愠''解'而'财''阜',那就是整个文化建设的完成"。纵观抗战之前的"南风",确孜孜致力于昆明城以"现代"为目标的"文化建设",这种文化建设在本质上则是在与"外来"——现代性更强的内地乃至国外文化资源——进行"对话"的基础上完成,这个对话则包括一开始的效仿与学习、借鉴,乃至其后姿态更为平等的争论甚至质疑。

抗战前后《南风》最大的成绩,是"容纳一些无名的大众写的东西,他们的生活记录,他们的感想"[2],这种对一般文学青年的敞开与包容态度,使它成了其时昆明文坛最有代表性也最具活力的部分,其贡献尤在话剧创作。"五四"之后,话剧作为新文化的一种风尚,在昆明也产生影响:作为"五四时期昆明学生运动中最活跃的一所学校"[3]的省立第一中学曾租下"群舞台"戏院上演《好儿子》《一只马蜂》《夜归》等剧目,省立女中演过《孔雀东南飞》《咖啡店之一夜》《少奶奶的扇子》等剧目,聂耳日记中也有其时在昆明求学的他到"'东陆大学'看话剧"[4]"到第二十

---

[1] 《南风第一声》,《云南日报·南风》1935年5月4日。
[2] 沈国龙:《祝南风》,《云南日报》1936年5月7日。
[3] 冯素陶:《沧桑风雨近百年》,第8页。此书为作者自传,捐赠于云南省图书馆,没有公开出版,也没有出版社和出版时间信息。冯素陶(1906—2010),云南广通县(今禄丰)沙矣旧乡人,五四运动时在昆明就读省立第一中学,后外出就学,到过广州、上海等地并参加中国共产党,1937年9月回到昆明,在云南大学附中、云南大学等学校任教,1938年与楚图南等人创办战时昆明本地重要刊物《战时知识》(半月刊),并成为文协昆明分会成员及第一届理事会主席。
[4] 聂耳:《聂耳日记》,大象出版社2004年版,第22页。

第一章 抗战前的昆明：趋向"现代"的城市文化空间

三学校去表演《大喊大叫的人》""到基督教青年会去看话剧"①的记录。但其时昆明话剧基本以"演出"为主，演出的剧本一般采用内地或国外的著名剧目（少数情况会根据时局或现时需要编演简单的宣传剧），本地的剧本创作非常贫乏，甚至可说"在云南，作剧的人材，几乎少到没有"②。在这个背景下，抗战前的"南风"在容纳固有创作门类散文、小说、诗歌之外，也开辟了昆明本地话剧创作与讨论的园地。在这个园地中，本土话剧创作由借鉴到原创逐渐生长、创作之外又衍生出批评的发展过程正可谓战前昆明文学"现代"探寻之旅的一个缩影。

"南风"的话剧创作之路正始自求之于外的学习和借鉴。1935年6月16日，创刊不久的《南风》刊登了林语堂原作、杨本仁翻译的独幕短剧《希原和他的儿子》。选择这个短剧进行翻译，并作为《南风》话剧创作的"头一炮"，最大的原因恐怕还是这个短剧里中日冲突的背景正切中《云南日报》"救亡图存"的宣传目标。同年7月26日至28日的《南风》又刊登有声电影脚本《木马》，作者则在剧末发表声明，说这个故事本是由予且原作的短篇小说，载于前一年的《新中华文学》专号上，"因为人少动作简很适于作电影，于是就把它改编了"，这个"改编"与此前的"翻译"都正是对外界现代文化资源进行学习与借鉴的直接手段。通过向外的"拿来"式学习，昆明的话剧创作渐渐从无到有建设起来，以"南风"为例，建刊第一年中"只有戏剧五篇"，其中祖远创作的剧本《出走》还"有点模仿易卜生的娜拉"③，其后1936—1937年话剧创作的数量则渐渐多起来，出现了诸如司马欣如的《绅士之家》（1936年6月连载）、艾而的古装独幕剧《岳飞》（1936年8月14日）、梅之的独幕喜剧《毕业前后》（1936年8月28日）、白平阶的独幕喜剧《主仆之间》（1937年1月6日）、阚迪的《众怒》（1937年1月30日）和独幕剧《旱》（1937年6月7日）、王济棠等人集体创作的三幕剧《老塾师》（1937年2月9日）等比较完整的原创剧作。

---

① 聂耳：《聂耳日记》，大象出版社2004年版，第25页。
② 张子斋：《一年来的南风》，《云南日报·南风》1936年5月9日。
③ 同上。

三 《绅士之家》与"云南话的舞台语":"现代"侵袭下的复杂心态

值得注意的是,对此时的昆明文化界而言,外界现代文化资源既是其创作过程中有明确意识的学习与效仿对象,又常常成为其创作与批评过程中隐藏的某种"潜意识"——创作者或批评者自己可能都并未察觉,却"随风潜入夜"、微妙而深刻地影响着他们对于作品的价值体验与判断。一个很好的例子是1936年在《南风》上引起较大反响的独幕悲剧《绅士之家》。

《绅士之家》的作者为司马欣如,作品初刊登于1936年6月14日的《南风》,并在16日、17日、18日、19日连载。《绅士之家》的故事发生在"一九三五年九月""一个边城的绅士之家"的"古老的客厅"中。"绅士之家"里的二小姐丽樱深受新思潮影响,有理想、有热情,以平等观念对待家中仆人,但与保守封闭的家人相处并不和谐。保守的父亲为防止女儿真去革命而不让其继续读书,让女儿待在家中并希望其早日缔结门当户对的婚姻。丽樱却对父母家人孜孜以求的好姻缘并不上心:她早年因恋人远走而失恋,现在又和原追求过她但已婚的吴少爷通信交友,吴虽然喜欢她,但她并无意与其发展恋情,对上门提亲的各路少爷们也不感兴趣。丽樱"我要自己来生活"的理想主义得不到家庭和外界的任何一点理解支持,"我很寂寞,我找不到同情的人,我的心又太热,太活跃",孤愤中欲"出走"而不得,最后只能自杀身亡。

《绅士之家》结构完整,语言流畅又有昆明特色,人物形象也比较丰满(尤其是父亲角色),在抗战前的昆明文坛算是比较成熟的剧作。大概也因为该剧难得一见的成熟和完善,剧本发表后随即引起了少见的热烈讨论[①]。剧本刊登结束不到一周,1936年6月25日的《南风》即刊登了

[①] 此时昆明文坛创作不多,批评更为缺乏,《南风》其时很多文章都显示出对于批评缺乏的不满与担忧,指出"往往一篇作品刊了出来,也许作者是很想知道他人的一点意见,然而结果却石沉大海,一声不响,听其自生自灭;所谓学术空气的沉闷,即基于此"(编者:《南风二周年》,《云南日报·南风》1937年5月4日),甚至认为"在云南,好久我们都是在黑暗里摸索"(张一鸥:《我们要有批评》,《云南日报·南风》1936年6月4日)。

署名"健平"的《读了〈绅士之家〉以后》。文章先肯定了《绅士之家》对于其时昆明文坛的价值,认为"戏剧艺术的爱好者,将要用多大的注意与热情来珍视这仅有的宝贵的剧作",随后又表达自己对于该剧的"失望",而这"失望"正建立在健平认为该剧是"完全改装了易卜生的《娜拉》"的观点之上,并顺理成章地解释"一个初学写剧的人,套用已成的'剧型'学写,原来是可以的",而既然是"改装",那么把《绅士之家》与《娜拉》放在一起比较就顺理成章,健平就是在这种比较中认为《绅士之家》并没有塑造出一个"比'娜拉'更勇敢些的人物",故判断"这篇剧本是失败了"。

面对如此批评,《绅士之家》作者司马欣如并不同意,甚至感到"冤枉"。他6月28日在《南风》上发表回应文章《我的自白》,直接针对"健平君的文字",认为其"使我首先感到难受的便是'完全改装了易卜生的娜拉'",因为——"我到现在都还没有读过'娜拉',又怎么谈得上是'改装'、是'套'"!他继续解释,说《绅士之家》是自己根据亲历的"一件事实写成的,一点没有夸张,改写",这个剧本只与自己的经历与体验有关,并不是对名著的改写,因此也不应该在这个基础上被比较而认为是"失败"。

然而,作者微弱的抗议声随后湮没在一片关于"娜拉"的兴奋谈论之中。在之后的相关批评中,人们并不关心《绅士之家》究竟有没有"改装"《娜拉》,甚至《绅士之家》本身在这场议论中也退居幕后,人们热衷谈论的,不是具体作品或文本,而是"娜拉"这一文化符号与现实社会的关系问题,例如"'娜拉型'的人物,还是以大同小异的步伐活跃于我们这时代,这社会,这国家"[①],或者"现在我们所需要的,是比娜拉更勇敢,更有正确的世界观的女性"[②],等等。

显而易见,昆明的批评者们对于外界现代文化符号"娜拉"的兴趣远远超过对《绅士之家》——一部作者自称为本土"实写者"的作

[①] 秋帆:《再话"娜拉"》,《云南日报·南风》1936年7月19日。
[②] 尉迟不恭:《对于"娜拉"的我见》,《云南日报·南风》1936年7月24日。"尉迟不恭"为《南风》编辑张子斋的笔名。

品——的兴趣。这种关注点的选择与其说是对本土经验的轻视，倒不如说是对更具现代特质的外界文化资源所表达出的、具有某种排他意味的强烈追慕。具有戏剧性意味的是，这种追慕的影响甚至也涉及《绅士之家》的作者本人身上，虽然他在自白文章中强调自己此前并没有读过《娜拉》，但也透露出"曾借了友人的易卜生集翻了一下"，"'娜拉'里的情节，我也时常从文学史之类里读到过一点"[1] 等与"娜拉"有所接触的细节。这种接触向我们显示了以"娜拉"为象征符号的现代文化资源在其时昆明文化界的影响之广泛。这种影响"润物细无声"，使创作者在书写自己认为全然自我的生活体验时有可能不自觉地受其牵引，也使批评者在评估作品价值时无意识地对作品原有的意图与内蕴进行"遮蔽"，甚至越过作品文本与他认为的外界影响源直接对话。

《绅士之家》的相关讨论让我们感受到其时昆明文坛对于外界现代文化资源所表现出的高度关注，在这种带有排他性质的关注中本土经验有时甚至被湮没。然而这并不是两者关系的全部——这种关注在某些时刻固然显示为某种带有排他性质的狂热，然而在另一方面，这种关注却时刻伴随着对"外界"的警觉与防范，以及对"自我"的有意彰显。即使是此刻显示出活跃生机的话剧，向外界学习借鉴进行建设的同时，代表"自我"的"本地"特质也被昆明文化界自觉点出并始终守护——"云南话的舞台语"之系列讨论正是在这种背景下被提出并引起广泛关注。

在被称为"云南戏剧运动的启蒙时期"[2] 的1936年，随着话剧演出和创作的日益增多，话剧演出的舞台用语开始成为昆明文化界人士关注的焦点。1936年4月16日《南风》发表克诚《论话剧上的舞台语》一文，认为应"以演剧所在地的通行语"即"以观众常用的语言"为舞台演出语言。接下来马荫材[3]又将克诚的观点加以推进，认为最好有"用土语写成的剧本"，此种剧本未得之时，不得已采用"非本乡语写成的剧本

---

[1] 司马欣如：《我的自白》，《云南日报·南风》1936年6月28日。
[2] 范启新：《云南演剧的用语问题》，《云南日报·南风》1936年4月24日。
[3] 有学者指出"马荫材"是《南风》编辑张子斋的另一笔名，见吴戈《云南现代话剧运动史论稿》，中国文联出版社2001年版，第45页。

第一章 抗战前的昆明:趋向"现代"的城市文化空间

上演时,其中对白,非改用我们中间最普遍通行的语言不可"。马荫材以不久前在昆明看过的两部话剧举例,认为《接生》因对话"纯是我们习惯的口头语"演出结果"较为满意",而《伤逝》的演员"只会机械地背诵剧本",故对话"生硬""不顺耳"①,演出结果因此也不佳。

上述两篇文章提倡话剧舞台上使用本地语言,依据多来自自身观剧的感性经验。其后《南风》编辑张子斋②《话剧上的用语问题》③一文,则把舞台用语的选择置入其时国内盛行的文学大众化潮流语境中,认为"国语""北平语"是"绅商买办所拥护"的一端,"地方话""云南话"则为"大众"一端,在文化潮流的裹挟中两种力量孰轻孰重一目了然,由此张子斋得出结论:在云南上演的话剧就应该"以云南大众所熟悉的云南话作为舞台语,才能够给大众以最大的吸引力和甚深的感染作用",反之"在云南演剧以北平语为舞台语,是不会有什么好结果的,甚至会'自绝于观众'"。

张子斋的论断获得了广泛的认同,昆明著名剧人范启新④也认为"这时代的戏剧也非是属于整个社会全体的大众不可",因此"建设当地方言为舞台语"成为顺应时代需求的当务之急,在昆明剧坛今后就要建设这急需的"云南话的舞台语"⑤。至此,建设"云南话的舞台语"成为这场舞台用语讨论的阶段性"结论"。这个结论可说是众望所归,因为讨论过程中各方都自然趋向一致,结论得出后也没有任何重大异议发表,仅在细节上各家侧重不同,甚至因为观点高度趋同,张子斋和范启新的文章发表后,针对舞台用语问题的专论即不再出现,似乎宣告这一问题的顺

---

① 马荫材:《舞台上的对话问题》,《云南日报·南风》1936年4月19日。
② 张子斋(1913—1989),白族,云南剑川人,1932年赴昆明学习,1935年《云南日报》创刊后被聘为主要编委之一,常在《南风》发表杂文,有"云南的小鲁迅"之称。1938年离开昆明奔赴延安,进抗日军政大学学习。1940年任重庆《新华日报》编辑。1944年初回昆明工作,投身民主运动。逝世前曾任全国人民代表大会常务委员会委员和云南省人大常委会副主任等职。
③ 发表于1936年4月21日的《云南日报·南风》。
④ 范启新为抗战前后昆明话剧运动积极的组织者、评论者、创作者。1936年他组织成立了昆明第一个群众性话剧团体"金马剧社",并组织排演多部剧目,抗战时期成为文协昆明分会成员,并担任昆明本地著名报纸《观察报》副刊主编。
⑤ 范启新:《云南演剧的用语问题》,《云南日报·南风》1936年4月24日。

利"解决"。

舞台用语的"旧话重提",则伴随着昆明剧坛演出实践的进一步探索。1936年8月1日,被称为"本省艺术之光"①的省立昆华艺术师范学校(简称为"艺师",下同)成立,其设立的"戏剧电影科"遂成为昆明话剧运动的生力军。1937年1月,艺师戏剧电影科进行第一次社会公演,演出剧目有两个:日本菊池宽创作、田汉翻译的《父归》和熊佛西创作的《屠户》。这次公演舞台语言使用北平话,且"演员不分性别男女合演"②,在昆明剧运中具有开创性意义。

但演出结束后,张子斋立刻针对其演出使用"京话"表达不满,遂把他原认为已经解决的"话剧舞台语"问题"再来提出"。张子斋在批评艺师公演的文章中再一次强调"在北平演剧,用北平话;在云南,就用云南话。为什么呢?一句话,因为观众是云南民众的缘故"。文章更有些刻薄地指出,艺师公演使用"京话",但"说出来的不是纯粹的国语,而是非驴非马,京话与滇腔的'杂拌儿'",而"万一所有的演员,都会说一嘴纯粹的十足的官话,我们相信,半数以上的观众,是莫名其妙吧?"③随后江溯也发文赞同张子斋观点,指出艺师公演的两个话剧仍以"国语"为舞台语是"失败"和"不幸",认为话剧要想获得"普遍的影响"和"一般的理解","只有利用各地的通行语言"④。

值得注意的是,在这场争论中原赞成"云南话的舞台语"观点的范启新,随后却似乎成为这个观点的"背叛者"。1937年5月,范启新参与创办的"金马剧社"进行首次公演,演出剧目为电影剧本改编的话剧《姊妹花》,导演即是范启新本人。演出结束后,同为昆明文坛活跃人物的杨光洁即撰文表示不满,认为该剧使用"北平对话","失了艺术的地方性"⑤。既然此前已提倡"云南话的舞台语",范启新为何在自己导演的剧目中还要延用"北平对话"?目前并无当事人的直接陈述可以解答这一

---

① 《省立昆华艺术师范定期成立》,《云南日报·南风》1936年7月23日。
② 易润:《看艺师公演〈父归〉与〈屠户〉》,云南《民国日报》1937年1月5日。
③ 张子斋:《由艺师公演再谈舞台语问题》,《云南日报·南风》1937年1月15日。
④ 江溯:《旧话重提的舞台语问题》,《云南日报·南风》1937年1月27日。
⑤ 杨光洁:《"姊妹花"在云南出演》,《云南日报·南风》1937年6月3日。

问题，但当范启新昔日提出"云南话的舞台语"之论断时，就已经看到这建设"非力经过详密的讨论和研究，长时间的训练才可克服其易产生'不调和'"①——理论与实践的"调和"一致实在并非想象之容易，尤其对于写文章陈述观点之外还要付之于行动的实践者。如果上演剧本用云南话写成，或是根据云南现状即兴编就，那么舞台语采用云南话则没有问题，但此时的昆明剧坛，上演的剧目多为"外来"——内地或国外名家作品，这些剧本多是用国语写成（或翻译为国语），那么演出时舞台语使用云南话则确实不易"调和"。导演《姊妹花》的范启新，在"实践"的层次大概也感受到了"云南话的舞台语"与国语（"北平对话"）创作的剧本之间固有的矛盾。他冒着显而易见招惹批评的危险"倒戈"采用"北平对话"，这一选择正证明了上述矛盾在实际演出中的"调和"之难。

范启新的矛盾更使我们看到，此番关于舞台用语的争论与其说源于艺术本身，倒不如说反映了"现代"进逼昆明时本地文化界的某种心态：固然承认话剧是"使这地方得以普遍而充分地吸收现代文明的养料"之"最善而最前线的工具"②，但面对这代表外来"现代文明"的话剧，昆明文化界仍然想在"接受"的姿态中坚守或制造出代表"本地"的某些因素——"云南话的舞台语"即为其代表。这或可视为保守的边陲小城面对现代浪潮袭来时的某种心理补偿策略。在这种心理状态中，"北平话""京话""国语"等作为代表"现代"的内地象征，与代表本地的"云南话"形成某种竞争关系；而如果在舞台上坚持使用云南话，即意味着在外来现代浪潮席卷下还没有完全失去自我的存在，故在这种竞争关系中本地也因此并没有完全"失势"。

这种心理状态揭示出抗战前昆明本地的文化建设，既在很大程度上包含对内地的认可推崇、将其作为自身效仿和学习的对象（尤其在创作方面），又不时贬损揶揄内地、突出自己的某种特质或优势——抗战之前的语境中，这种特质或优势则被本地文化界诠释为更"大众"、更"民

---

① 范启新：《云南演剧的用语问题》，《云南日报·南风》1936年4月24日。
② 范启新：《云南剧运提倡的急需与困难的克制》，云南《民国日报》1936年3月4日。

间"、更接近"土"而广泛的"社会底实际生活"①，正如"云南话的舞台语"。这种对于外界文化力量（此时对昆明文化界而言的"现代"）吸纳中又有抗拒、融合中又总不忘强调与保护自身固有特质的复杂态度一直持续至抗战时期，并成为抗战初期昆明文化空间中"本地"的基本心态。

第三节 从"旧"趋"新"的城市文化空间：自我想象与外来触碰

抗战爆发之前，昆明城从古老"山国"渐趋现代城市。身处其中的昆明文化界人士，已经在诸如《云南日报》、云南《民国日报》等本地报刊中开始了对于其时昆明的文字描述与文学想象。同时注视着变化中的昆明的，还有"外来者"——云南其他州县、国内其他省市和其他国家人群的目光。在这种种不同视角的观察与想象中，昆明的城市文化空间则显现出从"旧"趋"新"历程中的不同侧面。

一 "古老的山城"：城中人的自我想象

在昆明本地文化界人士的文学想象中，他们身处其中的昆明首先仍旧是"古老的山城"，隔绝外界，自我封闭，传统陋习遗留，社会风气沉闷令人窒息。这座古老山城的腐朽压抑之风，在一系列文学作品里居于其中的女性群像中得到集中体现：富有的寡妇赵太太有钱却仍无法掌控自己的生活，因为有修建牌坊的"风俗"遗留，意图自己赚差价的王四爷便游说她为自己建牌坊。经过种种波折赵太太的牌坊终于立起，然而"节孝可风"的牌坊却并没有为赵太太的生活带来改变，因为觉得"出了很多的钱，也不觉得有多大的利益，赵太太仍旧是从前那么一个赵太太"，生活仍旧"不怎么起劲"②；贫穷无靠的女孩则更加无法掌控自己的生活，处于极为悲惨的生活境地，例如一个在有钱人家做丫头的小女孩，

---

① 编者：《南风第一声》，《云南日报·南风》1935年5月4日。
② 沈沉：《牌坊》，《云南日报·南风》1935年5月4日。

第一章 抗战前的昆明：趋向"现代"的城市文化空间

只因打破了油瓶不敢回家向主人交代便处于绝望，甚至意欲跳河自杀①；正当妙龄的少女则更是古城陈规陋习的牺牲品，尤其对于婚姻，她们没有自己选择的权利，"照昆明的风俗，那家的女儿都是这样的，好好的养在家首，等女婿家'看中'了，叫媒婆来提，这是他们的'老规矩'"②。"老规矩"使这些青春少女或只能居于家中忐忑等待不可知的命运③，或屈辱地视婚姻为唯一出路，被迫嫁给不相匹配的男子④，即使偶有对此婚嫁习俗的反抗者，也因为不被家人和外界理解而寂寞痛苦致死⑤。这些命运不能自己主宰、被腐朽残酷的旧习俗旧传统所压抑折磨的女性，正是"老旧"昆明城的某种象征。身处如此像"僵虫似的"、任凭年光流转仍然亘古不变"灰色的古老的山城"中，难怪青年们要感到"简直要被窒死掉"的"沉闷"与"死寂"⑥。

古老昆明又伴随现实的重重阴影。首先是战争引起的"兵祸"。此时的昆明虽然远离于内地祸患日深的日寇威胁，却蒙上军阀内乱的战争阴影。1913年以后，统治云南的唐继尧积极地介入了全国尤其是西南地区的政治纠纷，展开了向四川、贵州、广西等地的军事扩张，他的继任者

---

① 群人：《速写》，《云南日报·南风》1935年5月26日。作为昆明"老旧"形象的象征，"丫头"的境遇让20世纪30年代进入昆明的美国著名记者埃德加·斯诺触目惊心，将其视为昆明的"奴隶"。此后"丫头"的悲惨故事一直延续至抗战后，并在一些外来文化人的眼中和笔下得以展现，如彭慧的《桂香》，把"养丫头"认为是地方陋习，表现出对"虽说是抗战建国期，这地方，还很作兴养丫头呢！"的强烈不满（《云南日报·南风》1938年12月28日），闻一多1938年居住在昆明福寿巷三号时，也常听闻房东老太太虐待丫鬟荷花，常去劝阻并连声谴责："太不像话！太不像话！"（《闻一多年谱长编》，湖北人民出版社1994年版，第558页。）丫头的生存境遇甚至成为联大社会学系的研究对象，如1942年毕业的周颜玉学位论文即为《一个关于使女的研究》，并为此访问昆明市内外使女80人（陈达：《浪迹十年之联大琐记》，商务印书馆2013年版，第59页）。到抗战末期，此风气则有所改变，如1944年5月，昆明有一个6岁的小丫头被主人打得遍体鳞伤，死于非命，此事被《正义报》揭露，并驳倒了被告重金聘来的能言善辩的律师，结果被告（小丫头的主人）终于难逃法网，被法院判处无期徒刑，伸张了正义。市民闻讯后，当街或到法院大门口燃放鞭炮，以示支持判决，此事可见昆明风气在抗战期间的变迁。
② 裴持危：《女儿悲》，《云南日报·南风》1935年6月11日。
③ 如上述裴持危所作《女儿悲》中的谢絮吟小姐。
④ 如亚林所作《订婚》中的佩芳，见《云南日报·南风》1935年5月24日。
⑤ 如司马欣如所作《绅士之家》中的丽樱，见《云南日报·南风》1936年6月14日、16日、17—19日连载。
⑥ 醉秋：《荒城琐忆》，《云南日报·南风》1937年7月15日。

龙云为获得统治权又与云南其他军事力量多次在省内展开混战，直到20世纪30年代初龙云的政权方始稳固，却又面对云南各地不时爆发的"匪患"，兵伐征戈一直不断。由于作战目标在短时期内变化繁复，对于昆明城中的老百姓，战争更多地意味着一种"城头变幻大王旗"境遇中的莫名恐惧，这种恐惧尤其表现为对家中男丁被抓去"做伕子"的巨大担忧。例如小说《王嫂》[1] 中，贫穷农妇王嫂的丈夫出门"卖柴"直到深夜未归，听邻人传话说是被抓去"做伕子"去了，让她次日早晨到街上见丈夫一面。次日王嫂好不容易在军队开拔时赶到，哀求长官放了其丈夫，哭喊着"我们都是可怜人，无衣无食的可怜人"，却被军人推倒，最后丈夫随军队远走，王嫂和儿子相拥痛哭。在这个故事中，王嫂并不知晓抓去丈夫的军队要开拔到哪里、敌人为谁，甚至是哪路军队抓去丈夫也不得而知，相对于现实追问，"做伕子"对于王嫂和小说的创作者本人，则更多地意味着一种突然降临、人力又无法违背的强烈悲剧命运。相较于抗战爆发后此类题材的写实化倾向，此时的战争描写多展现为"一片枪声炸破了昏黑，／朦胧里有个孩子在啼！／又是一个可怕的沉默，／恐怖笼罩着无边的大野"[2] 之类对战争恐怖氛围的渲染和对底层民众悲剧命运的暗示[3]。

"都市经济的不景气"[4]、商业凋敝则是笼罩古老昆明的另外一重阴影。云南财政经济恶化由来已久，由于它本是一个贫瘠的省份，在清代尚需依赖湖北、四川两省的协助，民国以后又曾举全省之力负担护国、护法两大运动，省府既无外援亦未能举债，导致经济入不敷出，财力匮乏，币值贬落。到20世纪30年代，伴随着世界范围的经济不景气，昆明

---

[1] 质君：《王嫂》，云南《民国日报》1935年5月29日。
[2] 浪萍：《前夜》，云南《民国日报》1935年5月30日。
[3] 抗战爆发后，敌人变为举国痛恨的日本人，"做伕子"也变为服"兵役"，昆明文学作品中的战争体验则更为写实。以服兵役之主题为例，此时的文学创作则有着更为具体的现实指向，或批评政府所允诺的征兵奖励不能到位，或以爱国热情和民族尊严鼓励民众积极参军，其中比较有代表性的有铁民的"速写"《区公所》（《南方》1938年第1卷第9期）、沙差的小说《"还有那两百块铁"》（《云南日报·南风》1938年9月4日）、马子华的小说《飞鹰旗》（《战时知识》1939年第2卷第1期）等。
[4] 周辂：《故乡》，云南《民国日报》1936年3月10日。

周围的农村经济纷纷破产，昆明城更呈现出商业凋敝、活力缺乏的萧条面貌。对于昆明城经济萧条的氛围，此时城内的文学想象则聚焦于经济生活中突遭巨变导致人生坠入谷底的底层小人物：城中女孩佩芳家境小康，梦想着升学进大学，实现自己的人生理想，不料初中毕业后父亲突然因病去世，家中经济来源断绝，佩芳无奈只能嫁给父亲朋友家"衣服要漂亮，读书不用功"的三少爷，以自己注定不幸的婚姻维持家人的基本生存①；城中职员李慕高平庸无能收入有限，唯一的人生理想是培养独生女儿黛丽出人头地，好嫁得金龟婿改变自己家庭的地位。黛丽却听任青春本能爱上房客大学生健夫，并与之交往失身怀了身孕，之后大学生离开，黛丽也因此失去了青春美貌不复有出人头地的机会。李慕高人生唯一希望破灭，心情悲愤终至害了"虎列拉"重症死去，其家人的生活也因失去了支柱而风雨飘摇②；因昆明经济不景气被裁员的周先生四处找人借钱糊口，他"转到北门街口，向站岗的警察问明了方向"，又"从丁字坡绕到贡院街，找了大半天，才知道司马第巷远在大南门外"，凄惶无靠的心绪印记在雨中阴郁的昆明城，熟悉的城市在一刹那显得如此陌生，直到见到好友郁师爷"橐橐地踏在积水的街石上"前来，借钱计划却还是终告失败，周先生只能失望悲哀地冒雨回家③。在这些故事中，小人物的命运总是在原本美好的预期中骤然落空；对其命运的改变。人力既无法挽回也无可改变，而文本结尾又暗示着他们将来的命运会更糟。这种宿命般的悲剧感正是此刻身处城中的创作者们对这座古老陈旧、市面萧条、经济缺乏活力的昆明城现实感受的文学表达。这些文学想象中对城市底层小人物命运前景悲观的"预言"中既包含对视域中现实昆明的强烈不满，又隐含着对昆明城固有面貌亟须变革的某种期待。

二 现代光影：州县④人群的从外观察

然而，从"旧"趋"新"的革新步伐其实已经在昆明城中暗暗踏响，

---

① 亚林：《订婚》，《云南日报·南风》1935年5月24日。
② 张晓邱：《虎列拉》，《云南日报·南风》1935年6月28日、29日。
③ 楚哥：《细雨黄昏》，云南《民国日报》1935年6月14日。
④ 云南人习惯把云南境内昆明以外的其他地区统称为"州县"。

古老的农业城开始向现代城市逐渐转变。久居城中之人也许对这种变革的细微变化还一时难以察觉，外来者却以其角度不同的视角敏锐地捕捉到了这种变化发生的蛛丝马迹。在发展更为迟缓滞后，甚至尚停留在农耕时代面貌的云南各州县人群看来，此时的省府昆明城已经有着和各州县截然不同的"市声"：

> 从天一亮起，于人喊马叫之外，我们听到的是犬吠声，车轮辗动声，人力车的呼声，单车的铃声，汽车的喇叭声，以及各式各样的声音，交揉错杂，合混起来，变成一团莫名其妙的，"喧哗"的市声。
>
> 这些声音的来源，当然是从街市上，店铺里，工厂里，学校里，倘如是戏院，或者是有声电影院，那声音就特别嘈杂，随风飘荡，仿佛波浪似的，忽高忽低，忽起忽落。一个人走着，耳朵里就只听见喊喊喳喳，纷纷攘攘，神经稍微衰弱点的人，我担保走不上几条街，就得晕倒。①

这可以让人"晕倒"的"喧哗"市声不禁让我们想起《子夜》开篇，从乡下来的吴老太爷骤然遭遇现代都市上海"Light，Heat，Power"②冲击而惊恐眩晕的场景。《子夜》所述的 20 世纪 30 年代，上海已是国内首屈一指进化完备的现代都市，充满声光色影的摩登气息，而大致同时期的昆明城，和上海、北京等内地大城相比，城市现代化程度固然远远不及，但如果换一个角度，由此时仍身处"仿佛是太古时代的井水"般"平定无波""声响绝灭"的云南各州县人群的角度观察，则又会感受到昆明城市容的趋新变革，甚至已有现代"都会地方的风光"③。

州县人群把昆明看作现代都市，此印象的物质载体首先来源于"车"。虽然直到 1925 年，云南省交通厅方由越南购入美国福特公司载重

---

① 柳兮：《省城和州县》，《云南日报》1935 年 11 月 28 日。
② 即"光，热，力"，见茅盾《子夜》，人民文学出版社 1996 年版，第 3 页。
③ 柳兮：《省城和州县》，《云南日报》1935 年 11 月 28 日。

1.5 吨的货车底盘 4 架,自行装配车厢,在昆碧公路上行驶,成为昆明出现的第一批汽车,到 1936 年底全市共有汽车行 40 户、客货汽车 178 辆,再加上数量稀少的私人汽车,抗战前昆明的汽车保有总量与内地大城市相比并不算多,行驶于昆明城内的数量更少[1],但在仍"过其浑浑噩噩之初民生活"[2]的云南州县人群看来,相较于理性的数字,汽车却带给了他们惊心动魄难以磨灭的都市印象:汽车在昆明街道上不时发出"车轮辗动声""喇叭声"的巨响,伴随着车轮滚动随即绝尘而去的快捷身影,宛如有着惊人的速度和不凡声响的"巨兽""在大道上吆喝"[3],再加上时有"粉香的摩登男女""拥抱着在汽车里兜风,披襟敞怀"[4]——这"近代交通的利器"[5]正构成了州县人群眼中昆明城忙碌繁荣又奢靡浪漫的都市场景。

单车(即自行车,昆明一直把自行车称为单车,至今如此)也在此时昆明城的时髦人群中开始流行起来。20 世纪 20 年代昆明出现了单车,但数量很少并不普及。到了 20 世纪 30 年代中期,单车已成为一种新兴的代步工具出现在昆明街头,"不惟白昼的市街,是单车的天下,就是黑夜里也还是单车在'称孤道寡'"。除了宪兵、警察、邮差、送报工友等公务人员使用单车外,此时的单车还是一种摩登的象征,骑单车的人们"大都把骑单车认为一种玩艺,很足以夸耀于女人们之前,很足以显示自己的富有",甚至类似今日富二代们夜间飙车,其时昆明城的时髦青年们也夜间"飙单车",常在晚上十二点钟后,在市区最繁华的近日楼、三牌坊一带,"宛如游龙般的奔驰着",以至于恐慌的居民认为当局应颁布禁令,不准单车"深夜还在街上往来奔驰"[6]。单车如此流行,再加上不时出现的汽车、市内通行的人力车,昆明街道上各种车辆"络绎不绝",车

---

[1] 直到 1938 年,到昆明游历的外来者还从眼见的市容认为"汽车甚少","汽车全市恐尚不及二十辆",参见李启愚《昆明风光》,《旅行杂志》1938 年第 12 卷第 1 期。
[2] 社论:《昆明乡村改进诸问题》,云南《民国日报》1940 年 12 月 30 日。
[3] 赵祖凤:《圆通山头展望》,云南《民国日报》1935 年 12 月 20 日。
[4] 燕燕:《夏之花絮》,云南《民国日报》1935 年 10 月 22 日。
[5] 茅盾:《子夜》,人民文学出版社 1996 年版,第 8 页。
[6] 李概:《单车肇祸》,云南《民国日报》1935 年 10 月 17 日。

辆机械化的形象与机器声音交织，构成州县外来者眼中现代都市的勃勃生机，到处是"生的光，力的光，/——跳跃着，奔腾着！"[1]

州县人群对于昆明"现代都市"的印象也来源于"有声电影院"、游乐场等公共娱乐场所的点缀。昆明的电影放映起源于 1913 年，其时在翠湖水月轩用单机木架手摇机放映百代公司发行的法国片，1916 年邓和风创办昆明第一家较正规的电影院"新世界影院"，到 20 世纪 30 年代中期，昆明已有大中华逸乐[2]、大众[3]、新明[4]等几家电影院。这些电影院在《云南日报》、云南《民国日报》等报纸上每日投放广告且都刊登于头版头条。从《云南日报》刊登的广告上看，仅在 1936 年 4 月这样普通的一个月，昆明这几家电影院就上映了 16 部国内外影片，其中既有《阿丽思漫游奇境记》《南北美血战史》《岛荒藏金记》等国外大片，又有《故宫新怨》《热血忠魂》《我们的生路》等国产影片。国内外影片在昆明上映的同时，《云南日报》还设有"影评杂话"栏目对上映的影片发表评论，云南《民国日报》也创办《电影与戏剧》副刊，话题围绕昆明时下上演的电影、戏剧等展开议论，可以说电影成了此时昆明城文化娱乐的重要手段。如果把电影视作一种现代文化沟通的渠道，则此时昆明城中电影放映与人们日常生活的联系，不仅在文化上促进了封闭小城与内地乃至外国的联结，也增添了昆明城自身的现代文化气息，并催生出诸如"灯，三百支光的灯炬，天狼星样的在'陶陶大戏院'的巨大底门口，放着雪白的光，那里，波动着贩卖明星糖，杂牌香烟，和兜售夜报的孩子哑嗓声"[5] 之类充盈物质诱惑与时髦气息的都市想象。

现代游乐场也在此时的昆明建立起来。云南著名商人展秀山受上海大世界游乐场启发，于 20 世纪 30 年代初，向市政府租得金碧公园内的娱

---

[1] 赵祖凤：《圆通山头展望》，云南《民国日报》1935 年 12 月 20 日。
[2] 该影院位于光华街，专映国产影片，以"联华"影片最多，深受昆明学生及知识阶层欢迎。
[3] 该影院多放映西方影片，以美国好莱坞的"派拉蒙""米高梅""华纳"等电影公司的影片最多。
[4] 在上述三家影院中成立最晚，1936 年才开始营业。
[5] 张邱晓：《城边》，云南《民国日报》1935 年 11 月 14 日。

乐场地，仿照上海大世界的多种经营，改建影剧场和其他游乐设施，定名金碧游乐园，于1930年底正式开业。金碧游乐园内又新设天南大戏院、光华电影场、茶室、弹子房、溜冰场等现代娱乐场所，在昆明盛极一时，尤其是天南大戏院经常上演魔术戏、歌舞戏等新鲜戏剧样式，深得城内青年人青睐，也为云南其他州县青年人所向往。影院、游乐场等现代娱乐设施与此时昆明初始发展的现代商业氛围结合，再加上正在开始现代转型的都市面貌，昆明遂成为战前云南最富吸引力的省府都市。20世纪30年代中期，当云南其他州县年青人由乡间"乘滇越车或骑马乘船"来到省城昆明时（通常为了入学堂深造），展现在他们面前的就是如此一番"都市的绚烂"：

> 宽敞整洁的石子路，花花绿绿什么不触动一双尚未成长的眼睛，触目皆是的东洋车，不得不坐几回，开开心！什么的大观公园哩！什么的金碧古幢哩！甚至于娱乐的电影，天南或群舞的戏剧，都是这里初临的学生所必得要首先尝试的。德茂衣庄里的学生装，广南利的黑皮鞋，文庙街一带商铺里的学生帽，汇康里的零星用品，……都是这些初临省①的学生们所欲光顾的地方。②

这个五光十色、充满物质诱惑的时髦都市很快改变了进入其中的州县学子的面貌，可能就在短短的几天中，"那种粗旧的短衣短裳已不知被淘汰到什么地方去了，那一阵阵的长而窄的小裤子，佩上了雅布，或阴丹士林布的长衫，已经使你一看就吓一跳，何况还有眼上架着的金丝眼镜，和脚上蹬着的大黑皮鞋……"③——昔日纯朴的乡居面貌很快汇入都市时髦青年的装扮中，以致"在繁华的都市里混了些时日，对故乡底一切竟有点漠然不清了"④。昆明城作为时髦风气的源头，其影响也辐射到

---

① 此时昆明为云南省城，报纸上云南其他州县人群的文章常把昆明简称为一"省"字，估计是对省府或省城的简称。
② 武：《人生的旅途》，云南《民国日报》1937年2月9日。
③ 同上。
④ 同上。

毗邻的县城村镇，比如说周围的路南县，昆明时兴的旗袍、高跟鞋、流行的新歌曲等不多时便能在此见到，评论者认为此现象很可以看出路南女子的"善于跟追时代"①——时髦装扮、流行事物等物质化的当下潮流在此成为"时代"的某种象征，昆明城也因为对这种当下潮流的掌控和引领成为云南州县人群眼中的云南现代之都。

综上可见，战前的昆明城，基本形态尚属封闭守旧的偏远山国，但已经开始有了一些现代都市的风貌。相对于文化、思想等形而上精神层面，此时的"现代"更多影响着昆明城的物质面貌，这种物质面貌又以汽车、影院、娱乐场所、商店商品等显著易见的形式，在州县外来者眼中点染着昆明城现代都市的氛围。若以"现代"作为标尺，相对于此时"斐然可观"的市政建筑和"突飞猛进"②的交通建设，昆明城的物质面貌与精神文化氛围之间就已经出现了发展上的某种不平衡，都市物质文明的发展步伐已经奔到了城市文化氛围、精神面貌的前头，并成为外来者昆明"现代都市"印象的首要来源。

三　"当下"与"过去"的混杂：省外人眼中的昆明城

在云南之外、中国其他地区的观察者眼中，昆明城物质面貌与文化氛围、精神面貌发展的不平衡尤为明显。在他们看来，此时昆明的"外在"气象很不差，尤其是繁盛区域，诸如金马坊、碧鸡坊一带、滇越车站附近，街道整洁、市貌热闹、洋货不少，甚至很有"法国化的色彩"③；但昆明的教育水平与文化事业，以及相伴随的城市文化氛围和精神面貌则远落后于时代。例如城中最高学府东陆大学④虽然建筑宏伟，但经费严

---

① 吴露伽：《路南剪影》，《云南日报·南风》1935年12月20日。
② 拯难：《云南一瞥》，云南《民国日报》1937年7月19日。
③ 徐鸿涛：《在云南》，王稼句编《昆明梦忆》，百花文艺出版社2003年版，第9页。
④ 作为云南建校最早、规模最大、专业较齐全的综合性大学，东陆大学由时任云南省都督的唐继尧为在变革时代"储通才"，并"进而谋云南诸省文化之均衡与向上，以与中原齐驱，而同欧美抗衡"为目的于1922年12月创办，"东陆"之名也源于唐继尧"东大陆主人"之号。1928年龙云主治云南后，本"大学是培养领袖及专门人才的场所"之思想并为"充实经费起见"将东陆大学由私立改为省立，1934年9月又将其正式改组为云南省立云南大学。1936年7月龙云任命熊庆来为云南大学校长。在熊庆来、蒋梦麟、张伯苓、梅贻琦等人的推动（转下页）

第一章　抗战前的昆明:趋向"现代"的城市文化空间

重不足,不仅聘不到好教授,"其他一切设备,更可不必谈了",校中课程程度不高,平时学生不到二百人,此时更"暂时停课着"[①]。和文化发展迟缓相伴随的,是昆明城市精神面貌的慵懒无精神,在内地人士看来,"暮气在昆明表现得很厉害"。这种"暮气"的严重程度甚至让内地人惊诧:

> 上午九时以前,商店多半是没开门,在十二点钟以前到各机关很少能以会到人。听说这还是蒋委员长到过一次后,大家厉行了新生活,若是在过去,大约还是要更甚一点。[②]

昆明城的这种"暮气"一直延续至抗战爆发后,并让战争中来到昆明的内地文化界人士惊诧和不满,成为促使外来者对昆明城市氛围产生某些不认同并促发"外来"与"本地"文化纷争[③]的一个重要原因。

昆明城发展上的不平衡不仅呈现于物质与文化之间,即使单论物质层面,城内不同区域之间发展程度与面貌的差异也显而易见。人流量大、车辆络绎不绝的繁华区域多集中在城市东南部区域,尤其是交通枢纽滇越车站一带以及南正、三市、金马等城市传统干道,影戏院和娱乐场所等现代设施也多集中在这个区域。此区域自明代昆明城建成以来一直最为繁华,此时更是集中了昆明城现代物质文明的精华。同时,昆明城的西部、北部则相对荒凉破旧,缺乏现代城市该有的规划与修缮,尚停留

(接上页)筹备下,云南大学又于1938年改组为国立云南大学,这个"国难中的产儿"于1938年11月24日正式举行开学典礼。熊庆来认为"吾滇自抗战而还,已成后方重心,人才荟萃,可谓千载一时,西南文化灿烂之前途当孕育于此,是应把握机会,厚植基础",因此抓住机遇,广泛聘请名师,充实云南大学教师队伍,并对云南大学"除陈布新,力加整饬"。到1946年,当时国内报纸载十九所国立大学招生名录中,云南大学位排第十,还被美国国务院指定为与中国交换留学生的五所大学中的一所,同年还被英国《大不列颠百科全书》列为中国15所著名大学之一。在某种程度上,东陆大学抗战前后的演变史可谓其云南文化现代发展历程的一个缩影。

① 徐鸿涛:《在云南》,王稼句编《昆明梦忆》,百花文艺出版社2003年版,第12页。
② 薛子中:《滇黔川旅行记》,薛子中等《匹马苍山:黔滇川旅行记》,辽宁教育出版社2013年版,第55页。
③ 可参见本书第二章第三节:"抗拒'摩登'与《昆明杂记》风波:面对'外来'的复杂心态"。

在"农业城"的古朴市容中常充盈着乡下人的卖菜声、卖粪声,"打成一片不调合的交响"①。城郊地区则还保留原始农耕面貌,甚至直到20世纪40年代还在过其"浑浑噩噩之初民生活"②。即使是最为繁华的城市东南部区域中,也有诸如祥云街、南强街等满是污水坑、烂泥潭,街面凌乱不堪缺乏修缮的"贫民区"。物质面貌的差异深刻影响着昆明城文化形态与文化氛围的差异,导致粗具规模的现代城市光影与根深蒂固的农业城氛围混合,造成战前昆明城市面貌与城市氛围"混杂"的"农村都市"③面貌。在赴云南游历的其他国家人群(通常正来自现代文明的输出国)的眼中,这种"混杂"的农村都市面貌则因这些人群所拥有的"鉴别"眼光而显见得更为明晰。

在20世纪30年代初来到昆明考察的美国著名记者埃德加·斯诺看来,如果只是远观昆明,那么它的古老城墙、边城格调以及"一队人马以天空为背景的剪影沿着山巅匍匐而进"④的马帮意象无不具有属于"过去"的丰厚质感,而走进"年久失修"的城墙身处古城其中,你又会感受到昆明城某些部分的与"当下"接壤——"与外界联系的唯一现代化设施"⑤滇越铁路(斯诺正是通过滇越铁路进入昆明)向它输入了"文明的内地"和西方国家的各种商品,电灯、电影院、蒸汽火车等的存在使昆明城开始拥有了一些现代气息;但同时,城市中随处弥漫的鸦片烟味、肮脏街道的臭味、众多患有甲状腺肿大的居民、数以千计的野狗、街边"移动着三寸金莲"的歌女和至少两万名"奴隶"——这些丫头或者奴仆的生存惨况又会提醒你这座城市距离现代文明的遥远距离。现代与传统、摩登簇新与保守陈旧的矛盾并存恐怕是此时昆明城给予斯诺最深刻的印象,他用一段富含对比的文学性语言描述眼中奇异的昆明城:

> 这座城市是许多道路的会合点:既是一条铁路的终点,又是若

---

① 赵石泉:《红樱女士》,云南《民国日报》1935年12月10日。
② 社论:《昆明乡村改进诸问题》,云南《民国日报》1940年12月30日。
③ 周光倬:《扩大新昆明市区的一种建议》,《新动向》1939年第3卷第1期。
④ [美]埃德加·斯诺:《马帮旅行》,李希文等译,云南人民出版社2002年版,第26页。
⑤ 同上书,第121页。

第一章 抗战前的昆明:趋向"现代"的城市文化空间

干马帮旅途的起点;既是东西方最后的接触点,又是东西方最早的接触点;既是通向古老的亚洲的大门,又是通向中国荒芜的边疆之大门。十九世纪中国的帝国主义、标新立异的民族主义、弄得稀里糊涂的本地人、不能正常工作的电话系统、不会亮的电灯、串串铜钱、纸币、野狗、皮革和古老的刺绣等等这些所有的东西,都在这个城市被荒诞而绝望地混杂在一起。这个城市伸出一只脚在警惕地探索着现代,而另一只脚却牢牢地植根于自从忽必烈把它并入帝国版图以来就没有多大变化的环境中。①

斯诺印象派绘画般的文字描述着20世纪30年代昆明城"当下"与"过去"、现代与古老、东方与西方等因素跨越时空与地域的戏剧性混杂,这种混杂在当时的斯诺眼中又暗含"先进"与"落后"面貌并存的奇异状况,而这恐怕正是战前昆明文化空间的最主要特征。昆明城市文化发展水平的不平衡与城市面貌、城市氛围的差异与混杂一直延续至抗战之后(抗战中甚至得到加强),并成为影响抗战时昆明文化空间的构建与文学表达的一个重要原因。

---

① [美]埃德加·斯诺:《马帮旅行》,李希文等译,云南人民出版社2002年版,第40页。

第二章　相聚与融汇:"外来"与"本地"共建"文化城"(1937.7—1940)

民国以降，昆明城所努力追寻的"现代"，正是在对内地远距离的学习和比较中进行。在这番因为距离而显得格外艰难曲折的"临摹"之时，昆明还并不知晓之后将爆发的一场大战，会使这个似乎"远在天边"的"现代"骤然间"近在眼前"，并会随之带来小城城市面貌与文化氛围的巨大改变。

第一节　从"圈外"到"生活组织战":昆明文化秩序的"内地化"

"九一八"事变之后，面对日本军国主义势力的步步紧逼，中日冲突与战争阴影成为全国文学创作的一个重要题材。对于昆明，由于地理上与中原的远离及文化的相对隔绝，昆明文化界虽也有"自从东四省亡了后，实在是常处危急存亡之秋"[①]的全国同仇敌忾之认识，但中日冲突并不是此时昆明文化圈的创作重点，不仅数量并不多，相关题材的作品也多停留在对内地尤其是东北人民抗日卫国事迹的想象中，多渲染国人爱国杀敌的热烈情绪，如碧波的诗歌《杀敌歌——献给中国民众》、非子的诗歌《何时还我河山》、炬郎的小说《袭击》、周辂的小说《长白山下》、张心聪的独幕剧《城破之夜》等。在实际生活中，直到"七七"

[①] 吴锁渭:《救亡年》，云南《民国日报》1936年1月23日。

第二章　相聚与融汇:"外来"与"本地"共建"文化城"(1937.7—1940)

事变爆发,掩映于群山遮蔽与古老城墙中的昆明城仍一直沉浸在自己"桃花源"般自成一体、与世无争的生活节奏与文化氛围中,并不知外界一场旷日持久的大战即将来临,更无法预知这场战争会对其自身命运有何影响。

一　"内地化"语境的进入:战争的"同感"联结

1937年7月7日,昆明最大报纸《云南日报》的头版像往常一样刊登电影广告:这天大中华逸乐(此时本地最著名影院)上映的是艺华公司新制的有声对白喜剧《满园春色》,宣传广告则以"世间上数不清的痴男怨女,只有'满园春色'里",巧妙点出该片的爱情喜剧主题;大众电影院则上映美国好莱坞米高梅公司的《断钗记》,广告宣称该片为"悱恻缠绵哀感顽艳社会巨片"。与沉湎个人情感的影片呼应的,是小城此时浓厚的市民生活氛围:全国运动大会云南选手预选会、昆明市第一届民众业余运动会都即将开幕,《云南日报》在7月7日当天正提醒市民们"速来报名"。昆明城既有生活秩序和富有市民气息的生活氛围很快被外界战争的消息打破:两天后,7月9日《云南日报》在第二版头条,用大字标题刊发"日军有意激起事变,借故寻衅炮轰北平"的消息,中日战争的阴影由此波及昆明。

在云南作者杨其庄的独幕剧《圈外》[①]中,我们可以直观地感受到战争介入小城生活的猝不及防:家庭背景富裕、一心追求都市时髦生活的昆明学生老苏、老马、小王等沉迷于恋爱、写诗,与城中时髦女子小高、密斯赵等享乐度日。1937年7月30日这天,他们正打算到昆明城中最时髦的"逸乐"看电影《广陵潮》,朋友老姚却忽然带来天津失陷的消息,一群青年对此不禁茫然失措。时髦青年安闲舒适的生活忽然被外界战争消息打破,"圈外"严峻宏大的时代潮流开始渗透入封闭而自得其乐的山城生活圈。相对于《圈外》中都市男女面对战争来临却不知何去何从的茫然,现实中的昆明文化界则很快与战争氛围衔接,开始主动思考这场

[①] 发表于云南《民国日报》1937年8月21日。

战争与昆明城的关系。

在这种思考中,昆明文化界首先摒弃了把昆明自视为战争之外"桃花源"的"避世"思想,在现实层面认为云南也是后方,随时有被轰炸的可能,① 更得出"在二十世纪,是不会有'桃花源'的,我们不能遁世,不能做隐者"② 的结论。这种感受及相关言论表达了昆明文化界意欲摒弃"小我"、加入全国抗战秩序的觉悟与决心。对于昆明文化界,抗战语境的进入则主要依靠以抗战为题材的文学创作和对救亡宣传工作的自觉承担。

诗歌因是"人类最原始,最易感动大众,使大众最容易加入了被感动的集体行动的艺术"③,因而自然成为抗战初期昆明文化界与战争发生"联系"的首选载体。以诗歌关联战争体验,首先触动昆明文化界的是对于"芦沟桥"具体情境的想象:《云南日报》刊发的第一篇与抗战相关的文学作品是晓阳的《芦沟桥之歌》④。这篇在昆明城获悉战争消息的第一时间写就的作品,以叙事诗的方式想象着发生于永定河边战役的过程与细节,充盈着"这是为祖国,/为我们整个中华/所以死的不埋怨,/伤的依旧笑呵呵"这样真挚的爱国情感。云南《民国日报》所发表的第一篇抗战题材文学作品《猫头鹰——我们的呼声》⑤ 也聚焦"猫头鹰成阵的飞舞着"的芦沟桥,在悲壮的氛围中抒发国人宁愿牺牲自己也要与敌寇"拼个死活"的心愿。之后,杨季生创作的弹词《战芦沟》⑥ 将芦沟桥事变的想象进一步细化,虚构出本是"宛平一百姓"的"我"在芦沟桥事变里死里逃生,又在现实遭遇的警醒下决定为国当兵的经历,表达出"谁人不有家和室,谁人不有父母亲,/不把倭奴赶出去,大家休想要安生"这样极为质朴的家国情感。到1938年,"芦沟桥"这一意象经过战争的洗礼与时间的沉淀,其意义在昆明文化界眼中则进一步演变为"给

---

① 伽夫:《"防空"在云南是必需的》,云南《民国日报》1937年8月28日。
② 秦越:《给紧急时期的文化工作者》,《云南日报·南风》1937年8月7日。
③ 溅波:《发刊词》,《战歌》1938年9月1日创刊号。
④ 发表于1937年7月13日。
⑤ 作者为马碧波,发表于1937年7月17日。
⑥ 发表于《云南日报·南风》1937年8月10日。

第二章　相聚与融汇："外来"与"本地"共建"文化城"（1937.7—1940）

中国的人民到新生的过渡"①。

通过对"芦沟桥"相关场景设身处地的想象，昆明文化界把自我情感自然地与面临实际战争的内地人民贯通，形成了一个面对国家"最要紧的时候"②无分彼此、同仇敌忾的抒情主体"我们"。以"我们"的同感想象关联战争，昆明文化界则不仅在战争初期以《踏上抗战的大道》《古城的怒吼》《杀敌歌》等诗歌抒发爱国情感，也开始进行救亡宣传剧的剧本创作。这些剧本主要刊载于《云南日报》、云南《民国日报》文艺副刊及《南方》《新动向》《战时知识》等战后新创刊物，一般篇幅不长，多为独幕剧，如阚迪《路》、春茂《激流》《志愿兵》（街头戏）、鸥小牧《包头之夜》、平《逃到哪儿去》（电播剧）及陈豫源、周辂、龙显球、杨增祥等集体创作的《黎明》，还有陈豫源《海葬》（又名《一群小俘虏》）、云大附中高二班集体创作的《上前线去》等。为"唤醒民众，组织民众"，很多剧本对白还尝试使用了一些"云南的一般俗语"③。

与此时昆明抗战题材的小说类似，这些剧本多"以想象的远方的轰轰烈烈的战争故事，或传闻和记录下来的惊心动魄的战士生活，作为创作的内容"④。剧本中的人物又总是以各自不同的情感逻辑与方式"殊途同归"，最终投入抗战救国的洪流中，人物的这种命运选择又被剧作者诠释为"这就是我们求生的道路"⑤——这种故事模式成为此时昆明抗战剧作的普遍模式。这些剧作中，发表于1937年8月，可视为昆明第一个公开发表的救亡剧的独幕剧《路》⑥值得一提。《路》书写昆明的一家人在国难之际以各自不同方式投入抗日救亡工作，在内容上并没有脱离上述抗战剧作模式，但相比其他剧作将故事地点设定为更接近战争地点的中原某地，《路》则将背景设定在"一九三七年八月"的"昆明"，并在剧本开头铺垫了一段8月雨季昆明的环境描写，因背景的"同步"与真切

---

① 溅波：《芦沟桥，伟大的桥梁》，《战歌》1938年第1卷第3期。
② 刘长洪：《这是一个要紧的时候》，云南《民国日报》1937年7月19日。
③ 《志愿兵·后记》，《云南日报·南风》1937年12月22日。
④ 高寒：《抗战文学的现实主义与云南文艺》，《文化岗位》1938年第2期。
⑤ 春茂：《激流》，《云南日报·南风》1937年9月15日。
⑥ 作者为阚迪，发表于《云南日报·南风》1937年8月27日。

而更能引发昆明读者的"同感"关注：

> 一九三七年八月。昆明坝子里差不多每天都下雨；淅淅沥沥地滴落着，滴落着。间歇地还扯闪，生雷①，秋天的凉意，已使人渐渐地感觉到了。
>
> 然而，住在这城市里的人们的心里，大家却同样的燃烧着被压迫民族反抗的火焰，男的，女的，老的，少的，都为着救亡运动而奔忙。街头的每张号外下，攒聚着无数的群众——农，工，商，学，兵，任是瓢泼大雨也扑灭不了他们心头熊熊地火焰的！

可见，在战争爆发、国家危亡之际，昆明文化界力图通过文学创作，把这种自视为中华民族"我们"中一员，从而对抗日救亡同感牵怀的认知尽力传达于大众，力求使昆明城内远离战争的普通人对抗战也能有身临其境、身处其中之体会。同时，昆明文化界还利用滇戏、弹词、大鼓词、花灯（"灯调"）等老百姓喜闻乐见的民间戏剧形式，以"旧瓶"装"新酒"的方式把抗敌宣传内容包裹其中，"动员民间诸艺术，一齐努力救亡"②。1938年上半年"博得空前欢迎"③、由云南民教馆农民灯剧团在昆明公演的抗战花灯《茶山配》，即为此类"旧瓶装新酒"形式结出的硕果。

二 从"文抗会""号角"到《南方》：救亡宣传地位的凸显

唤起民众关注抗战的同时，对于昆明文化界自身，救亡宣传则在极短时间内就成为重要性压倒一切的工作中心，原有的秩序都围绕这一中心开始改变："七七"事变之后，《云南日报》、云南《民国日报》随即

---

① "扯闪"即闪电，"生雷"即打雷，都为昆明土话。
② 王秉心：《从动员乡土艺术说到花灯剧》，《云南日报·南风》1938年2月6日。
③ 杨季生：《抗战以来云南戏剧工作的检讨》，《新动向》1939年第2卷第11—12期合刊。杨季生此时为《云南日报》编辑。

第二章　相聚与融汇："外来"与"本地"共建"文化城"（1937.7—1940）

约同本市各刊物的编辑、写稿人共同发起"云南文艺工作者抗敌座谈会"（以下简称"文抗会"），意图"使我们的笔在抗敌救亡的浪潮中，能同前线弟兄们的枪杆，发生同样的力量"①。"文抗会"成立刚一个星期，报名参加者就有四十多人，参加者包括热心写作、戏剧、歌咏、绘画的公务员、学生、新闻记者、刊物编辑等。到1938年3月27日汉口"中华全国文艺界抗敌协会"（以下简称"文协"）总会成立后，"文抗会"立刻将其视为"全国性的中心组织"②并主动与其联络，同时自发地将"文抗会"改组为"文协"的云南分会（1939年1月8日改称文协昆明分会），于1938年5月4日在昆华民众教育馆召开第一次成立大会，参加者有六十多人。"文协"昆明分会的成立，将昆明文化界的救亡宣传活动置于文协领导的全国统一秩序之内，从而与全国文化氛围相连接。其后，昆明文化界更通过鲁迅逝世周年纪念、筹募援助贫病作家基金等一系列"文协"活动的积极参与，在与内地步调一致的活动秩序和文化氛围的彼此呼应中逐渐趋近"内地化"。

抗战爆发之后，《云南日报》的头版头条也逐渐不再由电影广告占据，改为刊登内容涉及抗战形势分析及相关社会问题讨论的社论、星期论文等，电影广告退居到头版下方，并加入致力救亡宣传的话剧广告，同时其副刊《南风》也加入例如"时事述评"等关注现实的栏目；云南《民国日报》也应时取消《电影与戏剧》副刊，并设立由云南学生抗敌后援会出版的《云南学生》副刊，聚焦学生群体的救亡宣传工作。云南《民国日报》还在1937年12月13日创立了旨在为抗战提供"精神的粮食"的文学副刊《号角》③——顾名思义，此副刊正是要作为救亡宣传呐喊助威的"号角"。《号角》在观念上认为此时的文学"要朴实无华的，要简劲有力的，要富于实际性的，尤为要有最明晰的最坚强的民族意识

---

① 《文抗会是怎样成立的》（会务报告），《文化岗位》1938年第2期。
② 同上。
③ "号角"为不定期出版的文学副刊，创刊后一开始出现得还比较频繁，到1938年下半年就逐渐因"电文不能容纳，只好把副刊的地盘割让了"，出现的次数越来越少直至消失，1939年1月1日被云南《民国日报》新设的文学副刊《大观》所取代。

注入在里面，方切合战时的需要"①，在实践中则致力于救亡宣传的精神号召与工作报道。《号角》与《云南日报》的副刊《南风》一起，成为昆明抗战初期救亡宣传工作的重要阵地。

抗战初期的昆明，救亡宣传主要以演剧、歌咏、演讲、游行等方式进行，其中演剧又是诸种工作的重点，并衍生出其后声势浩大影响深远的昆明抗战剧运。此时演剧的主要参与者有"艺师"戏剧电影科、金马剧社等专业戏剧团体，南菁中学、云瑞中学、求实中学、昆华农校、昆华女中等学生团体，还有例如云南学生抗敌后援会这类由中等以上学生自发组织的抗日宣传团队，他们演出《无名小卒》《死亡线上》《撤退，赵家庄》《打回老家去》《放下你的鞭子》《难民曲》等救亡剧目鼓舞市民，还到市街和与昆明邻近的嵩明、宜良、呈贡等各县城以街头剧的方式进行宣传。同时，昆明教育界还在学校教育中引入"国防教育"和"战时教育"，其内容"男生以军训女生以看护为主"②，同时文化界也告诫学生"读书就是准备和训练救国"③。救亡宣传还"向各方面辐射"④，除了学校之外，诸如工厂、兵营甚至家庭妇女都参与进来，使救亡宣传工作融入城市生活细节、日趋"深入和普遍"⑤。

昆明救亡宣传的热情是如此高涨，为从"工作和理论上""推动这一新阶段救亡阵线上所发生的一切问题"⑥，一种新刊物《南方》⑦于1937年10月19日应时而生。《南方》"以'抗日'为第一"，关注救亡宣传工作中的实际问题。为明确刊物的"现实"指向，《南方》特在创刊号中声

---

① 《发刊词》，云南《民国日报·号角》1937年12月13日。
② 《本省中等以上学校实施战时教育》，《云南日报》1938年3月1日。
③ 包平章：《怎样开展我们的工作》，云南《民国日报》1937年9月14日。
④ 杨东明：《一年来云南抗战文化的检讨》，《新云南》1939年1月28日创刊号。
⑤ 章新泉：《客观上一月来的学生后援会》，《云南日报·南风》1937年9月30日。
⑥ 本刊同人：《创刊词》，《南方》1937年第1卷第1期。
⑦ 《南方》为月刊，出版者为南方月刊社，发行人为此时居住于昆明的云南建水人邱晓崧。至1941年1月停刊，《南方》共出36期，主要作者为楚图南、张子斋、穆木天、天虚、彭桂萼等。有学者认为《南方》"是以群众的面貌出现的党刊，在呈教育厅文中所署的负责人邱晓崧、龙显囊、李建平均为党员，马子卿参加云南省工委领导工作以后，也进入编辑部，并以冯济民和麻涤非为笔名，为该刊撰写社论和文章。董必武曾对《南方》的办刊方针作了指示"（蒙树宏：《云南抗战时期文学史》，云南教育出版社1998年版，第9页）。

第二章 相聚与融汇："外来"与"本地"共建"文化城"（1937.7—1940）

明，刊物的出版绝不是想"高谈文化"，而是面对抗战现实要"负起一份救国的任务"，"在行动中努力"①。聚焦现实、更关注"行动"的办刊宗旨也反映在《南方》的编辑工作中，时事论文、抗日救亡理论及工作经验、地方与战地通讯占据刊物的绝大多数篇幅，文学作品（也都与救亡宣传相关）则数目寥寥。

聚焦救亡工作中的现实问题，《南方》的关注点可谓不厌其"细"：《怎样组织读书会》《怎样编写壁报》《怎样写新闻通讯》《怎样教民众唱歌》《怎样实施战时流动演剧》《怎样当开会的主席》《怎样纪念"五一"节》等救亡工作中的具体技术问题都给予阐明。教育民众抗日救亡工作该"怎么办"的同时，《南方》又时时针对正在进行的救亡工作中所存在的不足和缺点给予"检讨"与"告诫"，如《云南学运中的组织问题——献给学抗会》《告疏散中的青年》《一年来云南文化工作的检讨》《云南学生救亡运动的检讨》等。这种目标宣讲与效果反省相结合、富有效率与操作性的指导方式使《南方》对云南文化救亡工作起到了"启导作用"②，深受青年们欢迎，成为此时云南文化救亡工作的"指挥部"。

《南方》救亡工作"指挥部"的地位不仅在云南青年中深入人心③，也得到远道而来的西南联大学生认可。联大1938年4月28日到达昆明后，因校舍不够，理学院设在昆明，文法学院则暂居云南东南部的小城蒙自。联大文法学院的学生在蒙自也积极进行救亡宣传，并将这一宣传工作的通讯以《我们的救亡工作》为名投稿《南方》。在这份通讯中，自称本是"陌生的过路人"的联大学生，报告自己以"注入式的讲演"对

---

① 《编后》，《南方》1937年第1卷第1期。
② 柳若：《南方是怎样成长起来的》，《南方》1938年第2卷第1期。
③ 《南方》深受云南青年们欢迎，从其销量和舆论反馈中即可看出：其创刊号不到一星期就在昆明"相继卖完"，"寄给外县者亦纷纷来函，均已售空，请再发售等语"（《编后》，《南方》1937年第1卷第2期），到1939年刊物已经在"征求基本订户一千户"（《征求基本订户一千户启事》，《南方》1939年第2卷第4期），在这时的昆明是个很不错的销量。昆明其他刊物也有多篇文章介绍和赞扬《南方》，认为它"透露着我们这个时代的气息"（楚图南：《文艺工作者怎样充实和武装自己》，《云南日报·南风》1938年5月8日），"在云南学生界中的影响，可以说：他仅次于《南风》"（立明：《抗战以来云南文化工作的检讨》，《战时知识》1938年6月10日创刊号）。

蒙自民众进行的救亡宣传的过程并总结工作经验：

> 讲演的技术，只注意到：（1）通俗化，少用或不用术语。（2）故事化，多说故事不搬弄理论。（3）说话要慢。（4）音调要沉痛有力。（5）一律着朴素之衣服或制服。①

联大的这一投稿行为，正是由于他们"素仰"《南方》"一以抗日救国为职责"②，并认可其在此时云南救亡工作中的中心地位而引发③。刊发联大此篇稿件时，《南方》编辑在文前加入"编者按"，寄语联大及其他进行救亡工作的同学多投寄此类通讯，"使救亡工作中的同学们有交换意见的机会，这于抗战前途是有莫大的关系"，此"编者按"则显示出《南方》对于自身成为此时云南救亡工作信息交流与调度"中心"的自觉体认。

三 昆明的"抗战"：从"生活组织战"到时代"中心"

从文学想象到实际宣传，对于昆明，抗战已经从遥远的战争渗透进日常生活，逐渐变为昆明人的"生活组织战"④，使昆明似乎"每一件细微的事都和抗战发生关系"⑤。这种关系的普遍既反映于城市中随处可见的"抗战门联"⑥，更可从本地诗人晓阳对1938年"双七节"公祭活动的现场描摹中得到体现：

---

① 《我们的救亡工作》，《南方》1938年第1卷第8期。
② 同上。
③ 在联大此通讯的结尾，表示"昆明方面情形如何，请告诉我们"，更可见其对《南方》作为云南救亡工作"指挥部"地位的确认。
④ 陶振春：《前方与后方》，《云南日报》1937年12月26日。文章认为抗战为持久战，中国人的生活组织方式定会随战争而改变，包括云南。因此"现在，我们应该把战争看做'全国人民生活组织战'了"。
⑤ 岩石：《谈"选择题材"——献给云南文艺工作者》，云南《民国日报》1939年1月27日。
⑥ 据联大社会学教授陈达记载，1938年的昆明出现了许多"抗战门联"，如"革命完成国家独立，抗战到底民族复兴""能战始能言和，有国然后有家""是皇帝子孙，不做汉奸；能守卫国土，责在吾民"等，陈达认为这些门联正反映了昆明"抗战的宣传已有相当的力量"，见陈达《浪迹十年之联大琐记》，商务印书馆2013年版，第35—36页。

第二章　相聚与融汇:"外来"与"本地"共建"文化城"(1937.7—1940)

西山上举行着/阵亡将士纪念碑的奠基礼,/满城里的人们,/有的肃立在室内/有的肃立在街上。/回教同胞,耶苏教徒,/还有许多的道士跟和尚。/他们同时为祖国祈祷,/虔敬地跪伏在礼堂。/红十字会的人们,/也在荒郊外/演习救护伤亡的儿郎。/结队游行的群众,/也离开了光华体育场。/一路的呼口号,/一路的大歌唱。/悲壮的公祭大会,/这时也在省党部开场。/抗战阵亡将士和/死难同胞的灵位,/庄严地挂在礼堂上。/参加公祭的有——/龙主席和各长官,/各机关代表和男女学生,/未来的战士和/受训的县长。/还有各行的代表和/许多教士跟和尚……①

从诗中可见,对于昆明,抗战正从"圈外"战争逐渐与各阶层各团体人士的日常生活相联系,使"离战区还远得很的云南,各方面,都向当地作了些动员的工作"②。而由云南士兵组成的六十军③出征,则将昆明与抗战的距离更为拉近,使抗战由此成为昆明人同感牵怀、休戚与共的关注重心。作为云南的第一支抗日参战部队,昆明人把六十军的出征置入民国以来由护国、护法运动勾连起来的云南军队"兴师讨逆"的"光荣"历程中④,对其出征充满自豪感,这种自豪感又以《送征》《出征记——纪念六十军将士出征并欢送妇女战时服务团出发》《时代的女儿》等文学作品加以表达并引起民众更广泛的共鸣。

随着战争现实与昆明的日益接近,以及战争氛围对昆明文化界越来越深入的影响,对于昆明文化人,"战争"已经不再仅仅是文学"想象",而成为自身生活的一部分,书写云南/昆明自己的战争体验,成为昆明文

---

① 晓阳:《胜利在我们后方!——记昆明的双七节(报告诗)》,《战时知识》1938年第1卷第3期。
② 彭慧:《开展云南的新启蒙运动》,《战时知识》1938年第1卷第8期。
③ 抗战爆发后,云南省政府主席龙云到南京参加国民政府最高国务会议,表示愿意编组军队出滇参战。1937年9月,云南第一支抗日部队、主要靠征调老兵组建的六十军约4万人在昆明誓师出发,1938年5月参加了著名的台儿庄战役,为国家做出了重大牺牲。后又参加武汉会战,1940年日军进入越南后,为加强滇南防务,六十军由江西调回云南,沿红河北岸构筑工事,防击日军,直至1945年日本投降。
④ 参见竞辉《欢送会》,《云南日报》1937年10月13日。

化界新的创作热点。由于昆明其时离抗日战场相距甚远,所以昆明人的战争体验,更多围绕征兵、筹粮以及工事战备等环节展开。在这些创作中,云南作家马子华[①]发表在昆明刊物《战时知识》第2卷第1期(1939年1月25日出版)上的小说《飞鹰旗》[②]值得一提。

《飞鹰旗》由四个小故事组成,前三个故事各自独立,故事背景都是栗园村(应为虚构,但从背景叙述和人物语言上看是以云南的某个村子为原型),最后一个故事则是前三个故事的结果和总结,四个故事的核心观念则是国难当头云南老百姓的"识大体"。故事其一"栗园村道"中,农民徐善伯伯的儿子、家里的主要劳动力被派去当兵打仗,到外省参加抗日战争去了,徐善伯伯担忧着"谁来耕种",担忧中又有对国家前途"识大体"的理解,况且保甲长还曾经许诺"政府还要赏赐表忠牌,飞鹰旗,可不要你完粮上税,子弟念书免学费……"故事把富有地方色彩的"栗园村"景物描写,融进"好男要当兵"的时代洪流中,非常符合中国/云南其时农村的时代氛围。故事其二"兄弟"中,栗园村董家两兄弟,兄长痞子成性,为逃避兵役不惜上山做土匪,知书达理的弟弟为"大体"杀死其兄,自己投军抗日。故事其三"香杏姑娘"中,美丽"识大体"的香杏姑娘不仅鼓励在县城念省立中学的丈夫进行军训、回乡参加训练团队的工作,还支持丈夫随后远离云南这世外"山国",到前线亲自参战。周围人和公婆都不理解她,还骂她"贱皮子"[③]。香杏姑娘却毫不在乎别人的评价,丈夫出省参战后,她也离开家乡到省昆明城参加妇女战地服务团,以一己之力为国家服务。故事其四"秋收",写秋收农忙时节,栗园村村民和徐善伯伯正在担忧劳动力不够时,村长和保甲长却

---

① 马子华(1912—1996),白族,云南大理洱源人,出生在昆明,父亲曾留学日本。1924年就学于云南省立第一中学,开始文学创作。1927年后就学于东陆大学,1933年在上海加入左翼作家联盟,1937年毕业于上海光华大学中国语文学系。抗战期间加入文协昆明分会工作,1938年在昆明被捕,出狱后主编《西南周刊》《复兴晚报》副刊等刊物。1949年参加卢汉起义和秘密组织云南自救会,后曾在北京政法学院、云南大学任教。自1981年起任云南文史研究馆馆员。创作出版诗集《坍塌的古城》、短篇小说集《飞鹰旗》《丛莽中》、散文集《滇南散记》等。

② "飞鹰旗"是抗战时期云南省政府发给从军家属表示荣誉的旗帜。

③ 云南本地土话,至今沿用,有"厚脸皮""不要脸"之义。

第二章　相聚与融汇："外来"与"本地"共建"文化城"（1937.7—1940）

亲自来给出征军人家属发放飞鹰旗。得到飞鹰旗的军人家属不仅觉得"有这个可够面子"，城里还派来常备队免费为军人家属秋收。面对政府如此"善待"，徐善伯伯满足而高兴，连说："好的，好的，我说大家都要为国……"《飞鹰旗》以普通人征兵、投军、为战争服务等真切细节把战争与云南联系在一起，淳朴并富于本地色彩的描绘中显示出空间上"遥远"的战争在云南人民生活体验中产生着的"切近"影响，为战争中的云南"交织成一幅绚丽的风土画"①。

　　滇缅公路的修建也成为此时昆明文化界书写战争体验的一个主题。滇缅公路是抗战时期国民政府面对内地相继失守、为解决物资的运输问题而修建的一条的国际公路，起点在昆明，经楚雄、下关、保山、芒市通往缅甸，全长959千米，于1937年11月开始修筑，1938年8月全线贯通，负责修筑的云南人骄傲地宣称它"工程坚实雨季亦可畅通无阻"②。修成后的滇缅公路成为我国抗战期间一条重要的国际运输路线，对运输战时军用物资起到了不可替代的巨大作用。滇缅路的实地修建，也使其时远离主战场的云南人与"战争"的联系更为自然和紧密。然而，这条被当时政府看作"殊于抗战前途裨益甚大"③的"伟大之抗战工程"④、被其后的"外来"诗人称为"永远使我们兴奋，想纵情歌唱"的"路"⑤，在其时昆明人看来却是体验更为真切、意味也更为丰富的"滇人血汗的结晶"⑥。

　　滇缅路修筑的过程中，昆明报刊中已经有了一些聚焦"修路"主题的作品。1939年5月16日，《云南日报》的副刊《南风》发布征稿启事《我们怎样开筑滇缅公路?》，征求"凡有关滇缅公路之一切文艺性作品"⑦。此

---

① 沈沉：《关于〈飞鹰旗〉》，《云南日报·南风》1939年9月25日。
② 滇缅路相关报道，《云南日报》1939年5月30日。
③ 《杨委员文清谈滇缅路近况》，《云南日报》1939年6月1日。
④ 《张部长视察归来谈　滇缅公路工程浩大》，《云南日报》1939年5月31日。报道中之"张部长"为时任国民政府交通部部长。
⑤ 杜运燮：《滇缅公路》，杜运燮、张同道编选《西南联大现代诗钞》，中国文学出版社1997年版，第215页。
⑥ 社论：《滇人血汗的结晶——滇缅公路》，《云南日报》1941年5月26日。
⑦ 《我们怎样开筑滇缅公路?》，《云南日报·南风》1939年5月16日。

后，《南风》围绕征文主题，先后刊登一系列关于修筑滇缅路的作品，其中比较完整的有《一段公路的完成》①，作品以类似小说的形式，写乡村教师罗老师利用暑假义务参与修路。修路时由于正是 7 月，阳光烧炙，时而又雨水淋漓，工程异常艰巨，参与修路的一群"外乡人"便起了"厌恶的心理"，纷纷咒骂逃工，罗老师便耐心对他们进行宣传，告诉大家"这条路和国家民族，生死存亡的关系"。在罗老师的教育下，人们又"汇集成一股巨流"顺利完成了修路任务，而罗老师自己也"由于短期锻炼他底身体也越发的结实，强健起来了"。最后假期结束，罗老师回到乡间教学，临行时写下"加紧后方生产，发展战时交通"一行字鼓励后来者。

《南风》的此次征文在 1939 年 7 月 25 日截稿。在截稿启事《一个尝试的收获——写在征文特辑前面》中，编者表示此次征稿"得到广大读者的响应，雪片般的投寄到这方面的稿子"，可见"整个滇缅路开筑的故事，就是一个伟大的题材。伟大的作品，在这里，仍会有产生的可能"，更感到"一个写'文艺通讯'的人，要真实的在作品里表现出这大时代里的一切，即使是一个侧影，一个角落里的社会动态，也真是不容易的"②。随后，《南风》陆续发表了获奖的几篇作品：在作者署名为"凤盈"的《小风波》③中，作者所关心的重点并不是滇缅公路的工程如何壮丽或意义如何伟大，而是以轻描淡写的笔法描绘在筑路过程中，一个路过的司机碾死路工老六公后又撒谎溜走的"一场血的小风波"。这场饱含血腥的"小风波"与作品末尾"黑崴崴的一群，嗅着血腥仍旧弯俯在路心上，继续着最后五分钟的努力"对比，作者"小"的设定中却似含有冷峻的感叹，关于特殊现实背景下"人"的价值的卑微。同样关注修路过程中"人"生存不易的，是作者署名为"王平"的《修路》④。作品以"我"的眼光注视奉命管理修路工人的"闾长"，描写他一天工作的种种艰难，作品结尾"一阵寒风从屋外吹了进来，我打了一个冷噤"，似乎暗

---

① 发表于《云南日报·南风》1939 年 6 月 2 日。
② 获秋：《一个尝试的收获——写在征文特辑前面》，《云南日报·南风》1939 年 7 月 25 日。
③ 发表于《云南日报·南风》1939 年 7 月 25 日。
④ 发表于《云南日报·南风》1939 年 7 月 26 日。

第二章 相聚与融汇："外来"与"本地"共建"文化城"（1937.7—1940）

示间长此刻的生存处境如同身处"寒风"中一样冰冷彻骨。

昆明文坛此时以滇缅公路为题材的最好作品恐怕要数白平阶的《金坛子——她们怎么筑滇缅路》和《风箱》，这两篇作品都发表在以"联大同仁及一二旅昆熟友"①为主要撰稿者的昆明刊物《今日评论》②上。作为少数民族作家的白平阶把天末遐荒的西南边陲放在抗战的大背景下细细审视其"变"，又在变化中折射出边陲底层人民人性中不变的热力与美好，尤其是《金坛子》中的"节妇"六嫂，在修筑滇缅路时泼辣能干，宣称"男人做不了我们做"，"这是云南人面子，中国人面子，我们要做给人看"，带领一群边地妇女苦干一个月战胜了难关"金坛子"、修好了路段。而当官员要把她当"女英雄"表彰时，却发现她在龙王庙听一个女巫"走阴"，"鼻涕眼泪一把把向地下洒，此外一切事都不在意"③——这个人物的令人难忘，恰在于这种保有纯朴，却因固有的美德与能量恰能更好地效力于"大时代"的美好人性，这正是白平阶在时代风云笼罩下的边地所挖掘出的独特之"美"，这也恰是此时负责《今日评论》文学稿件编辑工作的沈从文所欣赏的边陲独特之"美"，无怪乎沈从文对其欣赏有加，不仅盛赞其"多就西南边境取材，因之别具风格，为西南作家最值得注意者"④，其后对白平阶还多有帮助和提携⑤。

战争通过各种途径渗入昆明人的生活，影响着昆明人的生活、体验与表达。尤其值得注意的，是前述随同六十军出征的云南妇女战时服务团，在现实中却成为昆明文化界投注热情与理想的"娜拉"。妇女战地服务团随军开拔后，《云南日报·南风》刊登的市民来信认为，服务团中为国服务的妇女们正给予"沉默的山国"以启示："娜拉走后怎样呢？对于这问题，议论纷纭，但你们自己却提出了正确的答案。"⑥"娜拉"由此成

---

① 浦薛凤：《浦薛凤回忆录》（中），黄山书社2009年版，第172页。
② 关于《今日评论》，本书在第三章第一节"空袭中的昆明城：文化氛围的转变与战争心态的表达"中另有介绍。
③ 白平阶：《金坛子——她们怎么筑滇缅路》，《今日评论》1939年第1卷第23期。
④ 《本期撰者》，《今日评论》1939年第1卷第23期。
⑤ 关于沈从文与白平阶的交往，详见本书第三章第一节"空袭中的昆明城：文化氛围的转变与战争心态的表达"。
⑥ 《暴风雨里的海燕——欢送妇女战地服务团》，《云南日报·南风》1937年12月12日。

为妇女战地服务团的某种代称,其后《云南日报·南风》发表妇女战地服务团的后继报道,标题即采用"娜拉走后怎样"。到1938年,"娜拉"在昆明文化界眼中已经俨然是七七事变后"走出闺房,跑出厨房……剥下不抵抗军人的军衣,让我们穿上,冲向民族自救的战场"①的从事抗战救亡运动的妇女"总称"②。昆明文化界认为这些妇女以实际行动圆满地回答了"五四"所提出的"娜拉走后怎样"的问题,这些妇女也由此成为新时代的"娜拉"③。

从"绅士之家"古老的客厅走向抗战救国的"民族战场"④,昆明的"娜拉"也从代表个性解放、"人"之觉醒的现代文化符号"再生"为抗战压倒一切时代的民族英雄。抗战救亡事业使"娜拉"们似乎拥有了"堕落"或"回来"之外的第三条路,却也使"娜拉"这一符号中所包含的女性觉醒与个性解放意味在某种程度上被简化甚至遮蔽。可以为抗战中昆明"娜拉"故事作一点补充的,是马子华的另一篇小说《布鞋》⑤。小说主角谭二嫂子住在昆明周边的乡下,朴实勤劳却命运多舛。1938年9月28日昆明首度遭受日军空袭时,谭二嫂子的家被炸毁,丈夫也被炸死,两个无赖的小叔子又天天来找她要钱,她在精神上几乎陷入绝望,"心永远忧郁和不开展"。这天谭二嫂子来到昆明,听说从东北来的"游击队之母"赵老太太⑥要演讲其抗日救亡的光荣事迹,便随人群进入省党部的大礼堂听赵老太太演讲。在演讲的氛围感召下,谭二嫂子"回忆到一片殷血的过去,她更觉得自己虽则是女人,也还可以像赵老太太那么的做点为国家的事。结果,她好像受了麻醉似的,在悲痛与欣慰

---

① 一群:《娜拉们,应更,勇敢些》,《云南日报·南风》1938年3月13日。
② 参见梦良《今年的妇女节是娜拉出走的好机会》,云南《民国日报·号角》1938年3月8日。
③ 参见一群《娜拉们,应更,勇敢些》,《云南日报·南风》1938年3月13日。
④ 征子:《"娜拉走后怎样"》,《云南日报·南风》1938年1月18日。
⑤ 发表于《中央日报·平明》1939年第24期。《中央日报》于1939年5月15日发行昆明版,并同时创立文艺副刊《平明》,此时在昆明的话剧女演员凤子担任《平明》的编务。凤子离开昆明去重庆后,《平明》则交由联大历史系学生、后成为云大教师的程应镠负责。
⑥ 东北抗日英雄"赵老太太"(即赵洪文国,辽宁省岫岩县人,民间传说中的"双枪老太婆")1939年2月曾到昆明短暂逗留,并应联大时事研究会等团体邀请发表演讲,在昆明引起很大轰动,昆明本地刊物如云南《民国日报》及《战时知识》等都刊有欢迎赵老太太的"特辑"。

第二章　相聚与融汇:"外来"与"本地"共建"文化城"(1937.7—1940)

的交流中,她流下泪来"。陷入深深感动的谭二嫂子想跟赵老太太去干游击队,赵老太太则对她客气敷衍,说从重庆回转云南的时候再带她去。于是谭二嫂子从此陷入"等待"的漫漫岁月,她做布鞋送到昆明的抗敌后援会,以此"消磨自己寂寞的时日,期待赵老太太来带她对付日寇去"。

对于《布鞋》,小人物因生活被战争摧毁而奋发从事救亡工作、为国尽力也为己复仇的故事模式在抗战期间的文学创作中并不新鲜,但是,如果把其主角谭二嫂子置入前述此时昆明欲摆脱个人生活桎梏"冲向民族自救的战场"的"娜拉"序列中,我们却能从这个小说作者马子华所塑造的"娜拉"具象中有所发现:谭二嫂子的"理想"——跟着赵老太太去干游击队对付日寇——出于爱国热情的驱动,更源于对惨痛人生现实和旧有自我的逃避。这种逃避使她更易"移情"到赵老太太的演讲中,整个人像"受了麻醉似的";这种逃避也使她面对赵老太太时,本是"中年的妇人"的身心状态却一下子变成"好像失去母亲的孩子":

> 从人群中,谭二嫂子,这中年的妇人,一把拉住了赵老太太的手臂。
> 兴奋,羞惭,胆怯……她脸挣得通红,手臂在抖颤:
> "赵老太太!你带我去罢,带我到游击队去!"

作者对谭二嫂子这种失态与她目睹赵老太太离开的"失魂",再加上其后等待赵老太太空虚状态的描写,使我们不禁感到,谭二嫂子以做布鞋所寄托的"赵老太太来带她对付日寇去"这一梦想,并不来源于自我意识的觉醒,反而根生于自我意志的放弃,这是以抗日救亡事业为寄托所做的另一场关于"将来的梦",因此至少在《布鞋》的文学想象中,谭二嫂子这样愿牺牲个人财产甚至生命投身抗日事业的"娜拉"其实仍尚未摆脱"娜拉走后怎样"的"五四"追问,抗战在此也只是中国女性"娜拉"式人生困境的新一阶段。

无论是文学想象中将"对付日寇"视为自己人生理想的谭二嫂子,

还是现实里参加战地服务团而改变自己人生轨迹的云南女性①,她们此时的命运都与抗战难以分割地连接起来,这种紧密联系也使她们被昆明文化界统称为"时代的女儿"②。对于昆明文化界,此时的抗战已经从战争初起时需要虚拟体验营造"共情"予以连接的"彼时彼地",成为渗入日常、与自身息息相关的生活之一部分,更演变为他们此时所认为的"时代"之中心。抗战改变着他们的生活方式与写作状态,也成为左右其现实体验与价值判断的决定因素。在他们看来,在以抗战为中心的大时代中,个人不仅要"为大时代的巨轮所驱使"③围绕其工作,甚至要准备做出"必为大时代所扫灭"④ 的必要牺牲。其后,当战争日益演变为持久战、"抗战"更以"建国"相联结,而云南在"抗战建国"的话语系统营构中"大有取得全国中心地位的可能"⑤ 时,"抗战"更进一步成为昆明文化界用以明确自身地位和彰显自我价值的话语资源。

第二节 "新移民"昆明体验的建立:城市的"中心"与"边缘"

当昆明逐渐把抗战纳入生活,以此加入以抗战为中心的全国秩序,从而实现其民国以来所孜孜以求的"内地化"时,内地却在战争的席卷中突然"发现"了这个因僻居边疆而远离战火的边陲小城。此时昆明意欲挣脱的"世外桃源"身份,却成为内地眼中令人艳羡的战争避难所。于是,为保战争烽火中文化不绝弦歌不断,内地众多研究与教育机构纷纷南迁昆明,一些与机构联系较为松散的文化人也选择昆明作为战争中

---

① 因为现有材料的不足,我们关于云南妇女战时服务团中成员的具体情况所知甚少。但据当时活跃于昆明文坛的周辂讲述,他有一名女性友人"玲"本是云南州县上绅士的女儿,为逃避包办婚姻来到昆明,改换名姓进了学校,此时又参加战地服务团随六十军远走他乡,就此改变了自己的人生轨迹。周辂在文章中表达了对玲的敬佩之情,并称她和其他参加战地服务团的云南女性为"时代的女儿",见周辂《时代的女儿》,云南《民国日报·号角》1938年2月15日。
② 周辂:《时代的女儿》,云南《民国日报·号角》1938年2月15日。
③ 阿良:《旅途》,《云南日报·南风》1939年3月6日。
④ 社论:《抗战中云南人的责任》,《云南日报》1938年1月28日。
⑤ 《编辑附注》,《新动向》1938年第1卷第3期。

第二章　相聚与融汇："外来"与"本地"共建"文化城"（1937.7—1940）

的暂居地。外来者的纷纷涌入，使小城昆明从战争中的后方骤然跻身国内文化的"前线"。也正是这些外来者，推动昆明从地理与历史双重意义上的"边城"一跃而成为抗战中国文化的中心之一。

"乾坤坍陷到西南"①。当昆明敞开城门迎接战争中的逃难者时，这些历经颠沛终于来此的外来者，也开始以不同的目光注视眼前的西南小城，并形成各自独特的体验。对于外来者中注定要在这座小城里度过其后抗战漫漫岁月的"新移民"②们，这种体验更将融入他们其后居留昆明的心态，从而影响他们与这个城市所缔结的联系，因此就长远来看，这体验则有着比初见时简单的视觉印象更为深远的意义。

一　初见时意料之外的异域都市感

对于大多数外来者，初见昆明的观感恐怕既有些意料之中又有些意料之外。意料之中的，是这个边陲小城的自然条件，包括令人印象深刻的蓝天阳光、四季如春的温度气候，以及"一花未谢一花开的花草树木"③。这些自然因素融合而成的优势众所周知，甚至有些外来者正因此优势而在战争避难地中特意选择了昆明④。意料之外的，则是昆明此时已粗具规模的都市形态及其中显现出的令人惊羡的异域美感。

此时看来，战前昆明文化界对内地将自己视为"蛮荒之邦"的埋怨⑤倒并非完全无中生有，因为在大多数外来者的固有想象中，昆明即是

---

① 浦薛凤：《浦薛凤回忆录》（中），黄山书社2009年版，第114页。
② "新移民"这一概念来自抗战时随"中研院"史语所在昆明工作过的石璋如。他称呼抗战中内迁到昆明龙泉地区的学术机构成员为"新移民"，并认为这些新移民与以往移民最大的不同之处，在于"他们都是公务人员，靠政府所发的薪津过活，不必务农，和土地发生的关系较浅；战后又随着政府迁回内地，没有在龙泉地区落地生根，定居下来"［石璋如调查，石磊编辑：《龙头一年——抗战期间昆明北郊的农村》，（台北）"中研院"历史语言研究所2007年版，第365—366页］。本书则将石璋如"新移民"概念的外延略微扩大，将符合石璋如所述条件的抗战时内迁到昆明的教育文化研究机构成员统称为"新移民"。
③ 冯至：《昆明往事》，《新文学史料》1986年第1期。
④ 例如吴大猷，原本是北大物理教师的他在战争开始时任教四川大学，后来因为昆明阳光多、四季如春"气候比成都好"，更适合他的妻子养病而选择迁入昆明，任教西南联大。参见吴大猷《回忆》，中国友谊出版公司1984年版，第26页。
⑤ 可参见本书第一章第二节中关于"抗战前昆明文化界心态与自我想象"部分。

"边地"，市貌即使不完全是"遍地不毛愚昧野蛮"[①]，也理应落后简陋，因此当一个来自江西的学生看到现实中堂皇的云南大学时忍不住"惊讶"，因为他本来认为"西陲边僻之区，那得有这样堂皇的建筑物"[②]。理应见多闻广的教师们对昆明的印象也同样出乎意料，因为眼前的昆明并不像其舆论所称的"山城"那样封闭落后，它虽然确实坐落于群山之中，却俨然一个"不缺少一切近代物质设备"[③]"和国内各通都大邑不相上下"[④]的新兴城市。

作为"新移民"中最为显眼的一群，西南联大师生对昆明的都市感恐怕有更为深刻的体会。这种体会则来自他们身处云南两个城市间的体验对比。1938年4月，他们在战火中几经波折最后落脚昆明，发现此时昆明的校舍并不够使用，因此只得把其文法学院暂时设立在云南东南部的"边陲小邑"蒙自。蒙自在历史上一度繁华：晚清中法战争失败后，蒙自在1887年应法人的要求被辟为商埠，设有海关、法国银行、法国领事馆等，一时繁荣成为滇南重镇。然而到20世纪初法人修建滇越铁路，途经碧色寨而未经蒙自，蒙自经济因此大受影响，商业也一蹶不振。联大文法学院到来时，面对的就是这样一个在现代性变革中失势而荒废约二十年的蒙自。

然而，现代性变革的中断终止了蒙自的城市化进程，却正好保留了它的田园氛围并由此凸显其自然之美。在由昆明转道而来的联大师生看来，比起昆明，这座"富有乡村气味的县城"倒更适合"清闲幽静的生活"[⑤]。这种富有自然魅力的"乡村气味"，对刚离开"渔网似的城市"[⑥]、经历战乱逃难至此的外来者则尤富吸引力。感情丰沛的吴宓认为蒙自

---

① 李启愚：《昆明风光》，《旅行杂志》1938年第12卷第1期。
② 施蛰存：《怀念云南大学》，陈子善、徐如麟编选《施蛰存七十年文选》，上海文艺出版社1996年版，第162页。
③ 施蛰存：《山城》，陈子善、徐如麟编选《施蛰存七十年文选》，上海文艺出版社1996年版，第136页。
④ 联大教授曾昭抡初抵昆明时对记者所述，见《联大旅行团　长征抵省印象记》，《云南日报》1938年4月29日。
⑤ 陈序经：《我怎样研究文化学》，南开大学校史研究室编《联大岁月与边疆人文》，南开大学出版社2004年版，第77页。
⑥ 穆旦：《原野上走路——三千里步行之二》，杜运燮、张同道编选《西南联大现代诗钞》，中国文学出版社1997年版，第496页。

第二章 相聚与融汇:"外来"与"本地"共建"文化城"(1937.7—1940)

"初来即觉所传非虚,居久更为满意",让他"满意"到甚至"乐不思蜀"的,是蒙自的"云天花木之自然之美"①。对此自然美景,就连性格更为克制拘谨的朱自清也不禁赞美其"晨光明媚,美不胜收",这种自然魅力甚至使他的友人"不禁高唱起来",引得当地人"对此甚惊奇"②。

与蒙自的自然美景相配合的,是此地的民风淳朴或曰"鄙塞"③:在保守的蒙自当地人看来,联大男女生携手同行是件奇事,还为此议论纷纷;甚至有女生被当地老妇人掀开旗袍,就为看看她里面穿裤子没有;联大学生在草地上唱歌游乐也引起当地人的反感,甚至认为有伤风化,并警告如再发生这样的事,必将强行取缔等。然而对于刚刚经历战乱、目睹"地变天荒"的联大师生,此地的闭塞非但不难忍受,反而催生了一种更接近"桃源"的梦幻感④。这异乡"小小的方圆"仿佛在整个国家的战乱中能够置身世外自成一体,拥有隔绝"过去的日子"⑤的巨大魔力。这种魔力能使"自我扩展到无穷远,无穷大"⑥,似乎特别有益于诗歌的产生,因此蒙自成为联大师生诗歌的高产之地,不仅教师中陈寅恪、吴宓、浦薛凤等人都在此地有诗作问世⑦,学生还就地成立了"南

---

① 吴宓:《吴宓日记第6册:1936—1938》,生活·读书·新知三联书店1998年版,第327页。据其日记记载,吴宓初见蒙自的观感是"花木繁盛,多近热带植物,如棕、榕等。绿荫浓茂,美丽缤纷",对昆明的初见观感则是"风景之壮阔,规制之伟整",像北平"具体而微者"。两个观感对比,可见相较于蒙自,此时的昆明在外来者眼中已俨然都市。
② 朱自清1938年4月15日日记,见《朱自清全集》第9卷(日记编),江苏教育出版社1997年版,第524页。
③ 浦薛凤:《浦薛凤回忆录》(中),黄山书社2009年版,第93页。
④ 闻一多、吴宓等联大教师在当时的信件或日记中都认为蒙自有"桃源"感,联大学生中的任扶善、周定一等在回忆中也多次提到身处蒙自的"桃源"体验,参见蒙自师范高等专科学校等编《西南联大在蒙自》,云南民族出版社1994年版,第40、80页。
⑤ 穆旦:《园》,作于蒙自,李方编选《穆旦诗文集》第1卷,人民文学出版社2006年版,第6页。
⑥ 朱自清:《蒙自杂记》,《新云南》1939年第3期。
⑦ 如吴宓"南湖独对忆西湖,国破身闲旧梦芜。绕郭青山云掩映,连堤绿草水平铺。悲深转觉心无系,友聚翻怜道更孤。亘古兴亡无尽劫,佳书美景暂堪娱",冯友兰"印罢衡山所著书,踌躇四顾对南湖。鲁鱼亥豕君休笑,此是当前国难图",浦薛凤"情思夜半为谁醒,月满南湖天满星;楼下琴歌音调熟,依稀当作玉人听",其中最有代表性的或许是陈寅恪的《蒙自南湖戊寅夏作》:"景物居然似旧京,荷花海子忆升平。桥头鬓影还明灭,楼外笙歌杂醉醒。南渡自应思往事,北归端待来生。黄河难塞黄金尽,日暮人间几万程。"

湖诗社",其后卓有成就的诗人穆旦、赵瑞蕻等此时都在诗社中着手挖掘自身的蒙自体验,[1] 甚至认为"西南联大的诗歌活动是从蒙自南湖开始的"[2]。

联大人戏称"昆明如北平,蒙自如海淀"[3]。正如海淀代表着北平的西郊风貌,在某种程度上,此时的蒙自也正象征着昆明所具有"农业城"特质的一面:优越自然条件所孕育的自然之美,边缘地位所加剧的桃源梦境,小国寡民的封闭状态所赋予的田园气息。因为自身现代性变革的中断,"农业城"的特点在蒙自得以延续和凝固。而对于昆明,民国以来步履不快却始终没有中断的现代化发展步伐却终于使得此时的昆明在外来者眼中不再完全是"蒙自",而成为在"农业城"基础上已拥有"伟整"的"规制"[4],街道中也"不缺少一切近代物质设备"[5] 的新兴城市。

对于联大师生,昆明的现代城市特征在与蒙自的对比中越觉凸显。但显而易见,在现代城市的发展历程中,昆明只是刚刚起步:"这地方有一点近代化,大体上乃是和内地的几个省会并没有太大的分别而已。"[6] 因此这个新兴的城市使外来者一见之下留下深刻印象的,与其说是物质文明的繁华时髦(类似上海),倒不如说是城市中某种特殊的异域风情:吴宓、朱自清和林徽因都感觉昆明像意大利[7],梁思成、林徽因还以昆明

---

[1] 周定一此时所作《南湖短歌》中的一段正是联大学生这种"蒙自体验"的鲜活体现:"我唱出远山的一段愁,/我唱出漫天星斗,/我月下傍着小城走。/我在这小城里学着异乡话,/你问我的家吗?/我的家在辽远的蓝天下。"

[2] 赵瑞蕻:《离乱弦歌忆旧游——纪念西南联大六十周年》,《离乱弦歌忆旧游》,文汇出版社 2000 年版,第 4 页。

[3] 浦薛凤:《浦薛凤回忆录》(中),黄山书社 2009 年版,第 85 页。

[4] 吴宓:《吴宓日记第 6 册:1936—1938》,生活·读书·新知三联书店 1998 年版,第 316 页。

[5] 姚荷生:《水摆夷风土记》,云南人民出版社 2003 年版,第 3 页。抗战时姚荷生为西南联大学生,此书为他对云南水摆夷生活地区的考察记录。

[6] 李长之:《西南纪行》,《旅行杂志》1938 年第 12 卷第 11 号。

[7] 见吴宓、朱自清两人 1938 年初到昆明时的日记。另据费慰梅所引战争初期金岳霖信件,对于昆明,"正像徽因昨天对我说的,有些地方很像意大利"([美]费慰梅:《梁思成与林徽因——对探索中国建筑史的伴侣》,曲莹璞等译,中国文联出版公司 1997 年版,第 132 页)。

和西班牙类比①，沈从文则认为昆明可以成为瑞士日内瓦②。对于外来者，这种异域感或许来自昆明灿烂的阳光、明净的蓝天、"红黄碧绿"交织而成的如彩画般的明丽景致③，也或许来自昆明城中心区域受法人影响而形成的西式风貌④，其中更或许渗入外来者战乱中骤然身处"边城"浑不知今夕何夕的时空荒谬感⑤。无论如何，在这种富有浪漫色彩的异域感笼罩下，昆明城隔离了战争的严酷残忍，舒缓了外来者逃难至此的惊惶与痛苦，不仅使其"惟觉壮游之乐，遂忘流离之苦"⑥，也由此衍生出富有美感的昆明体验。

二 "新移民"的昆明"中心"体验

在感性丰富的女性观察者眼中，昆明的美感则格外明显。她们更以女性特有的温暖细腻，捕捉居留于这座城市的生活趣味。在1938年9月到达昆明、先后住在市中心螺峰街和维新街的冰心看来，昆明像北平，而且相像的是颇为美好的一面：

> 第一件，昆明那一片蔚蓝的天，春秋的太阳，光煦的晒到脸上，使人感觉到故都的温暖。近日楼一带就很像前门，闹哄哄的人来人往。近日楼前就是花市，早晨带一两块钱出去，随便你挑，茶花，

---

① 沈从文1980年写信给彭荆风回忆昆明旧事时曾说："还记得初到昆明那天，约下午三四点钟，梁思成夫妇就用他的小汽车送我到北门街火药局附近高地，欣赏雨后昆明一碧如洗的远近景物，两人以为比西班牙美丽得多，和我一同认为应该是个发展文化艺术最理想的环境"（《沈从文全集》第26卷，第164页）。
② 在1939年2月20日写给大哥的信中，沈从文认为昆明"地方气候既四时如春，滇池边山树又极可观，若由外人建设经营，廿年后恐将成为第二瑞士日内瓦。与青岛比较，尚觉高过一筹"（《沈从文全集》第18卷，第344页）。
③ 参见吴宓《吴宓日记第6册：1936—1938》，生活·读书·新知三联书店1998年版，第316页。
④ 可参看本书第一章第一节中滇越铁路对昆明城市面貌的影响部分。
⑤ 正如林徽因的感受："经过炮火或流浪的洗礼，变幻又变幻的岁月"（林徽因：《彼此》，《今日评论》1939年第1卷第6期），此刻却在小城昆明吟咏那"荒唐的好风景"（梁从诫：《倏忽人间四月天——回忆我的母亲林徽因》，《不重合的圈——梁从诫文化随笔》，百花文艺出版社2003年版，第54页），"一切都似乎在迷离中旋转"（《彼此》）。
⑥ 姚荷生：《自序》，《水摆夷风土记》，云南人民出版社2003年版，第1页。

杜鹃花，菊花，……还有许多不知名的热带的鲜艳的花。抱着一大捆回来，可以把几间屋子摆满。①

近日楼是昆明城墙的南门城楼，清代以来一直为昆明的交通要枢，其后就是城中最繁华的中心干线正义路。近日楼前的早市不仅卖花也卖新鲜蔬菜，但对外来的知识女性来说，鲜花对于生活氛围的艺术化则有着不可替代的作用，因此盛产鲜花的昆明在她们眼中就显得格外可爱。对于抗战爆发初期就来到昆明、此时居于圆通路的凤子，近日楼前早市所贩卖的"奇花异草"同样令她倾心：

就在早市的时候，假如自己不贪懒，出来散一次步，便可以在花市上采办到你所喜爱的名花。无论什么气候，南门外早晨的花市永远给人一种春天的感觉。鲜丽的颜色固然如锦绣，而健壮朴质来自四乡的罗罗女娃子，调起较一般云南人高两三个音阶的嗓音，更是迷人。②

昆明的美感在不同视角下也有着姿态各异的展现。即使同为女性，演员凤子认为昆明的魅力正在于其"一幅画"③似的诗意氛围：花木、气候、民族风情等无不是这幅画作上的魅力色块。而在建筑师林徽因④的眼中，这个城市的美感则拥有更为具体的"立体的构画"⑤。它或许构型为"临街的矮楼"，以昆明特有的建筑样式容纳凡俗生活"风趣的凌乱"：

那上七下八临街的矮楼⑥，

---

① 冰心：《摆龙门阵——从昆明到重庆》，《妇女新运通讯》1941年第3卷第1—2期。
② 凤子：《忆昆明》，《旅途的宿站》，（香港）三联书店香港分店1985年版，第55页。
③ 凤子：《渡》，《画像——凤子散文小说选集》，北京出版社1982年版，第171页。
④ 林徽因一家在1938年1月抵达昆明。
⑤ 林徽因：《昆明即景·茶铺》，《林徽因全集》第1卷，新世界出版社2012年版，第118页。
⑥ 后来此句在发表时改为"张大爹临街的矮楼"。对战时昆明有切身生活体验的研究者余斌介绍说，"诗中所谓'上七下八'，说的是昆明老房子二楼高七尺，底楼高八尺的特点，这正是昆明城区（旧城区）那种一楼一底的'临街的矮楼'的典型制式"。余斌：《文人与文坛》，《西南联大·昆明记忆》，云南民族出版社2003年版，第101页。

第二章 相聚与融汇:"外来"与"本地"共建"文化城"(1937.7—1940)

> 半藏着,半挺着,立在街头,
> 瓦覆着它,窗开一条缝,
> 夕阳染红它,如写下古远的梦。
>
> 矮檐下长点草,也结过小瓜,
> 破石子路在楼前,无人种花,
> 是老坛子,瓦罐,大小的相伴:
> 尘垢列出许多风趣的凌乱。①

这个城市的美感或许又存在于"顺城脚的茶铺",以多姿态的场景和富有生活质感的细节为昆明生活"构画"与"设色":

> 这是立体的构画,
> 描在这里许多样脸
> 在顺成脚的茶铺里
> 隐隐起喧腾声一片。
>
> 各种的姿势,生活
> 刻划着不同方面:
> 茶座上全坐满了,笑的,
> 皱眉的,有的抽着旱烟。
> ……②

构建起如此富有市井气息却又细腻生动昆明印象的林徽因,此时正居住在城内盘龙江畔的巡津街③。这条位于昆明城区南部的街道与滇越车

---

① 林徽因:《昆明即景·小楼》,《林徽因全集》第1卷,新世界出版社2012年版,第120页。
② 同上书,第118—119页。这两首诗都作于1938年林徽因居于巡津街时。
③ 初到昆明时暂住巡津街尽头昆明前市长寓所,她于1938年年末搬到巡津街9号。

站"一河之隔"①，自1910年滇越铁路通车后也随之繁荣起来，不少外国人办的医院②、洋行、酒店③汇集于此，云南省邮政总局和消费税征收局也在街道北口，街上还有很多西式小楼，是战争初期昆明最为摩登洋化的街道之一，"宛然是法国风味的租界，幽静而疏朗"④。对于初到昆明的林徽因，巡津街本身居住条件不错，又离近日楼很近，故她去逛"嘈杂着异乡口调的花市"、购买"碧桃雪白的长枝，同红血般的山茶花"⑤ 很方便，逛街来回还可沿着南城墙顺带观察"顺城脚的茶铺"或居民所住的"矮楼"。

对于林徽因，如果把此时居住于巡津街的感受称为"昆明中心体验"，那么，相较于日后身处郊区龙泉镇麦地村的"昆明乡村体验"⑥，前者显然拥有更多的自由度与愉悦感⑦。因此享有"昆明中心体验"的她不仅还能捕捉周遭诗意，由此享受居于昆明生活的细腻美感，也尚有余力把昔日京派沙龙的文艺气氛在这里多少"还原"，重建起"某种微型的北京生活"⑧。故而虽仍笼罩在战争的巨大阴影下，享有"昆明中心体验"

---

① 李启愚：《昆明风光》，《旅行杂志》1938年第12卷第1期。
② 如联大教师常去的法国甘美医院就在巡津街35号。
③ 法国人所经营的外国酒店基本集中于这条街，此外中国旅行社所设之昆明商务酒店等也在此街。
④ 李长之：《西南纪行》，《旅行杂志》1938年第12卷第11期。
⑤ 林徽因：《除夕看花》，《林徽因全集》第1卷，新世界出版社2012年版，第109页。
⑥ 1939年，为躲避日军轰炸，林徽因一家从巡津街搬到昆明郊区龙泉镇麦地村。在这里她们一家为盖住宅耗尽积蓄，因为请不起佣人日常生活也都需林徽因亲自打理。简陋而辛劳的乡居生活对此前住惯城市也"不爱做家务事"（梁从诫：《倏忽人间四月天——回忆我的母亲林徽因》）的林徽因显然是个极大的挑战。在忙于应付日常琐事的生活状态中，乡居的林徽因不仅无暇写诗，而且肺病复发，在友人温德的眼中甚至"快不行了"（［美］伯特·斯特恩：《温德先生：亲历中国六十年的传奇教授》，北京大学出版社2016年版，第171页）。关于林徽因的"昆明乡村体验"，本书第三章第二节还有详细论述。
⑦ 根据林徽因初到昆明时写给沈从文的信，居住于巡津街时她的生活要务，一是到云南大学教英文课，每周四次，二是应付一些社交上"阔绰的应酬"——这两件事对林徽因虽然也属不情愿之举，但绝对比其后龙泉镇的乡居生活要容易应付（信件内容见《林徽因全集》第2卷，新世界出版社2012年版，第198页）。
⑧ 金岳霖在昆明写给费慰梅的信件，见费慰梅《梁思成与林徽因——一对探索中国建筑史的伴侣》，曲莹璞等译，中国文联出版公司1997年版，第132页。当然，林徽因的密友们——金岳霖、张奚若、沈从文、赵元任等人在战争初期的先后到来，也是这种"北京生活"能够在昆明得以"还原"的必要条件。

第二章　相聚与融汇："外来"与"本地"共建"文化城"（1937.7—1940）

的她却依然能保有"迷人、活泼、富于表情和光彩照人"① 的魅力，也依然是文人沙龙聚会称职的组织者和热情的参与者②。可以说，正是这种由战争初期昆明所能提供的最好条件所构筑的"昆明中心体验"，构成了此时林徽因还多少能够延续北平生活氛围的物质条件和心理基础。

事实上，与其说"昆明中心体验"独属于初到这个城市的林徽因，倒不如说这是战争初期来到昆明的许多外来者（尤其是北平文化圈内人士）的一种共同体验：正如前述对眼前昆明满怀欣悦并发现美感的冰心、凤子和林徽因，在昆明遭遇空袭之前，这些外来者选择的头一个居所往往位于这座城市的中心区域，如冰心在昆明市区先后住在螺峰街和维新街（后者离林徽因住处很近），凤子住在圆通路（时云南教育厅厅长龚自知的住宅就在此街，林同济到昆明任云南大学文学院院长时曾租住龚自知的宅邸），蒋梦麟住在正义路邱家巷二号，梅贻琦住在东寺街花椒巷六号（离林徽因居处很近），冯至住在报国寺街，闻一多住在武成路福寿巷三号，王力住在北后街（金碧路北廊的背后，那一带随滇越铁路通车而繁盛，"两广"人多，越南人也有一些，还有少量西方人，王力此时租住的房子便是半中西式的），这些街道都属于昆明经济最为发达、市貌也最为繁荣的中心区域（昆明以正义路为中轴线，正义路一带的中部地区及滇越车站带动发展起来的城墙外东南部区域都可视为此时最为繁荣的中心地区）。此外，位于城市中北部的翠湖一带虽然离中心区域稍远，但"风景幽绝"，居住环境极佳，英美各国领事馆即设立在此，很多本地达官贵人也居住在此区域（如邮政汇业储金局昆明分局局长宅邸即在此），故也可算在中心区域之内，朱自清、沈从文、萧乾、杨振声、林同济等都住在翠湖附近的青云街。同时，在中心区域之内，这些外来者所选择租住的居所通常自身条件也很优秀（其中很多是本地有名望人家的住宅，

---

① 金岳霖在昆明写给费慰梅的信件，见费慰梅《梁思成与林徽因——一对探索中国建筑史的伴侣》，曲莹璞等译，中国文联出版公司1997年版，第132页。
② 据施蛰存回忆，这种聚会常常发生在沈从文此时位于青云街的居所，这里俨然"一个小小的文艺中心"。身处其中的林徽因依然"很健谈，坐在稻草墩上，她会海阔天空的谈文学，谈人生，谈时事，谈昆明印象"（施蛰存：《滇云浦雨话从文》，《施蛰存七十年文选》，上海文艺出版社1996年版，第313页）。

抗战时期昆明的文化空间与文学表达

如闻一多此时的房东姚先生就是昆明城里颇有名气的中医），往往是拥有多个房间的小楼房甚至洋楼，许多楼房还带有清幽雅致的宅院。这些区域不仅住房条件相对更好，周边商业发达、交通方便，生活也因之更为便利，加之这时昆明远离战争[①]又得天独厚的自然条件，还有外来者明显更占优势的经济环境[②]，因此这种体验在易地而处的新鲜感和逃离战争的庆幸感之外，更包含着较之日后更为宽松愉悦的生活心态[③]。

　　对于外来者，这种富于积极意义的美好体验不仅易使其把对原居住地的感情"移情"昆明，催生了诸如"昆明像北平"这样的有趣"想象"[④]，更使得他们在心理上较易抚平从发达内地迁徙至荒僻小城的心理落差，从而在情感上更能接受与认可这座城市，也得以更顺利而融洽地投入其后昆明的生活中去。而且，对于以联大为代表的很多"新移民"，这种体验的美好还缔结了他们与昆明更为牢固的情感联系，使他们在其后的昆明遭受了空袭、警报、物价飞涨、物质匮乏、疾病困扰、社会动荡等的折磨之后，还能因初见的欣悦而记着昆明的"好"，甚至在历经坎

[①] 昆明在1938年9月28日才首次遭到日军空袭，这个日期可算是昆明城直接介入战争的时间标志。

[②] 抗战初期昆明物价上涨还不明显，而且这时昆明经济尚"自成一体"，市面上使用的主要是老滇币和新滇币，内地通行的法币一元相当于老滇币十元、新滇币二元，因此持有法币的外来者在昆明的购买力强大。很多外来者的回忆中都有战争初期来到昆明感到东西"便宜"、钱比较"值钱"的生活体验。

[③] 就连战争后期对昆明知识阶层生活困境感受尤深并疾呼不已的闻一多，也认为其初到昆明时的生活并没有与此前的北京生活形成太大的落差："教授的生活在那时因为物价还没有很显著的变化，并没有大变动。"（闻一多：《八年的回忆与感想》，《联大八年》，新星出版社2010年版，第10页）直到1939年，外来的凤子还认为"昆明占着地理上的优势，离着前线自然远得很，甚且敌机的空袭的刺激也不多，使我感到昆明是个很可以作点事情的地方"（凤子：《从桂林的戏剧运动说起》，《民国日报》1939年5月3日）。冰心也认为抗战初期昆明的生活是"很自由，很温煦，'京派的'"（冰心：《摆龙门阵——从昆明到重庆》，《妇女新运通讯》1941年第3卷第1—2期）。

[④] 抗战中来到昆明的很多外来者都有"昆明像北平"的感受与表述，如吴宓、冰心、穆木天、赵萝蕤、老舍等。在笔者看来，这种"相像"的感受在外来者的"移情"因素外，主要由于昆明本身的城市布局、其居民保持中国古老气息的生活习惯、蓝天阳光、数量较多的乌鸦和牛车等自然因素与老北京的"相似"。已有一些研究者注意到这一现象，对此现象较有系统的研究有明飞龙《作为"北平"的昆明——抗战时期外省作家笔下的昆明形象考察》（《云南社会科学》2013年第1期），文章认为外来者笔下的昆明之所以"像北平"，主要源于昆明城市建筑及生活情调与北平的相似之处。

第二章　相聚与融汇："外来"与"本地"共建"文化城"（1937.7—1940）

坷的多年后仍然认为昆明"永远是那样的美丽"①。这种美好印象再融入"居久滇南地渐亲"②那种由时间累就的亲切感，更使"新移民"中的很多人甚至把这个边陲小城当作一生中"最怀念"的地方③。

然而，对于战争初期的外来者，"昆明中心体验"更多属于那些拥有稳定职业与家庭，并具有一定社会地位与经济基础的社会中上层人士。以西南联大的"新移民"为例，初到昆明能够住在市中心并享受昆明主流生活乐趣者大多是伴随家庭到此的教师群体。而对于人数更为广大的学生群体，他们初见昆明的体验恐怕与自己的老师们大相径庭。

三　西南联大学生：城市的"边缘"体验

西南联大初到昆明，租借昆华农校作为理学院校舍、拓东路迤西会馆与江西会馆、全蜀会馆作为工学院校舍，文法学院在1938年下学期从蒙自搬回到昆明时，则租借龙翔街上的昆华工校作为教室和宿舍④，1939年12月成立的联大师范学院院址也位于龙翔街。这几个地点除了工学院校舍所在的拓东路位于城市东南部滇越车站附近⑤，其余校舍都位于大西门外，属于昆明城较为偏僻荒凉的西北部地区。到1939年下半年联大新

---

①　1946年林徽因重回昆明时写给费慰梅的信，见费慰梅《梁思成与林徽因——一对探索中国建筑史的伴侣》，曲莹璞等译，中国文联出版公司1997年版，第179页。1940年11月，林徽因一家随史语所离开昆明来到四川李庄，这里恶劣的天气使林徽因肺结核复发，从此抱病卧床。抗战胜利后，1946年2月她乘飞机到昆明休养了几个月。这复重回昆明的经历显然是林徽因非常期待的，她认为"猛次到昆明去，突然间得到阳光、美景和鲜花盛开的花园，以及交织着闪亮的光芒和美丽的影子、急骤的大雨和风吹的白云的昆明的天空的神秘气氛，我想我会感觉好一些"（《梁思成与林徽因——一对探索中国建筑史的伴侣》，第175页）。有趣的是，重回昆明的林徽因住在北门街唐家花园。这里毗邻翠湖，也属于昆明居住条件最为优越的中心地带，而且唐家花园还是已故云南都督唐继尧的公馆，"美轮美奂以花木亭园著名"（沈从文：《怀昆明》）。在此阔别已久的"昆明中心体验"驱动下，林徽因心情愉悦并写诗《对残枝》《对北门街园子》，记录她重回昆明的感受。

②　吴宓：《三月五日阴历上元节与诸友郊游大观楼》，《吴宓诗集》，商务印书馆2004年版，第346页。

③　参见冯至《昆明往事》，《新文学史料》1986年第1期。其他很多外来者的回忆中也显示出对昆明（尤其是涉入战争之前的昆明）的喜爱与眷恋。

④　文法学院的很多课程也在昆华农校上课。另外与昆华工校相距不远的昆华中学和昆华师范学校也容纳文法学院的一些学生住宿和上课。

⑤　全蜀会馆和迤西会馆都为旧庙，实际居住条件并不佳。

校舍建成，学生们大都迁入新校舍，而新校舍所在地位于昆明城外西北郊三分寺，"南迄昆明北城墙，北接一丛葬的大山坡的土地"①，比起昆华工校和昆华农校所在地还更为偏远。可以说，和初来时尚能居住于城市中心的教师们相比，绝大多数联大学生的昆明岁月则始终居留在远离闹市、偏远荒僻的西北城郊地区。于是，与上述外来者"昆明中心体验"形成某种对比的，则是更为广泛地存在于联大学生之中的"昆明边缘体验"。

学生们居住在昆明的"边缘"。新校舍未建成之间，他们多"混迹"于大西门外的郊野"朝夕和骡马为伍"②，这里"很多硕绿的仙人掌点缀在荒野。青铜的茎上开着红色或琥珀色的花朵"③，充满着城市力量尚未波及的大自然的野趣，而"坐人力车进城，起码要三块钱老滇票（合国币三角），穷学生们似乎没有这么大瘾"④。新校舍建成之后，由于其校址本来是远离昆明城区的荒郊坟地，也由于缺乏资金而修建潦草，从视觉效果上看，这座校舍的"平房群"⑤似乎也并未在荒凉破败的环境中"别具一格"，反而与周围的荒郊村寨似乎不分彼此地融为一体，共同构筑着昆明"边缘"的郊野风貌：

> 这里原来是一片坟地，坟主的后代大都已经式微或他徙了，联大征用了这片土地并未引起麻烦。有一座校门，极简陋，两扇大门是用木板钉成的，不施油漆，露着白茬。⑥
>
> 进大门是一条南北向的土路，直通北面后门，北校门外横亘着一条铁路，越过铁路是丘陵起伏的荒郊。⑦

---

① 陈岱孙：《西南联大校舍的沧桑》，《往事偶记》，商务印书馆2016年版，第115页。
② 资料室：《八年来的生活与学习》，西南联大《除夕副刊》主编《联大八年》，新星出版社2010年版，第53页。
③ 陈时：《翠湖草》，《中央日报·平明》1940年第253期。
④ 伍生：《西南联大在昆明》，《学生杂志》1939年第19卷第2号。
⑤ 陈岱孙：《西南联大校舍的沧桑》，《往事偶记》，商务印书馆2016年版，第117页。
⑥ 汪曾祺：《新校舍》，《昆明的雨》，云南人民出版社2011年版，第95页。
⑦ 西南联合大学北京校友会编：《国立西南联合大学校史——一九三七至一九四六年的北大、清华、南开》，北京大学出版社2006年版，第41页。

第二章　相聚与融汇："外来"与"本地"共建"文化城"（1937.7—1940）

行路人中还杂上一对对一群群的牛马，运负柴炭盐木进进出出。①

在学校后面铁路旁边茅棚里住的贫民，每餐饭还带了他们仅有的洋铁罐，来搜索我们的残余。

草顶，土墙，透明而又绝对通风的木格子窗，就在这种寝室里，我们每四个人两张双人床，可以有六尺（中国尺）见方的空间。

学校对这茅草房，每年都要修补一次，因为经过风季一刮，雨季一淋，屋漏墙倒的总在所不免。②

显而易见，相较教师们居住在城市中心时通常"花木扶疏，颇为清雅"③的优美居所，联大新校舍的生存环境要简陋和恶劣许多。居住于其中的联大学生们与昆明郊野容纳的城市贫民一起，共同承受着这座城市更为灰色和困窘的边缘体验。

源于居住地点与居住体验的双重"边缘"，身处同样的城市，联大学生却形成了与其老师并不一致的观察视角。在他们看来，老师眼中"规制伟整"、独具异域美感甚至形同北平的昆明不过是保留着"老中国色彩""朴素而又古老"的边陲小城，其若有动人之处，也在于"比别的地方有个性，有风格"④的郊野自然风貌：

> 黄色掩盖红土层，云南冲击的山河
> 十里外织一片白云雾，遍野的芬芳
> 那一堆，这一堆，坐在田亩的阡陌上
> 倚靠在坍毁的堤岸间……⑤

---

① 宋秀婷：《我与昆明》，《中央日报·平明》1940 年第 197 期。
② 走幸田：《我住在新校舍——衣食住行及其他》，西南联大《除夕副刊》主编《联大八年》，新星出版社 2010 年版，第 86—87、90 页。
③ 宗璞：《小东城角的井》，《流亡三迤的背影》，云南人民出版社 2011 年版，第 184 页。
④ 宋秀婷：《我与昆明》，《中央日报·平明》1940 年第 197 期。
⑤ 赵瑞蕻：《昆明底一个画像——赠新诗人穆旦》，《中央日报·平明》1940 年第 225 期。

抗战时期昆明的文化空间与文学表达

相较于置身其中、虽破败颓圮却尚保有"自然景物的清美"[①]的郊野，对于联大学生，把他们排除在外的昆明城区则显然更易招致不满与批评。因此当置身城市中心的教师们惊喜于昆明的独特美感时，学生们则更趋向于与以往大城市的生活经验对比，发掘这座城市落后、简陋、慵懒等不足之处。这些相对"负面"的评论存在于诸多学生的当时描述与事后回忆之中，也更为极端和戏剧性地集中于联大中文系学生林抡元的小说《大学生》[②]中。在这部显然取材于自身经历的小说中，从香港来到昆明的大学生张德华对这座城市厌倦而不满：

> 他常常对同学说，昆明这种生活，要是永远过下去的话，他一定要疯了。第一，这里没有跳舞场，第二，没有影戏看，虽然影戏院是有两所，可是，简陋极了，而他最讨厌的便是当开摄后的那个啰啰唆唆的翻译员。并且，现在所映的多数是他从前所看过的旧片。即使有没看过的，又老是那些什么抗战的鸟片子。第三，他说暑天快到了，云南这个地方又一定没有游泳池啰……

张德华对昆明的不满在没有跳舞场、没有影戏看、没有游泳池等娱乐设施的缺乏之外，更在于这里生活与大城市相比的诸种不便：买不到品质较高的生活服务，街上不仅没有擦鞋店也没有广州那样的"擦鞋Boy"，等等。固然，如同张德华这样"生活只有娱乐"[③]的丑角是包括小说作者在内的联大学生其时着力嘲讽的对象，然而他对于昆明生活的负面感受中却也可捕捉到联大学生真实体验的蛛丝马迹。比如惹得张德华厌烦不已的电影翻译员[④]，就同样出现在很多联大学生的昆明记忆中。作

[①] 宋秀婷：《我与昆明》，《中央日报·平明》1940年第197期。
[②] 连载于《中央日报·平明》1939年第45、46期。
[③] 何期明：《西南联大的学生生活》，《战时知识》1938年第1卷第12期。
[④] 据云南剧人范启新1936年介绍："还有一种云南观众至今犹存的风气：就是开映默片时有一个讲述员讲述剧中的一切！这在识字者和有电影鉴赏能力的人，当然是感到多余的累赘，但在一般的人却感到需要，如果无有讲述时，似乎便很不起劲，且呼之为'哑巴电影'。"（范启新：《电影在云南》，《联华画报》1936年第7卷第9期）战后此"风气"在昆明犹存，尤其对于外国原声电影，不像内地打字幕，而是聘请一个解说员（也称翻译员，有时还带领一个解说小组）进行即时口译解说。

第二章　相聚与融汇："外来"与"本地"共建"文化城"（1937.7—1940）

为旁观者的萧乾，日后回忆中也生动记录了此电影翻译员与内地学生之间发生的冲突，甚至"懂英语的学生有时对这种即席口译不耐烦了，就用花生击打解说员。解说员气得大声抗议。观众也分不清哪是解说词，哪是抗议"①。

"大学生"张德华的感受成为联大学生"昆明边缘体验"的极端表达。对于大多数联大学生，从都市迁徙到边陲小城的体验落差并没有受到教授们"昆明中心体验"的纾解，昔日天之骄子如今却安身在僻壤之内的僻壤——昆明郊野的边缘体验虽有"国难时期一切特殊"的理由作为开解②，却也暗自发生效用，影响着联大学生与昆明城所建立的情感联系：被安置于城市边缘，又紧缩于由"颠簸不平的石板路，颓败倾圮的黄泥砌的屋宇，茶馆，米线店"③ 所构成的城市西北角的学校生活造就了他们与昆明本地人群相对隔绝的高度"我群"意识④。对于联大学生，这种"我群"意识使他们在昆明积极生活学习的同相容而感到"寂寞"⑤或某种"忧郁"⑥。

同时，日常活动空间的高度紧缩，再加上群内自我意识的高度趋同，却也有利于联大学生在有限空间的密集交流中发生思想的碰撞，从而产生学术创新的火花。设想，成群的富有高度创造力的精英学子，因为上课和居住地点的关系，被强行集中在东起青云街、北门街，西迄凤翥街"日常活动半径不超过25或30分钟步行"的有限空间内，日常生活、学

---

① 萧乾：《昆明偶忆》，《从滇缅路走向欧洲战场》，云南人民出版社2011年版，第8页。外来学生与本地人因此电影解说员发生矛盾的事例在联大学生的记载中也有体现，如其时就读联大历史系的萧荻就这样写道："1939年，我初到昆明时，当地的同胞和我们这些外省人之间，还不是那样融洽的。记得初来时在文庙附近看电影，有的同学嘲笑当年电影院里为美国电影作肉麻的翻译的'讲演人'，就曾引起公愤，顿时burning复明，群声喊打"，见萧荻《大草坪及其他——昆明怀旧录的一部分》，《边疆文艺》1957年第1期。
② 对联大绝大多数学生，这个理由显然是有效的，因此面对因国难造成的个人艰难生活，他们的生活态度与思想状态总体上看仍可谓坚韧而乐观。
③ 凤子：《昆明点滴》，《旅途的宿站》，（香港）三联书店香港分店1985年版，第161页。
④ 参见何炳棣《读史阅世六十年》，广西师范大学出版社2005年版，第151页。
⑤ 参见陈时《昆明的寂寞》，该作者两篇同题文章分别登于《中央日报·平明》1939年第108期、《中央日报·平明》1940年第174期。
⑥ 参见陈时《昆明的忧郁——献给贞小姐》，《中央日报·平明》1940年第255期。

习、社交、娱乐都主要在这个空间中得到解决。这种空间的紧缩使得一条倾斜横贯东西的文林街成为联大学生"日常生活的大动脉"[①]，更使凤翥街上的诸多茶馆得以类似19世纪欧洲思想之都维也纳的小咖啡馆，由于容纳和促发这些青年人的谈论与交流而成为促使"天才成群地来"的"繁星们的养成之所"[②]。

"昆明边缘体验"最大的价值，或许更来源于对联大青年诗人现代性体验的某种促发。由身处边缘而又带有强烈自我意识的"我群"角度出发，与保有"昆明中心体验"而对这个城市始终富含情感与宽容的观照相比，联大学生对抗战昆明的观察和审视就显得冷静而客观，对其变化的产生与发展趋势也更为警觉。这种警觉，尤其作用于联大学生中富含"当代的敏感"[③]的青年诗人们身上。他们以地域上的"边缘"为观测基点，以体验中的"边缘"为价值中枢，对昆明城随抗战而生，并因抗战因素深化的都市巨变历程由此也就拥有了更早的意识、更强烈的感受、更深刻的反感与反思。在此基础上，联大青年诗人产生了对于抗战昆明都市巨变"畸变"的价值判断并由此形成了独特的"都市畸变体验"。这种体验在抗战昆明貌似繁荣兴盛的现代城市化历程中所产生，对视野中由战争浮华营构的都市文明充满强烈的批判与反思。对于联大现代诗人，正是这种源于"边缘"的"都市畸变体验"使其与西方现代派那种产生于资本主义鼎盛时期的文明"荒原"意识有了连接之点，而西南联大现代诗或许正是从这一连接点中生根发芽，并开出繁盛的花朵[④]。

第三节 抗拒"摩登"与《昆明杂记》风波：面对"外来"的复杂心态

战争初期，经由与内地步调大体一致的救亡宣传活动，昆明城在文

[①] 何炳棣：《读史阅世六十年》，广西师范大学出版社2005年版，第151页。
[②] 王汎森：《天才为何成群地来》，《南方周末》2008年12月3日。关于茶馆对联大学子的滋养和促发，可参看汪曾祺《泡茶馆》《凤翥街》《七载云烟》等回忆文章。
[③] 王佐良：《谈穆旦的诗》，《中楼集》，辽宁教育出版社1995年版，第183页。
[④] 关于都市畸变体验与西南联大现代诗，本书将在第四章第二节详加论述。

第二章 相聚与融汇:"外来"与"本地"共建"文化城"(1937.7—1940)

化氛围上逐渐趋近"内地化"。这个"内地化"虽然是小城自民国以来就孜孜以求的文化发展目标,但在现实中,当内地人因逃难而进入昆明人视域并对其生活产生实际影响时,对于昆明城,这种"相见"所引起的一系列感受恐怕也不仅仅是欢迎与喜悦所能概括。

一 "现代"初临:抗拒"摩登"与自我重塑

昆明人对外来者所怀有的复杂感受,尤其作用于外来者中最著名的西南联大身上。当1938年2月联大由长沙迁往昆明时,云南省政府即表达重视,饬令"沿途各属予以保护"①。旅行团4月28日抵达昆明,行经城内拓东路、金碧路、正义路、华山南路和西、青云街、圆通街、一直爬上圆通山顶,沿途予以欢迎的"无数"昆明市民,热情地给予旅行团"赞叹和夸奖",而联大化学系教授曾昭抡在抵达昆明的第一时间接受记者访问,更评论此地"市街整洁,市面繁荣,和国内各通都大邑不相上下。由此已足证明滇政进步之一斑"②——初次聚首场景中的双方态度,营造出彼此均热情友善的"相见欢"氛围。

然而两天之后,这种相聚的美好氛围中却骤然出现了不甚协调的音符:1938年5月1日,《云南日报·南风》刊登本地文化人李意《欢迎临大湘黔滇旅行团》一文。文章在对联大旅行团表示欢迎后随即指出,联大师生以往"或住在堂皇富丽的清华园,或住在风景幽美的八里台,或住在马神庙沙滩一带的安适的宿舍中……何曾想像到今日会生活在和你们从所处的地方相差几十倍或几百倍的环境中",但是这个目前看来远落后于内地的地方却会是"将来中国复兴根据地,除非这些地方充分的发展,失地的收复才会易如反掌"。正因为对战争中昆明未来地位攀升的期许(抗战对昆明价值的"提升"),李意于是借机提醒来到此处的外来者应该赶紧改变过去的"颓废生活",方能"大刀阔斧地参加了这次神圣的抗战"。文章结尾更有些严厉地谴责某些外来者:

---

① 《联大生首途来滇 省府饬沿途各属予以保护》,《云南日报》1938年2月23日。
② 《联大旅行团 长征抵省印象记》,《云南日报》1938年4月29日。

> 他们到此地后，不惟不知觉悟，改变从前的生活，反变本加厉，想在各方面都不如京沪平津的昆明市中享受和京沪平津一样优越的生活。更有不少的青年男女，奇装异服，粉面朱唇，日无事事，在街上闲逛，在酒店里吃酒，甚至还有人抱怨此地为什么没有跳舞厅！

可以看出，李意对外来者的不满主要是由于其对舒适环境——被李意定义为"颓废生活"——在抗战昆明语境中的一意追求。这种不满与其说针对的是已经发生的事实，不如说是对具有某种"外来"特质习气的预先警告。在李意看来，眼下联大师生的风貌当然并不属于这种"颓废生活"，然而对这种风气的提醒或者说预先"警告"却也并非多此一举。

李意的文章让我们看到，此时昆明文化人对外来者的态度之中，固然有欢迎和善意，却也很难说不带有某种警惕甚至排斥。对于昆明人，这种复杂心态正来源于彼此在现代文明发展序列中的悬殊地位，以及因之而起的敏感心态。心态的敏感使昆明人尤其反感外来者对物质生活的追求和享受。随后，外来者的这种物质追求被昆明人不甚友善地定义为"摩登"，并在《敬告摩登男女》[1]《与摩登男女有关》[2] 等一系列文章中对此加以斥责。

值得注意的是，这些文章大都把对外来"摩登"的贬斥，归结于其与"无数流离失所的灾民，马革裹尸的壮士"抗战氛围的对立，借助抗战无可辩驳的正义性来取消甚至打倒外来者在意物质生活的正当性。同时，这些文章又把云南"向称纯美"[3] 的风情民俗与外来"摩登"加以对立并以此自得，甚至警告外来者不要把"通都大邑的浮华气象"带过来"损害"云南。与这种言论上的"警告"相配合的，是昆明文化界在实际宣传中对"摩登"的排斥。当此时在昆明市街墙头张贴救亡宣传壁画时，就有人把"出征将士"与"所谓摩登士女"图样张贴在一起[4]，

---

[1] 源：《敬告摩登男女》，云南《民国日报》1938年4月14日，标注为"读者之声"。
[2] 文：《与摩登男女有关》，云南《民国日报》1938年4月15日，标注为"言论"。
[3] 同上。
[4] 颂：《观壁画"云南之两种现象"后》，云南《民国日报》1938年5月13日。

第二章　相聚与融汇："外来"与"本地"共建"文化城"（1937.7—1940）

在这种对比中无声显露本地对外来"摩登"的鄙薄与不满。更有甚者，1938年5月21日的一则本地新闻，报道家住城郊小菜园的昆明人鲁顺昌之妻子上街卖菜，却因"耳濡目染，渐习摩登"①而遭其夫殴打。这种种令人啼笑皆非的事件中可以显见昆明人对外来"摩登"的妖魔化想象及由之而起的种种疑惧。

可以看出，此时昆明文化界对"摩登"的排斥和抗拒，与其说是单纯"排外"，倒不如说是战争中骤然"被选择"成为内地"避难所"的偶然命运中，置身悬殊的文化发展序列中对自身地位的寻找和确立。这种对自身价值寻求的急切，使得昆明文化界在无意识中把自身与抗战绑定，将自身的质朴"纯美"与抗战的宏大正义黏合在一起"塑造"为一个新的文化"自我"（自我塑造，self-fashioning）。显而易见，比起经济面貌落后、文化发展乏力，又身处地理历史双重意义上"边城"的固有"自我"，这个借助战争之势而虚构成的新"自我"明显更应时也更具力量。在其后昆明文化界围绕李长之《昆明杂记》所展开的论争中，我们能更清楚地看到这个暂时黏合而成的新"自我"面对"外来"挑战时呈现出的外在力量与内心难以掩饰的某种脆弱。

二　矛盾升级：李长之《昆明杂记》风波

就在本地文化人李意以《欢迎临大湘黔滇旅行团》一文，警告外来"摩登"者须在昆明所代表的"神圣的抗战"氛围中洗心革面、改变过去"颓废生活"的当天（1938年5月1日），似乎正为构成昆明城中外来者与本地人的某种"对话"，《宇宙风》在这一天出版的第67期"南迁纪念号"上发表了李长之的《昆明杂记》，以一个外来者的眼光描述其眼中的抗战昆明。

如果说，西南联大等"新移民"所见到的昆明已经是一个在战争中趋向"内地化"、现代性变革愈加明显的城市，那么作为"抗战爆发后第一批到达昆明的外省人"②的李长之所描绘的，则是一个变化趋势还没有

---

① 《村妇恋风光被夫殴打报院》，云南《民国日报》1938年5月21日。
② 施蛰存：《滇云浦雨话从文》，上海文艺出版社1996年版，第313页。

抗战时期昆明的文化空间与文学表达

那么明显，或者说正处于"将变未变"之时、整体状态尚未脱离凝滞保守的昆明城。作为内地学者在昆明任教的"先锋"，1937年9月，李长之和施蛰存、吴晗等人应云南大学校长熊庆来之聘，一起来到云大任教，这时的李长之刚从清华大学毕业一年。从学生身份骤然转型为"职业人"，又来到昆明这样一个迥异于北平的城市，原本就敏感多思的李长之当然积蓄了更为丰富的感受。这些丰富鲜活的感受凝结在他的《昆明杂记》中，刻画了一个外来者眼中抗战初期独特的昆明城。

《昆明杂记》中，李长之开门见山，以"牛"的意象来概括自己对昆明的总体印象：

> 倘若有人问我，你在昆明最喜欢什末呢？我便要首先告诉他，是：牛。——而且几乎只是牛。

以"牛"为意象，李长之把自己对于战争中昆明城的感受一分为二：对应着牛的"沉着，忠厚，宽大，耐劳"，李长之发现也欣赏着昆明人的"笃厚"和"纯朴"，还有面对战争那一种"潜藏的深厚的进取的心在准备着"。然而在李长之眼中，这种笃厚纯朴有时也到了迟钝而令人啼笑皆非的地步，呈现出与应时而变、注重效率的现代社会格格不入的诸种情状，例如街道上的广告和抗战宣传画"自我初来之日起，到现在执笔时为止，广告和漫画，自然永没有变换过，然而那观众却也永没有表示冷淡过"。还有坐落于翠湖之畔的云南省立图书馆：

> 上午十一时才开馆，下午四时半就闭了，晚上不用说，是没有。并不是假日如此，平时就如此。书目全是紊乱的，查一查，要费好些时候，而且查出来之后，借书单是要由馆员填写的，他填写时便又要像阿Q那样惟恐画圈画得不圆的光景，一笔一画，就又是好些时候。书拿到，便已经快要闭馆了，即便你一开馆就逛进来的话。

显然，在李长之眼中，至少以文化氛围而言，昆明与它所极力想要

第二章　相聚与融汇："外来"与"本地"共建"文化城"（1937.7—1940）

达成的"内地化"仍有不小距离。就连昆明人向来引以为傲、不少外来者也为之赞叹不已的"天气之佳"，在李长之看来也有缺陷：

> 天气诚然不错，但是偏于太温和的了，总觉得昏昏的，懒洋洋的，清爽的时候不过早上和夜里。就工作上说，我觉得远不如北平。我甚而十分怀疑，是不是在这里住下去，将要一个字也写不出来了。①

对于李长之，《昆明杂记》这篇文章恰好发表于昆明文化界面对外来"摩登"压、以抗战为名正经历"自我重塑"、以此与"外来"抗衡的敏感时机，作者的印象"杂记"在昆明文化人眼中却成为带有攻击性、"冷讥热诮"②的"揭短"之举。由此，战争初期昆明文化界面对"外来"本已敏感不安的情绪被《昆明杂记》一触而发，最终燃起群情激愤、围攻批判的熊熊大火，而这场批判风潮也就此改变了李长之的人生轨迹。

这场针对《昆明杂记》的批判风潮集中在 1938 年 5 月下旬，主要"阵地"是本地舆论中心《云南日报》和云南《民国日报》。短短几天之内，两份报纸连续发表《"天才批评家"的矛盾》《闲话昆明的牛——读昆明杂记后》《昆明气候及其他——读昆明杂记后》《代表滇牛向李长之致谢——读昆明杂记后》《从昆明的牛说到汉口的浮夸——读昆明杂记后》等一系列文章，对《昆明杂记》形成口诛笔伐的围攻之势。其中云南《民国日报》的批评文章还都以"读者之声"为名发表，制造出一种对这场论争"全城关注"的严肃局面。

这些批评将李长之讽刺为"天才批评家"③，并将火力聚焦于李长之文章所提到的昆明"牛"意象上，认为昆明牛"虽然很愚笨，不及外来的牛，（如荷兰牛之类）聪明而乖巧，但它们走上战场，会用弯角或直

---

① 李长之：《昆明杂记》，《宇宙风》1938 年第 67 期。
② "读者之声"：《昆明气候及其他——读昆明杂记后》，云南《民国日报》1938 年 5 月 21 日。
③ 金华：《"天才批评家"的矛盾》，《云南日报·南风》1938 年 5 月 22 日。

角，抵死了不少的敌人，也还不失其牛格"①。按照这些文章的逻辑，李长之笔下的"牛"正是昆明的象征，而这个昆明正在"抗战建国"的大业中积极努力，李长之在这时讥讽"牛"，便是讥讽昆明，从而也正是讥讽此时昆明所代表的"抗战建国"。因此这些文章认为《昆明杂记》所反映出的李长之态度，"不但看不起昆明，并且看不起汉口"，甚至是与昆明背后所代表的抗战大业直接敌对，由此这些批评者们甚至攻击李长之有"汉奸"②之嫌。

仔细分析这些语气激愤甚至口不择言的批评，我们会发现，对于小城中的批评者们，《昆明杂记》之所以能触发如此怒气，正是由于该文对纯美质朴、温和气候等昆明人引以为傲优势的漠视甚至"解构"，以及作者在文中表现出的"高人一等"任意臧否的随意态度。这种写作态度在崇尚潇洒做派与独到见解的京派文化圈或许正是文学声名的由来，而在抗战初期的昆明，它却正被解读为外来者对昆明文化的一种饱含轻蔑的轻视乃至否定。对于此时正积极重塑"自我"、以此谋求加入内地文化圈的昆明文化界，这种对自身价值的轻视本已不能容忍，更别说这种轻视还正来自此时在文化价值上与其形成竞争关系的外来文化人。因此，对于《昆明杂记》，李长之的随意却恰好触痛昆明文化人抗战以来就挥之不去的"心病"，两者一个无意一个有心，一场最后脱离文学本体甚至做"诛心之论"的论争也由此而来。

这场论争的结局显示出抗战初期昆明文化人相较外来者更为强大的实际力量：李长之为平息论争迅速发表"自剖"，表示"没想到这篇无聊的小文，竟惹起大家的不快之感这样深"，"大家实在是太误会了"，"大家对它又看得过重，解得过复杂"，"大而了解一个民族，小而了解一个地方，我们的标准应当放在优秀分子上……了解云南一地方亦然"，并解释作这篇"抒情的小品"时"有一点寂寞之感——这种情感，也自知在现在这时代，是不当有的"，"是前一次小品《怀想猫》的寂寞之感的余

---

① "读者之声"：《闲话昆明的牛——读昆明杂记后》，云南《民国日报》1938年5月20日。
② "读者之声"：《从昆明的牛说到汉口的浮夸——读昆明杂记后》，云南《民国日报》1938年5月23日。

波",现在是"后悔"而"痛恨"自己,而自己之所以在《昆明杂记》中提到昆明的"牛",只不过因为当时住在翠湖东边,"常常看到出入小西门的牛的缘故"①。然而这篇甚至有些放下"身段"请求谅解的"自剖"显然并未获得昆明文化人的谅解,以云南《民国日报》为言论阵地的本地文化人,不仅在阅读过这篇"自剖"后仍然认为李长之"本性难移",还就此居高临下地告诫云南大学"以后援引人才,要特别慎重……万不宜容许轻薄小儿,涸跡其间,虚糜血汗"②。更重要的是,本地学界对李长之的看法显然更影响了云南执政者的态度,从而引发了远超于"文字之争"的严重后果:"事为龙主席所闻。据云绥靖公署欲请去谈话。李乃大恐,或云坐飞机离滇,或云坐长途汽车他往"③——事件最后以李长之辞去教职离开昆明到重庆中央大学任教了结,在外来者眼中正可以视作昆明文化界因一篇文章而将李长之"驱逐出境"④。

三 沟通与"自省":本地心态的变化

如果以"实力"较量的"结果"而言,《昆明杂记》风波以"本地"的大获全胜告终,但此番对外来者的力量昭示中却也正显示出昆明文化界此时内心的脆弱。一篇毫无政治色彩与攻击意味的文学随感,一个"牛"的意象都能引发如此怒气,昆明文化界此时因外来文化压力而引发的敏感心态可以想见。那么,对于此时有心向外学习却又因自身差距而敏感易怒的昆明文化界,该如何面对外界,积极而妥善地处理与"外来"的关系?在抗战昆明文化界扮演重要角色的楚图南对此做出了回答。

对于在"现代"中心北京城接受过高等教育,又游历过中原沿海诸城亲身与"现代"打过交道的楚图南(此时正担任文协昆明分会成员),此时面对《昆明杂记》论争,其思考角度则重在此事件对云南文化自身

---

① 李长之:《关于〈昆明杂记〉的一点诚坦的自剖》,云南《民国日报》1938年5月23日。
② "读者之声":《结束"牛"的问题并略贡拙见——读一点诚坦的自剖后》,云南《民国日报》1938年5月25日。
③ 浦薛凤:《浦薛凤回忆录》(中),黄山书社2009年版,第105页。
④ 施蛰存:《滇云浦雨话从文》,上海文艺出版社1996年版,第314页。

发展的影响。1938年6月，楚图南先后在《云南日报·南风》《新动向》等本地权威舆论阵地发表《学术辩难应有的态度》《云南文化的新阶段与对人的尊重和学术的宽容》等文章，从"我自己也是云南人"①的立场出发规劝与教育视为"自己人"的昆明文化界，在抗战现阶段如何与"外来"相处并进而向"外来"学习。

对于《昆明杂记》风波，楚图南先着眼本地批评者的"态度"，认为学术辩难既要保持辩论目的的"同一"，更"不能以友敌的关系，来歪曲了主观的见解，和客观的事实"，即使"对于主张和我们不同的人，我们尤不能随便加以苛酷的诬枉"②。楚图南更以超出同侪的视野，告诫昆明文化界同人此时正是"云南文化史上的一个新时代"，而此时迁移到云南的人，"都是比较从更高阶段的社会和文化里面出来的人"，他们到了昆明，"结果就必然要使云南的文化进到了一个更新的阶段"，而这一"伟大时代的来到，是需要伟大气度的接受和包容和扶植"的，所以更应提倡"对于人的尊重和学术的宽容"，这种态度"在现阶段的云南，新文化刚刚要在此地萌芽新生的云南，更是应该如此！"③

显然，在楚图南看来，这场争论的对峙双方与其说是外来者与本地，倒不如说是在现代文化发展序列中的"上游"与"下游"，他们的矛盾更不在论辩中缠杂不已的"牛"或者"抗战"，而在于思想内容、表达方式上多元自由与单一偏执的对抗。对于昆明文化界，这种对抗既是战前类青春心态的延续，又是此时面对外来"摩登"因"相异"而产生的抵触与排斥。对于这样的心理，楚图南的"说服"劝解也很有技巧：他告诫昆明文化界，抗战是昆明实现"现代化"的极大机遇，那么为了迎接即将到来的"新时代"，就应该以"尊重"和"宽容"的态度面对"外来"——那些"从更高阶段的社会和文化里面出来的人"。

---

① 楚图南：《文艺工作者怎样充实和武装自己——在云南文艺工作者抗敌座谈会讲演》，《云南日报·南风》1938年5月8日。

② 高寒：《学术辩难应有的态度》，《云南日报·南风》1938年6月5日。"高寒"为楚图南笔名。

③ 楚图南：《云南文化的新阶段与对人的尊重和学术的宽容》，《新动向》1938年第1卷第1期。

第二章　相聚与融汇："外来"与"本地"共建"文化城"（1937.7—1940）

楚图南针对昆明文化界的开解和劝说显然是有效的，其上述两篇文章发表后，关于李长之事件的讨论即告一段落，本地报刊上不再有相关文章出现。作为"文协"昆明分会的成员和事实上的领导人物，楚图南此番作为也可视为抗战初期对"外来"和"本地"关系的一种沟通。这种沟通既反映出"文协"对于抗战昆明文化秩序趋向"内地化"的有力推动，也显示出面对外来"现代"，昆明文化人因既有背景、当下诉求与文化感受的差异而形成的并不一致的感受机制与应对方式。

可以视为《昆明杂记》风波之尾声的，是其后朱自清《是勒吗》一文在昆明文坛所激起的小小"水花"。1939年6月7日，朱自清以"佩弦"为名在《中央日报》文艺副刊《平明》第17期发表《"是勒吗"——语文影之一》，以随笔方式，对"是勒吗"这一昆明"普遍流行的应诺语"进行语言学范畴的讨论。在这篇学术随笔中，作者也以寥寥数语，以"接受方"立场对这一方言词汇的使用发表了个人感想：

> 但是这句话不但新奇好玩儿，简直太新奇了，乍听不惯，往往觉得有些不客气，特别是说在一些店员和人力车夫的嘴里。他们本来不太讲究客气，而初来的人跟他们接触最多；一方面在他们看来，初来的人都是些趾高气扬的外省人，也有些不顺眼。在这种小小的摩擦里，初来的人左听是一个生疏的"是喽嘛"，右听又是一个生疏的"是喽嘛"，不知不觉就对这句话起了反感，学着说，多少带点报复的意味。[①]

朱自清文章发表后，《云南日报》记者杨鼎照（杨亚宁）在《南风》上发表评论，认为朱自清所讨论的"是勒吗"三字有蔑视云南人之嫌，论战由此展开。外来者朱枋随后发表《关于"是勒吗"》反驳杨鼎照观点，认为"佩弦先生这篇短文决没有感人这样的深，而外方人也决不是一大半以此三字作为蔑视云南人的口头禅"，并感叹昆明当地人尤其是学

[①] 佩弦：《"是勒吗"——语文影之一》，《中央日报·平明》1939年第17期。

生对此的敏感，认为"是勒吗，此间多少无谓的纠纷，皆谓汝而发生"①。两天后，昆明本地活跃的青年作者周辂发文《再谈〈"是勒吗"〉》，支持杨鼎照观点，认为朱枋"站在外省人的立场上"，"使人觉得'云南人'实在是'野蛮'的"②。随后朱枋发文回击，认为周辂等本地文化人纠结"是勒吗"问题实在是伤了外来者之心。③

这场论争的其后发展，可以看出《昆明杂记》风波发生后，在楚图南等本地有识之士的宣传"教育"下，昆明文化风气的某种变化：在朱枋所代表的外来者与杨鼎照、周辂所代表的本地人为《是勒吗》一文究竟有无歧视之意唇枪舌剑互不相让之际，署名"者清"者在《民国日报》上发表《收束笔战后的几句话》，认为上述双方的争执"是由方言含义两歧而引起的误解与纠纷"，"希望本地及外省的同胞，应当由'误解'到'谅解'"④。"者清"所表达的理性和"旁观"中立的态度显然为论战双方所接受，杨鼎照发文表示"对于外省同胞，我一向都没有'偏见'——也不敢存'偏见'！"⑤，"友琴"也发表《最后诤言》，认为轻视云南同胞的外省人只是一部分，大多数昆明同胞也无成见，因此"大家都有过失"⑥，理应自我检讨。云南《民国日报》编者更在当日发表声明，表示关于"是勒吗"的论战文字，"自今日以后，停止刊登"。这场围绕"是勒吗"的论战风波终于在它产生更大现实"伤亡"前被及时中止。

在外来文化人看来，关于"是勒吗"的论战源于云南本地人与外来者之间"不该有"的"误解"，朱自清事后回忆此事，也认为此事是源于"那时云南人和外省人间的了解不够，所以我会觉得这句话本质上有些不客气，后来才知道这句话已经不是强调，平常说着并不带着不客气"⑦。

---

① 朱枋：《关于"是勒吗"》，云南《民国日报》1939年11月24日。
② 周辂：《再谈〈"是勒吗"〉》，云南《民国日报》1939年11月26日。
③ 朱枋：《〈再谈〉的回响》，云南《民国日报》1939年11月28日。
④ 者清：《收束笔战后的几句话》，云南《民国日报》1939年11月29日。
⑤ 杨鼎照：《我并无"偏见"》，云南《民国日报》1939年11月29日。
⑥ 友琴：《最后诤言》，云南《民国日报》1939年11月29日。
⑦ 朱自清：《语文影及其他·序》，《朱自清全集》第3卷，江苏教育出版社1988年版，第333页。

第二章　相聚与融汇:"外来"与"本地"共建"文化城"(1937.7—1940)

彼此之间误会的产生、澄清及由此而生的反省，正是文化融合必须经历的阶段，因此《昆明杂记》及其后围绕"是勒吗"相关论争，正可以视为抗战初期外来者与本地文化人一种独特的"沟通"过程。

从《昆明杂记》到"是勒吗"论争中态度逐渐趋于缓和的变化中，显示出昆明文化人文化融合过程中心态的逐渐成熟。对于昆明文化人，这种对外来者更为宽容大气，也更加"敞开"的成熟心态得来不易，也难能可贵。这种成熟，既与文化融合过程中诸如楚图南等有识之士的点拨与沟通密不可分，文化融合过程中逐渐产生的"自省"却也是一个积极促进因素。例如此时便有一些昆明青年同李长之一样不满意"死气沉沉，了无生息"的城市氛围，提倡建立"晨呼队"，把学生壮丁士兵组织起来，每早有规律地沿着大街歌咏，呼口号，作口头宣传，以此唤醒"精神涣散，意气消沉"的"山国灵魂"①，从"晨呼队"的呼吁中即可以看出这种文化"自省"的逐渐产生。正是这种勇于"自省"、趋于成熟的心态，使昆明文化人能够摒除成见，在更大范围内与外来者积极合作，从而为其后1940年前后昆明"文化城"形象的形成奠定了心理基础。

第四节　"文化城"的共建:"剧运"的现代洗礼与刊物的本土建设

费正清认为最近两百年中国文明建构中诸多转型都是主动或被动回应西方的结果，如果以这种肇端于汤因比的"冲击—回应"理论模式②考察抗战时的昆明，我们会发现，对于抗战时期的昆明，由内地波及而来的"抗战"某种程度上正成为"现代"最强有力的载体，而昆明对其

---

① 禾火:《我们需要晨呼队》，云南《民国日报》1939年2月11日。从"晨呼队"的呼吁随后得到很多昆明读者的积极赞同，例如"木强"就认为这个呼吁"引起我无限的兴奋和同感""这种运动无论就那方面来说，在昆明实在太需要了"，希望当局能想种种方法调动市民的兴趣，使昆明早晨的气象"勃然而新"（木强:《关于"晨呼队"——响应禾火先生》，云南《民国日报》1939年2月15日）。

② 参见［美］费正清《美国与中国》，张理京译，世界知识出版社2003年版。

"冲击"的"回应",则使这个城市不仅加入全国秩序达成"内地化",也在此基础上趋近民国以来所孜孜以求的"现代"目标。

若以"现代"作为衡量尺度,昆明对于抗战的"回应",最大价值正在于其抗战初期"文化城"面貌的形成——被抗战所激发的现代文化建设在战争初期迅猛发展,至1940年前后,在本地舆论与外界观察家看来,昆明已经成为"战时的文化首都"①,"西南的文化城"②,甚至是"新文化中心城"③。而这一文化城面貌,在内地学子与精英文化人的"入驻"推动之外,又主要以剧运的蓬勃和文化刊物的繁盛作为其形象标志。

一 "剧运"蓬勃:昆明城的现代洗礼

抗战前,话剧被昆明文化人视为使昆明"得以普遍而充分地吸收现代文明的养料"之"最善而最前线的工具"④。经过"五四"至20世纪30年代的发展和累积,对于昆明,话剧更在抗战冲击波及而至的前一年取得了突破性进展:省立昆华艺术师范学校("艺师")戏剧电影科与云南第一个群众性话剧团体、依托昆华民众教育馆创建的金马剧社先后成立,成为昆明本土现代话剧教育与演出的最重要力量;也在这一年,《云南日报》的《南风》的话剧创作与评论走上轨道,为蓬勃兴起的昆明话剧提供了作品原创、演出评论与理论探讨的重要园地,而这一年围绕《绅士之家》和"云南话的舞台语"的讨论⑤,更显示出昆明话剧向外界"现代"积极吸收借鉴的同时,自我意识逐渐加强和确立的成长历程。

正如话剧史家葛一虹指出,话剧在抗日战争这一时段,"它的迅猛发展较之文艺其他部门似乎尤其显著"⑥。较之于小说、诗歌等艺术门类,

---

① 杜周:《展开昆明的文艺运动》,《云南日报·南风》1940年6月12日。
② 丁戈:《文化城——为什么这样沉寂?》,《朝报》1940年12月9日。
③ [比] G. Samion:《中国的新门户——昆明》,董枢译,《青年》1940年第8期。
④ 范启新:《云南剧运提倡的急需与困难的克制》,云南《民国日报》1936年3月4日。
⑤ 详见本文第一章第二节。
⑥ 葛一虹:《大后方戏剧论稿·序》,廖全京《大后方戏剧论稿》,四川教育出版社1988年版,"序"第1页。

第二章　相聚与融汇："外来"与"本地"共建"文化城"（1937.7—1940）

对于昆明，本就处于上升发展态势的话剧尤其迅捷与强烈地对抗战做出了"回应"——"完全由于抗战意志"[①] 兴起并与救亡宣传相呼应的话剧运动在抗战初期的昆明发展态势最为蓬勃，"在文艺活动的各部门中，戏剧占取了最优越的地位"[②]，其"参加人数之众，涉及面之广，声势之浩大，几乎超过桂林而仅次于重庆"[③]，成为昆明"文化城"美誉的具体诠释。对于昆明，抗战剧运的辉煌主要由"演出"构成，其辉煌又正是本土与外来因素积极合作的结晶。

"昆明剧运的抬头完全由于抗战意志的抬头"，所以它的步调基本"与抗战一致"[④]。抗战伊始，大致在七七事变到1938年上半年这一段时间，"外来"还没有大规模降临昆明，小城舞台上"一切戏剧组织，都是云南本地的产物"，上演剧目也偏向"街头剧与短剧"[⑤]。1938年战争波及区域更为广泛，随着全国各地的文化人陆续进入昆明，由一些"较富空间时间性的剧本"衍生的经典"大剧"[⑥] 开始陆续上演，从而将昆明剧运真正推向高潮，也使早已倾慕现代的小城为这些经典大剧所吸附凝聚的"现代文明的养料"所滋养和灌溉。

1938年7月1日，云南省立昆华艺术师范学校（以下简称"艺师"）戏剧电影科进行其成立后的第四次社会公演，演出剧目是曹禺名剧《雷雨》。这并不是此剧在抗战昆明的第一次上演：同年2月，设于昆明的中央空军军官学校附设的大鹏剧社在成立的时候就演过此剧，导演是本城著名剧人、此时正担任艺师戏剧电影科主任的陈豫源[⑦]，演员则包括艺师

[①] 田鲁：《论昆明剧运》，《戏剧岗位》1940年第1卷第5—6期。
[②] 编者：《七七两周年》，《中央日报·平明》1939年第34期。
[③] 廖全京：《大后方戏剧论稿》，四川教育出版社1988年版，第5页。
[④] 田鲁：《论昆明剧运》，《戏剧岗位》1940年第1卷第5—6期。
[⑤] 杨季生：《抗战以来云南戏剧工作的检讨》，《新动向》1939年第2卷11—12期合刊。杨季生此时为《云南日报》编辑。
[⑥] 《文化消息》，《战时知识》1938年第1卷第5期。
[⑦] 陈豫源（1911—1955），字季云，昆明人。因父亲在北京做外交官，生长在北京。从青少年起就参加北京戏剧活动，1932年毕业于北平大学艺术学院戏剧系，对话剧、京剧均能编、导、演。1935年应云南省教育厅邀请，回昆任云南省教育厅艺术专员，负责筹建云南省立昆华艺术师范学校戏剧电影科和省民众教育馆所属的金马剧社。1936年任艺师戏剧电影科主任，兼任《云南日报》副刊《艺术评论》主编，是抗战时期云南著名的戏剧工作者。

学生郎蕙仙等，但这番以本地阵容为主的演出并没有引起社会太大反响。而这次艺师排演《雷雨》，在大鹏剧社此前演出的基础上（导演仍为陈豫源，郎蕙仙等仍参加演出）更注重戏剧品质的渲染：导演"抓住了横贯全剧的'空气'不放"①。为渲染出这种"空气"，剧组不仅聘请本地著名剧人王旦东②等参与舞台装饰，更聘请西南联大职员包乾元担任演出顾问，"每周来校具体指导"③。"本地"对戏剧氛围的执意追求加上"外来"演出经验的传授，使艺师公演的《雷雨》成为抗战开始后昆明城第一个"叫好又叫座"的"大剧"——上演后"场场满座，秩序绝佳"④，甚至造成"万人空巷"⑤的热闹场面，以致连演十余天二十余场，在昆明抗战剧运的演出中可谓具有开创意义的"成熟"之作⑥。

《雷雨》演出的成功，与"顾问"——联大包乾元有着不可分割的联系，而该剧连演二十余场、场场满座的业绩所证明的口碑传播成功，则又与外来文化人的点评推介密切相关：作为外来文化人的"代表"，此时刚到昆明不久的沈从文与萧乾⑦都观看了《雷雨》，并共同在7月10日的《云南日报·南风》上发表了观后记。纵观此期《南风》，同样针对《雷雨》，本地文化人着眼的是此番演出的不足⑧，沈从文与萧乾却都对该剧赞赏勉励有加。沈从文的《看雷雨》⑨认为：

---

① 谢恭：《〈雷雨〉排演素描》，《云南日报·南风》1938年7月3日。
② 王旦东（1905—1973），云南易门小街人，原名王秉心。1923考取奖学金入昆明昆华一中，1927年考入上海国立劳动大学工学院，1931年秋到北平并结识聂耳，1936年回昆明任云南省教育厅艺术专员，组织农民救亡灯剧团，编写《茶山杀敌》等现代花灯剧本，并组织巡回演出，影响很大，1949年在昆明中法大学附属中学任教。
③ 吴敏：《从演员到记者——抗日戏剧战线上一个小兵的回忆》，中国人民政治协商会议云南省昆明市委员会编《昆明文史资料集萃》第3卷，云南科技出版社2010年版，第2249页。
④ 《云南日报》1938年7月3日。
⑤ 春谷：《〈雷雨〉公演观后记》，《云南日报·南风》1938年7月10日。
⑥ 筱萍：《一年来云南的话剧运动与歌咏工作》，《战时知识》1938年第1卷第4期。
⑦ 作为这一年中共同为教育部编写教科书的"同事"，两人此时正一同住在翠湖附近的青云街。沈从文此时家眷未到昆明，故两人也时常一起活动。
⑧ 本地评论者春谷在发表于此期《南风》的《〈雷雨〉公演观后记》中认为：艺师"没有演得完美，尽如理想"，"舞台的装置，我也觉应该再阔气点，才能与剧中人的身份相配"。
⑨ 发表于《云南日报·南风》1938年7月10日。这篇文章在《沈从文全集》（北岳文艺出版社2002年版）中没有收录，叙事详备的《沈从文年谱（1902—1988）》（吴世勇编，天津人民出版社2006年版）中也没有涉及，当属笔者发现的一篇沈从文佚文。

第二章　相聚与融汇："外来"与"本地"共建"文化城"（1937.7—1940）

演员的认真，和观众的热诚，使我对于云南的话剧前途，觉得十分乐观，最好是大家从各方面想法，来实现一个小剧院，每月能公演两三次，必可使话剧在云南发生影响！

沈从文还把对这场演出的赞赏主动告诉云南学者徐嘉瑞[①]，说"想不到云南学生表演的技术，会有这样的熟练"[②]，徐嘉瑞又把沈从文此番言论转述出来，在本地报纸中最具影响的《云南日报》上发表，从而把沈从文对《雷雨》的赞赏向全城"广而告之"，这尤其对于小城中"一向钦仰沈先生"[③]的文学青年们，无疑会产生巨大的观剧驱动效应。

萧乾对《雷雨》的褒扬则更为热情洋溢。他认为艺师的演出"第一个特色便是超出'生意经'的研究精神"，从而"把《雷雨》当成了一件艺术作品来处理"。在他看来，这次演出的成功不仅属于艺师，更源于小城中充满活力的戏剧氛围，因此这份褒扬也涉及此时正孕育蓬勃剧运的昆明城。

这里没有上海"兰心""卡尔登"那样舒服剧场，也没有四通八达的代步。这里电力不足，道具粗简，甚而剧本都得登报征求。然而一个"大得怕人，复杂得怕人的"戏终于还是演出了，且为无数人看到。单说这份毅力，这股热情，就够惊人了。也许几年后，在北平酝酿许久的"小剧院运动"在这里将找到它的摇篮。因为戏剧，和一切一样，需要的不仅是"道具"，"角色"，它更需要一种邻于

[①] 徐嘉瑞（1895—1977），号梦麟，白族，原籍昆明，1895 年生于云南邓川，15 岁入昆明工矿学堂学习，后辍学读省立师范公费生，后因家贫放弃学业，先后在昆明陆军医院做医药、昆明成德中学、省立第一中学和省立女子中学任教，其间东渡日本求学。1929 年到上海暨南大学、复旦大学等校任教，1931 年回昆明，先后在昆明女子中学、昆明达文学校任教，并翻译莎士比亚戏剧。从 1932 年底开始研究中国近古文学，1938 年任云大讲师并与雷溅波、罗铁鹰等共同在昆明创办诗歌月刊《战歌》，1939 年任云大文史系主任，1940 年完成我国第一部研究云南民间戏曲的学术著作《云南农村戏曲史》。

[②] 徐嘉瑞：《看了艺师公演〈雷雨〉以后》，《云南日报·南风》1938 年 7 月 24 日。

[③] 周辂：《沈从文先生会见记》，《云南日报·南风》1938 年 7 月 3 日。

"宗教狂"的热情,演员的,和观众的。①

对于昆明城,《雷雨》确实以其"大得怕人,复杂得怕人"的现代戏剧魅力召唤着其"热情",也更新着演员、观众乃至整个城市对于现代文化的认识。对于普通观众,这种热情可能只显现在"争先恐后地把剧场挤满"②,这种认识也或许只是观剧后"唉,一个人败坏了一家"的寻常"喟叹"③,然而这种观剧经验与喟叹本身却正昭示着普通人与以《雷雨》所象征的现代文化之间发生的细微而又具体的联系。同时,沈从文、曹禺等外来文化人(正是本地人眼中"现代"的象征)通过《雷雨》观后感对此时昆明剧运的种种褒扬,则更是对这种"联系"所发出的极大鼓励。此后,《雷雨》又经本地教育厅戏剧乐歌巡回教育二队、大鹏剧社、"外来"西南联大剧团、上海影人剧团等在昆明多次上演,本地著名剧人范启新写文"启蒙"大众如何欣赏话剧时也以该剧举例④——这种具体戏剧经验与城市的反复摩擦,更使得以《雷雨》为代表的现代戏剧文化对昆明产生了更为持续与深入的熏陶⑤。

《雷雨》之后,《日出》《夜光杯》《黑地狱》《春风秋雨》等现代"大剧"又在昆明陆续上演,演出者既有金马剧社等本地剧团,又有西南联大剧团等外来者组成的剧社,还有来此演出的上海明星公司影人剧团等。"大剧"的纷呈上演与各类剧团的频繁登场,既使昆明剧运氛围日益高涨,更使剧运所代表的现代戏剧文化持续对这个城市产生影响——"云南社会好像从此才有了话剧"⑥。到 1939 年春,联大剧团的《祖国》、

---

① 萧乾:《关于〈雷雨〉》,《云南日报·南风》1938 年 7 月 10 日。
② 同上。
③ 春谷:《〈雷雨〉公演观后记》,《云南日报·南风》1938 年 7 月 10 日。
④ 范启新:《论戏剧的欣赏》,《战时知识》1939 年第 2 卷第 11 期。
⑤ 当凤子在 1940 年再度来到昆明时,结识"有见识,有魄力""云南全省经济之稳定"得其力最多的"M 公"(按照凤子的描述,此 M 公很可能为云南经济政治界重要人物、抗战期间任云南富滇新银行行长、云南经济委员会主任等职的缪云台——笔者按)。"M 公"向凤子介绍说自己"话剧看得不多",但还是看过"曹禺的《雷雨》",对其还有个人评价,认为"太技巧了"(凤子:《昆明点滴》)——从这一件小事中"见微知著",可见《雷雨》确实是对抗战昆明影响较大的话剧之一。
⑥ 高寒:《一年来云南文化工作的检讨》,《南方》1938 年第 2 卷第 1 期。

第二章　相聚与融汇："外来"与"本地"共建"文化城"（1937.7—1940）

金马剧团的《中国万岁》、业联剧团的《流寇队长》三部剧同时隆重上演，更使人觉得"最近在昆明话剧的风气真是盛极一时"①。这"盛极一时"的剧运发展至1939年下半年曹禺来昆明亲自指导《原野》和《黑字二十八》时，更可谓到达了"高潮阶段"②。

曹禺来昆明正源于本地与外来文化人的合力邀请：在此时蓬勃发展的剧运触动下，设立于昆明的滇黔绥靖公署政训处1939年3月成立了兼有话剧、京剧与滇剧的"国防剧社"，此时正筹备第三次公演。凤子③、孙毓棠④夫妇便找到负责国防剧社的李济五，表示"我们可以请万家宝（曹禺）来昆明导演几场话剧"⑤。李济五将此事禀报给上级、龙云表弟龙秉灵。本对话剧不感兴趣的龙秉灵因为对曹禺的"闻名已久"便顺势答应。于是，凤子、闻一多与吴铁翼⑥联名打电报给曹禺，同时由国防剧社发出正式邀请电报。盛情邀请之下，正在四川小城江安任教的曹禺来到了昆明。

早在抗战初期就被昆明人视为现代话剧"特出的剧作家"⑦的曹禺此番"来滇亲自导演"，被认为是一种标志，标志着昆明城外来、本地、新旧"一切剧运工作者"的"总动员"⑧和"大联合"⑨。这种带有"团结"意味的"通力至诚合作"⑩，尤其在《黑字二十八》"豪华"的导演团阵容中得到体现：外来的曹禺、孙毓棠、凤子与本地的陈豫源、王旦东都是这个导演团的成员（导演团的全体成员还要亲自登台表演，且演

---

① 董重：《宣传与戏剧》，《云南日报·南风》1939年3月4日。
② 金立：《昆明剧运的展望》，《云南日报·南风》1939年9月25日。
③ 1939年联大剧团演出《祖国》时，她因在剧中奉献了出色的表演而被昆明观众所熟悉。
④ 作为凤子的丈夫，此时在西南联大任教的他也热心戏剧工作，据说欧阳予倩曾称他为"生平最赞服的名演员"（剑尘：《八年苦斗的昆明剧运》，《永安月刊》1947年第92期）。
⑤ 李济五与田本相的谈话记录，转引自田本相《曹禺传》，北京十月文艺出版社1988年版，第252页。
⑥ 时任国立艺专校长。国立艺专于1939年春迁至昆明。
⑦ 杨光洁：《中国三个特出的剧作家——田汉，洪深，曹禺》，《云南日报》1937年7月22日。
⑧ 《原野》与《黑字二十八》的上演广告，《云南日报》1939年8月16日。
⑨ 《黑字二十八》的上演广告，《云南日报》1939年9月3日。
⑩ 纪风：《戏剧节》，《中央日报·平明》1939年第99期。

员的挑选范围也包含本地剧团与外来剧社，因此这种合作也体现在演员阵容中）。正是这种团结合作构成的出色演出，再加上曹禺本人所带来的号召力，使《原野》和《黑字二十八》在昆明上演的一月余时间①里共演出三十一场，场场满座，"单是《原野》一剧的票价收入，已达一万余元，创昆明戏院卖座空前纪录"②，甚至"看这两个戏差不多成了昆明社会的时尚，不去看好像短了些什么似的"③。

　　这两部剧的成功上演不单是昆明抗战剧运发展的高潮，也标志着这座城市在文化现代性进程中所取得的某种进展：对于昆明，外来"现代"固然一如既往地以"施动者"身份其加以影响，它却也开始有能力反作用于施动者并取得"成果"——曹禺执导的演出对昆明剧运进行"由粗糙变为精制的艺术品"④的现代"洗礼"的同时，昆明业已发展的现代戏剧氛围此时却也能够反过来帮助这位剧作家实现其戏剧追求，尤其是对于《原野》。

　　自1937年4月在广州《文丛》连载以来，《原野》就一直受到评论者非议，甚至被断言为"曹禺最失败的一部作品"⑤，1937年8月在上海卡尔登大戏院的首次公演也反响平平，其后在抗战氛围中它更因与时代主题的冲突而受到冷落。在此背景下，对于曹禺，《原野》在昆明所取得的巨大成功无疑是一种安慰和肯定。而且，正如此前艺师的《雷雨》致力于渲染出戏剧"空气"，此次《原野》演出也抓住了此剧极为关键的舞台氛围：舞台布景"有虚有实，运用了某种抽象因素（不是抽象主义），在灯光变化下形成焦点透视，表现了大森林一幕的阴森、恐怖、神秘气氛"⑥，"隧道、铁路、远方房屋的灯光，都布置得非常适合，令人有说不

---

① 由1939年8月16日演出至9月17日在新滇大戏院上演。
② 《青青电影》1939年第4卷第29期。
③ 佩弦：《〈原野〉与〈黑字二十八〉的演出》，《今日评论》1939年第2卷第12期。
④ 李时：《从昆明戏剧节说起》（上），《云南日报·南风》1939年8月26日。
⑤ 杨晦：《曹禺论》，收入王兴平、刘思久、陆文璧编《曹禺研究专集》（上），海峡文艺出版社1985年版，第362页。
⑥ 龙显球：《1939曹禺在昆明》，《春城戏剧》1983年第3期。作为抗战时期昆明本地的剧人，龙显球担任过曹禺所执导的《原野》排演的场记工作。

第二章 相聚与融汇:"外来"与"本地"共建"文化城"(1937.7—1940)

出的美感"①。这种经由舞台氛围所表达出的"莽苍浑厚的诗情"②正与剧作者对此剧"不要太写实"③"一首诗"④的心理预设默契吻合。因此对于曹禺,昆明的这次演出正是抗战语境中他"抒发自己内心的'诗'"⑤的一次难能可贵的成功尝试。

《原野》与《黑字二十八》在艺术与商业领域所取得的双重成功,不仅标志着昆明在话剧方面取得的"惊人的进展"⑥,还使朱自清这样的国内文化人代表认为这两个剧已经比昔日北平的演出"更进步",其影响甚至超出昆明成为"中国话剧界的一件大事"⑦——在这样的赞誉中,抗战昆明不仅跻身与内地同一的评价体系,其某些发展在这种体系中甚至还居于"先进"的维度。到1939年冬季,重庆中央电影制片厂(以下简称"中电")率众明星到昆明拍电影《长空万里》,顺带公演话剧《塞上风云》(沈西苓导演,白杨等明星演出),其后又与昆明"益世剧团"⑧合作演出《民族万岁》等剧目——这一时段更被视为昆明抗战剧运的"鼎盛期"⑨。

"中电"到来前的1939年,昆明已经有十几个戏剧团体、两百多位戏剧从业员,而且"无论是哪个剧团上演,也不管上演的是什么戏,观众总归是有的"⑩,可见话剧的受欢迎程度。1939年的"双十节"刚好是"中华全国第二届戏剧节",云南戏剧节为前方将士捐募寒衣并举行联合公演,演出剧目有由南迁昆明的国立艺专教授李朴园、凤子、陈豫源、王旦东等联合导演的四幕"国防戏"《自卫队》、全由儿童出演"在

---

① 马子华:《"国防剧社"的诞生》,《昆明历史资料》第八卷,昆明市地方志编纂委员会1989年编,第209页。
② 李乔:《看了〈原野〉以后》,《云南日报·南风》1939年8月23日。
③ 田本相:《曹禺传》,北京十月文艺出版社1988年版,第465页。
④ 同上书,第464页。
⑤ 光明明:《从演出史看〈原野〉的接受》,《沈阳师范大学学报》2004年第3期。
⑥ 孟浪:《揭开第二届戏剧节的序幕》,云南《民国日报》1939年9月13日。
⑦ 佩弦:《〈原野〉与〈黑字二十八〉的演出》,《今日评论》1939年第2卷第12期。
⑧ "益世剧团"由迁至昆明的《益世报》集合联大、艺专、同济三校话剧人才创办。
⑨ 李康年:《昆明的剧运》(通讯),《时代批评》1940年第2卷第40期。
⑩ 李朴园:《在昆明看到的几次演出》,林志浩主编《中国新文艺大系:评论集(1937—1949)》,中国文联出版社1998年版,第876页。

昆明这地方是仅见的事"① 的三幕剧《小间谍》等。这些剧目因阵容强大、编排新颖、内容又与抗战现实密切相关而受到观众欢迎，票房收入也不错，除去开支"共余国币二千一百五十元零三角"②。戏剧节之后，这一年中接连品尝话剧"大餐"的昆明观众很快在年底又迎来了"中电"的演出。

此次演出，可以看出作为一个日益成长、大有潜力的话剧"市场"，昆明在外界眼中的已然不容忽视：在剧目的选择上，"中电"显然考虑到了昆明的民族特色和边疆因素，因此演出的剧目非常"得当"——《塞上风云》"将蒙古的荒漠凄凉景象，和现在日军铁蹄下的压迫痛苦，蒙古的风土民情，蒙古的抗战情绪，日人在蒙古的政治阴谋如何，介绍给气候风光优良大自然环境里的滇南人士"，《民族万岁》更描述"鸭绿江边我东北民众抗日的故事，在沦陷区里我们的游击队活跃着，给身处大后方的昆明人士一个强有力的刺激"。在名导演和明星阵容的吸引力之外，这种关乎昆明语境的剧目选择也受到了观众的认可，小城中甚至出现了这样的观剧盛况：

> 这几天来，昆明在傍晚的时候，大街上来往的穿西装，长衫，公务员装，还有穿学生装的人们，都纷纷向着文庙街民众教育馆走去，口里谈着《塞上风云》的剧情，及什么白杨饰蒙古女郎，高占非饰蒙古青年迪鲁瓦，如何的表情逼真，沈西苓导演手法精良，过两天又要演《民族万岁》了……③

可见，对于本就偏爱国产影片的昆明观众④，"中电"演出所受热烈

---

① 凤子：《写在〈小间谍〉幕后》，《台上·台下》，中国戏剧出版社1985年版，第114页，该文写于1939年10月的昆明。
② 《戏剧界公演开会结束》，《云南日报》1939年11月10日。
③ 李康年：《昆明的剧运》（通讯），《时代批评》1940年第2卷第40期。
④ 据本地剧人范启新1936年介绍：相较于地方影片，昆明的学生及知识阶层（本地电影、话剧等现代娱乐方式的主要观众和参与者——笔者按）更偏爱"联华"等出产的国产影片。见范启新《电影在云南》，《联华画报》1936年第7卷第9期。

第二章　相聚与融汇："外来"与"本地"共建"文化城"（1937.7—1940）

欢迎的程度。这种热烈的观剧盛况更使我们感到，对于昆明，战前被视为"太高贵"①而专属少数文化人的话剧乐趣已经开始为更为广大的人群所共享：话剧给昆明普通人"一种新娱乐"，由此在这个城市中获得"相当的地位"更反过来塑造出"无数的渴望话剧的观众"②——这些战前对话剧几乎一无所知的普通人，如今"只要买得起五块钱入场券"，就可以"坐在前排中间的座位"③观看由国内炙手可热的女明星所带来的演出。这种两三年间迅捷的变化几乎成为一种象征，昭示着话剧所代表的"现代"能够对这座城市所产生的巨大影响——话剧乐趣"飞入寻常百姓家"已然可见，未来"文化城"的灿烂前景也似乎由此指日可待。在现实利益与未来美好愿景的触动下，对于"现代"，昆明城的态度也比战前更为宽松和包容，而可以作为这一态度转变标志的，则是战前被视为本地身位象征的"云南话的舞台语"④在抗战剧运过程中，逐渐被忽视乃至遗忘。

抗战初期，当昆明城在救亡宣传中积极趋近"内地化"时，虽还有零星几篇文章召唤着"云南话的舞台语"（"土语""土话""俗语"等），但主要针对街头宣传剧（尤其是面对农村的演出）的用语问题。此时更有人提出，可以根据实际情况对舞台用语略作"迁就"："不妨以国语为标准，而国语中云南人不习用或不易懂的字音，无妨把它改成方音，无论算是'半国语'或'土京腔'最终达到'方言国语化'的目的"⑤——这种舞台用语可以"方言国语化"的"折中"看法大概反映了此时昆明文化界的主流意见，故文章在《南风》发出后无人争辩，一反战前该副刊对"云南话的舞台语"孜孜以求的执着姿态。这种对舞台用语不再执着的宽松态度还得到了本地著名剧团金马剧社的支持：1938

---

① 亚明：《一个通俗化的宝贵收获——〈茶山配〉灯剧观后感》，《云南日报·南风》1938年5月8日。
② 李康年：《昆明的剧运》（通讯），《时代批评》1940年第2卷第40期。
③ 翟国瑾：《野玫瑰演出前后》（一），《中外杂志》1983年第34卷第2期。转引自易社强《战争与革命中的西南联大》，饶佳荣译，（台北）传记文学出版社股份有限公司2010年版，第304页。
④ 参见本书第一章第二节"《绅士之家》与'云南话的舞台语'：'现代'侵袭下的复杂心态"部分。
⑤ 云苍：《话剧用语问题》，《云南日报·南风》1937年12月8日。

年，金马剧社公演的《飞将军》用国语演出，《夜光杯》也"全用北京语音"①，而剧团导演王旦东更认为方言和国语"尽可以互相发展，相成而不相害"②。对于昆明文化界，心态的宽松甚至带来了幽默感，因此当此时的一次演出采用"土话"（即云南话）却不期然引来观众"哄然大笑"时，他们仍能自我解嘲说引得观众大笑也是"成功"的一种③。

至 1938 年下半年，"外来"大量涌入，纷至沓来的"大剧"开始对昆明城进行频繁的现代洗礼之时，对于昔日耿耿于怀的"云南话的舞台语"，昆明文化界的态度则显现得更为坦然——"我们觉得用国语好或用土语好这个问题，如果认定'用一切方式和一切力量，动员一切群众'的基本原则，便没有非用某种语言不可的争论了"④。此后，舞台用语问题便不再被抗战时期的昆明文化界所争论，国语或者云南话"非此即彼"的硬性选择也不再出现。对于昆明，这种话剧用语不再强分"你"（国语）"我"（土语，云南话），也不再以执着本地语言来固守"自我"的开放姿态可视为其文化心态的一种"成长"——在抗战文化语境中，战前类青春期心态正在褪去，呈现于外界的是一个在现代性进程中更为成熟的昆明，其成长的过程甘苦自知，外来者只是惊讶于眼前的边陲小城居然超出了"方言偏好"，而"国语在这里是普遍地被采用为'舞台用语'了"，并为这代表全国文化某种"统一"⑤的现象而欣慰不已。

二 以"抗战"为机遇：昆明本土刊物的建设

如果说，剧运的蓬勃还带有重庆、桂林等大后方城市抗战后文化发展的"共性"，抗战所促发的刊物繁盛则显然更具有昆明的"个性"。抗战伊始，昆明还"只有民国日报社和云南日报社两家的报纸可以看"⑥，

---

① 青天：《看了〈夜光杯〉公演以后》，《云南日报·南风》1938 年 8 月 21 日。
② 王秉心（即王旦东）：《方言在舞台上的艺术价值》，《新民众》1938 年第 2 卷第 4、5 期合刊，"飞将军专号"。
③ 永明笔记：《观众又"哄然大笑"了——看了云大公演〈曙光〉》，《云南日报·南风》1938 年 1 月 8 日。
④ 《编辑室》（二），《战时知识》1938 年第 1 卷第 4 期。
⑤ 萧乾：《关于〈雷雨〉》，《云南日报·南风》1938 年 7 月 10 日。
⑥ 周辂：《沈从文先生会见记》，《云南日报·南风》1938 年 7 月 3 日。

第二章 相聚与融汇:"外来"与"本地"共建"文化城"(1937.7—1940)

其余刊物数量极少且"皆简陋",民众尚未养成"阅报"的习惯,"街头巷尾,既绝不闻呼叫卖报之声"①。对于如此被外界视为文化落后甚至"无文化"的昆明,"抗战的热风,带来了文化的种子"②,更催放"满地的灿烂之花"③:七七事变之后,昆明城积极融入抗战的全国秩序,创办宗旨与救亡宣传密切相关的文化刊物也随之繁盛起来。

1937年7月,坐落于昆明的云南省立昆华民众教育馆出版旬刊(后改为半月刊)《新民众》,聚焦话剧对救亡运动的巨大作用,立志"把舞台当做我们的战场"④;1937年10月19日,为"推动这一新阶段救亡阵线上所发生的一切问题"⑤,此时居住于昆明的云南建水人邱晓崧,会同龙显寰、李建平等创办《南方》月刊⑥;1937年11月5日,这年秋天刚从北平中国大学文学系毕业、任教昆华中学的丽江纳西族青年李寒谷,与周辂、杨光洁等活跃于昆明的文学青年共同创办纯文艺刊物《文艺季刊》,立志要做"国防的'前防'"并"唱出大时代积郁的悠扬"⑦;1938年4月1日,云大法律系学生唐京轩和友人石天熏等创办纯文艺刊物《时代轮》,力求在当前抗战形势下"由时代的新知识唤醒时代的新意识"⑧;1938年6月10日,在云大附中教高中语文的云南广通人冯素陶与友人徐绳祖(茂先)、楚图南、刘惠之等一起创办半月刊《战时知识》,期望"增进后方民众对于抗敌前途的认识,加强民众抗战的情绪,贡献青年以正确的修养和学习底资料"⑨;1938年6月15日,由云南日报社所办的半月刊《新动向》创刊,由昆明人张凤岐主编,刊物"对于时代重大意义的认识,对于中国过去的评价,对于当前抗战的认识,对于将来

---

① 李启愚:《昆明风光》,《旅行杂志》1938年第12卷第1期。
② 雷石检:《昆明随感录》,《云南日报·南风》1939年11月17日。
③ 黄光第:《到澄江去》,云南《民国日报》1939年2月12日。
④ 范启新:《把舞台当做我们的战场》,《新民众》1937年第1卷第5、6期合刊。
⑤ 本刊同人:《创刊词》,《南方》1937年10月19日创刊号。
⑥ 关于《南方》,更多细节请参加本章第一节。
⑦ 寒谷:《献诗》,《文艺季刊》1937年11月15日创刊号。
⑧ 唐京轩:《发刊词》,《时代轮》1938年4月1日创刊号。
⑨ 《我们的立场和态度》,《战时知识》1938年6月10日创刊号。

的建设，却愿做一番最大的努力"①；1938年7月，云南省教育厅秘书室编辑发行《云南教育通讯》旬刊，汇总云南尤其是昆明战时新阶段的教育信息；1938年7月13日，由中华全国文艺界抗敌协会云南分会②主编的《文化岗位》创刊，聚焦抗战文艺的云南化、地方化③；1938年9月1日，由云南文化人雷溅波、罗铁鹰、徐嘉瑞创办的诗歌月刊《战歌》创刊，创办人表示"诗歌，是战斗中最强有力的武器"，"我们要用我们强烈的生命扶持它成长，光大，从后方重镇的昆明，向全国全民族的领域星火燃烧开去"④；1938年10月，昆明边疆月刊社出版《西南边疆》月刊，"以学术研究的立场，把西南边疆的一切介绍于国人，期于抗战建国政策的推行上有所贡献"⑤；1938年10月10日，原在天津的《益世主周报》因战争移往昆明，创办综合性质的《益世周报》，发扬天主教教友的抗敌情绪，所登文字"皆以发挥抗战建国精神为标准"⑥；1938年10月16日，由西南联大一部分师生组成的"时衡社"创办《时衡》⑦，关注抗战时期的政治文化等领域；1939年1月1日，由联大政治系教授钱端升组织兴办的"言论刊物"⑧《今日评论》创刊，撰稿者主要为身处昆明的联大、云大及其他文化机构的学者；1939年1月28日，设立于昆明的滇黔绥靖公署政训处创办《新云南》月刊，编辑者马子华，发行人为时任

---

① 《发刊词》：《新动向》1938年6月15日创刊号。
② 1938年3月，文协总会在汉口成立。同年5月，文协云南分会（自1939年1月8日改称文协昆明分会）随之成立，理事中既有外来的文化名人朱自清、杨振声、穆木天等，也有本地的文化人士楚图南、徐嘉瑞、冯素陶等人。关于文协云南分会的成立，当事者有这样的记述：该协会原名"云南文艺工作者抗敌座谈会"，是"七七事变后由云南日报、民国日报两方面常常写稿的朋友，约同本市各刊物的编辑，写稿人共同发起"，汉口文协总会成立后主动与总会联络，并将"云南文艺工作者抗敌座谈会"改组为"中华文艺界抗敌协会"的"云南分会"，1938年5月4日在昆明昆华民众教育馆召开第一次成立大会，参加者共有六十多人，参见《文抗会是怎样成立的》（会务报告），《文化岗位》1938年第2期。
③ 参见高寒《在抗战建国过程中的中国文艺》（《文化岗位》1938年7月13日创刊号）及《抗战文学的现实主义与云南文艺》（《文化岗位》1938年第2期）。
④ 溅波：《发刊词》，《战歌》1938年9月1日创刊号。
⑤ 《发刊词》，《西南边疆》1938年第1期。
⑥ 《投稿简约》，《益世周报》1938年第1卷第3期。
⑦ 刊物发行持续时间较短，1938年12月即停刊，共出3期。
⑧ 浦薛凤：《浦薛凤回忆录》（中），黄山书社2009年版，第172页。

第二章　相聚与融汇："外来"与"本地"共建"文化城"（1937.7—1940）

政训处长的云南昭通人裴存藩[①]，刊物立足表现抗战时期的"新云南"，认为"民国二十七年代的云南，是抗战建国的云南，是贡献人力，财力，物力于争取国家民族生存及拥护世界人类正义的云南"，而如此云南也将成为"复兴民族的基础"[②]……截止到1939年年底，昆明城新创的文化刊物已有十数种[③]，报纸也由原先的两家独大变为四五家平分秋色[④]——昔日街头不闻卖报之声，民众也没有阅读刊物习惯的小城已经发生巨变，其新闻出版事业在外界看来甚至已算"相当的发达"[⑤]。对于昆明城，刊物的繁盛不仅使其能更好地完成救亡宣传的"文化动员"[⑥]，也成为外界眼中这新兴"文化城"最为显眼的形象标识。

从上述罗列的14种较有影响、存在时间也相对较长的新创刊物中可以看出，在抗战初期昆明的文化图景中，由文化发达地区迁移而来的外来者倒不一定更占优势：这14种刊物中创办者属于"外来"的只有《益世周报》《时衡》和《今日评论》3种，其创办时间总体而言也晚于本地刊物。可见，1940年以前，昆明刊物的创办者绝大多数是本地文化人（或机构），外来者创办刊物数量既少，时间也相对较晚。因此，相比抗战中期（1940—1943）本地刊物纷纷停刊[⑦]、外来者所办刊物逐渐占据话

[①] 生于1909年，云南昭通人，1935年毕业于广州黄埔军校第三期，1931年任滇黔绥靖公署政训处处长、云南省政府社会处处长等多个职务，1939年5月起任昆明市市长。1945年抗战胜利后随龙云下台至重庆，1949年离开昆明赴台湾。

[②] 裴存藩：《一年来的云南》，《新云南》1939年1月28日创刊号。

[③] 除以上列举外，此时昆明的新创文化刊物还有内容偏重抗战宣传的《抗敌》（"文抗会"创办，仅出版1期）、《云南学生》（云南学生抗日后援会创办的铅印刊物，仅出版3期）等，因存在时间不长、影响也相对较小，故不在此专门论述。

[④] 原来昆明有影响的报纸只有本地的《云南日报》《民国日报》两家，抗战后又增加了几家"外来"报纸：《朝报》（1938年10月23日由南京迁往昆明发行）、《中央日报》（昆明版）（1939年5月15日开始发行），还有《益世报》等。

[⑤] 李荆苏：《昆明的新闻事业》，《新闻战线》1941年第1卷第5—6期。

[⑥] 万斯年：《云南战时文化动态》，《战时文化》1939年第2卷第1期。

[⑦] 1940年到1943年，由于空袭频繁，昆明本地的教育文化机构大都疏散到乡下，刊物的撰稿、编辑与发行等环节都成问题，再加之经济形势恶化，纸价暴涨，另外还有一些个别因素，导致本地在抗战初期新创的刊物在这一时间段纷纷停刊：《新民众》1939年8月停刊，《云南教育通讯》也在1939年停刊，《南方》1941年1月停刊，《文艺季刊》1939年7月停刊，《战时知识》1940年2月停刊，《新动向》1940年1月停刊，《文化岗位》1940年2月停刊，《战歌》1941年1月停刊，《西南边疆》从1941年第十三期起迁往成都，《新云南》和《时代轮》也均出数期后很快停刊，《云南日报》与《民国日报》这两家本地报纸的文艺副刊也在1940年先后停刊。

语中心①的情形,抗战初期昆明的舆论则主要由本地文化刊物所把握。

此时的昆明,舆论中心的诸"终端"把握在一群二十来岁②、对时代风潮敏感而警觉的云南青年手中。此时致力于救亡宣传并借机传播新潮的他们大都在昆明接受过中等教育③,由此在这个云南最具有"都会地方的风光"④的城市中进行了现代文化的"开蒙"。此后,他们中的许多人更通过远赴北京、上海、广州甚至海外的深造⑤,置身现代文化的最前沿甚至亲身参与到"现代"的创造中去。现在,当抗战影响波及边陲,他们又纷纷返回昆明创办刊物——对于这些生长于云南又在昆明完成了教育启蒙的青年,这一行动既是置身抗战语境中对国民救亡宣传使命的回应,又可认为是将所亲身获取的"现代"——包括思想、文化、知识、意识等诸多方面——用以反馈家乡回报桑梓⑥的热忱之举。

---

① 本地刊物纷纷停刊的同时,外来者尤其是西南联大几个在国内很有影响的文化刊物则在这几年先后创刊,如《今日评论》(1939—1941)、《战国策》(1940)、《当代评论》(1941—1944)、《自由论坛》(创办于1943年,停刊日期待考,笔者所见最后一期发行于1945年3月)、《文聚》(1942—1945,中间有停刊)等,外来报刊《中央日报》《朝报》等的副刊在这一时期也更有影响力并受到昆明文化界重视,故可认为抗战中期昆明文化界的舆论中心从"本地"移交到"外来"手中,这种情况到抗战后期(1943—1945)则又有变化——城市化进程加剧的昆明出现了本地与外来刊物"百花齐放"的都市文化繁荣景象。但多年来研究界对抗战昆明的文化背景则一直以抗战中后期的刊物格局来搭建与塑造,对抗战初期以本地刊物为主的文化面貌则认识不够。

② 例如,创办《南方》时邱晓崧24岁,创办《文艺季刊》时李寒谷23岁,周辂21岁,唐京轩创办《时代轮》时是大学四年级学生,主编《新动向》张凤岐时年28岁,创办《战歌》时罗铁鹰21岁,编辑《新云南》时马子华为27岁。

③ 出生于云南建水的邱晓崧在昆明完成中学教育,云南峨山人周辂抗战爆发时在位于昆明的艺师戏剧电影科学习,生于昆明关上镇双桥村的张凤岐毕业于昆明县立师范第七班,后考入东陆大学政治经济系,出生于洱源县的罗铁鹰1936年在昆明高中毕业,云南思茅人雷溅波则于1925年考入昆明省立第一中学,楚图南等本地文化名人都是其老师,云南大理洱源人马子华1924年就读于云南省立第一中学。

④ 柳兮:《省城和州县》,《云南日报》1935年11月28日。

⑤ 李寒谷1937年毕业于北平中国大学文学系,张凤岐1933年以第一名成绩考入北京大学研究院,同时又在燕京大学研究院攻读,罗铁鹰在昆明高中毕业后赴上海同济大学,雷溅波1930年2月与马子华等人一同到上海求学,1935年又到日本东京求学,马子华1937年毕业于上海光华大学中国语文学系,冯素陶则在广州中山大学读书,在广州、上海、河南等多地工作过。

⑥ 在熊庆来之子熊秉明看来,作为一个云南人,父亲在1937年离开清华园回到云南任云大校长的选择也是一种基于"为桑梓服务"的"献身"(熊秉明:《父亲之风》)。作为云南人,这些在外省甚至外国接受过教育,甚至已然工作在外的知识分子在抗战前后纷纷返回云南,创刊办学造福故里。这种选择的由来、实现与意义——中国源远流长的"桑梓情"作为一种文化传统如何作用于"五四"之后接受新思想的知识分子——具体到抗战时期的云南,也是一个颇值得研究的问题。

第二章　相聚与融汇："外来"与"本地"共建"文化城"（1937.7—1940）

外出求学并与外界积极交流的成长经历，也使这些年轻的刊物创办者持有更为开放，也更具野心的文学态度：虽然致力服务桑梓，他们的视野却绝不仅仅局限于故乡。在他们看来，手中刊物的影响在云南之外，应该"向全国全民族的领域星火燃烧开去"①，甚至可以"作中国思想界公共交换意见的机关"②。显然，与身处地域的偏僻相比，这些青年人更愿意把自己的刊物想象为具有"中心"影响力的"喇叭"③，其声波理应传至祖国各地。

源于此番文学志向的高远，对于所办刊物，在"同人"的基础之上，他们也想建设一支更具影响力的撰稿人队伍：本地文化人固然容纳，外来文化精英也需延请。甚至为了在刊物初创期能够吸引"眼球"扩大影响，外来文化精英有时还被作为"招牌"特意列出，尤其对于读者相对较少的纯文艺刊物：如《文艺季刊》，其创办人李寒谷就特意把国内有名文人沈从文、王统照、孙席珍写给自己的信件以"几封论写作的信"为题发表在创刊号上，其中将沈从文列为第一。

而事实上，沈从文此封信写于1935年8月28日，事由是向当时还在北平中国大学读书的李寒谷谈论其稿件问题④，而李寒谷之所以在事隔两年多后把这封信淡化写作时间后⑤发表，目的显而易见，是借用沈从文的文学影响力来宣传自己的刊物⑥；另一个纯文艺刊物《时代轮》，也请其时在云南大学教书的施蛰存撰稿《略谈抗战文学》一文刊布于创刊号，并为此发布"特别声明"，宣称该文"立论之颖异，观点之正确，实与普

---

① 溅波：《发刊词》，《战歌》1938年9月1日创刊号。
② 《发刊词》，《新动向》1938年6月15日创刊号。
③ 正如李寒谷此时的诗中所言："我们要加快了脚步，/做国防的'前防'！/我们要响应一切日常生活的音响，/我们要唱出大时代积郁的悠扬。/我们该是祖国的喇叭！"参见《献诗》，《文艺季刊》1937年11月15日创刊号。
④ 此信在《沈从文全集》（北岳文艺出版社2002年版）中没有收录。经吴世勇考证，此信当写于1935年8月28日，见吴世勇编《沈从文年谱（1902—1988）》，天津人民出版社2006年版，第171页。
⑤ 此信在《文艺季刊》上发表时，信末只笼统标出"八月二十八日"，并未标注年份。
⑥ 此后，《文艺季刊》还在第1卷第3期（1938年9月7日出版）中以"特约论著"为名发表沈从文的《谈进步》一文。

通一般谈抗战文学者有别，学者发论，不同凡响"[1]——对于《时代轮》，这种特别赞美既是对老师[2]给予支持的由衷感激，也是对自己一种委婉而巧妙的宣传手法。

无论是对故交的重新"使用"、师生人脉的尽力开掘，还是更为常见的直接约稿[3]，都可见年轻的刊物创办者们网罗外来文化精英的热忱努力。这番努力显然卓有成效：在这些本地刊物的作者名单上，茅盾、沈从文、冯友兰、顾颉刚、朱自清、施蛰存、穆木天、陈铨、李长之、彭慧、林同济、王赣愚、陆侃如等国内文化名人的名字都赫然在列，其中许多人还同时成为这些刊物的阅读者[4]。对于这些外来者，本地刊物的开放姿态使他们在初居昆明还无暇拥有"自己的园地"时仍然保有抒发见解、争论观点、发表作品的场所。而外来力量积极的参与，也使抗战初期昆明的舆论场中虽然本地优势独具，却也仍是本地与外来"精诚团结抗战救国"[5]的结晶。

值得注意的是，这些本地刊物的产生，固然是一种基于青年人热情——救亡宣传与服务桑梓的目的都混合其中——的个人行为，又多少受到地方当局的鼓励与支持：上述新创刊物中，带有明显官方背景的《新民众》《新云南》《云南教育通讯》且不论，最有影响的《战时知识》与《新动向》，其创办也都与当局，尤其是时任云南省教育厅厅长的龚自知的支持密不可分：《新动向》的出版人和发行人都为具有省政府背景的云南日报社，龚自知是该社的创办者和管理者，其秘书张凤岐更担任《新动向》的主编，因此很可以认为《新动向》正是在龚自知的支持下得以出版[6]；《战

---

[1] 编者：《编辑后记》，《时代轮》1938年4月1日创刊号。
[2] 《时代轮》创办者唐京轩此时为云大法律系学生。
[3] 如冯友兰的回忆："我到了昆明以后，当时有一个刊物叫《新动向》，其负责人约我写稿在刊物上连载。不知不觉就写了十二篇。但合起来也有一个中心思想。我把它们合为一书，题名为《新事论》"(《三松堂全集》第1卷，河南人民出版社2001年版，第218页)。
[4] 例如1938年10月到昆明云大任教的顾颉刚，其1939年5月18日的日记中就有"看《新动向半月刊》"的记载，见《顾颉刚日记》第4卷(1938—1942)，(台北)联经出版事业股份有限公司2007年版，第231页。
[5] 《我们的立场和态度》，《战时知识》1938年6月10日创刊号。
[6] 由云南省教育厅秘书室编辑发行的《云南教育通讯》情况也类似，应该都是在龚自知的直接授意下创刊。

第二章　相聚与融汇："外来"与"本地"共建"文化城"（1937.7—1940）

时知识》的创办则更离不开龚自知的支持——据刊物创办者冯素陶回忆，1938年初，他邀约楚图南、刘惠之、徐茂先等几位友人合办刊物时，因为缺少经费，时任教育厅主任秘书的徐茂先便找到龚自知帮忙。龚自知并没有辜负这些青年人的期望，不仅补助了一部分经费，还"拨给华山南路一处铺房作我们办刊物的办事处"①，刊物才得以在当年6月顺利出版。这种资助显然不是个例——1937年底在昆明出版的《文艺季刊》也"蒙教育厅批准，自第三期起，每期给予国币二十五元，作为辅助费"②。对于这个经费筹措一直艰难，甚至为此月刊改季刊的纯文艺刊物，这笔钱可谓雪中送炭。

对于龚自知，他对本土文化事业的支持乃至亲自推进则绝不仅限于抗战初期。这位1917年毕业于北京大学预科的云南大关人，年轻时自己就是昆明新文化刊物《尚志》《民觉日报》的创办者。担任过国文教员、东陆大学讲师的他自从1929年加入龙云政府内阁并担任云南省教育厅厅长后，对本省教育文化事业就一直鼎力推动：抗战爆发之前，云南省教育经费的独立、《云南日报》与"艺师"的创办、云南大学由"省立"到"国立"、昆明大西门外集合昆华农工中师四校的学区创办等一系列在云南现代文化发展序列中具有里程碑意义的事件无不由其主导，抗战爆发后云南的师资培训、中等教育、民族教育及新兴"国民教育"的推进更与其密切相关。

"实干"之外，龚自知还时时不忘"启蒙"——启发并建立云南人的现代思想观念。抗战之前，他就向云南人点出"现代"的意义，指出"现代文化，是人类进化所赖以竞存的唯一工具"，而研究教育的第一目标就是"研究适应现代国家需要的教育"③。抗战之后，他更提醒云南此时已"走向现代文化的路线"④，一定要认识时代环境，把握住这个"一

---

① 冯素陶：《沧桑风雨近百年》，此书为作者自传，捐赠于云南省图书馆，没有公开出版，也没有出版社和出版时间信息，第53页。
② 编者：《一棵幼芽的成长》，《文艺季刊》1939年第1卷第4期。
③ 龚仲均：《教育与科学》，《教育与科学》1937年第1卷第1期。
④ 《龚厅长在省大讲——云南教育发展过程》，《云南日报》1938年1月17日。

面在毁灭一面在创造的新天地，大时代"①。对于龚自知，"启蒙"的意义更关乎新时代中云南地位的争取和塑造——期许故里能够在抗战建国的历程中把握机遇走向"创造之路"②、以"文化革新运动"③进而成为全国的"文化重心"④。

龚自知将抗战视为提高云南文化地位的历史机遇，这一极富本土色彩的观点显然成为楚图南等本地有识之士的"共识"⑤，也成为《云南日报·南风》《新动向》《南方》《新云南》《战时知识》等本地刊物此时所着力倡导的"新说"⑥。《云南日报》认为抗战后云南随"战事重心的内移，和交通阻碍的打破"逐渐成为"后方的重心"，云南应该主动适应这一变化，不仅要"接受现代思潮，引进中原的新的好的文化，来提高境内民族文化的水准"，还要尽快建立一个"战时的文化体系"，尽到与中原地区"沟通文化的责任"，战争中的云南不是"中国的堪察加"也不是"避难室"，而要成为"寄托民族复兴的根据地"⑦。而在《新动向》看来，昔日"五四"运动"对于中国旧有的思想，主要的是破坏工作"，"对于新社会的建设，却并没有十分地细想"，因此"新道德的标准，新政治的制度，新社会的理想，却还没有建设"，如今抗战背景下，以它为代表的云南刊物不仅要"作中国思想界公共交换意见的机关"，还要致力于做"五四"未能完成的"建设"工作，打造一个"充满了建设性的五四运动"⑧。"寄托民族复兴的根据地""充满了建设性的五四运动"等提法，可见此时云南文化界此时理想的高远。在这一充满豪情壮志的理想和与之相伴的自我期许下，有的文化人甚至把"云南民族性"看作云南

---

① 龚自知：《一切从新做起》，《教育与科学》1940年第1卷第8期。
② 龚自知：《毁灭呢，或是创造呢》，《云南日报》1938年1月1日"元旦特刊"。
③ 此文为"龚厅长广播讲词"，以《"五四"运动和青年节应有的几点认识》为名刊于《云南教育通讯》1939年第31—33期。
④ 《龚厅长昨对暑讲会讲》，《云南日报》1938年8月30日。
⑤ 楚图南此时发表《一年来云南文化工作的检讨》《抗战建国过程中云南的新使命》等重要文章，也倡导抓住抗战机遇，努力发展云南的文化事业。
⑥ 伊凡：《读了〈新动向〉之后》，《云南日报·南风》1938年7月10日。
⑦ 社论：《发展云南文化建设》，《云南日报》1938年1月18日。
⑧ 《发刊词》，《新动向》1938年第1卷第1期。

第二章 相聚与融汇:"外来"与"本地"共建"文化城"(1937.7—1940)

文化一定能"发扬光大"的原因。在他们看来,云南作为"民族混合同化之中国文化之一大系统",古代汉族"殖民"于此,"异族为我所同化",汉族也"采土著文化之长,养成一种浑厚朴质沉着勇武之民性",这种"云南民族性""足以担当民族求生存的大时代中之一环",甚至能在抗战中孕育出"中国新的文化"①。

此时对于抗战,外来者固坚信其"最后意义无疑的是民族的"②,就"建国"远景却又不免"迷惘":"那个新时代,是一个开创的时代呢?还是一个过渡的时代?"③ 而对于昆明文化界,随着时间推移,目睹周围现实变化,战争却愈加明显地被朝着"富于创造性"④ 的方向诠释。在他们眼中,云南文化经由抗战阶段的建设和发展,大有从昔日"与国内的文化运动脱了轨而不互相衔接"⑤ 的状态加入全国队列并最终成为"复兴民族的基础"⑥,甚至全国"文化中心"⑦ 的可能。在打造如此"新云南"宏伟目标的感召下,他们对此时所从事的文化工作充满了除旧纳新的创造激情,认为这一工作是"新启蒙运动"⑧ "新的文化运动"⑨,甚至是"比五四时期还要分明还要波澜壮阔的一个新的运动"⑩。这些立足本土并充满壮志激情的"新说",随刊物的繁盛而得以更为充分地传播,不仅充实着"文化城"的内容,也塑造着城中人对于"当下"与未来的感受和态度:作为战争起点、在外来者眼中如同"史歌的开头"⑪ 那么百感交集的7月,在昆明人眼中却因开启了故乡的变革而成为"七月七,这个兴奋的日子",它使"云南底心里也燃起了野火,云南底儿女们更兴奋得发

---

① 陈振之:《云南在抗战建国中的地位》,《新动向》1938年第1卷第3期。
② 潘光旦:《抗战的民族意义》,《今日评论》1939年第1卷第2期。
③ 钱穆:《过渡与开创》,《益世周报》1939年第2卷第15期。
④ 《发刊词》,《民国日报·号角》1937年12月13日。
⑤ 高寒:《一年来云南文化工作的检讨》,《南方》1938年第2卷第1期。
⑥ 裴存藩:《一年来的云南》,《新云南》1939年1月28日创刊号。
⑦ 梅江:《几个问题》,《云南日报·南风》1939年2月25日。
⑧ 编者:《给读者和作者》,《云南日报·南风》1939年1月29日。
⑨ 万斯年:《云南战时文化动态》,《战时文化》1939年第2卷第1期。
⑩ 高寒:《一年来云南文化工作的检讨》,《南方》1938年第2卷第1期。
⑪ 徽因:《彼此》,《今日评论》1939年第1卷第6期。

狂"①；而面对未来，相较外来者因经历战争磨折又对未来充满不确定性而产生的迷惘，置身"文化城"的昆明文化人却乐观地展望未来并洋溢重担在肩的豪情："伟大的中华民族复活在今天/这烦重的担子落在我们的两肩"②，而一个最普通的昆明读者更充满热情与希望地期待"另外一个充满了建设性的五四运动"③。

---

① 醉秋：《云南》（朗诵诗），《云南日报·南风》1938年6月26日。
② 杨其庄：《迎一九三九年》，云南《民国日报》1939年1月2日。杨其庄为云南丽江纳西族人，1921年生，此时在昆明从事文化活动，1940年8月与龙显球、刘光武、王燕南等本地文化人在昆明共同创办纯文学刊物《诗与散文》。
③ 伊凡：《读了〈新动向〉之后》，《云南日报·南风》1938年7月10日。

第三章 空袭与疏散:战争中文化空间的开拓(1940—1943)

"文化城"的盛况并没有持续太久,昆明就被日本战机空袭所困,不得不进入了真正的战争:"耳目所及让我们明白是生存于现代战争中,凡轮到中国人民头上的,我们也都有一份"①。虽然在汪曾祺等人的其后回忆中,与空袭密切联系的"跑警报"体验更多的是"见机而作入土为安"②之类充满戏谑精神的"不在乎"③,但对于其时昆明的"城"与"人",空袭却带来了文化氛围和个人体验的巨大改变。

第一节 空袭中的昆明城:文化氛围的转变与战争心态的表达

战争初期的昆明无疑是幸运的,因为地处边陲,战争的阴影尚未深入涉及,它得以暂时成为遍地烽火中的避世之地。在如此尚"没有嗅到前方的火药味与血腥气"④的小城中,"外来"与"本地"才能有余裕彼此靠近、相互融合,甚至得以有可能积极协作以共同发展昆明的文化事业。对于昆明城,这种发展方向恰与其战前就孜孜以求的"现代"发展愿望相重合,因此原本蓄积的"势能"更加速其现代文化发展的步伐,

---

① 沈从文:《定和是个音乐迷》,《沈从文全集》第12卷,北岳文艺出版社2002年版,第211—212页。
② 汪曾祺:《跑警报》,《汪曾祺全集》第3卷,北京师范大学出版社1998年版,第398页。
③ 同上书,第401页。
④ 沉毅:《话剧在华坪》,云南《民国日报》1938年2月5日。

使不为人知的偏远小城在战后短短两三年间即以"文化城"面目示人。

1938年9月28日，战争以空袭的方式突然介入昆明并造成巨大灾难（即"九二八"惨案）：九架日机突然轰炸昆明，投弹103枚，城内长耳街、凤翥街、潘家湾运动场、小西门外省立昆华师范（联大也在此租借教职员宿舍）、省立昆明实验小学等均遭轰炸，不仅本地伤亡惨重，联大师生也有伤亡。从此，战争的阴影开始直接笼罩昆明，小城不再是被城中百姓暗中自豪并祈愿永远如此的世外"福地"[1]。1940年9月之后，"敌人为了要实行其南进政策，由海防登陆，在越境取得空军根据地，便不断地用飞机向昆明等地残酷轰炸，欲北上截断滇缅路，扰乱后方工作企图影响抗战实力"[2]，因此空袭在1940—1943年中频繁降临，逐渐成为小城居民所必须面对的"日常"。

对于昆明，空袭不仅使它真正地进入并充分体验了战争，也使1940—1943年的小城呈现出与战争初期截然不同的文化风貌：空袭在成为昆明文化人新的写作对象的同时，更改变了小城在抗战初期欣欣向荣的"文化城"面貌；同时，随着本地文化刊物在空袭影响下纷纷停刊，外来期刊与报纸副刊的影响力不断增加，昆明文化舆论中心遂从抗战初期的"本地"逐渐分散到"外来"手中。

一 空袭：新的城市氛围与写作对象

据抗战时的云南省防空司令部统计，从"九二八"惨案发生截止到1944年11月26日，日机轰炸昆明市区共达二百余日，"每日少则一批，多达九批"，共投弹七千五百八十枚，发警报二百三十二次，人民死伤共计七千八百一十人[3]，空袭成为抗战昆明所经历的巨大灾难。对于昆明城，由于"九二八"之后空袭"安静了半年"[4]，然后从1939年下半年开始"有时有警报，却不见敌机"[5]，在1940年9月30日遭受了一次惨

---

[1] 高山君：《抗战的大后方福地——昆明》，《抗战周刊》1940年第27期。
[2] 孟立人：《敌机轰炸下的昆明教育》，《教育与科学》1941年第1卷第9期。
[3] 《血债必须同物偿还 敌机袭昆统计》，《云南日报》1945年9月29日。
[4] 鸣公：《在轰炸声中》，《朝报》1939年4月9日。
[5] 冯至：《昆明往事》，《冯至全集》第4卷，河北教育出版社1999年版，第349页。

第三章 空袭与疏散：战争中文化空间的开拓（1940—1943）

烈的轰炸后，这年10月成为"警报最频繁的时期"[①]，隔几天就会有一次警报，这种状况一直持续了两三年，直到1943年之后，由于美国空军的进驻和中国空军的积极迎战，空袭才日渐减少直至终结，所以空袭最密集也对城中人生活影响最大的时间段，集中在1940—1943这几年间。

空袭使战争直接介入昆明，也成为小城文化人新的写作对象。"九二八"惨案之后，昆明文化界一方面创作《种子——纪念九•廿八的死难者》《疯狂的兽行——记省师被炸》[②]《昆明空战纪述》[③] 等直接反映空袭惨况的"纪实"文学，另一方面也开始了空袭境遇下新的反思。抗战开始后，昆明虽然即刻与内地人民同仇敌忾，更自觉迅捷地进入了"抗战"的文化语境，但随着抗战初期"外来"力量的进入，日益繁荣、蒸蒸日上的经济文化氛围，使小城居民感到"这是昆明有史以来最繁荣的时代"[④] 并日益沉醉其中；加之此时敌机未来、战火远离，更使得昆明城"救亡情绪不够紧张"，甚至有"醉生梦死"[⑤] 沉浸在表面的繁荣安定生活中，把昆明看作是战火中得天独厚的"绮丽的云岭上的梦之乡"[⑥] 的"避世"倾向。在这个意义上，此时小城活跃的青年作家周辂认为"九二八"的轰炸正是"醒炮"——它所唤醒的，正是昆明城已经真正进入了战争的严峻意识。最能代表昆明文化界这种"反思"沉痛感受的，是本地作家马子华在"九二八"惨案发生不久后发表的小说《福地》[⑦]。

在《福地》中，昆明城经营孟嘉帽店的董四老板笃信"云南是老佛爷保佑的福地"，所以对报纸上"鬼子几百万大兵"烧杀抢掠的事迹不以为意，认为战争"跟我们有屁相干"，"只要自己'滑'的神通广大，老百姓也竟太平度日了"。这种对战争"事不关己"的心态不仅使他毫不关心战局，更助长了其自私和吝啬的本性，在防空司令部的募捐中只捐献

[①] 冯至：《昆明往事》，《冯至全集》第4卷，河北教育出版社1999年版，第350页。
[②] 《云南日报•南风》1938年10月2日。
[③] 云南《民国日报》1938年10月7日。
[④] 彭慧：《找房子》，《云南日报•南风》1938年12月15日。
[⑤] 周辂：《血的纪念》，《云南日报•南风》1938年10月2日。
[⑥] 张帆：《翠湖春梦》，《云南日报•南风》1939年2月7日。
[⑦] 发表于《战时知识》1938年第1卷第11期。

了一元国币。当"九二八"空袭来临时，董四老板却恰好身处日军投弹最多的潘家湾，最终被炸破脑袋送了命。

从刻画得如同丑角儿、命运安排也充满传统小说"因果报应"色彩的董四老板身上，可以看出作为此时小城最为活跃的文化人之一马子华对昆明人此前忽视战争、苟安存活心态的强烈不满。在他看来，昆明本来就不该自视为战争中的"福地"，如果昆明人能早点摒弃这种视战争"事不关己"的心态，提早筹备防空设备与作战方案，小城或许就能免去"九二八"的惨痛。马子华的感受显然具有代表性，在云南《民国日报》刊登的本地诗人作品中，空袭所"警醒"昆明城的，正是"从今后，便不该再存半点苟安的希望"①——"苟安"心态正是"福地"幻梦存在的基础，在昆明本地文化人看来，这种心态尤其由于现实中空袭的介入则更显得不合时宜，应该强力戒除，昆明此时应该做的，是正视小城已经进入了战争的现实境遇，明白"这是怒吼的时候了"②。然而，在本地文化人眼中不该存在的"福地"幻梦，却正是外来者视为弥足珍贵的东西。在吴宓吟咏小城空袭的诗作中，可以看到他面对小城"劫后人稀市况清"③的空袭惨状，感叹的却是"重谢天恩今日免，同遭横祸几人归"④——初来时平静美好到需要"重谢天恩"的桃源之地今日却同神州其他地方一样笼罩于战争阴云之下，这种稀有之美好的急速丧失使吴宓感慨尤多，最后只能"缘会难期生死迅，归依佛理意平安"——回归中国传统文人之道，以"生死无常"的佛理来开解安慰自己。

相较于吴宓这样的外来者面对空袭常常引发的对于战争与生命等形而上问题的感慨与思考⑤，本地作者则显然更关注空袭对昆明城所产生的实际影响。"九二八"之后，当不时来临的空袭逐渐成为小城所面对

---

① 江流：《回答轰炸》，云南《民国日报》1939年2月16日。
② 幼泉：《努吼吧，昆明》，《云南日报·南风》1938年12月25日。
③ 吴宓：《昆明近况》，见其1940年10月23日所作日记，吴宓：《吴宓日记第7册：1939—1940》，生活·读书·新知三联书店1998年版，第251页。
④ 吴宓：《十月十三日昆明纪事》，见其1940年10月13日所作日记，吴宓：《吴宓日记第7册：1939—1940》，生活·读书·新知三联书店1998年版，第245页。
⑤ 关于外来者尤其是西南联大师生在昆明空袭中的感受和思考，可参见董晓霞《滇缅抗战与现代文学》，硕士学位论文，西南大学，2012年。

第三章　空袭与疏散：战争中文化空间的开拓(1940—1943)

的"日常"，新的城市氛围也开始出现：空袭造成了街面的冷落——"连日以来，每当清晨，家家户户关锁大门，扶老携幼，牵儿带女，往四乡疏散避难"①，于是空袭氛围下冷清的街市便成为昆明作家抗战题材创作的新背景，如明液《你回来了》这一战争题材的"街头剧"中，其背景正是"一个广阔的市街，因为躲避空袭之故，有许多店铺在关门大吉"②。市民们为躲避空袭四处逃散的"世相"也成为本地作家偏爱描写的对象，如杨湛英《写在空袭里》③、薇影《警报声中》④、咏春《空袭声中的昆明》⑤ 等。在这些散文化的描写中，市民们为躲避空袭（通常在中午时段）而四处"奔逝"的紧张忙乱与到达疏散地（如大观楼公园）之后的平静悠闲常形成鲜明对照，对此状态不免有些"怒其不争"的本地文化人由此也感慨昆明对于战争似乎难以从根本上改变的"淡漠"⑥ 与"绝缘"心态——"生的乐趣在每一角落里流泛着，没有人提到遭着惨炸的城市，更没有一会忆起流血的奋战在遥远的战线上正在展开"⑦。

同时，空袭使得昆明城国军空军的训练日益频繁，于是战机在云南特有蓝天下穿梭的身影和相伴的轰鸣声结合在一起成为抗战中期昆明城市氛围不可缺少的一部分。此时当一位昆明本地人坐在城中心翠湖公园的会中亭欣赏湖景时，他会觉得耳边传来的战士训练呼喊声和"空中旋转的轧轧的飞机声"融合在一起，让联想到小城已"跳出了古代"进入了"新的阶段"⑧，而"巫家坝的机场方平，／飘起来铁鸟的队形"⑨ "你看：铁鹰一队队高空里翱翔，／你听：马达整天在白云间歌唱"⑩ 等聚焦

---

① 社论：《敬告避难的同胞们》，云南《民国日报》1938年10月5日。
② 明液：《你回来了》，《云南日报·南风》1939年8月14日。
③ 发表于《云南日报·南风》1940年1月16日。
④ 发表于《云南日报·南风》1939年4月14日。
⑤ 发表于云南《民国日报》1939年10月18日。
⑥ 咏春：《空袭声中的昆明》，云南《民国日报》1939年10月18日。
⑦ 薇影：《警报声中》，《云南日报·南风》1939年4月14日。
⑧ 黄光第：《翠湖的清晨》，云南《民国日报》1939年2月20日。
⑨ 冶之：《早晨》，《云南日报·南风》1939年3月16日。
⑩ 张立人：《山城的春天》，《云南日报·南风》1939年3月20日。

昆明上空战机翱翔的画面也构建出空袭背景下前所未有的城市诗篇。这种新的城市氛围所影响的范围显然更超出了本地作家群：对于此时蛰居昆明、常常不得不被牵扯进现实"猥琐粗俗""人事景象"中的沈从文，昆明上空战机轰鸣所发出的"单纯调子"，在他看来"实包含有千年来诗人的热狂幻想，与现代技术的准确冷静，再加上战争残忍情感相揉和的复杂矛盾"，成为能够使作家暂时脱离尘世俗务，且能够滋生诸种"梦魇"的一种"美丽的情绪"①；而对于此前十年不惯写诗的冯至，某个冬日的下午，昆明城"几架银色的飞机在蓝得像结晶体一般的天空里飞翔"②的场景更成为触发诗情的"开端"，牵连出诗人战争境遇下对人世和生命的深切"体验"，诗性由此一发而不可收拾，使得冯至在1941年间连续写下二十七首诗，结集成被后世称为西南联大现代诗"旗帜"的《十四行集》组诗（1942年出版）。

二 "文化城"面貌的消失与文化格局的改变

空袭对于抗战昆明的更大影响，则是改变了昆明抗战初期欣欣向荣的"文化城"氛围。从1939年下半年开始，因空袭而起的"疏散"成为城中文化生活的关键词：开始不过是市民在警报来临时暂时性地"跑警报"躲避，已经造成市面的"冷落"，"家家户户都把门闭了，甚至停了营业"③；其后空袭更加频繁，"一星期中日机来四次，昆明城中人下乡者极多，有许多店铺竟终日不开门，想已全下乡矣"④，"多数人大白天惟以等候警报是事，别无可为"⑤。在这种情况下政府设立疏散制度，市民若在空袭时不按照规定疏散还要予以惩处⑥。政府并设立疏散区，将包含各

---

① 沈从文：《白魇》，《沈从文全集》第12卷，北岳文艺出版社2002年版，第165页。
② 冯至：《十四行集·序》，《冯至全集》第1卷，河北教育出版社1999年版，第213页。
③ 文清：《不能放松我们的工作》，《云南日报·南风》1938年10月2日。
④ 顾颉刚1939年4月15日日记，《顾颉刚日记》第4卷（1938—1942），（台北）联经出版事业股份有限公司2007年版，第221页。
⑤ 沈从文致沈云麓，1939年4月20日，《沈从文全集》第18卷，北岳文艺出版社2002年版，第357页。
⑥ 《各疏散区设备完成 本日起实行疏散 市民若再观望定照案予以惩处》，《云南日报》1939年10月1日。

第三章　空袭与疏散:战争中文化空间的开拓(1940—1943)

级学校在内的文化机关逐渐疏散至呈贡、玉溪、路南等乡村郊县①,而且这次疏散时间不短,很多学校直到空袭基本绝迹的1943年方才迁回市区原址。同时,外来文化人为安全起见也大多"自行疏散",在郊县赁屋居住,一住经年。由此,抗战初期"文化城"建设的主力——文化人和学生大批量、长时间地离开了昆明城。文化人的离散使之前欣欣向荣的昆明本地刊物陷入巨大困境,曾经如火如荼的剧运也随之"日趋消沉"②。

进一步消解昆明"文化城"繁荣氛围的,还有日益严重的通货膨胀,其进程"加速"也与空袭密切相关。因为战争中外来人口的大量涌入以及战争造成的经济凋敝和管理失控,昆明物价一直在缓慢上涨。1938年的"九二八"空袭则更成为加速物价上涨的重要因素,据蒋梦麟回忆:

> 物价初次显著上涨,发生在敌机首次轰炸昆明以后,乡下人不敢进城,菜场中的蔬菜和鱼肉随之减少。店家担心存货的安全,于是提高价格以图弥补可能的损失。若干洋货的禁止进口也影响了同类货物以及有连带关系的土货的价格。煤油禁止进口以后,菜油的价格也随之提高。菜油涨价,猪油也跟着上涨。猪油一涨,猪肉就急起直追。一样东西涨了,别的东西也跟着涨。③

"九二八"之后,昆明物价上涨很快"冠于全国",其中大米等居民生活必需品更是"跳着上涨"④,大米价格在1939年达到战前水准三倍,市民们甚至出现"拿着钱买不着米吃"⑤的生存困境。到1939年下半年,昆明货币价值跌落到战争开始时的四分之一⑥,"生活费比在国内任何其

---

① 如昆华中学疏散到玉溪九龙池,省立昆华女中疏散到呈贡海晏镇,云大附中疏散到路南,昆华师范学校疏散至晋宁县金沙村,云南大学理学院疏散到嵩明、工学院疏散到会泽、矿冶系疏散到广通县。
② 丁戈:《文化城——为什么这样沉寂?》,《朝报》1940年12月9日。
③ 蒋梦麟:《西潮》,辽宁教育出版社1997年版,第207—208页。
④ 刘大钧:《平抑米价问题》,《新动向》1939年第3卷第5期。
⑤ 丙丁:《访米》,《云南日报·南风》1939年11月1日。
⑥ 参见刘大钧《平抑米价问题》,《新动向》1939年第3卷第5期。

他地方的都高"①，小城居民面对巨大的生存压力。同时，物资的匮乏又导致纸张等文化用品的价格上涨，并直接影响到本地文化人的心理状态——"由于最直接的生活威胁，使他们会想到谋生以外的事都是空洞不实际的"②。诸种困难的叠加将本已因"疏散"而导致人员离散的本地文化刊物逼入绝境。到1940年前后，抗战初期创办的本地文化刊物在巨大的生存危机下几乎全部停刊：《文艺季刊》1939年7月停刊，《新民众》1939年8月停刊，《云南教育通讯》1939年停刊，《新动向》和《文化岗位》在1940年1月和2月先后停刊，《战时知识》1940年2月停刊，《南方》和《战歌》1941年1月停刊，甚至包括本城舆论中心《云南日报》文艺副刊《南风》以及《民国日报》文艺副刊《驼铃》也在1940年7月先后停刊。这两个副刊的停刊被舆论界认为是1940年昆明文化界遭受到的"最大打击"，因为"这不仅对于一般文化青年失掉了写作的园地，而且社会上的现实也不能很快的用笔墨反映出来"③。本地文化人写作园地的陆续丧失，再加上1942年因缅甸沦陷、滇缅交通断绝而导致的文化封闭与悲观情绪合力而成的文化"寒潮"④，使得1940—1943年的昆明文化气氛，在他们眼中从抗战初期活跃繁荣变为"沉静死寂"⑤"非常淡漠"⑥甚至"沙漠化"，小城文化似乎从先前的"文化城"又回归到战前"万籁无声"⑦的沉寂状态："但明亮的光已经熄了——/没有星月也没有灯；/连萤火虫也不见飞"⑧。

　　本地文化刊物的纷纷停刊与文化力量的式微，无形中改变了昆明的文化格局，使小城舆论中心从抗战初期的"本地"逐渐分散到"外来"手中。此时由于内地战火波及，一些著名报纸纷纷迁往昆明，如1938年10月由南京迁来小型报《朝报》，同年12月由天津迁来天主教报纸《益世报》，1939年5月在昆明复刊的国民党中央机关报昆明版《中央日报》

---

① 佶：《调平昆明物价与房租》，《今日评论》1939年第2卷第8期。
② 品喻：《今年的暑假工作》，《云南日报·南风》1940年6月16日。
③ 丁戈：《文化城——为什么这样沉寂？》，《朝报》1940年12月9日。
④ 文延昭：《略谈昆明文化》，《云南日报》1943年3月30日。
⑤ 萧曙：《沉闷的文化工作》，《云南日报·南风》1940年7月10日。
⑥ 《文艺简报》，《诗与散文》1940年第1卷第2期。
⑦ 杨明：《争取1942年》，《云南日报·读书园地》1942年2月16日。
⑧ 秋心：《幻》，《云南日报·读书园地》1942年2月21日。

等。这些报纸在昆明城立足后，出版贴近地方文化气氛的副刊，在昆明本地刊物力量势微的局面下迅速占领市场。同时，1938年9月底从蒙自返回昆明的西南联大文法学院师生，也成为此时小城不可忽视的文化力量：他们先后创办《今日评论》《战国策》《当代评论》等，在国内获得很大影响的同时也成为昆明城举足轻重的文化刊物。

西南联大文法学院能够从蒙自迁回昆明，某种程度上也与空袭有关——正是出于空袭中安全的考虑，昆明本地学校纷纷离开城市疏散至乡县，其中昆华工校和昆华师范学校疏散到晋宁、昆华农校疏散到昆明北郊的沙朗乡，这三个学校空置出的校舍正为此时迁回昆明、暂时还没有自己独立校舍的联大文法学院提供了教学和师生住宿的主要空间，"以应1938学年度开学的急需"①。借助昆华工校、农校、师范学校等疏散后留下的校舍，联大文法学院在昆明安定了下来，并开始有余力开拓自己的"言论刊物"②。1940—1943年，联大先后创办了《今日评论》《战国策》《国文月刊》《当代评论》等刊物，并迅速在国内舆论界占有了一席之地，甚至能够吸引来自全国未被占领地区的稿件③。这几种刊物中，《国文学刊》属于重点探讨"国文"问题的学术期刊，其余几种刊物虽然都属于时政综合性质，重点关注时局、历史、文化、科学等类目的学术问题，却也在字里行间透露出此时外来者置身边陲面对战争的复杂心态，尤其是几个刊物中最先创办也容纳较多文艺创作的《今日评论》，其中较富个人性的文学书写更成为我们窥视战争背景下昆明外来文化人情绪与感受的一个窗口。

三 《今日评论》《朝报》副刊与《中央日报·平明》：战争心态的表达

《今日评论》1939年1月创刊，1941年4月13日第5卷第14期终刊，创办者与主要编辑者是联大政治学教授钱端升，撰稿人初始"不外

---

① 陈岱孙：《西南联大校舍的沧桑》，《往事偶记》，商务印书馆2016年版，第115页。
② 浦薛凤：《浦薛凤回忆录》（中），黄山书社2009年版，第172页。
③ 参见易社强《战争与革命中的西南联大》，饶佳荣译，（台北）传记文学出版社股份有限公司2010年版，第227页。

联大同仁及一二旅昆熟友"①，后来有所增加，云南大学和昆明其他文化机关的学者都有文章发表其中。秉持创办者钱端升一贯的"自由主义"思想，刊物在放眼世界、思考中国前途命运的同时，更关注现实，着力探讨战争背景下国内具体政治经济文化诸问题，以构筑将来"建国"的各项基础。这种积极务实、立足于建设的风格既使《今日评论》成为其时国内"宪政运动"的一股活跃力量②，也使其中的文艺作品总体显现出一种面对战争仍坚韧乐观、豁达大度的情怀气度。

1939年2月5日，《今日评论》第1卷第6期发表林徽因的散文《彼此》，可视为对战火中蛰居小城的外来者的一种"告慰"。在林徽因眼中，对于小城中的外来者、这些刚刚切身经历过战争残酷——"炮火或流浪的洗礼，变换又变换的岁月"，现在又"去故乡而就远"、此刻正面对轰炸后变得更加严酷的后方生活的人们（其中自然包括她自己），此刻最需要的却是彼此之间的"微笑点头"。这种微笑既是外来者们彼此能给予的无声安慰，又是面对残酷战争与生活困境的某种"信仰"表达：

> 口边那酸甜的纹路是实际哀乐所刻划而成，是一种坚忍韧性的笑。因为生活既不是简单的火焰时，它本身是很沉重，需要韧性地支持，需要产生这韧性支持的力量。……
> 信仰坐在我们中间多少时候了，你我可曾察觉到？信仰所给予我们的力量不也正是那坚忍韧性的倔强？我们都相信，我们只要都为它忠贞地活着或死去，我们的大国家自会永远地向前迈进，由一个时代到又一个时代。
> 我们在这生是如此艰难，死是这样容易的时候，彼此仍会微笑点头的缘故也就在这里吧？现在生活既这样的彼此患难同味，这信心自是，我们此时最主要的联系，不信你问他为什么仍这样硬朗地活着，他的回答自然也是你的回答，如果他也问你③。

---

① 浦薛凤：《浦薛凤回忆录》（中），黄山书社2009年版，第172页。
② 参见谢慧《〈今日评论〉与抗战时期第一次宪政运动》，《抗日战争研究》2009年第1期。
③ 林徽因：《彼此》，《今日评论》1939年第1卷第6期。

第三章 空袭与疏散:战争中文化空间的开拓(1940—1943)

正是这种来源于"信仰"的"坚忍韧性",给予林徽因也给予小城中同样境遇的外来者面对生活的勇气和信心——"我们今天所叫做生活的,过后它便是历史"①。这种渗入历史感的坚韧信念显然在《今日评论》的同人中具有普遍性。历史学家钱穆也在《今日评论》上发表杂文《病与艾》,以一段童年的阅读经历引出自己此时面对战争的复杂感受。在这篇小文中,钱穆先讲述了自己幼年读到《孟子》中的一个故事,说古人生了七年的大病,要用储藏了三年的艾才能治愈。作者于是站在艾的角度思量——它很想救治这人的病,但非得耐过三年,否则对病人全无用处,它的"有情"恰恰要体现在"忍耐"上。这种急于出力却又不能不"忍耐"的感受显然正中此时钱穆的心事:面对烽烟战火,自己却不得不蛰居在边陲小城,然而"后方的人亦各有他的争取时间"②,这种为他日有所成事而当下所必需的"忍耐"既是钱穆向来"每念书生报国,当不负一己之才性与能力,应自定取舍,力避纷扰"③的思想体现,又恰是后方知识分子此时生存方式的价值所在。

对于小城中的外来者,这种源于信仰的坚韧铸就了他们面对艰难命运的勇气,也使他们对战争背景下的中国文学发展满怀信心。叶公超认为抗战使原来多住在沿海都市的作家们转移到内地,时与地的转换下应该有新的文艺产生,而这种"新时期"的文艺恰好反映着新的时代④,柳无忌更基于对抗战必然胜利及胜利后新中国建设的憧憬,认为今日的抗战文学恰能够酝酿伟大的明日文学⑤。对于《今日评论》,这种积极乐观、立足建设的基调也使他们关注所在地昆明的发展,并提出批评和建议。杂志同仁关注昆明的小学教师待遇改善⑥、盐荒问题⑦、戏剧演出⑧、物价问题⑨等,甚

---

① 林徽因:《彼此》,《今日评论》1939 年第 1 卷第 6 期。
② 钱穆:《病与艾》,《今日评论》1939 年第 1 卷第 3 期。
③ 钱穆:《八十忆双亲师友杂忆》,生活·读书·新知三联书店 2005 年版,第 247 页。
④ 叶公超:《文艺与经验》,《今日评论》1939 年第 1 卷第 1 期。
⑤ 柳无忌:《明日的文学》,《今日评论》1939 年第 1 卷第 14 期。
⑥ 陈友松:《论小学教师的待遇》,《今日评论》1940 年第 3 卷第 5 期。
⑦ 吴铎:《救济云南盐荒之我见》,《今日评论》1940 年第 3 卷第 7 期。
⑧ 佩弦:《〈原野〉与〈黑字二十八〉的演出》,《今日评论》1939 年第 2 卷第 12 期。
⑨ 戴世光:《抗战中的生活费用与生活程度》,《今日评论》1941 年第 5 卷第 10 期。

至对战争中昆明的城市规划提出了切实可行的建议①。关注具体问题的同时，此时受到"战争"与外来"现代"影响、正处于变革中的昆明城也出现在他们的视野中。

战争中昆明城的救亡宣传，很多以街头壁报的方式进行。壁报的创作者既有本地文化人，也有外来文化机构，如战争后期进驻昆明的美国新闻处，就在南屏街新闻处门口和城内多个地点设置新闻照片壁报并获得市民热烈欢迎②。通过这些壁报，小城内的昆明人不仅可以知晓战况时局，更能获得种种信息与外部世界保持联系，从而在思想上进一步突破战前的封闭状态。"看壁报的人"由此成为抗战昆明接壤"现代"的一种意象，《今日评论》的作者姚芳便敏锐地捕捉到了这一意象：

> 这时候天已经快全黑了，可是张鸿发杂货铺对面两个站着看壁报的人，还舍不得离开。恰好柜台上的电灯亮了，一片黄光直射到那边墙上，当中隔了一条不十分窄的石子路，光自然很弱，看报的人得了"光明"伸长了颈子几乎把脑袋贴着墙，重新欣赏那上面的漫画。
>
> "嘿！大飞机，刚贴出来的，真好看……"扎着一根小辫子的小姑娘也从那边看过了，跑回来很兴奋喊着指手画脚地。小辫子跟着前后摆动。③

在姚芳的描绘中，小城居民对"壁报"如此痴迷，天黑了"还舍不得离开"，看壁报的状态也是"伸长了颈子几乎把脑袋贴着墙"的如饥似渴。这种痴迷的阅读状态，正是对以"壁报"为象征的外部世界的无声渴望。抗战使小城居民拥有了更多与外部世界联系的管道，不仅有话剧、壁报，更有数量增多品类丰富的文化刊物。抗战前"街头巷尾，既绝不

---

① 信：《发展昆明市》，《今日评论》1939 年第 2 卷第 15 期。
② 参见《自由论坛访问昆明美国新闻处》，《自由论坛》1945 年第 28 期。
③ 姚芳：《杂货铺》，《今日评论》1940 年第 3 卷第 10 期。

闻呼叫卖报之声"①的小城，如今在《今日评论》作者眼中已经拥有了截然不同的文化面貌：

  卖报的戴小鸭舌帽的小孩，臂弯里挟着一叠报纸，飞快的叫喊："'中央日报！朝报！'"在这条街卖报要算他露面最早，街上人似乎被他的声音陆续叫了出来，便渐渐增多。②

卖报小孩所卖力吆喝的《朝报》和《中央日报》正是此时最受本城居民欢迎的外来报纸——"朝报，中央日报占了早晨的市场，贩报们沿街呼售"③。1938年10月23日，由南京迁来、拥有14年创建历史的晨报《朝报》在昆明出版，并从出版之日起设立文艺副刊，一般安排在报纸的第四版。《朝报》的文艺副刊排版相较昆明本地报纸更为美观，内容则通俗易读，显示出强烈的市民气息。从第一期起，《朝报》就设立《滇南杂记》和《天南星影》两个固定栏目，前者多介绍云南风景名胜，后者则发表外来人士旅居云南的杂感，以此建立外来者与云南的情感联系。对于报纸所在地昆明，《朝报》副刊起初常刊登外来者在小城居住衣食住行的种种感受，如《水果在昆明》④《昆明求医记》⑤《昆明的食品与饭馆》⑥等，并从种种具体生活感受中表达出对小城的感情："在这烽火遍地的当儿，天可怜还留给我们这一片未受荼毒的净土，还真能征服我们。"⑦到1940年以后，《朝报》副刊更迎合读者口味，追踪昆明城市氛围的变化，从小城遭受的空袭⑧及由此而来的"文艺生活的寂寞"⑨"文

---

① 李启愚：《昆明风光》，《旅行杂志》1938年第12卷第1期。
② 叶金：《群众》，《今日评论》1940年第3卷第9期。
③ 李思道：《今日昆明》（二），《社会服务周报》1943年第7期。
④ 刊登于《朝报》1938年10月25日。
⑤ 刊登于《朝报》1939年1月15日。
⑥ 刊登于《朝报》1939年1月29日。
⑦ 倩华：《在翠湖堤畔》，《朝报》1940年2月10日。
⑧ 如鸣公：《在轰炸声中》，《朝报》1939年4月9日。
⑨ 笛蕤：《〈文聚〉新刊介绍》，《朝报》1942年3月5日。

化城"面貌的沉寂①，到战争"副产品"——城市生活的日益"摩登化"，例如时髦的澡堂、新式理发店、现代化影院的建立，街头上越发时髦的女子"卷发、短袖、高跟、口红似血"②，以及昆明城日益的"商业化"③，都可在其副刊的闲谈杂论中找到踪迹。

1939年5月15日，国民党机关报《中央日报》昆明版创刊，同期创立文艺副刊《平明》，由此时旅居昆明的著名剧人凤子担任编务。凤子自身交游广阔，其丈夫孙毓棠又是联大教师，这种种关系的联结，使得联大师生的文章常常出现在《平明》上，其中与凤子夫妇常相往来的沈从文更是有多篇文章发表④，无形中在对联大学者具有仰慕之心的昆明市民中扩大了《平明》的影响力。在创刊号《编者话》中，编者这样揭示《平明》的创办宗旨：

> 抗战一年多来，失去了多少省地，动员了多少人力，每一个中国人民生活上的变动自然很大很大。我们从一个地方流离到另一个地方，尝了多少辛苦，换了多少种生活，愈走进到内地，愈可看到从来没有看到的这一地方各方面的情况。这一切一切，都可以提出一个问题来作为创作的对象。我们当然有个目标，忠实于自己的笔，写出自己要说的话，我们要给读者一点启发和鼓励。

可见，《平明》的创立初衷正是为战火中避居昆明的外来文化人建立一个属于自己的"小小一角园地"⑤。《平明》也的确履行了这个目标，从1939年5月15日创刊到1940年10月16日被《中央日报》新设的《中央副刊》所取代，它成为昆明城中外来文化人，尤其是外来高校学者发声的园地，其中又以西南联大师生为创作主力，联大教师陈铨、闻一

---

① 丁戈：《文化城——为什么这样沉寂？》，《朝报》1940年12月9日。
② 艾昕：《两种典型女人》，《朝报》1940年3月13日。
③ 心芹：《要人兼商——昆明小品之一》，《朝报》1940年4月20日。
④ 《平明》创刊号上沈从文即发表《真俗人和假道学》，后又发表《文运的重建》《"五四"二十一年》《〈黔滇道上〉》《时空》《潜渊》等作品。
⑤ 《编者话》，《中央日报·平明》1939年第1期。

第三章 空袭与疏散:战争中文化空间的开拓(1940—1943)

多、沈从文、朱自清、曾昭抡、陈梦家、闻家驷等,学生穆旦、赵瑞蕻、马尔俄、林抡元、陈时、宋秀婷等都在《平明》上发表过作品,其中沈从文、朱自清、陈时、宋秀婷等更是多次投稿,甚至有不少联大学生"在这里发表处女作"①。

以《平明》作为观测基点,我们可发现此时在外来者眼中,战争氛围里的昆明城既可见万众一心、协力报国的共同志向与壮志豪情②,却也有抗战救国洪流中一些不甚协调的个别"音符":在兆平笔下,学生"老金"看似老练精明,很懂得如何做救亡工作,像"华威先生"一般整天忙于到处开会,实则开会目的却是为到会场领救济金供自己吃喝玩乐,小说结尾老金在昆明城中繁华的金碧路伴着一位女同学溜达,然后用救亡宣传会上领到的救济金一同去西餐馆"越兴"吃猪排,平日高大的形象瞬间坍塌③;而林抡元笔下的昆明外来大学生张德华则公开鄙视一切救亡宣传活动,大学生活只顾自己的恋爱与玩乐,并且对此态度理直气壮:

> 甚么演剧呀,甚么出壁报呀,甚么歌咏呀,甚么时事座谈呀,甚么战地服务呀……这通通都是不着边际的口号工作,要是干的话,顶多也只是适合于中学生,大学是"大学生"了,他们要用功研究专门的科学,不应分心去干这些无聊的事情。

然而就是这样在战争中想要置身事外的极端个人主义者,却也不可避免地被卷入战争的洪流。当空袭真正降临昆明时,即使是极端个人主义的张德华也无法再像平素那样趾高气扬、旁若无人地"豪势":

> 有一天,当张德华正跟着爱人密司刘在金碧路金碧餐室时,忽然"呜呜"一声,警报响了。

---

① 程应镠:《永恒的怀念》,吉首大学沈从文研究室编《长河不尽流——怀念沈从文先生》,湖南文艺出版社1989年版,第117页。
② 正如穆旦诗作《一九三九年火炬行列在昆明》所感受到的,该诗发表于1939年5月26日《中央日报·平明》第9期。
③ 兆平:《老金》,连载于《中央日报·平明》1939年第39、40期。

"密……密……密司刘 Go! Go! Quickly, Quickly!"

他脸色显然是有点变白了,匆忙地给了餐钱,催促着密司刘说。

待至黄包车拉着他们一直从拥挤的人流中出到大西门外的大观楼停下后,他才抽了一口气,揩了揩额角上所冒出的冷汗珠……①

显然,无论小城居民对于战争的感受如何,它已经无可避免地进入昆明生活,甚至成为小城文化氛围的一部分。在敏锐的联大学生眼中,空袭及与空袭相伴的飞机、警报等意象已经融入日常生活,渗入他们所编织的昆明体验中。例如在城墙上看风景时,此时天空中的飞机(国军飞机为迎战敌机所进行的演习)便自然成为昆明景致的一部分,"看那遥远的风景,号兵在早晨,站在城楼前吹起号角,天空中,飞机的铝制的银翼,发出绸子飘动的声音"②。在此时外来者尤其是联大学生的战争体验中,"跑警报"更占据一个独特的位置。

与同为战时后方都市的桂林与重庆相比,昆明没有桂林那样可作为"天然的防空壕"的山洞③,也缺乏重庆那样天然的优良防空洞,临时建造的防空洞也极为有限,在防空设施上比不上重庆④,所以重庆空袭时大家一般跑往防空洞,昆明躲避空袭的方式却一般是市民出北门或大西门、小西门跑向郊外。郊外野地的山丘、渠沟、树木、草丛,成为天然的遮蔽之所。这种特殊的躲避空袭方式,形成了抗战昆明独特的"跑警报"经历,这种经历尤其由于西南联大师生的即时描摹与事后追忆而广为人知。联大学生由于多住在昆明的西北边,"跑警报"的路线就一般是出大西门,越过联大新校舍门前公路,走上通往滇西的古驿道,离市区较远后就分散到古道两旁的郊野,各自寻找一个合适的地方等待警报结束。在汪曾祺的回忆中,这些"合适的地方"往往有着浑不经意却又令人难忘的自然韵味,例如有一片马尾松林,"树下一层厚厚的干了的松毛,很

---

① 林抡元:《大学生》,《中央日报·平明》1939 年第 45 期。
② 陈时:《昆明的寂寞》,《中央日报·平明》1939 年第 108 期。
③ 黄衣青:《昆明掇拾》,《启示》1946 年第 2 期。
④ 参见吕文浩《日军空袭威胁下的西南联大日常生活》,《抗日战争研究》2002 年第 4 期。

第三章 空袭与疏散：战争中文化空间的开拓（1940—1943）

软和，空气好，——马尾松挥发出很重的松脂气味，晒着从松枝间漏下的阳光，或仰面看松树上面的蓝的要滴下来的天空，都极舒适外，是因为这里还可以买到各种零吃"①。透过"平明"我们可以看到，在置身空袭紧张氛围中的联大学生看来，这片"清美"的郊野不仅使其心态得以放松，"感叹昆明地方自然景物的清美，忘了敌机到头上时的可怕"②，更以千百年似乎从未改变的郊野风貌构建出可以暂时隔绝战争空气的"警报时间中的乐园"③，"当呜呜的警报声响了，你和那两位最蜜好的女朋友走到郊外去，青色的田野，金色的田野，你走在草原中，青草，微风，和日光都在天真玩耍吧"④。当警报结束，学生们"经过墓场，无数的坟头上长着青草或野花"⑤走回校园时，周遭氛围与内心感受才重新回归战争现实。

虽然在很多外来者看来，这种自行疏散至城外郊野的"跑警报"不见得有什么效用，更多的是心理上的安慰，但对于年轻的联大诗人们，这种"跑警报"的经验则不仅是此刻昆明城中难忘的个人经历，更成为战争中独特诗意的触发之点："跑警报"使后方小城昆明与战争氛围衔接，几乎每一天人们都需要在城市与郊野、个体与群体、紧张与松弛、战争与和平等截然不同的生存状态与生活氛围中急速转换，这种急速转换让年轻的诗人们获得碎片化昆明体验的同时，也更接近西方现代派纷繁多维的诗歌世界。在联大外文系诗人赵瑞蕻"采取现代派手法"⑥为1940年昆明"画像"的《昆明底一个画像——赠新诗人穆旦》⑦中，"跑警报"把带着象棋、扑克、浪漫的小说形同郊游的青年学子、充满生存

---

① 汪曾祺：《跑警报》，《昆明的雨》，第117页。
② 宋秀婷：《我与昆明》，《中央日报·平明》1940年第197期。
③ 陈时：《翠湖草》，《中央日报·平明》1940年第253期。
④ 陈时：《昆明的忧郁——献给贞小姐》，《中央日报·平明》1940年第255期。
⑤ 陈时：《翠湖草》，《中央日报·平明》1940年第253期。
⑥ 赵瑞蕻：《离乱弦歌忆旧游——纪念西南联大六十周年》，《离乱弦歌忆旧游》，文汇出版社2000年版，第11页。
⑦ 赵瑞蕻：《昆明底一个画像——赠新诗人穆旦》，《中央日报·平明》1940年第225期。该诗在收入《西南联大现代诗钞》时改名为《一九四〇年春：昆明一画像——赠诗人穆旦》，内容也作了较大修改，本书则依据该诗在《中央日报·平明》中的原发版本引用。

抗战时期昆明的文化空间与文学表达

恐惧的本地居民、"张好画架、描摹风物"打算捕捉"春的气息"的画家、望着天空痴想、"留恋前夜咖啡店那一双闪亮的明眸"的浪漫青年交织在一起，不同生活画面和体验维度的穿插对照间，整齐划一的传统世界骤然破碎，一种碎片化的现代感油然而生。无独有偶，聚集"跑警报"，昆明本地报纸《民国日报》上也出现"郊外乱躺着的饿殍无数""咖啡店里的情人？夫妇？""战场上，四野是无边的寂静"① 三组画面拼贴而成、充满现代情绪的诗作。而此时置身昆明的联大美国教授温德在经历"整座城市像怒江在翻腾"的"跑警报"时，他也以"最寒峭的现代派语言来描写昆明之现状：碎片般的城市、地狱之城"。在他此时所做的笔记中，艾略特这样的诗句跃然纸上："荒唐可笑的是那虚度的悲苦的时间/伸展在这之前和之后"。但在这同样的战争碎片体验中，相比较温德"一个人在震惊麻木时的无能为力感"②，联大青年诗人们的感受则无疑更为积极。

在赵瑞蕻笔下，从乡野美景到众生百态，众多复杂而鲜活的"生"都汇聚在"跑警报"的一瞬间并焕发光彩，巨大而抽象的战争恐怖似乎也不能压制这无数细微而真实的"生"——那些"快乐年轻的一伙儿"，那些"色彩缤纷的景色"。怀着这种对生命美好的敏感与珍视，"跑警报"时短暂容身的郊外原野，在年轻的诗人眼中却这样展现：

> 远处一条弧线，一座桥，黄昏的日影
> 那是未下种的好土地，身旁有小溪流。
> 黄色掩盖红土层，云南冲击的山河
> 十里外织一片白云雾，遍野的芬芳
> 那一堆，这一堆，坐在田亩的阡陌上
> 倚靠在坍毁的堤岸间，老农夫
> 吸旱烟，大树前有牛羊的结群，鸟鸣，

---

① 肖元：《十四行》，云南《民国日报》1939 年 1 月 22 日。
② ［美］伯特·斯特恩：《温德先生：亲历中国六十年的传奇教授》，马小悟等译，北京大学出版社 2016 年版，第 163 页。

第三章　空袭与疏散：战争中文化空间的开拓(1940—1943)

疲累的马匹，没有云，天嫩的古怪
人说这是轰炸的好季节，又是好天气。①

对于年轻的联大诗人，边陲小城的这片"好土地"充满着种种美好的"生"之细微：溪流、日影、红土地、老农夫、牛羊马匹、"嫩的古怪"的晴空……这些自在美好、亘古长存的意象在此刻自成格局，似乎拥有了甚至可以和战争相抗衡的力量，所以现实中"轰炸的好季节"在这里却是让农人与诗人都能寓乐其中的"好天气"。正因为有这种种"生"之美好作为底色，年轻的诗人面对空袭似乎毫无畏惧和退缩，情绪积极明确而热烈，充满浪漫主义的英雄气概："而轰炸像老海盗，却掠了天空的财宝/愤怒像火药，趁着初春昆明的阳光/燃烧，于是原野燃烧起来人们的愤怒/我们新的一代打出战斗抗争的旗号/高唱壮阔深厚的歌，我们一道走，走……"②而此时给予他们对抗"轰炸"力量的，或许却恰恰是这片因躲避空袭"跑警报"而暂时栖身的、亘古未变充满生命力的郊外原野。

由此，在这些年轻诗人的眼中，昆明郊外的"原野"似乎成为一个可以与空袭所代表的战争相对抗的意象，它的力量在于亘古未变的"长久"、在于"无限的辽阔"，也在于它所孕育的"明媚的树木山水"。当这样的"原野"与诗人的自我融为一体，"敌人的弹火"相较而下便成为无须畏惧甚至无足轻重的"微尘"：

原野是无限的辽阔。
敌人的毒焰，炮火，枪弹。
仅仅是
仅仅是微尘而已。

我们和原野

---

① 赵瑞蕻：《昆明底一个画像——赠新诗人穆旦》，《中央日报·平明》1940年第225期。
② 同上。

抗战时期昆明的文化空间与文学表达

生活很长久。
……①

值得注意的是，在为外来者开辟发声渠道的同时，这些颇受欢迎的外来刊物也积极容纳云南本地作者的加入，如马子华、木枫、陈豫源、白平阶等，显示出一种较为开放的办刊态度。同时，这种容纳中还可以看到外来者对云南本地文学青年的有意"扶植"，例如沈从文与白平阶。白平阶（1915—1995）是云南腾冲人，从1935年开始文学创作，1938年尚在老家的白平阶写信给初到昆明的沈从文讨教创作经验，沈从文热情回信，两人从此相识。白平阶从老家来到昆明后，沈从文与其来往密切②，并积极扶植和培养这个文学新人：沈从文在自己负责编辑文学稿件的《今日评论》上刊发白平阶的小说《金坛子——她们怎么筑滇缅路》（1939年第1卷第23期）和《风箱》（1939年第2卷第19期），还撰写评语，盛赞白平阶"多就西南边境取材，因之别具风格，为西南作家最值得注意者"③，其后又亲自收集白平阶小说编为《驿运》一书④，列入巴金主编的文学丛刊第七集出版。《驿运》出版后随即在国内受到广泛好评，评论界认为它使读者"看见了我们这国土上另一个角落里的生活，我们也欣赏了作者那种泼辣辣的创造力"⑤，使白平阶获得了国内更为广泛的文学声名。此外，沈从文还将白平阶引入此时避居昆明的外来作家圈子，正主持香港《大公报》编务的萧乾、著名戏剧表演家凤子及其丈夫、西南联大教师孙毓棠都是这个圈子的成员。对于白平阶，这个圈子还在不断扩大，其作品《跨过横断山脉》的译者叶君健1940年8月来昆明时，沈从文又把叶君健介绍给当时在昆明商会当秘书的白平阶，穆木天和其夫人彭慧也通

---

① 陈时：《微尘》，《中央日报·平明》1940年8月20日。
② 云南作家木枫在《朝报》（1939年4月6—7日）上发表《从萧乾的来滇说到凤子的俏皮》一文，记述沈从文带着萧乾来访白平阶，因为白平阶正巧不在，沈从文就带木枫去见凤子、孙毓棠夫妇的经过，可见此时的沈从文和白平阶已常有往来。
③ 《本期撰者》，《今日评论》1939年第1卷第23期。
④ 参见白平阶《我与侨乡和顺图书馆》，《驿运》，宁夏人民出版社2015年版，第81页。
⑤ 《编者前言》，《世界文艺季刊》1945年第1卷第1期。

过沈从文与白平阶相识。对于此时尚为文学新人的白平阶,进入这个外来文人的社交圈不仅有利于其作品发表(例如白平阶小说《神女》发表于《中央日报·平明》1939年第57期上,而此时的《平明》正是由凤子负责编辑的),对其文学视野的开拓、现代文学观念的建立都无疑具有积极的促进作用。沈从文对白平阶的积极扶植,固然是由于其帮助文学青年的一贯态度,却更是对白平阶作品独特题材——把"天末遐荒"的西南边陲放在抗战的大背景下细细审视其"变",又在变化中折射出边陲底层人民人性中不变的"热力"与美好——的格外看重。而此番"扶植"却也能让我们看到抗战时期昆明"外来"与"本地"关系中更为丰富的"细节"①。

第二节 "不同的河水":疏散中的"本地"与"外来"

我们来到郊外,

像不同的河水

融成一片大海

——冯至《十四行诗》之《郊外》②

"九二八"空袭惨案发生之后,为避空袭,朝向昆明城外的"疏散"一时成为小城活动之中心:不仅"许多公私机关,亦已纷纷离开城市,与乡村新缔良缘"③,各级学校在1938年下半年以后更纷纷"奉命疏散"至"四郊或外县"④。到1939年下半年起当空袭频繁逐渐成为城内"日常"后,蛰居小城的外来文化人也先后离避昆明,到城外郊县赁屋居住。"本地"与"外来"文化人的先后迁居,改变了昆明城原有的文化氛围也

---

① 关于沈从文对白平阶等云南文学青年的关心与扶植,可参见笔者论文《论抗战时期沈从文对云南文坛的贡献——以"私交"为核心》,《昭通学院学报》2016年第4期。
② 冯至:《十四行诗》之《郊外》,《文艺月刊》1941年6月16日,第11年6月号。
③ 社论:《昆明乡村改进诸问题》,云南《民国日报》1940年12月30日。
④ 孟立人:《敌机轰炸下的昆明教育》,《教育与科学》1941年第1卷第9期。

开辟出新的文化空间：本地文化人尤其是各级学校疏散至乡村，日积月累的相处再伴随日积月累的救亡宣传[①]，使昆明抗战初期日益发展起来的"现代"得以从城市逐渐扩散至乡村，扩大了现代文化的影响范围——"许多文化工作者从都市疏散到乡村，这正好把文化带到荒凉的地方，广扩传播"[②]，乡村郊野由此得到以分享抗战促成的昆明城现代发展成果；而外来者同样因躲避空袭而迁居乡村的经历却改变或深化了他们对于昆明城原有的体验，造就了其与昆明城新的情感联系——"昆明乡村体验"。在这种崭新的体验中，昆明周围的乡村郊县也在外来者各自独特的视野与彼此的不同"关系"中获得了新的表达空间。

一 乡村疏散："现代"的扩大

昆明各级学校的疏散地点基本是昆明城附近的郊县，如昆华中学疏散到玉溪九龙池，昆华女中疏散到呈贡海晏镇，云大附中疏散到路南，昆华师范学校疏散至晋宁县金沙村，昆明商校疏散到马村，云南大学理学院疏散到嵩明、工学院疏散到会泽、矿冶系疏散到广通县等。由于昆明本地文化人的主体此时正是中等及以上学校的师生，所以此番疏散，本城文化力量几乎"倾巢"而出，将抗战初期积蓄的现代文化因子主要以"救亡宣传"的方式传播扩散至昆明附近的乡野。

云南大学附属中学（以下"云大附中"）疏散到了路南[③]。作为昆明东南一县，路南有石林、大叠水等风景区，昆明人士常去游玩，而且路南距滇越铁路的狗街车站只有大约四十里，交通比较便利，所以总体而言路南算是与昆明交流比较多、受昆明影响比较大的一个县城，抗战前昆明城流行的旗袍、高跟鞋、新歌曲等，时隔不久都能在这里找到踪

---

① 很多学校从1938年下半年到达疏散地后，直到空袭基本绝迹的1943年方才迁回市区原址。同时这些疏散到郊县的昆明学生们即使休假日或星期天也只有"少数同学回到昆明去"（参见火花《我们生活在马村——昆明商校通讯》，《云南日报》1940年6月2日）。较长时间居住在这些郊县，使昆明各校师生以救亡宣传为主要形式的现代"启蒙"在一个相对长的时间段内得以延续。

② 品喻：《迅速担负起我们的工作》，《云南日报·南风》1938年10月9日。

③ 1943年春，云大附中又迁往昆明东郊龙头村。

第三章　空袭与疏散：战争中文化空间的开拓（1940—1943）

影①。因为受昆明影响较大，所以云大附中在路南的救亡宣传工作也进行得较为顺利而有声有色：师生们兴办了《舵工》《火炬》等八种壁报，组建宣传队、戏剧队、歌咏组，还兴办儿童识字班，对儿童进行认字启蒙。有了云大附中的路南，街市似乎都变得和以前不一样起来：县城中心的县政府门口，高大的一堵照壁上开始天天刊登前方打仗的消息；茶馆中总是有学生用讲评书的口吻把报纸读给大家听；小城常有学生当"歌教官"，教大家唱救亡歌曲；话剧和歌剧这些以前罕见的玩意儿也经常上演，剧目有《有力的出力》《张家店》《打回老家去》等。不仅如此，云大附中高二班还为路南人特别创作了一出救亡剧目《上前线去》。这个剧的背景是日寇占领下的沦陷区，一群农民们正在辛苦地为占领者劳动，突然听到来自东北的流浪者唱"我的家，在东北松花江上……"悲愤的歌曲激起了起农民们对日寇的仇恨，于是群情激愤，一起把"监工者"作为汉奸打倒，然后相约一起"上前线去"②。值得注意的是，《上前线去》剧中的歌曲既来自昆明市内民教馆歌咏队，还来自昆明以外的《抗战歌曲》《抗战歌声》等抗战刊物，云大附中的师生们正通过诸如此类的方式，将昆明城甚至更广阔外面世界的新兴事物传输到路南，以这些"细枝末节"使昔日荒僻的县城与外界现代文化相勾连。同时，时任云大附中教师的著名诗人光未然（《黄河大合唱》词作者）更与路南县中学生阿细青年毕荣亮合作，搜集整理彝族民间诗歌《阿细的先鸡》，将这首长约两千行的长篇叙事诗在1945年交由李公朴的北门出版社出版，以此将路南传统文化的声音传递至外界，促进了路南文化在现代视野中更为广泛地传播和扩散。路南在这种种影响下的变化和由此升腾起来的活力，使舆论界兴奋地感觉到"路南在活跃中"③。而在此时任云大附中校长的杨春洲看来，城市学生带来的现代文化固然使路南"活跃"，路南却更以其自然风貌和田园氛围陶冶了城市学生的身心，因此"疏散使我们获得

---

① 吴露伽：《路南剪影》，《云南日报·南风》1935年12月20日。
② 云大附中高二班集体创作：《上前线去》，《战时知识》1939年第2卷第4期。
③ 沙袋：《把文化种子散布到荒凉的农村去》（路南通讯），《战时知识》1939年第2卷第4期。

了新的生命"：

> 外县的城池，都是那么小小的；但正因其小，束缚不了我们。我们朝朝暮暮生活在大自然中。青山绿水，田畴阡陌，是我们的良伴。朝霞暮霭，看不尽的天然图画。城市的喧嚣，被美丽的鸟声虫吟代替了。我们的生活，由美与健交织而成。
> 我们尤其高兴，这农村化的小城市，不但是读书的好环境。我们的周遭尽是纯朴的民众，尽是未经垦殖的工作地，我们喜欢得流出泪来。民众的知识荒，一经解救，等于涕饿的婴儿，突然得到了慈母的甜乳；工作的处女地，一经下手，便有丰美的收获。我们发现，我们生命力的伟大了。我们鄙夷了藐视自己的观念。我们开始认识，我们每个幸运的知识分子都是垦荒者，创造者。谁还说用武之地无英雄！谁还说英雄无用武之地！①

昆明老牌的省立昆华女中则疏散到了呈贡县海晏镇。呈贡位于昆明城东南面的滇池东岸，是一个以传统农业为主要经济支柱的地区。由于东部全为山地，利用的可能性很小，较肥沃者仅靠近滇池的西南一带，"每年米产仅供全县七万人三月之食"，因此呈贡比较贫瘠，人民受教育的程度也比较低，"全呈贡，七万多人中识字者仅五千多人"②，所以人民在辛勤的劳作中形成了"传统的纯朴民风"③。昆华女中住在海晏镇，首先进行卫生运动，"还编了几幕剧，说明卫生之重要"④。除了像在路南的云大附中一样以演讲会和游戏会作救亡宣传之外，昆华女中还在特殊的抗战纪念日以满街的漫画、壁报、标语，吸引老百姓到女中操场上一起集会，观看女中师生的演讲、舞蹈、话剧、歌咏等节目。在这些节目中，"歌剧"的宣传效果一般最佳，"听着悲壮激昂的歌声，使听众们流泪，

---

① 杨春洲：《疏散赋与我们新的生命》，《云南教育通讯》1939年第2卷第10、11期。
② 丁汀：《呈贡的教育——呈贡工作记之三》，云南《民国日报》1940年3月5日。
③ 丁汀：《得不到飞鹰旗——呈贡工作记之二》，云南《民国日报》1940年3月4日。
④ 乐生：《昆华女中中的卫生运动》（呈贡通讯），《战时知识》1939年第2卷第9、10期。

第三章　空袭与疏散：战争中文化空间的开拓（1940—1943）

兴奋"，甚至集会结束后，"群众们仍然站好，期望再看些悲壮的歌剧，经主席屡次散会，大众才带着留恋的情绪，慢慢离开会场"①。但是，或许由于呈贡相较路南更为闭塞和"古朴"②的民风，昆华女中在"融入"的过程中也不得不接受村民保守眼光的打量，有的农民便私下对女中学生说"请你们别再到我们这里了，男的女的混在一堆，我们很不爱看，同时，我们家里的女儿，为你们也不便到田里工作"③。

同样感受到乡村百姓"疏远"态度的还有疏散到晋宁的昆华师范学校（以下"昆师"）。在这个位于昆明西南方，距昆明城50多公里的县城中，老百姓们一开始都"好像把学生与他们的界限显然的划了出来，不大轻易的和学生接近"。在昆师先后兴办了民众学校和演剧展览，同时慰问各村抗战出征战士家属并积极帮助出征军人家属干农活等一系列活动后，"这样界限的观念才渐渐的消灭了下去"④。对于昆师，能最终与晋宁百姓融洽相处，或许更来源于一种有意识地"融入"态度——"我们可以显明地看见大家的服饰与过去有些差异，前后做一个检讨即知他们的生活已经农村化了，并且渐渐走上深入民间的第一阶段——生活打成一片干他们所要做的工作"⑤。从有意识地改换衣装到生活方式的"农村化"，可以看出昆师学子非常清楚，想要老百姓接受他们所宣讲的救亡理念，首先得在生活上"打成一片"，把昔日民众在自己和学生之间所划定的"界限"逐渐打破。这种自觉"深入民间"的态度，使昆师在晋宁不仅进行演剧等救亡宣传活动，还宣传卫生理念并主动打扫清洁街市，甚至给老百姓"送种牛痘"⑥、传播抗病小知识以惠及民间、争取民心。昆师学生的这一系列行为，主观上是为更好地"融入"晋宁，客观上却使这个小城在获得更多外界信息的同时，也与外界更为现代的

---

① 生：《海晏镇上纪念"三八"》（呈贡通讯），《战时知识》1939年第2卷第4期。
② 本报记者南湖：《老牌的昆华女中在呈贡疏散中，锻炼出新生命！》，《云南日报》1939年6月4日。
③ 泽林：《紧抓住群众的生活》，《云南日报·南风》1938年12月21日。
④ 王自勤：《扩大农村服务运动》，《战时知识》1939年第2卷第8期。
⑤ 權国：《记昆师三十六周年纪念会》，云南《民国日报》1939年5月17日。
⑥ 同上。

生活方式产生了千丝万缕的联系。

在昆明著名文化人、《战时知识》主编冯素陶看来,抗战初期昆明的文化发展比起内地其他地方更为"不平衡":书店、报刊等现代文化载体在昆明市区此时发展已较为"热闹",而附近乡村或交通闭塞地方的人却仍然接触不到。对此问题,冯素陶认为昆明人应该联合起来,齐心协力改善"文化流通的客观条件"①。就疏浚"文化流通"、改善文化发展"不平衡"而言,抗战中期昆明城因空袭而起的"疏散"实起到了重要作用:它使小城最主要的知识分子群体在一个相当长的时间内居住在周边郊县,由此抗战初期在昆明城内发展起来的现代文化得以"化整为零"地"在每个落后的地方活跃起来"②,成为"平衡本省文化发展的一个好机会"③;同时,"疏散"后各级学校主要工作都"以大多数的民众为对象"④,日积月累的救亡宣传与相关现代文化思想、生活方式的点滴渗透,对郊县民众无形中也形成一种"启蒙",使他们能够"大反他们以前的自封思想,孜孜地展开新的要求,欲望,向着文明化的康庄迈进"⑤。

二 桃源梦想与现实关注:外来者的昆明乡村体验

如果说,"疏散"对于本地文化人,尚意味着战争语境中一种带有集体意志与共同趋向的生活方式与文化氛围,那么它对于外来者,则从最开始就带有浓厚的个人色彩:疏散时间与地点的选择既是因人而异、与个人际遇密切相关,由之而生的"昆明乡村体验"也自然渗透彼时彼地不同之"我"的独特色彩,各不相同也难以复制。

初到昆明时先后住在市中心螺峰街、维新街的冰心,"九二八"空袭之后不久就迁居呈贡。由于丈夫吴文藻此时应熊庆来校长聘请到云大担任用英庚款设置的社会人类学讲座,算是云南省府的"上宾",冰心自己

---

① 素陶:《救救内地的文化饥民》,《战时知识》1939年第2卷第8期。
② 品喻:《迅速担负起我们的工作》,《云南日报·南风》1938年10月9日。
③ 社论:《献给到外县去的文化界人员》,云南《民国日报》1938年10月17日。
④ 陈豫源:《送戏剧到民间——巡教散记之一》,《云南日报·南风》1940年2月7日。
⑤ 光老算:《学士在茶室中》,《民国日报》1939年6月9日。

第三章 空袭与疏散:战争中文化空间的开拓(1940—1943)

在昆明也享有很高的知名度①,所以即使是"疏散",夫妇俩也得以享受某种"礼遇",住在呈贡城内望族华氏位于三台山上的优美宅邸中。在这座被冰心命名为"默庐"的寓所中,昆明乡村别有情致的美景给予疏散中的冰心希望与抚慰:

> 我为什么潜意识的苦恋着北平?我现在真不必苦恋着北平,呈贡山居的环境,实在比我北平西郊的住处,还静,还美。我的寓楼前廊朝东,正对着城墙,雉堞蜿蜒,松影深青,霁天空阔。最好是在廊上看风雨,从天边几阵白烟,白雾,雨脚如绳斜飞着直洒到楼前,越过远山,越过近塔,在瓦檐上散落出错落清脆的繁音。还有清晨黄昏看月出,日上,晚霞,朝霭,变幻万端,莫可名状,使人每一早晚,都有新的企望,新的喜悦。②

对于冰心,"默庐"之美,既在自身"这新木焕香别墅,这绮窗,这雅致花瓶"的"高雅生活情趣"③,更在于其周围视野的开阔"爽然",其容纳故友新知往来的随意潇洒:"平台的石磴上,客来常在那边坐地,四顾风景全收。年轻些的朋友们来,就欢喜在台前松柏阴下的草坡上,纵横坐卧,不到饭时,不肯进来。平台上四无屏障,山风稍劲"。这种种情致雅趣使得冰心感觉"默庐"的生活"整个是一首华兹华斯的诗!"④在这里住得"妥帖,快乐,安稳"⑤。

迥异于城市风景的昆明乡村,显然也使同样因为空袭从市中心迁往郊外的林徽因印象深刻。她眼中此番疏散的落脚点——昆明北郊龙泉镇麦地村同样"风景优美""邻接一条长堤,堤上长满如古画中的那种高大

---

① 抗战前,《云南日报》编辑张子斋就认为冰心是"五四"时代的代表作家之一,参见张子斋《"暴露罪恶"和"看罪恶"》,《云南日报·南风》1935年11月28日。
② 冰心:《默庐试笔》(上),《昆明周报》1943年第54期。
③ 刘绪贻口述,余坦坦整理:《箫声剑影:刘绪贻口述自传》,广西师范大学出版社2010年版,第154页。
④ 冰心:《默庐试笔》(上),《昆明周报》1943年第54期。
⑤ 冰心:《默庐试笔》(下),《昆明周报》1943年第56期。

笔直的松树。"① 选择麦地村作为疏散地，对于林徽因一家，更多出于"公务"考虑：由于此时迁居昆明的"中研院"史语所在"九二八"空袭之后从城内靛花巷3号搬到了昆明附近的大市集——龙泉镇的龙头村，此时已纳入史语所编制，并且依靠史语所藏书开展研究工作的营造学社也只能一同前往，安扎在龙头村附近的麦地村，作为营造学社的负责人，梁思成一家便同在麦地村安家。不同于冰心能够在县城借住当地人现成的宅邸，或许也由于麦地村并没有合适的居所，梁思成一家只得自己动手建造房屋。对于这对建筑师夫妇，此时的建构家园却并不是一个构建心中蓝图的浪漫过程——在恶劣的经济环境下他们不得不"为争取每一块木板、每一块砖，乃至每根钉子而奋斗"，最后花了比原计划高三倍的钱，"把我们原来就不多的积蓄都耗尽了"②，建成了"甚至不足以'蔽风雨'"的简陋居室。因为建房子耗尽积蓄，所以请佣人便超出了梁家的支付能力，做家务并不拿手的林徽因此时只能自己动手料理家事。对于林徽因，昔日在北平总布胡同在诸多佣人协助下料理家事尚懊恼生命的浪费，如今在昆明乡下亲自动手照料家人衣食，对心思敏感细腻、身体状态又本就不佳的她更是一种折磨："我一起床就开始洒扫庭院和做苦工，然后是采购和做饭，然后是收拾和洗涮，然后就跟见了鬼一样，在困难的三餐中间根本没有时间感知任何事物，最后我浑身痛着呻吟着上床，我奇怪自己干嘛还活着。这就是一切。"③ 在这样的生活状态下，即使同样注视着昆明乡村的美丽景物，麦地村却无法像呈贡于冰心那样，提供给这位女建筑师以更多的愉悦与抚慰——她无法像尚有余裕"在林中携书独坐"④的冰心那样享受乡居的闲情逸致，此时忙于与生活搏斗的她不仅无暇写诗，仅有的创作中即使仍强打精神、努力乐观面对战争中国家和个人的前途命运，却也难以掩盖其中"生之穿插凌乱而琐屑"以

---

① 林徽因1940年9月20日致费慰梅、费正清夫妇信，《林徽因全集》第2卷，新世界出版社2012年版，第233页。
② 同上书，第234页。
③ ［美］费慰梅：《梁思成与林徽因——一对探索中国建筑史的伴侣》，曲莹璞等译，中国文联出版公司1997年版，第132页。
④ 冰心：《默庐试笔》（上），《昆明周报》1943年第54期。

第三章 空袭与疏散:战争中文化空间的开拓(1940—1943)

及"天地无穷,人生长勤"①的无奈感触。

麦地村艰难的乡居生活使林徽因旧病复发,并成为其"健康人的最后一个时期"②。同样受到昆明乡村生活折磨的,还有1938年10月抵达昆明、此时与吴文藻一样应校长熊庆来邀请任教云大的顾颉刚。这位刚到昆明不久的历史学家忧心空袭,在1938年年底迁居距离昆明城区两个小时路程的北郊浪口村,"从此予遂得乡居矣"③。对于这个"其地距昆明城二十里,盘龙江三面环之,危桥耸立,行者悚惶,雨后出门,泥潦逾尺,荒僻既甚,宾客弥稀"④的小村,顾颉刚起初最满意的正是它的"荒僻"——这个只有"不到四十家人家的小小村庄"⑤,地处偏远,人迹罕至,但这种"清静生涯"却正利于他躲避昆明城内各种应酬往返,修养身体(尤其是治好困扰顾颉刚多年的神经衰弱),所以顾颉刚说:"此生从未度此清静生涯,在久厌喧嚣之后得之,更有乐乎斯,遂尽力读书写作"⑥。

"乡居"起初正完美地配合了顾颉刚此时闭门谢客、一心治学的计划:浪口村的荒僻幽静,使得居住其中的顾颉刚腾出大量时间读书写作,从其日记记载来看,"乡居"中的他阅读著述不断,进度惊人,1938年12月到1939年7月仅著述(含编写讲义、报纸发表文字、笔记、论文等)就有约二十五万字⑦。同时,此番"乡居"还使顾颉刚有了"超出都市而入农村,超出中原而至边疆"的不同治学视野,从而"从实生活中发现可以纠正前人成说者不少","足以破旧立新,较之清人旧业自为

---

① 林徽因:《彼此》,《今日评论》1939年第1卷第6期。
② 梁从诫:《倏忽人间四月天——回忆我的母亲林徽因》,《不重合的圈》,百花文艺出版社2003年版,第54页。
③ 顾颉刚1938年12月1日日记,《顾颉刚日记》第4卷(1938—1942),(台北)联经出版事业股份有限公司2007年版,第168页。
④ 顾颉刚:《浪口村随笔·前言》,《责善半月刊》1940年3月创刊号。
⑤ 参见向仲《我们疏散在乡下》,《中央日报·平明》1939年第42期。
⑥ 顾颉刚:《浪口村随笔序》,《顾颉刚学术文化随笔》,中国青年出版社1998年版,第333页。
⑦ 顾颉刚:《顾颉刚日记》第4卷(1938—1942),(台北)联经出版事业股份有限公司2007年版,第181—183页。

进步"①。这些随意而发却往往有"破旧立新"之意义的随笔后来结集为著名的《浪口村随笔》，成为顾颉刚此番"乡居"生涯的一种"总结"。对此种种成绩，顾颉刚也觉"大足自慰"，并认为"苟不住乡间，便不得有此矣"②。对"乡居"的满意使得顾颉刚甚至特意书写对联一副，曰："天下方多事，山中可久留"③。显然，对于此时的顾颉刚，昆明郊外荒僻的乡村成为不仅能够隔绝外界纷繁战乱、更得以实现心中久藏的治学理想的桃源之地。

打破顾颉刚"乡居"美好心境的，却是小小的苍蝇蚊虫。移居浪口村的前几个月，顾颉刚显然正沉醉在视为理想的治学环境中无暇他顾。1939年3月23日，乡居三个月的他却发出了这样的埋怨："日日打苍蝇，五天来当有二千头上矣，而蝇至仍不减少，乡下生活真非我辈都会中人能过"④——显然，"打苍蝇"已经持续了一段时间，而且日复一日持续不断地"打苍蝇"已经引起顾颉刚心境的改变，对"乡居"的心态也开始由此改变，甚至产生了懊恼沮丧之感。有此"开始"之后，由"苍蝇"引起的卫生问题便日渐凸显，成为越来越困扰他的一种严重折磨，后来虽特意装了窗纱减少了苍蝇的侵扰，但又"夜间为蚊虫及跳蚤所苦，不能酣睡"⑤。"不能酣睡"对一般人影响不大，但对长期被神经衰弱折磨而失眠严重的顾颉刚却是一个大问题，此段时间他几乎夜夜失眠，"如此剧烈失眠，为十余年来所未有"⑥，可见蚊虫对其影响之大。几个月后，顾颉刚在1939年9月即离开昆明前往成都。此种人生际遇的选择，除了昆明空气稀薄不利于其心脏之外⑦，乡居卫生条件差引起的"虫患"显然也是一个重要的原因：在他1940年7月24日写给国民党政府要员朱家骅的信中，即陈述自己"在浪口村中，苦于苍蝇之多，满屋满桌，扑打不完，

---

① 顾颉刚：《顾颉刚读书笔记》，中华书局2010年版，第4705页。
② 顾颉刚：《顾颉刚日记》第4卷（1938—1942），（台北）联经出版事业股份有限公司2007年版，第183页。
③ 同上书，第200页。
④ 同上书，第212页。
⑤ 同上书，第241页。
⑥ 同上书，第243页。
⑦ 同上书，第195页。

第三章 空袭与疏散：战争中文化空间的开拓(1940—1943)

以致不能作事"[①]的困境——可见，初遇时谓之得偿夙愿的昆明乡居生活在此时顾颉刚眼中已然"变质"，不仅不复当初之美好，更成为阻碍其治学"作事"的一种严重障碍。

但是，"虫患"之苦加之于顾颉刚，却并没有使他对昆明乡村的感受停留于简单的埋怨或不满，而是上升为思考，由浪口村反思中国乡村现代发展的严重滞后及亟须变革的迫切要求。顾颉刚选择在与他交往颇多，在云南也最有影响的《云南日报》上发表此番考虑。1939年7月16日及23日，顾颉刚在《云南日报》上连载《农村卫生不可不严重注意——这是中华民族生死关头的大问题》之"星期论文"，由自身际遇出发呼唤国人对于中国乡村卫生问题的关注。在这篇文章中，顾颉刚陈述其写作缘由是"只因所见的农村情形太过伤心惨目"，"在病榻上想了又想，便不忍不大声疾呼"。文章首先自我谴责，认为"我们这一阶层的人""自问生活起居不愧为二十世纪的一分子"，"哪里知道就在中国的国土里，甚至于就在都会的十里以外，他们过的还是草昧初开的生活"，并指出"现在的乡村人民不但比城市人民痛苦，而且比古代的乡村人民也痛苦，因为他们所享受的不是现代的福利而只是现代的毒害，这种毒害是古代的农民所梦想不到的"，因此应"破除对乡村生活的理想化"，而关心乡村的现实问题——重点如"农村卫生"。而对于这个问题的解决，顾颉刚认为"现在城市人民为了避免敌机的轰炸，大批疏散到乡间，这正是把城市中人的卫生常识传播到乡村的绝好机会"，而"农村卫生是建国的主要事业"，这正是青年们把"唤起民众"口号落实的绝好机会。

外来者彼此参差的视角正构筑着各不相同的昆明乡村体验——当顾颉刚痛感昆明乡村"草昧初开"、倡导它由改变卫生状况入手的现代性变革时，却自有一些外来者，反而从其远离"现代"尘嚣的田园氛围中得到乐趣和滋养，例如赵萝蕤。这位与丈夫陈梦家一起南迁昆明的燕京才女，因为西南联大夫妇不可就职同一个学校的规定，在一段较长的时间

[①] 顾颉刚：《顾颉刚日记》第4卷（1938—1942），（台北）联经出版事业股份有限公司2007年版，第409页。

内成为专职主妇①。空袭来临之后,赵萝蕤同林徽因一样迁居龙泉镇②,住在龙泉镇的桃园村。桃园村的乡居生活中,作为主妇的赵萝蕤与林徽因一般需要承受整日专司"洗衣抹地,淘米烧菜"③的家务,也与顾颉刚同样面对"周遭扑面迎人呜嗡呜嗡的一群苍蝇,各不相涉"④的卫生问题,但或许因为年轻(1912年出生的她到昆明时方始28岁)健康,又方始新婚(1936年结婚)不久,正是朝气蓬勃对世界充满希望和好奇的时候,于是在赵萝蕤眼中,上述问题似乎并不影响她"乡居"的兴致,此时更为吸引她的是昆明乡村相较她所习惯居住的城市那独特而永恒的美感:

> 乡村景物自古以来,已成定论;而且永不受时光的改变。鸡还是在树颠上叫,狗也还是在小巷子里汪汪着。一个个村子总是那么远,早晚三两餐的炊烟又不绝的绕在山上。在城里当然只是房子,房子,街,街,街,纵然有天,也没有多少人去看它,只是屋角或街边上的一块。况且城里人都躲在房里,街上站着看天的人也还是不多。在乡下就不同了。就在房子里也不得不常常的看见天,若在外面则都是天,各种的天,红黄蓝白黑,还有许多高低肥瘦不同的山,弯弯曲曲的路,坡,小沟,笔直通天的河堤,乱七八糟而又自有顿挫的树,小桥,石桥,烂木桥,秃田,泥田,麦豆稻田,和青而银白,黄而金亮的各种摇摆不定或静穆无声的庄稼。⑤

在家世优越成长于都市的赵萝蕤眼中,昆明乡村的美好正在其区别于城市的特质中展开。这种"就在房子里也不得不常常的看见天,若在

---

① 后到云南大学和云大附中任教。
② 龙泉镇离顾颉刚所住浪口村也不远,"就在浪口东面的一里许"(向仲:《我们疏散在乡下》,《中央日报·平明》1939年第42期)。
③ 赵萝蕤:《一锅焦饭 一锅焦肉(昆明通讯)》,见《读书生活散札》,南京师范大学出版社2009年版,第5页。
④ 赵萝蕤:《记桃园村》,《读书生活散札》,南京师范大学出版社2009年版,第21页。
⑤ 赵萝蕤:《龙泉杂记》,《读书生活散札》,南京师范大学出版社2009年版,第34页。

第三章 空袭与疏散:战争中文化空间的开拓(1940—1943)

外面则都是天"、与大自然朝夕相处的乡村生活较之于只由房子和街道构成、远离自然的城市生活魅力无穷,更何况如此景物还有"永不受时光的改变"的深邃历史感。赵萝蕤觉得如此乡村美景可以"激发性情",甚至"足可使我还是继续不断的烧饭洗衣而不怨"①。昆明乡村美景所激发的"性情",使她在亘古不变的自然景物中归于内省,体会"平凡的好处"②。对于赵萝蕤,这种"好处"存诸乡村之"景",甚至使"村子里的茅厕也有景致"③,更存诸乡村之"人":常常照应她的大爹大妈们,送大柿花给她的隔壁大脖子老婆婆,送一瓦盆的豆浆给外来者当早饭的豆腐担,和她结成忘年之交的质朴而有趣的张发留……即使是彼此之间并无发生实质联系的普通村民、庵子里的老尼姑,甚至乡间带笑的小姑娘,他们那种"一览无遗"④的淳朴自然,对陌生外来者的亲切友好,都使身处其中的赵萝蕤入眼有趣、心存温馨。这些乡间"平凡的好处"不仅隔绝外界战争磨难、现实困扰,营造出别有意趣的生存空间,更使赵萝蕤在精神上感到桃园村不仅是"避难所","亦勉能像不知今是何世,乃不知有汉,无论魏晋的桃源了"⑤。

如果说,昆明乡村的"不变"与"平凡"对于赵萝蕤尚属于审美趣味的开掘,那么对于冯至,如此乡村体验则成为战乱时局中开解精神困局的一把"钥匙"。1940年9月30日的大空袭发生后,冯至在城东怡园巷的房屋后院被炸出一个深坑,屋内则玻璃粉碎、到处是灰尘,还不知从什么地方飞来一块又长又扁的石头,屋子已不能居住。冯至一家只能搬离市区,迁往昆明金殿山后一个林场内的茅屋里。这座林场属于冯至在同济大学的学生吴祥光的父亲,在冯至的描述中,它离昆明市区并不算太远,"走出大东门,沿着去金殿的公路,约七八里到了小坝,再往前走过路左边的菠萝村,向右拐不远是一个名叫云山村的小村落,此后便顺着倾斜的山坡上弯弯曲曲的小径,走入山谷,两旁是茂密的松林。林

---

① 赵萝蕤:《龙泉杂记》,《读书生活散札》,南京师范大学出版社2009年版,第34页。
② 同上书,第35页。
③ 赵萝蕤:《记桃园村》,《读书生活散札》,南京师范大学出版社2009年版,第23页。
④ 赵萝蕤:《龙泉杂记》,《读书生活散札》,南京师范大学出版社2009年版,第35页。
⑤ 同上书,第39页。

场所在的山叫做杨家山"①。

但是，这个离市区并不遥远的林场却有着与城市迥然不同的风貌：冯至所住的茅屋周围四五里都没有人家，周遭风物"在人类以外，不起一些变化，千百年如一日，默默地对着永恒。其中可能发生的事迹，不外乎空中的风雨，草里的虫蛇，林中出没的走兽和树间的鸣鸟"②；冯至一家搬到这里所遇见的第一个人——一位放牛的老人，"他会坐在门前的一块石墩上，两眼模糊，望着一条水牛在山坡上吃草。他看见我们几个从城里来的人，我不知道他怎样想法，可是从他毫无表情的面上看来，他是不会有什么感想的。他好比一棵折断了的老树，树枝树叶，不知在多少年前被暴风雨折去了，化为泥土，只剩下这根秃树干，没有感觉地蹲在那里，在继续受着风雨的折磨；从远方望去，不知是一堆土，还是一块石，绝不会使人想到，它从前也曾生过嫩绿的树叶。他听话也听不清楚，人类复杂的言语，到他耳里，都化为很简单的几个单音"③。

可以看出，在冯至眼中，此时杨家山林场最为打动他的，正是周遭自然风物无不带有的那种迥异于城市，"在人类以外，不起一些变化，千百年如一日，默默地对着永恒"。对于抗战初期从吴淞一路"逃难"至昆明，又在此地刚刚经受了毁灭家园的大空袭的冯至，亲身经历的这种种"地变天荒"和颠沛流离，更使他感到这种永恒不变的"静"实在弥足珍贵：这种"静"在与战乱现实的对比中展开，似乎在此时的人世间能隔绝周遭、自成一体，拥有着足以安慰饱受战争困扰的外来者内心的力量。同时，对于冯至，杨家山农场的"静"又绝不是一种抽象概念，而是承载于林家山农场若干灵动而自在的自然风物中：那把"不管是时间或空间把他们隔离得有多么远"的生命联系起来，使他们彼此"声息相通"的溪流，开遍了山坡，"谦虚地掺杂在乱草的中间"却"没有卑躬，只有

---

① 冯至：《昆明往事》，《冯至全集》第4卷，河北教育出版社1999年版，第354页。
② 冯至：《一个消逝了的山村》，《冯至全集》第3卷，河北教育出版社1999年版，第46页。
③ 冯至：《一棵老树》，《冯至全集》第3卷，河北教育出版社1999年版，第41页。

第三章　空袭与疏散：战争中文化空间的开拓(1940—1943)

纯洁；没有矜持，只有坚强"①的鼠曲草，"每瞬间都在生长，仿佛把我们的身体，我们的周围，甚至全山都带着生长起来"②的有加利树……这些具体鲜活的"物"将边地山村静谧中蕴含的永恒力量以独特的生命形式承载，给予此刻正承受十年"不惯于写诗"③精神困境的冯至无言的震撼与真切的启示，正是"风声雨声，声声入耳，云形树态，无不启人深思"④。

这些"物"以各自独特而鲜明的形象，以及与诗人之间无声而深切的"感应"，将此前沉浸在德国哲学思想和里尔克诗歌艺术中的冯至从形而上的"抽象"中拉出，又以它们共同所组成的宁静自足、自成一体的生存状态，安抚诗人面对"眼前的人世太纷杂"、要"怎样运行，怎样降落，/好把星秩序排在人间"（冯至《十四行集》之第8首⑤）的精神困局。可以说，冯至其后在杨家山林场所创作的《十四行集》，其诗情正是被与现实之"变"形成鲜明对照的昆明郊外林场之"静"召唤而出，而诗集以大至山川原野，小至有加利树、鼠曲草等林场所见风物作为意象，以从这些意象中获得的启示——面对世事纷纭而我自"屹然不动""静默"以对的价值坚守来开解这战争中面对外界纷纭的精神困局。当这种精神困局在"物我合一"的相融过程中终得化解，冯至的昆明乡村体验也随之在《十四行集》中获得"定形"⑥。

生存境遇与体验方式的不同，使疏散中的昆明本地文化人与外来知识分子同样居住乡村，却成为"来源"与"流向""形态"与"面貌"

---

① 冯至：《一个消逝了的山村》，《冯至全集》第3卷，河北教育出版社1999年版，第48页。
② 同上书，第49页。
③ 冯至：《十四行集·序》，《冯至全集》第1卷，河北教育出版社1999年版，第213页。
④ 冯至：《昆明往事》，《冯至全集》第4卷，河北教育出版社1999年版，第353页。
⑤ 这首诗在结集出版的《十四行集》中排列第8，但冯至在《十四行集·序》中自述这是他十四行诗中最先写出的一首（《冯至全集》第1卷，第213—214页）。笔者认为，这首诗正是冯至十四行组诗中提出问题——自我在战乱现实中的精神困局——之"总诗"，而组诗中其余各诗则是从不同角度来化解这一精神困局。
⑥ 关于冯至《十四行集》创作前后心理转变，可参见笔者《从浪漫抒情到现代体验：论冯至前期诗歌创作的转型》，硕士学位论文，北京师范大学，2004年。

都存在差异的"不同的河水"①,以彼此并不相同的"昆明乡村体验",建构出战争中更为丰富斑斓的文学表达空间。但是,这些"不同的河水"却也有着某种"共通":在同样心系抗战、关注家国命运的同时,他们也同样没有忽视脚下土地在"抗战建国"大背景下的建设和发展——当本地文化人冯素陶心忧战时昆明文化发展的"不平衡",想努力联合昆明人一起改善"文化流通的客观条件",以此改变闭塞的乡村风貌时,作为外来知识分子的潘光旦也正着眼于此,以建设性的眼光来关注"疏散"。在潘光旦看来:"乡村经济的凋敝、文化的落伍,以及土劣的把持、与民生的愁苦所唤起的社会革命,总有一大部分,直接可以推原到人才的缺乏,而间接可以推原到不健全的教育制度所引起的青年都市移动",鉴于如此忧虑,潘光旦认为此时因空袭而起的疏散就有了它独特的价值:"它可以教一部分优秀的都市人口,重新回到乡村",由此"一方面可以替乡村增加经济的生产力与文化的创造力,从而提高一般的经济生活与文化生活;一方面更可以培养个人的生存与生殖的力量,从而促进整个民族的活力",依此途径,"疏散"大有可能"作为建国时期里都鄙人口彼此协调发展的张本"②。

对于外来知识分子群体,潘光旦的想法显然不是"个例"——在本地学生借助"疏散"在乡间开展"救亡宣传"、以此将城市现代文化多少"流通"到乡间的同时,外来知识分子也以各自不同的方式促进着乡村文化的"协调发展",如顾颉刚对乡村卫生问题的撰文呼吁,陈达率领的清华国情普查研究所对官渡、呈贡等昆明周围县镇的考察和调研③。孙伏熙等外来学者"以学术的立场"④为呈贡县编辑县志续编等。对于昆明而言,这些活动中意义最为深远的或许要数外来文化人对其郊县教育工作的积极参与。

单说昆明东南小县城呈贡,原本教育经费不够,师资也缺,县中初

---

① 冯至:《郊外》,组诗《十四行诗》第2首,《文艺月刊》1941年6月号。
② 潘光旦:《论疏散人口》,《益世报》1939年9月3日。
③ 可参见陈达《浪迹十年之联大琐忆》之"国情普查研究所"部分,商务印书馆2013年版,第188—210页。
④ 1944年作家生活自述特辑之孙伏熙自述,《当代文艺》1944年第1卷第4期。

第三章 空袭与疏散：战争中文化空间的开拓（1940—1943）

中同简师在一起，"图书馆至为空乏"①，教育程度比较落后。在这教育"贫瘠"之地，"疏散"而来的外来者却发挥了自己的作用：沈从文张充和夫妇就都在呈贡育侨中学教过书。新中国成立后沈从文撰文《忆呈贡和华侨同学》，还特别提到其时教学中的一个小细节：当年的呈贡仙人掌很多，他便告诉育侨中学的学生们，呈贡难得的榆叶梅在北京很常见，北京难得的却是呈贡遍地都是的仙人掌，从中"以小见大"，得出"同样一种东西，天南地北情形大不相同"②的道理。时隔多年后还有如此清晰的记忆，可见当年不长的教学生活实在给沈从文留下了愉快而难忘的印象。同时，沈从文夫妇还与联大教授陈达、燕树棠、赵凤喈、戴世光，研究生倪因心、沈如瑜等，云大教授费孝通、陶云逵及冰心等先后在当时呈贡唯一的中学——呈贡县立初级中学教授过高中班。这些外来者的教学"业绩"斐然，使这个学校"连续几届初中毕业生的成绩，都名列全省前茅，尤其是高中班，十五人毕业，九人考取大学，升学率达60%，为呈贡中学赢得了很高的声誉，在校史中增添了闪光的一页"③。其中冰心除了在呈贡县立初级中学和呈贡简易师范（两校一体，一个校址挂两块牌子）义务任教外，还为呈贡简易师范撰写了字词优美而意蕴深远的校歌歌词："西山苍苍滇海长/绿原上面是家乡/师生济济聚一堂/切磋弦诵乐未央/谨信弘毅校训/莫忘来日正多艰/任重道又远/努力奋发自强/为国造福/为人民增光"④，使战争中的外来文化人与呈贡结下了永恒的文化连接"纽带"。外来文化人不仅参与呈贡本来的学校教育，还自己兴办学校：住在沈从文家楼下的孙伏熙就创办了难童学校，"解决因战争而不得不逃到内地来的无家孩子上学问题"，沈从文夫人张充和也义务在这个学校执教。从这些外来者在呈贡进行教育"垦荒"的细枝末节中，我们可

---

① 丁汀：《呈贡的教育——呈贡工作记之三》，云南《民国日报》1940年3月5日。
② 沈从文：《忆呈贡和华侨同学》，《沈从文全集》第十二卷，北岳文艺出版社2002年版，第310页。
③ 楚开宗：《解放前呈贡中学校史略》，呈贡县政协1987年编《呈贡文史资料选辑》第1辑，第45页。
④ 冰心：《呈贡简易师范学校校歌歌词》，《冰心全集》第3卷，海峡文艺出版社1994年版，第174页。

以鲜活地感受到疏散中的他们在边陲乡野进行知识传授与思想传播的热忱与努力。对于这片乡野,外来的他们却与本地文化人"有同样的警醒/在我们的心头,/是同样的运命,/在我们的肩头",这种对于脚下土地互通的感情与责任感,使"外来"与"本地"文化人原本不同的人生轨迹在疏散中终得"融成一片大海"①,以现代文明的启蒙和传播合力点滴改变着抗战时期昆明乡村郊县的文化面貌。

第三节　沈从文的呈贡:心灵栖息地与现实观测点

对于寄居昆明的大多数外来者,疏散而至的乡间不过是空袭中避难的暂时居所,但对于沈从文,此时居住的呈贡却或许有着更为特殊和深远的意义。

一　心灵栖息地

1938年4月30日,沈从文在战火中南迁至昆明,与杨振声、萧乾等同住城内翠湖东面的青云街,继续从事教育部委托的国文教科书编撰工作。夫人和孩子来到昆明后,一家人在1938年底搬到青云街附近北门街上蔡锷的旧居安家。1939年空袭日益频繁后,和众多外来文化人一样,沈从文也准备把家搬到乡下去,到昆明郊县寻觅居处的工作在这一年的5月间开始进行。

在《绿魇》中,沈从文详细描述了他来到昆明东南小城呈贡寻觅住处的历程,当第一次看到其后寄居了5年多的龙街杨家大院时,这个小小院落给予他相当的震撼和惊喜:

> 这房子第一回给我的印象,竟简直像做个荒唐的梦。那个寂静的院落,那青石作成的雕花大水缸,那些充满东方人将巧思织在对称图案上的金漆槅扇,那些大小笨重的家具,尤其是后楼那几间小

---

① 冯至:《十四行诗》之《郊外》,《文艺月刊》1941年6月16日,第11年6月号。

第三章 空袭与疏散：战争中文化空间的开拓（1940—1943）

套房，房间小小的，窗口小小的，下午三点左右一缕阳光斜斜从窗口流进，由暗朱色桌面逼回，徘徊在那些或黑或灰庞大的瓶罂间，所形成的那种特别空气，那种希有情调，说陌生可并不吓怕，虽不吓怕可依然不易习惯，真使人不大相信是一个房间，这房间且宜于普通人住下！可是事实上，再过三五天，这些房间便将有大部分归我随意处分，我和几个朋友，就会用这些房间来作家了！①

龙街是呈贡县城南门外的一个小镇，原名"云龙"，是本县最大的集市，"龙街"（或"龙街子"）是其俗名。对于沈从文，龙街上的杨家大院在拥有"那种特别空气、那种希有情调"的精美别致外，更难得的是还有"许多关于这个房子的历史传说"："修路搭桥，一生做了多少好事"的老主人用整整十二年时间，下山一根一根找来橡子柱子，修建这所精美房子，大门门闩、雕花石鼓乃至那些搬不出房门的大木床，"哪一样不是我们县里第一"；房子动工时又挖到地里藏着四水缸白银元宝，房子修好后为免"耗折福分"不让年轻小辈居住，让四个木匠在屋子里做寿木，整整做了一年完工后老主人也同时死去……这些掺杂着事实与传奇、淳朴人性"本来"与"愿望"的传说附着在杨家大院上，更让它对终生迷恋民间传奇的沈从文产生了无可替代的诱惑，让他觉得这所房屋"单就将近半个世纪生存于这个单纯背景中所有的哀乐式样，就简直是一个宝藏，一本值得用三百五十页篇幅来写出的动人故事！"②

可以看出，杨家大院本身对于沈从文已成为"美"（沈从文价值观中最高层次）的化身，其中有民间艺术的独特精巧，更有乡村人物"完全贴近土地的素朴的心，素朴的人生观"③。更何况，走出杨家大院的呈贡龙街，还有那一片沈从文念兹在兹、永难忘怀的"自然"：在沈从文学生萧望卿的"即时"描述中，走出杨家大院，会看见"山上的草给露水敷

---

① 沈从文：《绿魇》，《沈从文全集》第12卷，北岳文艺出版社2002年版，第141—142页。
② 同上书，第143—144页。
③ 同上书，第143页。

成粉绿,向远处漾去。路边的仙人掌两线绵延不断,红黄的小花,光习辉在绿丛中",而置身于此的沈从文会"像在一些最亲密的老朋友中走着,虔迄地向她们送出深深的爱怜。他以为花木有神性,人心跟她接触,常感到生命的神秘、庄严,和净化灵魂的力量。他对于宇宙一切的现象都有兴趣,甚至一粒尘埃也用真挚的温爱去抚摩她"①。而由杨家大院所在的龙街望出去,更会有优美自然和鲜活人物交织而成的乡村"风俗画"映入眼帘:"一片平野,远接滇池,风景极美,附近多果园,野花四季不断地开放。常有农村妇女穿着褪色桃红的袄子,滚着宽黑边,拉一道窄黑条子,点映在连天的新绿秧田中,艳丽之极。农村女孩子,小媳妇,在溪边树上拴了长长的秋千索,在水上来回荡漾。"②

　　从上述沈从文亲友对龙街杨家大院周围环境的描写,已可看出当时呈贡尚未受到外界战争或"现代"侵袭、自足恬静的乡村美景。此时的呈贡和昆明城郊的大多数郊县一样,"有不少人民还在过其浑浑噩噩之初民生活"③,而呈贡在这些郊县中又尤为"贫瘠","在东部全为山地,利用的可能性很小",较肥沃者仅靠近滇池之西南一带,"每年米产仅供全县七万人三月之食",因此"一切建设都受到莫大的影响",呈贡民众也形成了"勤苦俭朴的传统美德",这里既没有大地主也没有"什么了不起的特殊身份者",自给自足的生活模式"形成了纯朴的美德"④。同时,人民受教育的程度也比较低,"全呈贡,七万多人中识字者仅五千多人"⑤,所以人民在辛勤的劳作中形成了"传统的纯朴民风"⑥。可见,呈贡即使在昆明这样的偏僻小城中地位也属"边缘",经济贫瘠而民风淳朴。居住

---

① 萧望卿:《我第一次拜访作家》,云南《民国日报》1943年10月14日。该文章为笔者所发现的一篇佚文。萧望卿是沈从文在西南联大的学生,此文正叙述他到呈贡龙街杨家大院拜访沈从文的经过,对沈从文其时"乡居"生活有珍贵的"即时"描述,可参见笔者论文《沈从文昆明时期的乡居与"从游"——从萧望卿〈我第一次拜访作家〉谈起》,《新文学史料》2016年第3期。

② 张充和:《三姐夫沈二哥》,转引自刘红庆《沈从文家事》,新星出版社2012年版,第101页。

③ 社论:《昆明乡村改进诸问题》,云南《民国日报》1940年12月30日。

④ 丁汀:《呈贡社会剪影——呈贡工作记之一》,云南《民国日报·驼铃》1940年3月1日。

⑤ 丁汀:《呈贡的教育——呈贡工作记之三》,云南《民国日报》1940年3月5日。

⑥ 丁汀:《得不到飞鹰旗——呈贡工作记之二》,云南《民国日报》1940年3月4日。

第三章 空袭与疏散：战争中文化空间的开拓（1940—1943）

在这个充满"自然，幽秀，与农村习俗的古朴"①的小镇，对此时的沈从文而言，则有着特别的意义。

抗战爆发之后，沈从文从北平一路南行来到昆明，其间回到湘西老家居住了3个多月。来到昆明之后，他汇集回乡所感所思，陆续写出小说《长河》和长篇散文《湘西》。在这两部作者自述是写给乡村的"外来者"阅读、希望"可以燃起行将下乡的学生一点克服困难的勇气"的作品中，沈从文力图记录的是大时代变革中湘西"一些平凡人物生活上的'常'与'变'，以及在两相乘除中所有的哀乐"②。而事实上，如果说昔日《边城》写的是湘西充满美感的"春天"，那么《长河》和《湘西》记录的就是湘西原有美好开始变化，甚至行将丧失的"秋天"。正如《长河》中老水手的感叹："好看的总不会长久、好碗容易打破，好花容易冻死，——好人不会长寿，恶汉活千年，天下事难说！"③ 在沈从文的潜意识中，原本越是美好珍贵的东西越是容易丧失，而此刻他视为精神乌托邦的"湘西"，则更在遭遇异质"现代"和"战争"的双重侵入下已经发生巨变，身处在他曾赋予诗情画意的乡民们间，则更面对"如何活；如何活不下去，如何变；如何变成另外一种人"④的艰难挑战。目睹昔日精神家园湘西在大时代变革中的这种种变化，使得沈从文极感困惑与痛苦，甚至"对历史感到悲哀"⑤。

对于身处昆明的沈从文，湘西作为生活地点早已远离，同时湘西所代表的审美乌托邦也日益丧失，他正经历精神价值归属的"失重感"⑥。更加剧这种"失重感"的，是战争巨变中个人价值与自我定位的急剧变动。战争来临之前的几年中，沈从文通过一系列作品尤其是《边城》的巨大成功，从文坛边缘的"乡下人"逐渐进入了北平文坛的"中心"。成功的创

---

① 本报记者南湖：《老牌的昆华女中在呈贡疏散中，锻炼出新生命！》，《云南日报》1939年6月4日。
② 沈从文：《长河·题记》，《沈从文全集》第10卷，北岳文艺出版社2002年版，第6页。
③ 沈从文：《长河》，《沈从文全集》第10卷，北岳文艺出版社2002年版，第169页。
④ 沈从文致张兆和，1938年7月28日，《沈从文全集》第18卷，北岳文艺出版社2002年版，第313页。
⑤ 沈从文致张兆和，1938年7月29日，吴世勇编《沈从文年谱》，天津人民出版社2006年版，第207页。
⑥ 参见凌宇、张森《论沈从文昆明时期的文学创作》，《中国文学研究》2006年第1期。

作之外，他又主持编辑很有影响力的《大公报·文艺副刊》，并以此为阵地培养了一批青年作者，事实上成为此时"京派"文学流派的"核心"人物①；同时他在社交领域进入林徽因所组建的"太太的客厅"，与胡适、金岳霖、钱端升、张奚若、陈岱孙等著名学者常相会晤交流，成为这个在北平拥有深刻影响力的"公共空间"之一员②。对于沈从文，上述职业与社交领域的成绩更加确认和加深了其"新文学作家"的自我身份认定，甚至自视为新文学创作的"专门家"③。如果没有战争的来临，沈从文按此"专门家"的轨迹继续发展——继续写几部自我与外界共同认可、经得起时间检验的"新经典"④，同时以《文艺副刊》和文艺沙龙为基点扩充自己的文学声名，"从个人工作上证实个人希望所能达到的传奇"⑤，沈从文或许便不会陷入20世纪40年代的精神"迷失"。而事实上，当20世纪30年代末的沈从文骤然发现自己身处昆明的时刻，战争使得他既远离其获得身份确认的地点"北平"，赖以实现文学理想的报纸副刊和文艺沙龙都已成为明日黄花，"一切书呆子的理想，和其他人的财富权势，以及年青一辈对生活事业的温馨美梦，同样都于顷刻间失去了意义"⑥。而同时，战争所急需的救亡宣传和民众召唤又使文学"宣传家"地位俨然与"专门家"并驾齐驱甚至凌驾其上⑦，沈从文的不甘、苦闷与无奈便接踵而来：他在

---

① 参见周仁政《论后期京派文学》，《文学评论》2001年第5期。
② 参见王宇《讲述林徽因的意义：妇女与中国现代性个案研究》，《学术月刊》2015年第6期。
③ 沈从文：《一般与特殊》，《今日评论》1939年第1卷第4期。
④ 沈从文：《长庚》，《沈从文全集》第12卷，北岳文艺出版社2002年版，第40页。
⑤ 沈从文：《水云》，《沈从文全集》第12卷，北岳文艺出版社2002年版，第110页。
⑥ 沈从文：《从现实学习》，《沈从文全集》第13卷，北岳文艺出版社2002年版，第386页。
⑦ 关于沈从文对此时期"一切文字都是宣传"口号的不满，以及自视新文学创作"专门家"因而对战争形势下兴起的"宣传家"的不屑，可参见沈从文《一般与特殊》一文（刊载于《今日评论》1939年第1卷第4期）。文章认为抗战时提倡用文字作宣传工具，于是少数专家的特殊知识已变为多数人的一般化知识了，其证据之一便是"许多地方'文化人'忽然加多"。对此现象沈从文显然并不认同。他更为赞赏的，是看似缺少战争的英雄性、装点性，却"真正贴近着战争""对于中华民族的优劣，作更深的探讨，更亲切的体认，便于另一时用文字来说明它"的"埋头做事""沉默苦干"的专门家，然而这种人常常不免被某种"文化人"所奚落（似有现实所指）。沈从文认为"社会真正的进步，也许还是一些在工作上具特殊性的专门家，在态度上是无言者的作家，各尽所能来完成的"。

第三章　空袭与疏散：战争中文化空间的开拓（1940—1943）

来昆初期拒绝老舍的人事安排，因不愿与"无作品的作家"共事而不愿担任文协昆明分会第一任主席①，并尖锐追问"究竟是有了作品才是作家，还是进了'文协'就是作家？"②这些举动更与这种心态密切相关。

曾经笃信的精神重心业已偏移，艰难打造的个人价值归属似乎也已"过时"。那么，就在这边陲小城认认真真地"做事"好了，毕竟对于沈从文，"不管又学什么，一天到晚都不会够，永远不离开工作，也不会倦"③，而且出于他对战争一向所持的"庄严"感，沈从文更希望自己和旁人能在"抗战建国"的大背景中认认真真地做一些"实事"，就像他在昆明鼓励学生所说的那样："这儿有的是丰富的自然环境，有的是广大荒汉的乡野，待你们去探集，发掘，研究，参考，垦植。"④这种努力工作的态度也正是此时他的"自勉"："过去我们在北平，上海努力了二十年文化工作，如今我们来到西南高原，也来一下二十年的努力，我们不要怕人家骂我们落伍，埋头工作总是有成就的。"⑤

但是，当埋头努力工作的沈从文抬头四望，他的"认真"却似乎正成为"异类"，与周遭氛围格格不入：尚与实际战争保持距离的昆明似乎并无战争环境中应有的"庄严"气氛与奋发向上的精神——周围的外来者哪怕"生活毫无建树"，"都能够安心乐意的玩"⑥，甚至躲避空袭"跑警报"时，都会有"一些不长进教授，到郊外露天玩扑克牌，引起人看热闹的！"⑦同侪如此，周围能够显示社会教育发展程度的中产阶级女子

---

① 参见糜华菱《沈从文年表简编》，《新文学史料》1995年第3期。
② 凌宇：《沈从文传》，北京十月文艺出版社1988年版，第371页。
③ 沈从文致张兆和，1938年7月30日，《沈从文全集》第18卷，北岳文艺出版社2002年版，第317页。
④ 知鲁：《沈从文先生会见记》，云南《民国日报》1939年3月10日。
⑤ 朱乃：《撒下文化种子在祖国高原上——献给文协昆明分会》，云南《民国日报》1939年5月1日。
⑥ 沈从文致张兆和，1938年7月30日，《沈从文全集》第18卷，北岳文艺出版社2002年版，第317页。
⑦ 沈从文：《变变作风》，云南《民国日报》1941年1月1日。此版本为笔者首次发现，与现收入《沈从文全集》第14卷中的版本有所不同，本书所引用文句即为收入全集版本所无。沈从文对南迁昆明的大学教授在国家危难时仍不忘"玩扑克牌"的细节似乎特别不满，许多文章中都有对于这个细节的议论与批判。

也多令他失望：她们或"出外与人谈妇女运动，在家与客人玩麻雀牌"，或"虽代表妇女向社会要求应有的权利，她的兴趣倒集中在如何从昆明带点洋货过重庆，又如何由重庆带点金子到昆明"①，甚至"某贵妇""住云南两个小孩子的衣食用品，利用丈夫服务机关便利，无不从香港买来。可是依然觉得云南对她实在太不方便，且担心孩子无美国橘子吃，会患贫血病，因此住不久，一家人又乘飞机往香港去了"。在沈从文看来，这些看似受过高等教育拥有"上等身份"，实则"除玩牌外生命无可娱乐，亦无可作为"的"软体动物"②，与他所认可的"人"实在相去甚远，而此时由于战争的驱使，众多此类人物皆避难至此，使昆明这个后方小城一时间成为这类人物的聚集之处。沈从文日夜身处其间，饱受如此"人类之狂妄和愚昧"③的折磨，再加之前述种种压力失衡，无怪乎陷入了精神的"迷失期"④。

只有了解了沈从文此前的种种"失重"与"迷失"，才能理解外表上看似不过是疏散而至的呈贡对于他的全部意义。这个恬静自足、"风景人情均极优美"⑤的小县城使这个虽自诩为"乡下人"，却在各类城市中磨折了十多年"生命只剩一个空壳"⑥，"与乡村已离得很远很远了"⑦的湘西人终于能够"回乡"，并能够以"回乡"的方式得到一个战争中难能可贵的精神避难所：呈贡使他"离开了一切人"⑧，既暂时远离了昆明城中日益喧嚣的"用各种流行口气说'时代'，要'前进'"⑨的"宣传"，又

---

① 沈从文：《烛虚》，《沈从文全集》第12卷，北岳文艺出版社2002年版，第5页。《烛虚》一文由沈从文身处昆明时的日记改成，对研究其时沈从文心态具有很高的价值。
② 沈从文：《烛虚》，《沈从文全集》第12卷，北岳文艺出版社2002年版，第6页。
③ 同上书，第3页。
④ 参见张新颖《精神迷失的踪迹和文学理解的庄严——从〈黑魇〉看昆明时期的沈从文》，《杭州师范学院学报》（社会科学版）2005年第4期。
⑤ 沈从文复沈荃，1939年5月12日，《沈从文全集》第18卷，北岳文艺出版社2002年版，第366页。
⑥ 沈从文：《烛虚》，《沈从文全集》第12卷，北岳文艺出版社2002年版，第23页。
⑦ 同上书，第22页。
⑧ 沈从文：《水云》，《沈从文全集》第12卷，北岳文艺出版社2002年版，第121页。
⑨ 沈从文：《谈谈木刻》，云南《民国日报》1939年5月6日。此版本为笔者首次发现，与现收入《沈从文全集》第16卷中的版本有所不同。本书按照云南《民国日报》版本引用，所引用文句与收入全集版本有所区别。

第三章 空袭与疏散：战争中文化空间的开拓（1940—1943）

得以避开战争"副产品"——形形色色"猥琐粗俗"① 的人事景象，"可摆脱一些不必作之会晤，不必要之应酬，以及可作可不作之小文章矣"②；同时，呈贡更使得此刻陷入"迷失"，尤其需要"清静与单独"的作家能够得到战争环境中极为珍贵的"绝对孤独环境"，而"同外物完全隔绝，方能同'自己'重新接近"③。或许更为重要的是，呈贡以自己独特的乡村之"美"为这位"乡下人"提供了一个重建精神乌托邦的可能（在"湘西"的业已失去后），因此身居呈贡的沈从文会觉得"一切都似乎安排对了，一切都近乎理想"④——这个"理想"，正是沈从文此时以呈贡之"美"为自己搭建的精神乌托邦。对于这个小县城成为自己"理想"的可能，沈从文的态度恐怕是既自觉又渴望，所以他才会这样描述与呈贡的"相遇"："我似乎适从一个辽远的长途归来，带着一点混合在疲倦中的淡淡悲伤，站在这个绿荫四合的草地上，向淡绿与浓赭相交错成的原野，原野尽头那个淡黄色村落，伸出手去。"⑤ 这个疲倦的"旅人""伸出手去"企盼的是什么？那正是他失落已久的具有精神乌托邦性质的心灵栖息之地。

正因为呈贡对于沈从文具有如此特殊的意义，所以这个本为逃避空袭所选择的临时疏散地，成为他在空袭阴影结束后也不愿离开的所在。直到1946年1月——他行将离开昆明的前半年，沈从文才从呈贡搬回城内西南联大昆中北院宿舍⑥，此时不仅战争早已结束，而且空袭的威胁早在三年前就已经成为"过去"，很多外来者包括联大同仁也都在空袭威胁结束的1943年前后搬回了城内。对于昆明城局势的变化，沈从文显然非常清楚：1942年8月9日写给大哥的信中，他即谈到因为美国飞行员的

---

① 沈从文：《白魇》，《沈从文全集》第12卷，北岳文艺出版社2002年版，第165页。
② 沈从文复沈荃，1939年5月12日，《沈从文全集》第18卷，北岳文艺出版社2002年版，第366页。
③ 沈从文：《烛虚》，《沈从文全集》第12卷，北岳文艺出版社2002年版，第22页。
④ 沈从文1942年9月8日写给其大哥的信，《沈从文全集》第18卷，北岳文艺出版社2002年版，第412页。
⑤ 沈从文：《绿魇》，《沈从文全集》第12卷，北岳文艺出版社2002年版，第150—151页。
⑥ 1944年下半年沈从文一家从呈贡县龙街杨家大院搬到呈贡桃源新村，1946年1月搬回昆明城内西南联大昆中北院宿舍，直至1946年7月12日离开昆明。

参与，"此间似已再不会受空袭威胁"①；1943年6月3日写就的《黑魇》中，他又如此描述当年时局："因同盟国飞机数量逐渐增多后，空战由防御转为进攻，城中空袭俨然成为过去一种噩梦，大家已不甚在意。两年前被炸被焚的瓦砾堆上，大多数有壮大美观的建筑矗起。疏散乡下的市民，于是陆续离开了静寂的乡村，从新变作'城里人'。"②在如此成为"城里人"的诱惑下，连他家的佣人张嫂都因羡慕同伴进城"嫁了个穿黑洋服的'上海人'"而抛下老主顾"兴奋而快乐"地进了城。城市既然已回归安全并正迅速发展，对于外来者们，避居乡野便显然已不再是获取生存安全的"必需"，而成为个人居住地的自由选择。而此时在呈贡已经住了四年的沈从文，却不仅表示"在乡村中住下来，比城里还有意义"，并选择"依然住乡下不动，若房东好意无变化，即住到战争结束亦未可知"③，而且果然坚守到战争结束、行将离开昆明时才搬离呈贡，成为"来呈贡的学者教授当中住得最久的人"④。从这个行动的"选择"中，正可见呈贡对于沈从文的意义已经与起初单纯的空袭疏散地不同，更代表了一种"隐居山林，自得其乐"⑤的生活方式和人生理想。

正因为呈贡与沈从文此时的人生理想密切相关，所以他在昆明的作品，尤其是与个人体验紧密相连的散文中才会始终充满感情地描绘和品味着呈贡"美"的各种画面：《烛虚》中"黄昏前独自到后山高处，望天末云影"的夕阳下"远眺"图⑥，《水云》中"长年活鲜鲜的潺湲流水"畔水田"细描"画⑦，《绿魇》中枝叶交错"绿芜照眼"的山地风景

---

① 沈从文复沈云麓，1942年8月9日，《沈从文全集》第18卷，北岳文艺出版社2002年版，第404页。
② 沈从文：《黑魇》，《沈从文全集》第12卷，北岳文艺出版社2002年版，第167页。
③ 同上书，第168页。
④ 易菲淑：《联大闻一多、沈从文、费孝通、王了一四教授轶事》，中国人民政治协商会议昆明市委员会文史委员会编《昆明文史资料集萃》第9卷，云南科技出版社2009年版，第7384页。
⑤ 沈从文：《黑魇》，《沈从文全集》第12卷，北岳文艺出版社2002年版，第170页。
⑥ 沈从文：《烛虚》，《沈从文全集》第12卷，北岳文艺出版社2002年版，第28页。
⑦ 沈从文：《水云》，《沈从文全集》第12卷，北岳文艺出版社2002年版，第122页。

第三章 空袭与疏散:战争中文化空间的开拓(1940—1943)

画[1]、静美传奇的杨家大院特写图,《白魇》中"连接滇池的大田园"的冬日"萧瑟"图[2],《青色魇》中朝气蓬勃的孩子们在古旧庭院中快乐戏水图[3],《乡居》中"足以点缀村中人事景物"的黄昏飞鸟图[4]……呈贡不同季节不同时段"美"的变幻,使沈从文甚至觉得"耳目所及都若有神迹存乎其间"[5],甚至达到自己笔墨不能形容的境界,并更新着作家生命的意义:

> 我努力想来捕捉这个绿芜照眼的光景,和在这个清洁明朗空气相衬,从平田间传来的锄地声音,从村落中传来的舂米声,从山坡下一角传来的连枷扑击声,从空中传来的虫鸟搏翅声;以及由于这些声音共同形成的特殊静境,手中一支笔,竟若丝毫无可为力。只觉得这一片绿色,一组声音,一点无可形容的气味,综合所作成的境界,使我视听诸官觉沉浸到这个境界中后,已转成单纯到不可思议。企图用充满历史霉斑的文字来写它时,竟是完全的徒劳。
>
> ……
>
> 强烈的午后阳光,在云上、在树上、在草上、在每个山头黑石和黄土上,在一枚爬着的飞动的虫蚁触角和小脚上,在我手足颈肩上,都恰像一双温暖的大手,到处给以同样充满温情的抚摩。但想到这只手却是从千万里外向所有生命伸来的时候,想象便若消失在天地边际,使我觉得生命在阳光下,已完全失去了旧有意义了。[6]

二 现实观测点

对于沈从文,呈贡对其生命意义的"更新",在使其心灵能够愉悦

---

[1] 沈从文:《绿魇》,《沈从文全集》第12卷,北岳文艺出版社2002年版,第134页。
[2] 沈从文:《白魇》,《沈从文全集》第12卷,北岳文艺出版社2002年版,第162—163页。
[3] 沈从文:《青色魇》,《沈从文全集》第12卷,北岳文艺出版社2002年版,第179—180页。
[4] 沈从文:《乡居》,《沈从文全集》第10卷,北岳文艺出版社2002年版,第307—308页。
[5] 沈从文:《水云》,《沈从文全集》第12卷,北岳文艺出版社2002年版,第122页。
[6] 沈从文:《绿魇》,《沈从文全集》第12卷,北岳文艺出版社2002年版,第134页。

"栖息",从而实现其人生理想之外,更以自身的静美朴实,从与外界世事(通常正来自昆明城)的"反差"和"对照"中,为作家提供了体察世态人心乃至反观自身的一个观测"基点"。

在沈从文刚搬入呈贡所做的《烛虚》(作于1939年5月5日)中,正因为呈贡黄昏所见:"天云明黄媚人,山色凝翠堆蓝。东部长山尚反照夕阳余光,剩下一片深紫。豆田中微风过处,绿浪翻银,萝卜花和油菜花黄白相间,一切景象庄严而兼华丽,实在令人感动",所以"两相对照"之下,身旁女学生那种旁若无人笑闹、将吃过的水淋淋梨骨正打在"我"身上却一声不响"笑嘻嘻的勒马赶先跑了"的自我中心状态才愈觉刺目,不仅使"我""感觉一种极其痛苦的印象,许多日以来不能去掉"[1],更使作家由此"印象"入手,反思近代"摩登"女子的教育问题[2]。之后的《乡城》(发表于1940年6月),又正是在呈贡农人尤其是"康街子首富王家"[3] 的当家人王老太太经年不变的与土地紧密相连的生活方式和习惯的比照下,从昆明城来进行抗战救亡宣传的学生宣传队的行为举止,尤其是替出征家属写给前线家人的信件:"我忠勇的健儿,时代轮子转动了,帝国主义末日已到,历史的决定因素不可逃避……"才会显得那么空洞别扭,直让县长"看来看去不大懂,看不下去,把眉头皱皱,心想,这是城里学生作的白话文,乡下人不会懂得。乡下人也用不着,为什么不说说庄稼雨水大黄牛同小猪情形?"[4]

再往后,随着战局的变化,1943年之后的昆明城不仅空袭阴云渐渐散去,现代城市化进程也随之加快,尤其是战争形势下便利交通所催生的商业畸形发展,使昆明逐渐成为一个"拥有二三十万人口的大都市,商业发达,市面繁荣,娱乐事业随之勃兴"[5],时髦处甚至俨然"现今大

---

[1] 沈从文:《烛虚》,《沈从文全集》第12卷,北岳文艺出版社2002年版,第10页。

[2] 参见《烛虚》。关于沈从文此时对女子教育问题的关注,可参见姚丹《西南联大历史情境中的文学活动》,第193—197页。

[3] 此篇小说中,故事的发生地点作者以□□县虚指,并在文末说这是"西南省份一小县中情形",但结合沈从文此时其他作品中描述可以认为该地点应该就是呈贡县,其中"康街子首富王家"则就是沈从文所居住的龙街杨家。

[4] 沈从文:《乡城》,《沈从文全集》第10卷,北岳文艺出版社2002年版,第292页。

[5] 李昌庆:《市民趣味的恶化》,《云南日报》1943年6月4日。

第三章 空袭与疏散：战争中文化空间的开拓（1940—1943）

后方的上海"①，氛围日益拜金务实，"追求享乐"②。城市物质面貌日益"现代化"的同时，城内文化却"渐渐的泻入了环境的浊流，战争的文化，渐渐的变质，也渐渐的贬值了，它竟至嘻皮笑脸的在投人所好，再也看不见那一副可敬可畏的壮严的面孔了"③。畸形的商业繁荣不仅催生以商业利益为第一的小报繁荣，"把文化窒息得快要死了"④，更导致物价狂涨、文化人收入急剧贬值，"穷困生活，从来就压迫文化人，惟从未有如今之甚"⑤。正经历都市畸变的昆明城，"耳目所及，无不为战争所造成的法币空气所渗透"⑥，让自诩"在中国最大的两个都市里上海和北京住了许久"的沈从文，"每礼拜从乡下进昆明时"却依然受到"刺激"，感到"怪不舒服"，甚至觉得"大都市是个刺激人神经的地方，乡下人进城，照例有点受不了"⑦。尤其是昆明文学商品化的发展趋势，让本就厌恶所谓"现代"，更不喜昔日上海式文学与商业资本合一的沈从文尤其不满，"文学作品有了商品意义，成为商品之一种"⑧，加之此时他又需承担通货膨胀和收入贬值形成的巨大生存压力，"都有点支持不下去"⑨。如此背景下，"乡村本来的素朴单纯，与城市习气作成的贪污复杂，却产生一个强烈明显对照"⑩，呈贡以及沈从文自己在这里所经营的恬静朴实生活，便成为在价值观上能够与"城市"对峙抗衡，使作家以此抵抗外界压力侵袭，从而获得"平静"与"平衡"的精神砝码。

在发表于1943年10月的《乡居》中，沈从文指出了呈贡"乡居"的价值，正是融入其"乡村中固有的静寂"，所以懂得欣赏此中妙处的友

---

① 张柳云：《战时的昆明》，《建国月刊》1945年第1期。
② 老墨：《提高文化与投人所好》，《云南日报》1942年11月30日。
③ 微言：《文化的奋起》，《云南日报》1942年11月30日。
④ 文延昭：《略谈昆明文化》，《云南日报》1943年3月30日。
⑤ 社论：《注意文化人生活》，《云南日报》1944年2月27日。
⑥ 沈从文：《从现实学生》，《沈从文全集》第13卷，北岳文艺出版社2002年版，第386页。
⑦ 沈从文：《都市的刺激》，《生活导报》1943年第35期，作者署名"上官碧"。此文《沈从文全集》未收录，属于佚文。
⑧ 沈从文：《文运的重建》，《沈从文全集》第12卷，北岳文艺出版社2002年版，第80页。
⑨ 沈从文1943年1月11日致沈荃，《沈从文全集》第18卷，北岳文艺出版社2002年版，第423页。
⑩ 沈从文：《白魇》，《沈从文全集》第12卷，北岳文艺出版社2002年版，第159页。

人，一定"会从我住处晒满大麦的院坪中，放风车的廊下一角，发现那只笋壳色大母鸡生蛋后咯咯叫唤着飞上风车的行为，起始惊讶到闹中有静的景色，把昔人说的'日长如小年'一句诗，给证实了"，又"见到七十岁房东老太太，抱着麦束在太阳下工作，相貌慈祥行为勤俭处，会感到在静中生命的庄严与素朴，如何与环境相调和，如何与诗相近"①。对于沈从文，这些素朴与日常的价值，不仅使"女诗人冰心"所赞美的所谓呈贡"八景""可不觉得怎么美丽"②，其所组成生活的简单与和谐更使得正烦恼"城里用个人你真想不到麻烦成什么样子，简直是一天到晚作战，战到末了，打了胜仗的走路，战败的却照例是主人"③的×太太徒增感慨与羡慕；而在《黑魇》（作于1943年12月）中，当空袭结束后日益"摩登"都市化的昆明城被一种无处不在又无法逃避的压力笼罩：不仅诱惑沈家原来只关心梁山伯婚事的淳朴乡妇张嫂进城"捞金"，更以"在腹大头小的一群官商合作争夺钞票局面中，物价既越来越高，学校收入照例不敷日用"的生存压力粗暴干涉他的日常生活——对于此时的沈从文，乡村生活"简单求生的庄严与巧慧"及作家从中悟出的"人类生命形式取予的多方"④更成为一种价值坚守的尺度，使他相信身处呈贡的自己"攀住的是这个民族在忧患中受试验时一切活人素朴的心"，而此刻自己的价值坚守正是"一些种子，从我手中撒去，用另外一种方式，在另外一时同样一片蓝天下形成的繁荣"⑤。同时，"用人走后大小杂务都自己动手"，一家人合力齐心又简单素朴的生活更成为作家此刻能够抵抗和化解这种外界压力的精神支柱：

  大人稍稍节制。孩子们欢笑歌呼，于家庭中带来无限生机与活力。主妇的身心既健康而朴素，接受生活应付生活俱见出无比的勇气和耐心，尤其是共同对于生命有个新态度，过下去似乎再困难，

---

① 沈从文：《乡居》，《沈从文全集》第10卷，北岳文艺出版社2002年版，第303页。
② 同上书，第304页。
③ 同上书，第308页。
④ 沈从文：《黑魇》，《沈从文全集》第12卷，北岳文艺出版社2002年版，第168页。
⑤ 同上书，第173页。

第三章 空袭与疏散：战争中文化空间的开拓(1940—1943)

即过三五年也担当得住并不如何灰心。①

正是在共同抵御外界压力侵袭的这个时刻，似乎是第一次，本勤于注视剖析自己的作家，"反观自身"的余光开始从自身扩大，不仅发现了自己小家庭的"美"，更赋予它在战争背景中新的价值。

对于沈从文，昔日新婚不久、初为父母时，家庭生活虽也温馨美好，却同时以美好婚姻生活所必然的"宁静"和"琐碎"，对作家旺盛的生命力形成某种"禁锢"，使其感觉"他对她那点'惊讶'，好像被日常生活在腐蚀，越来越少，而另外一种因过去生活已成习惯的任性处，粗疏处，却日益显明"②，同时"情感上积压下来的东西，家庭生活并不能完全中和它，消蚀它"，作家还需要一点"传奇"③。之后，一方面是时间紧锣密鼓地幼子降生、战争来临、南下避难的现实折磨，另一方面是不愿完全被婚姻所禁锢的生命力与各路"偶然"间的情感试验，自身正日益成型的小家庭在使其"心安"之外，尚未对作家本人体现出完整的价值。即使是初到昆明安家时，家庭氛围使他感受最深的仍是"孩子们正当会吵善闹之年龄，占去我时间太多，除到办事处编书外，回家后毫无希望可以单独安心做事"④。而此时，当在战火逼近时不得已斩断了从前一切的根系背景，只有四个人相互支持的小家庭生存于西南边陲的僻壤呈贡，不仅各路"偶然"已因各种原因纷纷散去，1943年之后连一同疏散至此处的外来者如冰心、查阜西、杨荫浏、孙伏熙、杨振声、张充和等也已纷纷离开，这个小家庭却还停留在这里，需要或许也只有依靠彼此力量的联结才能共同抵御外界——不仅有"战争"，还有"城市"所叠加的种种压力。正是在这种齐心协力、共同"抗衡"外界压力的时刻，沈从文笔下开始出现自己小家庭密集的身影，而这身影，在作家被评论为"在一个

---

① 沈从文：《黑魇》，《沈从文全集》第12卷，北岳文艺出版社2002年版，第169页。
② 沈从文：《主妇》，《沈从文全集》第8卷，北岳文艺出版社2002年版，第358页。
③ 沈从文：《水云》，《沈从文全集》第12卷，北岳文艺出版社2002年版，第110页。
④ 沈从文复沈云麓，1939年3月2日，《沈从文全集》第18卷，北岳文艺出版社2002年版，第347页。

抽象的人生之域对生命对个体作种种哲理化思辨"①，以不可解的"抽象"和"哲理"闻名的昆明创作时段中却显现出具体可感、温馨实在的别样光彩。而这种光彩，在作家诉诸笔端之前，必然先来自他日常生活中的骤然"发现"与持续领悟。

如果以正经历"失重"与"迷失"的沈从文在呈贡乡居生活中对自身小家庭意义"发现"与"领悟"的视角望去，被评论界称为"意识流中国化的一个早期尝试"②，因着眼"作者灵魂的自我剖析与辨难"③ 而被公认为"不可捉摸""非常隐晦"④ 的"七色魇"系列散文，倒似乎有了别样的解读路径，它所记录的正是僻居昆明乡野的作家以"主妇"与"孩子们"所组成的"家庭"之"实在"来对抗困扰自身已久的"抽象"及战争境遇之中外界压力之间"此消彼长"的"互动"过程。

最先出版的《水云：我怎么创造故事，故事怎么创造我》（1943年1月15日发表）可视为上述"互动"之"前传"⑤。对于"我"，那正是刚成立不久的小家庭也难以完全禁锢的生命力与各路"偶然"之间的情感试验，从青岛延续到北平再到昆明，最后"偶然"们因各种原因全部离开，"云南就只有云可看了"。结尾"屋角风声渐大时，我担心院中那株在小阳春十月中开放的杏花"⑥，似乎暗示"我"的关注点正从"偶然"之间"抽象"的情感演练移开，开始注视身畔具体实在的日常生活。之后的《绿魇》⑦，正是作家从实际生活与情感体验两个方面"进入"呈贡的"序曲"，小家庭意义也在这种"进入"的过程中逐渐被"我"所重

---

① 凌宇、张森：《论沈从文昆明时期的文学创作》，《中国文学研究》2006年第1期。
② 吴立昌：《沈从文作品欣赏》，转引自吴世勇编《沈从文年谱》，天津人民出版社2006年版，第256页。
③ 凌宇：《前言》，《沈从文散文》，浙江文艺出版社2007年版，第2页。
④ 金介甫：《凤凰之子：沈从文传》，转引自吴世勇编《沈从文年谱》，天津人民出版社2006年版，第251页。
⑤ 沈从文此时创作的《看虹录》《摘星录》等也可看作同类"前传"，手法不同，但书写内容大同小异。
⑥ 沈从文：《水云：我怎么创造故事，故事怎么创造我》（下），《文学创作》1943年第1卷第5期。此为该文原发版本，很多地方和后面收入全集的版本有所区别，此处按照原发版本引用。
⑦ 《沈从文全集》第12卷，北岳文艺出版社2002年版，第133—156页。

第三章 空袭与疏散：战争中文化空间的开拓(1940—1943)

新发现：全文共分三节，第一节"绿"，以"我"在一片"绿魇"枯草地上的所见所感，写呈贡乡野对我"抽象"思索的纵容与放大；第二节"黑"，倒叙书写"我"与龙街杨家大院的"相遇"，继而写杨家大院所容纳的种种"生命流转"、生机不断的"人事"，给此前困扰抽象思索中的"我"以警醒和启发："'思索'非人性本来，倦人而且恼人""不信一切唯将生命贴近土地，与自然相邻，亦如自然一部分的，生命单纯庄严处，有时竟不可仿佛"；第三节"灰"，仿佛正为具体演绎"黑"中所得之领悟，小家庭所容纳之人事在一个夜晚骤然出现在已疲于抽象思索、想要得到"休息"的"旅人"视野中：感恩重义的帮工小香、打算在乡村发展织袜厂事业的青年朋友，引出作家对"素朴简单的心"的热切期望。在这种期望下，两个儿子和青年朋友一起专心做木车子的景象便不仅引起"我"特别的注视，更从中"不仅发现了孩子们的将来，也仿佛看出了这个国家的将来"。这种"发现"使"我"感到白天"离开了家中人"去努力寻找的"一样东西"仿佛就在身边——既存生于孩子们玩耍游戏的热烈专注中，又同样存生于"主妇"富含"了解与宽容，亲切和同情"的"莞尔一笑"中。在这种富含"温柔母性"的笑容和了解中，沉浸于抽象思辨的"我"在想象中与主妇关于"音乐比家庭中的你和孩子重要"的论辩中完全落败，而且"从她的微笑中，从当前孩子们浓厚游戏心情所作成的家庭温暖空气中，我于是逐渐由一组抽象观念变成一个具体的人"——主妇与孩子们所营造的温馨家庭气氛使作家得到似乎可以摆脱虚妄"抽象"、重归"具体"的路径，日常生活对于作家的意义于是在乡居生活中始得"发现"。

《白魇》[①] 中，空袭结束后的乡居生活已经成为"我"为着"清静与单独"所做出的自由选择，但还是摆脱不了由信件传递和客人拜访所带来的"复杂人事景象"纠葛。与复杂外界、烦扰人事相比照的，却是小家庭中主妇"温和诚朴的微笑，在任何生活狼狈情形中从未失去"。这种微笑不仅能给各路来客一种"纯挚同情"，更能将"我"从现实待客的

[①] 《沈从文全集》第12卷，北岳文艺出版社2002年版，第157—166页。

"狼狈"与脑中"讥世讽人"的"思索"中解救。而《黑魇》①,当面对空袭结束后飞速发展的城市携带"城市习气作成的贪污复杂"构成巨大的外界压力,主妇素朴勤劳的生活态度更成为可与之"对抗"、使家庭精神上获得"平衡"的宝贵特质,再加上此时孩子们对家务事积极而愉快的参与,使客观上简朴甚至困难的家庭生活在沈从文眼里却简直是"神圣庄严"。正如他此时写给友人的信件:"凡事自己动手,每天在家中做酸菜,霉豆腐,劳作不息。欢笑歌呼,尤增加大人快乐。因之岁月虽逝,生命中所保留青春活力,转若在任何情形中均不至于消失。"②《黑魇》结尾写"我"给儿子讲述驹那罗王子传奇,那正是传说中的王子因为佛法"一双极好看的眼睛"失而复明的故事。笼罩在故事氛围中的小家庭爱意流动、温馨满屋——对于作家,这入于眼目印记脑海中的景象,或许正构成对于文章开篇所述外界压力的有效抗衡:

  主妇笑着不作声,清明目光中仿佛流注一种温柔回答:"从前故事上说,王子眼睛被恶人弄瞎后,要用美貌女孩子的纯洁眼泪来洗,方可重见光明。现在的人呢,要从勇敢正直的眼光中得救。"
  我因此补充说:"小弟,一个人从美丽温柔眼光中,也能得救!譬如说……"
  孩子的心被故事完全征服了,张大着眼睛,对他母亲十分温驯的望着:
  "姆妈,你眼睛也亮得很,比我的还亮!"③

驹那罗王子的传奇故事不仅吸引小虎虎,对作家本人显然也构成极大的诱惑,于是"七色魇"系列的最后一部——作家离开昆明前写作的

---

① 《沈从文全集》第12卷,北岳文艺出版社2002年版,第167—178页。
② 沈从文:《自滇池寄》,《万象》1944年第4卷第5期。此为《沈从文全集》失收的一封佚简。
③ 沈从文:《黑魇》,《沈从文全集》第12卷,北岳文艺出版社2002年版,第177—178页。

第三章 空袭与疏散:战争中文化空间的开拓(1940—1943)

《青色魇》[1] 中,把这个故事以更细致的方式又重新"讲述"了一遍。虽然这由"白""黄""金""紫"四节组成的故事演绎占据了文章的绝大部分篇幅,但《青色魇》的主旨显然不仅于此。如果说,《白魇》与《黑魇》是写给"主妇"的"礼赞",那么《青色魇》[2] 则是"我"对于孩子们"童心"意义的重新发掘。开篇的"青"一节中,作家记录了这样一个场景,"半夜猛雨,小庭院变成一片水池。孩子们身心两方面的活泼生机,于是有了新的使用处"——挖水沟、作小船、玩想象中"打捞宝物"的游戏。在这一场实为虚拟态度却无比认真的游戏中,两兄弟因争夺"宝物"所有权而发生"战争",小虎虎于是为此流下了眼泪。对于沈从文,这眼泪不仅成为他讲述驹那罗王子故事的"缘起",更使他从中体会到真挚童心对于人类社会的深远意义:

> 所有故事都从同一土壤中培养生长,这土壤别名"童心"。一个民族缺少童心时,即无宗教信仰,无文学艺术,无科学思想,无燃烧情感,实证真理的勇气和诚心。童心在人类生命中消失时,一切意义即全部失去其意义。[3]

对于沈从文,孩子们的真挚童心除了在现实境遇中给予其抚慰外,更促使他反思以往"企图用抽象重铸抽象"的努力不过是"无结果的冒险",而"人间缺少的,是一种广博伟大悲悯真诚的爱,用童心重现童心"——对于昔日沉浸"抽象"并为之苦恼不已的沈从文,这一"发现"的获得,显然既得益于战争环境中呈贡质朴风物的滋养,更来源于此时由"主妇"和孩子们所组成小家庭的无声喻示。

综上所述,对于战争期间的沈从文,他居住了 6 年多的呈贡早已超出了"疏散地"的现实意义:它既是具有精神乌托邦性质的心灵栖息之

---

[1] 最先发表于昆明《观察报》,1945 年 7 月 5 日、6 日连载。《沈从文全集》载录的则是 1946 年 11 月 24 日发表于天津《益世报·文学周刊》的版本。
[2] 《沈从文全集》第 12 卷,北岳文艺出版社 2002 年版,第 179—190 页。
[3] 沈从文:《青色魇》,《沈从文全集》第 12 卷,北岳文艺出版社 2002 年版,第 180 页。

地，又成为作家体察世态人心乃至反观自身的一个观测"基点"。因此呈贡不仅在这"乡下人的第四段旅程"①中意义深远，更或许在沈从文整个人生"长河"中都具有特殊的意义：正如沈从文倾注审美理想与精神追求的湘西是"沈从文的湘西"，此时的呈贡也因与他抗战时期生命历程和情感体验的血肉相连而成为"沈从文的呈贡"。而这个在作家审美和情感体验中占据了一席之地的"呈贡"，在沈从文其后的人生历程中也始终萦绕不去：离开昆明重返北平后，他仍然认为"在呈贡有一阵子生活十分合理，用体力劳动代替了手和心和脑，在生命上正常得多"②；1951年"下乡"至内江时，他也偏爱把居住地三番五次与多年前的"呈贡杨家"③相比较；一直到过了40多年后的1981年，呈贡在他脑海中还依然印象如新："杨家大院一切，犹记忆得十分清楚也"④；他还表示要写十万余字的《呈贡纪事》，觉得"一定还有意义"⑤。这部作品最终没有面世，不知是毁于战火还是被作家自己毁去（沈从文销毁了呈贡期间的很多作品），抑或因种种原因创作最后没有完成，沈从文的呈贡故事，也因此遗憾地欠缺了可能是最为浓墨重彩的一章。

三　从"疏散"到"疏离"

在成为心灵栖息地与现实观测点之外，呈贡对于沈从文，或许还有着一个连作家自己也没有明确意识到的意义，那就是在客观条件上使他始终保持与昆明城所容纳的各类社会热潮的"距离"。1943年之前呈贡作为空袭疏散地，使沈从文既如愿远离他所不屑的各类"高等难民"，又暂

---

① 沈从文：《从现实学习》，《沈从文全集》第13卷，北岳文艺出版社2002年版，第389页。
② 沈从文致张兆和，1947年1月23日，《沈从文全集》第18卷，北岳文艺出版社2002年版，第463页。
③ 沈从文致沈龙朱、沈虎雏，1951年11月14日，《沈从文全集》第19卷，北岳文艺出版社2002年版，第165页。另见同日致张兆和信，《沈从文全集》第19卷，北岳文艺出版社2002年版，第168页。
④ 沈从文复彭荆风，1981年10月31日，《沈从文全集》第26卷，北岳文艺出版社2002年版，第298页。
⑤ 沈从文致沈云麓，1942年9月8日，《沈从文全集》第18卷，北岳文艺出版社2002年版，第408页。

第三章 空袭与疏散：战争中文化空间的开拓（1940—1943）

时避开他所不习惯的"用各种流行口气说'时代'，要'前进'"① 的"宣传"氛围。1943 年之后，空袭过后趋于安全的城市环境不仅加速昆明城的现代都市演变，更催生特殊政治环境中民主热情的高涨，使小城逐渐成为国内闻名遐迩的"民主温室"。而这"民主温室"首要的活跃力量，一是以西南联大和云南大学为代表的进步学生群体，再一个是以民盟②和中共地下党员为代表的政治力量。与以往教学活动多是由教师影响学生不同，此时很多教授思想的"转变"都源于与学生的密切接触与"互动"，学生及其身后的政治力量成为新的"影响源"。例如闻一多，昔日埋首经史楚辞，在"桃源"蒙自尚被同仁戏谑为"何妨一下楼主人"③，1940 年疏散到西郊陈家营时还在埋头撰写神话专论《伏羲考》，1944 年 5 月从疏散地搬回城内昆华中学（离联大与云大的校舍都很近）后，与很多此时开始关心时政、趋向"进步"的知识分子一样，这个搬回城内且居住地毗邻学校的选择"使他生活起了变化，因为更靠近了学生"④。中共及民盟的统战工作也在这种距离的拉近中更容易进行，例如由中共地下党员华岗所领导的秘密组织西南文化研究会，其主要活动地点就在离闻一多城内居所很近的北门街唐家花园⑤，而"参加西南文化研究会，是先生政治生活发生巨大转变的重要阶段"⑥。此后，闻一多在 1945 年 1 月又搬到翠湖旁边的联大西仓坡新建宿舍，这里不仅离昆明各个大学的距离都很近，联大教授中思想中最为激进的吴晗就住在他对门。朝夕相处中，闻一多不仅与吴晗结为密友⑦，还在吴晗劝说下共同参加民

---

① 沈从文：《谈谈木刻》，云南《民国日报》1939 年 5 月 6 日。
② 1943 年春末，民盟第一个省支部在昆明成立，支部领导有罗隆基、潘光旦、费孝通、楚图南等人。
③ 郑天挺：《滇行记》，西南联合大学北京校友会编《笳吹弦诵情弥切——国立西南联合大学五十周年纪念文集》，中国文史出版社 1988 年版，第 330 页。
④ 刘北汜：《自清先生在昆明的一段日子》，《文讯》1948 年第 9 卷第 3 期。
⑤ 唐家花园此时的主人唐筱蓂是云南前督军唐继尧的儿子，也是民盟云南省支部的创办人之一。支部成立的最初一段时间，很多会议都在唐家花园召开。
⑥ 闻黎明、侯菊坤编：《闻一多年谱长编》，湖北人民出版社 1994 年版，第 721 页。
⑦ 1945 年 2 月 14 日闻一多为吴晗题字"鸟兽不可与同群，吾非斯人之徒与而谁与"，足见托付"知己"之意，参见闻黎明、侯菊坤编《闻一多年谱长编》，湖北人民出版社 1994 年版，第 815 页。

盟相关工作，最终完成了从学者到"斗士"的巨大转变。

与此时搬进城内、并以学生运动最前沿地段作为居住地的闻一多相比，1943年后自愿留守呈贡的沈从文无疑主动选择了一种与城内沸腾民主气氛更为疏远的生活。对于这种"疏远"，作家自身的情感逻辑和思想发展态势之外，呈贡作为居住地是否也扮演了一个"助攻"的角色？据李斌依据最新发现的民盟史料等文献写作的《沈从文与民盟》一文披露，1945年冬天，闻一多与吴晗等人"再次跑了20多里路到乡下发展沈从文参加民盟，沈从文委婉拒绝了"①。这个"20多里路"，对沈从文而言恐怕不仅是呈贡与昆明的实际路程，更是能够使他远离城中政治风云变幻的距离屏障，如果此时居住昆明城内，上述"拒绝"大概就不见得能够始终坦然坚持，一是因为住得近，别人不断登门的概率增大，"拒绝"的情感成本也会随之增加，此外近在咫尺身畔时时发生各类"民主"事件，人事情感难免牵系其中，"拒绝"之心也不见得始终能安若磐石，彼此意见的冲撞更会徒增自身心理压力②。正如沈从文在1944年的信中对友人所说："弟因住乡下已六七年，每星期只有机会留城中一二天，便当真已成为一乡巴佬，因一入城时只闻热闹，已分不清楚某某熟人属于某某党派，且更摸不着彼等明日尚在转变中也"③，僻居呈贡使此时的沈从文成为与世隔绝的"乡巴佬"，却也正为他此时有意坚持的"疏离"创造了条件。之后，远居呈贡的空间阻隔，更在客观上促使沈从文能够在1945年后似乎席卷城中每一个人的民主热潮中保持"沉默者"④的疏离姿态，并一直坚持到离开昆明。此时这种疏离姿态，固然使沈从文远离了他一向

---

① 李斌：《沈从文与民盟》，《文学评论》2016年第2期。
② 如1945年春，朱自清拒绝了闻一多关于在民盟起草的《关于挽救当前危局的主张》上签名的要求，从此与闻一多、吴晗等产生隔阂。朱自清多次在日记中记载二者对他的"冷淡"和"冷冰冰"，为此倍感压力，情绪非常低落（参见商金林《朱自清日记中的闻一多》，《中国现代文学研究丛刊》2001年第2期）。此时朱自清居住在城内北门街清华宿舍，与吴晗、闻一多所居之西仓坡步行也就十分钟的距离，离得近，见面的机会也就多，也才给了朱自清多次体会二者冷淡态度的机会。
③ 沈从文致董作宾，1944年11月9日，见沈虎雏《1944年沈从文致董作宾三封信》，《新文学史料》2015年第3期。
④ 关于沈从文此时对"沉默者"的相关感受，可参见沈从文《谈沉默》，《沈从文全集》第14卷，北岳文艺出版社2002年版，第177—180页。

第三章　空袭与疏散：战争中文化空间的开拓（1940—1943）

厌恶的"政治争夺"，更不至重蹈"为当权者爪牙一击而毁去的朋友"①命运，却也使他与民盟等政治力量徒生龃龉，留下了一个"不进步"且"脱离现实"的印象，进而影响了1949年前后"文化界和部分中国人士对沈从文的看法"②，从而直接导致新的政治形势下他从文学创作向文物研究的不得已"转行"。而这此后的种种后果，早已不是在1943年众人纷纷从疏散地迁回昆明之际、那个"背时"做出"我需要清静与单独，因此长住在乡下"③选择的沈从文可以预测的了。

---

① 此处应暗指闻一多，见沈从文《从现实学习》，《沈从文全集》第13卷，北岳文艺出版社2002年版，第389页。
② 李斌：《沈从文与民盟》，《文学评论》2016年第2期。
③ 沈从文：《白魇》，《沈从文全集》第12卷，北岳文艺出版社2002年版，第157页。

第四章　顺应与反思：商业城中的现代表达(1943—1945)

1943年以后，由于美军航空队进入昆明和中国自身防御力量的增强，曾极大困扰昆明的"空袭"逐渐成为过去。但是，当疏散在外的文化人历经艰辛终于回归城内，他们却发现，眼前的昆明已经不复昔日模样。他们需要以截然不同的情感体验和表达方式面对这日新月异的昆明城，与这座骤然变身为"现今大后方的上海"[①] 的城市缔结新的联系。

第一节　"软性"文学与小报短刊繁盛："商城"的现代图景

1940—1943年达到顶峰的空袭不仅使昆明从世外"福地"直接体验战争，更极大地改变了小城抗战初期的文化面貌，使昆明文化氛围从抗战初期的"高涨"热闹走向"沉静死寂"[②]，"这美丽的山城又回复到了古色古香的静态，西南文化城的空气也沉闷得快将窒息"[③]。到1943年，"珍珠港"事件后美国正式对日本宣战，美国对中国的援助也随即升级。对于昆明，这种"升级"最直接的体现是以美国第14航空队为代表的盟军此时的正式进驻。加之1941年即已到来的美国志愿空军"飞虎队"，以及此时中国空军自身战斗力的加强，昆明防御力量的极大增强使得日

[①] 张柳云：《战时的昆明》，《建国月刊》1945年第1期。
[②] 萧曙：《沉闷的文化工作》，《云南日报·南风》1940年7月10日。
[③] 丁戈：《文化城——为什么这样沉寂？》，《朝报》1940年12月9日。

第四章　顺应与反思：商业城中的现代表达(1943—1945)

军空袭逐渐减少直至消歇。随着外部环境的改变，1943—1945年进入抗战后期的昆明，呈现出与空袭时段完全不同的文化风貌。

一　"商城"的现代图景

与重庆等后方城市类似，抗战促使昆明趋向现代都市的进程不断加快。1943年之后，空袭的停息、城市环境的安全更加速了这种现代进程，昆明逐渐发展成为"拥有二三十万人口的大都市，商业发达，市面繁荣，娱乐事业随之勃兴"①，"如果说重庆是过去的南京，昆明就是现今大后方的上海"②。但是，与重庆相比，昆明抗战后期的现代发展却自有其特点：重庆因为临江，地理条件自古比昆明优越，进出口贸易在战前就一直比昆明发达，战后也更利于内地民营工厂的大量迁入，因此制造业兴起，市区扩展和工业发展都更快，物价上涨也因此较为缓慢；而迁入昆明的工厂"大多数为中央或地方政府所经营的，私人办工矿事业的风气不像重庆那样兴盛，机器和技术转移不如重庆"。相比较重庆，昆明因为"对外交通上比重庆便利"③，特出的是以滇缅公路、中印公路（即"史迪威公路"）、驼峰航线等国际战略通道所造就的国际交通运输业的发达。国际交通的便利又直接带动商业的发展，其"唯我独尊"的排他性质越到抗战后期越发明显。因此抗战后期的昆明并没有像重庆那样成为粗具规模的现代工业城市，而是因商业的"一枝独秀"被外界称为"商城""生意城""发财城"④。

与战前与抗战初期相比，抗战后期昆明的商业对交通的"依附"不仅依然存在而且更为紧密：作为云南对外经济文化交流的"咽喉"⑤，联通法属越南的滇越铁路使战前昆明售卖的外来货品多为法国货；到战争初期，连接英属缅甸的滇缅公路开通，又使得昆明商场上的英国货与法国货"并驾齐驱"；1942年缅甸沦陷、滇缅等几条对外交通线纷纷断绝，

---

① 李昌庆：《市民趣味的恶化》，《云南日报》1943年6月4日。
② 张柳云：《战时的昆明》，《建国月刊》1945年第1期。
③ 丁佶：《重庆与昆明》，云南《民国日报》1940年3月17日。
④ 李昌庆：《剧坛即景》，《昆明周报》1943年1月9日。
⑤ 汤汝光：《云南的根本问题及其解决方法》，《天南》1933年第1卷。

抗战时期昆明的文化空间与文学表达

导致昆明市场上来自香港、重庆和省内各县自产的国货占比增加①；而进入战争后期，由于占据"海陆空交通"的便利——越南、泰国边境从海路向昆明走私"舶来品"；驼峰航线"每两分半钟就有一架运输机降落，每月总运输量超过缅滇公路八倍之多"，"不论这运输的物资种类性质若何，均直接间接有助于昆明的发达"；1944年史迪威公路的开辟又为昆明带来了"大西洋和印度洋的物资"②。对外交通的枢纽地位不仅使昆明的商业氛围远较抗战初期繁盛，商业店铺从战争初期的2000余家扩展到1945年的20000余家③，而且促使这些商号中从事国际贸易的公司增多，许多规模较大、资金雄厚、具有沟通省内外以至国际流通能力的大商号、大公司纷纷出现，而"洋货"或"舶来品"则成为抗战末期的昆明大商号所偏爱经营的主要对象，如福春恒、茂恒、永昌祥等经营进出口货，信诚、春影阁、大兴公司、和通公司等经营洋杂货，万来祥等经营西药等。此时这些大商号选择经营洋货，一是因为此时便捷的国际交通有利于洋货的"进口"，二是盟军和会集至此的"高等难民"有购买洋货的能力，洋货有市场，卖得出价，有充足的利润保证。种种因素的汇集使"洋货"成为战争后期"商城"昆明的一大特色：

> 在昆明高贵华丽的杂货店中，洋货特多，而且是顶新式的。这些洋货之中，包括日用品化装品，形式美观而售价奇高。这些是供富有阶级享受的。洋货的来源，有的是美国，有的是印度，都是飞过重洋"驼峰"而来，谁带它们来，读者可以想像得到。这些洋货和其他客观的环境，把昆明造成了战时的"销金窟"④。

对于外来者，使这种"销金窟"印象更为显明与突出的，恐怕是这座城市中大商号、银行、酒楼、餐厅、影院等"现代"物质建构在地域

---

① 罗南湖：《昆明的国货业》，《国货与实业》1941年第1卷第6号。
② 张柳云：《战时的昆明》，《建国月刊》1945年第1期。
③ 谢本书：《近代昆明城市史》，云南大学出版社1997年版，第214页。
④ 丁维栋：《昆明见闻》，《新中华》1945年第3卷第9期。

第四章　顺应与反思：商业城中的现代表达（1943—1945）

上的集中。经过抗战初、中期的发展，昆明战前不同区域之间发展的不平衡[1]不但没有减弱，反而有加剧之势："昆明的繁荣并不建立在四周农村里生产的增加，生活程度的提高"，城郊农村产业在战争中"凋敝"[2]的同时，很多地方甚至还保留着农耕时代的原始初民风貌；城市西北部地区则发展滞后，尚未脱离"农业城"的朴实与简陋面貌；与此同时，战前就已发展领先的城区东南部则迅速都市化，尤其是正义路北起华山南路、南至金马碧鸡坊一带汇集众多商行、旅馆、餐馆、银行、书店，成为繁华热闹的都市中心。这个区域中，"尤以南门外公私商场为最，插足其间，几疑置身港沪租界，而非后昔日之老昆明矣"[3]，其中晓东街一带因繁华最甚，更成为"昆明的钻石，钻石的闪光"[4]。由于市内设施最现代、装修最豪华的南屏电影院和大光明戏院均坐落于此，每日吸引大量观众，其观众多为知识分子和社会上层人士。影院的繁荣又带动所在街道的发展，咖啡店、服装店、小吃店等如雨后春笋般在晓东街街道两旁先后开设。1942年美国空军等盟军开始大量进驻昆明后，晓东街又因其影院、咖啡馆等现代娱乐设施密布、故盟军常来此消遣，更成为"挂在盟国空军嘴上的街"[5]。到抗战末期的1944—1945年，晓东街已经因其犹如"'小巴黎'的陈饰"[6]"连美国人都要为之眼红"[7]的丰富奢侈品和时髦的"异国情调"[8]俨然"国际街市的面貌"[9]，并成为其时昆明现代都市形象的一种象征：

晓东街，这条昆明有名的街，挂在盟国空军嘴上的街，在电灯

---

[1] 参见本书第一章第一节及第三节。
[2] 张庆若：《昆明的前途》，《自由导报周刊》1945年第2期。
[3] 杨一痴：《昆明闲话》，云南《民国日报》1943年9月22日。
[4] 杜运燮：《晓东街》，《自由论坛·星期增刊》1945年第24期。此诗在杜运燮已出诗集中均未收录，为笔者所发现的一首佚诗。
[5] 静春：《晓东街之夜（速写）》，《文哨》1945年第1卷第1期。
[6] 张庆若：《昆明的前途》，《自由导报周刊》1945年第2期。
[7] 杜运燮：《影迷在昆明》，《观察报》1945年7月4日。
[8] 光山：《密士谢》，云南《民国日报》1944年8月3日。
[9] 肖澄：《昆明的晓东街》，《海光》1945年第9卷第4期。

光下闪耀着,热闹起来了。肩挨肩的挤着糖果店,洋酒店,咖啡馆,各地菜馆,电影院,拍卖行。电影光从洋酒瓶上,投射到开着奶油花朵的蛋糕盘上,五色缤纷的糖果罐上。拍卖行里,四周细银饰,大幅的小幅的,绣着龙凤的丝织品,寿山石章,福建漆器,绣金花的小脚鞋子,口丹匣子,香精。粉红色的奶罩,在灯光下联成一条美丽带子。街心里小汽车闪光的背,女人的钻戒,美空军的翼形徽章。

街心里流动着各种装饰的男人女人。华贵的狐腿子尖大衣,光润的卷发,木炭画成的眉毛,草绿色空军式眼镜,短裙,裸露的大腿,搂在盟国空军臂弯里,搂在发财者的臂弯里的,进出那些咖啡馆,小吃馆,电影院。①

二 "软性"文学:战争语境之外的都市表达

与晓东街所代表的充满声光色影的现代都市氛围相呼应的,是昆明抗战后期"软性"文学的兴起。

文学的"软性"与"硬性",在抗战前的昆明即有区分:"一般以软硬鉴别文字,大都是以文字的性质及内容而定!即如关于社会科学方面的理论,谓之硬性,关于艺文方面的写作,谓之软性。"② 到抗战初期"剧运"繁盛时代,"软性"与"硬性"之别又被用于剧本内容的划分,认为"与抗战无关的风花雪月的剧本"都为"软性"③。之后,"软性"成为"与抗战无关"的文学属性,与和"抗战救亡"密切相关的"硬性"文学相比,似乎天然与"个人的空想的创作"④ 相关,在抗战初期的昆明文化语境中成为一种不那么光彩的类别标签。

打断"硬性"文学至上标准的,是空袭直接引发的文化寒潮⑤。随着空袭背景下本地刊物的纷纷停刊、抗战"剧运"偃旗息鼓,昆明"文化

---

① 静春:《晓东街之夜(速写)》,《文哨》1945 年第 1 卷第 1 期。
② 编者:《前致曲》,云南《民国日报》1935 年 11 月 6 日。
③ 李时:《从昆明戏剧节说起》(上),《云南日报·南风》1939 年 8 月 26 日。
④ 高寒:《在抗战建国过程中的中国文艺》,《文化岗位》1938 年 7 月 13 日创刊号。
⑤ 参见本书第三章第一节"空袭中的昆明城:文化氛围的转变与战争心态的表达"。

第四章 顺应与反思：商业城中的现代表达（1943—1945）

城"面貌随之沉寂，抗战初期以"抗战"为绝对中心的文学图景也在逐渐消失。"硬性"标准渐趋消失之际，新的文学标准也在逐渐建立：1940年7月22日，因为"报社经费困难"①，在抗战初期的救亡宣传中处于"领导"地位的《云南日报·南风》停刊后，1941年底《云南日报》创立新的文艺副刊《读书园地》，一改此前《南风》"以国防为中心"②的严肃宗旨，宣称"本刊近接多数读者来函，咸谓内容过于偏狭，态度过于严肃"，"故决自下期起开始一方向的转换"，欢迎投稿"描写实生活的文艺""幽默而不伤大雅的小品"③。之后《云南日报》又宣布创立包含"妇女生活特辑""学生生活特辑""职业生活特辑""军队生活特辑""儿童生活特辑"的"五大生活特辑"并为此刊登征稿启事，坦言"我们要认识这个社会，这个时代，就必须了解'众生相'"④。由此，《云南日报》的文艺副刊开始走向注重趣味、关注生活"众生相"的"软性"路线。而抗战初期救亡宣传的另一个旗帜性刊物，云南《民国日报》的文艺副刊《驼铃》在1940年7月停刊后，《民国日报》在1943—1945年相继创立《煦光》《西南前哨》《文艺》《生活》等副刊，其内容也不复以往偏重抗战救国之"硬性"，开始"侧重于一般文化报导，并包括社会，文艺，科学及历史小品等"⑤，到1945年创立的"副刊"，更公开拒绝"板板六十回说教说理的东西"，宣称"只要言之有物趣味隽永而不低级的文字都选登"⑥，从而以更为开放包容的刊物宗旨和"趣味"追求也走向了"软性"。

与着力宣传"抗战救亡"并将其视为文学唯一主题的"硬性"文学相比，抗战中后期逐渐占领昆明文坛的"软性"文学并不是完全拒绝"抗战救亡"主题，而是在姿态上更为开放和多元，与日常生活相关的各种内容都可以纳入，同时文学态度上也更为轻松和注重趣味，关注与普

---

① 登岷：《殒灭和希望——为〈南风〉停刊而作》，《云南日报·南风》1940年7月22日。
② 《抗战时期教育的锋刃应当向着那里》，《云南日报》1937年9月3日。
③ 《编后》，《云南日报·读书园地》1942年2月9日。
④ 《本刊五大生活特辑征稿启事》，《云南日报·读书园地》1942年3月4日。
⑤ 《本报增开副刊征稿启事》，云南《民国日报》1943年7月27日。
⑥ 《开场话》，云南《民国日报》1945年11月1日。

通大众的情感联系。从这个意义上说,"软性"文学倒似乎比抗战初期着力呼吁"大众化"的"硬性"文学更接近"大众化",因而也可以容纳更为丰富的聚焦"实生活"的本土体验。向"软性"转型之后的《云南日报》和《民国日报》文艺副刊中,记录生活中日常感受的随笔体小散文数量最多,作者"外来"与"本地"皆有,其中既可见学理盎然、纵横古今的学者刘文典"学稼轩随笔"① 系列,也有李广田《怀土小记》、汪曾祺《葡萄上的轻粉》② 等外来者的片段思绪,还可见诸如建青《星期六的下午》③、丽云《逃婚以后》④、农建元《前途》⑤ 等由本地作者书写的日常生活小篇章。值得注意的是,抗战后期日渐都市化的现代昆明也作为背景出现在这些生活片段中,例如光山的《密士谢》⑥,描写此时昆明城的一位"摩登"女士"密士谢",形象化妆得明艳动人以外,"一件由巴黎设计过来的一九四四年式的薄如蝉翼般的旗袍,紧贴地笼罩着整个苗条的身躯。再配上脚下穿的二寸来高的高跟鞋,走着直线的步子,臀部屡屡地摆动着很自然地显露出一种曲线美来",而"大光明,晓东街,同盟联欢社……这些充满异国情调的地方,也正是她最常活动的场所",看电影必是南屏或大光明,必是"外国片而且是好莱坞的"。虽然并不了解外国尤其英语。最怕人说她土"如像土包子啦!滇票⑦啦!"故今天说是广东籍,明天说是湖南籍,因为"外省人总比滇票高明",又怕人批评她俗,故随时留意"新流行的一般新名词"。与"密士谢"纸醉金

---

① 大致从 1942 年 10 月开始,此时任教于昆明的刘文典除在《云南日报》上以"刘文典"署名发表《中国的精神文明》《中国的文学——中国的精神文明之二》《中国的艺术——中国的精神文明之三》等一系列"星期论文"外,还在其文艺副刊《文化堡垒》上以"刘叔雅"或"叔雅"署名发表"学稼轩随笔"系列,如《九九消寒图》《万古愁曲》《暹罗在日本之北》《燕九》《晁衡》《唐代乐谱》《桃花扇》《岳氏五经》《架松》《北京名将》等,内容一般是从一个具体小题目入手的"漫谈"性质的学术随笔,于历史中寻找中国历史中精神力量的脉络和细节,强调中国古已有之的精神文明,作为将来胜利之必然的佐证。
② 汪曾祺:《葡萄上的轻粉》,云南《民国日报》1944 年 5 月 18 日。
③ 诸如建青:《星期六的下午》,《云南日报》1942 年 5 月 12 日。
④ 丽云:《逃婚以后》,云南《民国日报》1943 年 8 月 1 日。
⑤ 农建元:《前途》,云南《民国日报》1943 年 8 月 3 日。
⑥ 光山:《密士谢》,云南《民国日报》1944 年 8 月 3 日。
⑦ 抗战时来到昆明的外省人有时称云南本地人为"老滇票"或"滇票",含有鄙视意。

迷的"现代"生活形成"对照"的，是浮华都市中知识分子生活的艰难，严灵的《出路》[①]即讲述联大师范学院此时的毕业学生出路多是做中心小学的教员，每月食宿不供，收入由两千元到三千元，教授们收入由两千元起，最多不过三千元，而"联大工友们在这些天纷纷辞职，据说他们的新出路是空军招待所。除供食宿外，待遇约二千余元"。教师待遇远不如在空军招待所"打杂"，这正是抗战末期"商城"现代浮华之下的"畸形"景观。

三 小报短刊的兴起：战争末期的"现代"昆明

"软性"文学在抗战中期的昆明逐渐兴起，到抗战后期则呈繁盛之势。与"软性"文学的生长趋势相伴随的，是1943年后昆明文坛小型刊物的兴起。空袭结束之后，战争氛围在昆明城日渐淡薄，日益彰显的现代都市氛围又催生市民们"文化享受"[②]的需要。为"迎合"市民们的这种需要，1943年之后，很多带有一些文化启蒙色彩，同时也兼具"中间性"或"综合性"[③]的"软性"倾向，内容上则注重通俗化、趣味化，"一切文字的作风，必定以趣味隽永，笔墨灵动为原则"[④]的"小报短刊"在昆明迅速兴起。截止到1943年8月，小城已有周报、周刊、旬刊、日刊及不定期刊49种，发行周期较短的"小报短刊"在其中占有很大比率。这些"成为一种风尚的小型周刊"[⑤]一般由私人或私人机构创办，篇幅短小，发行周期则追求快速迅捷（一般为周刊、半月刊或月刊），所刊文章一般以评述、杂文、散文、诗歌、小说等"软性"文学居多。与抗战初、中期昆明文坛曾经盛行的刊物相比，这些小报短刊的创立者既有外来者又有本地文化人，很多刊物还是外来者与本地文化人联

---

① 严灵：《出路》，发表于云南《民国日报》1943年9月7日。
② 文延昭：《略谈昆明文化》，《云南日报》1943年3月30日。
③ 龙显球：《抗战时期昆明几家有影响的期刊和小报》，中国人民政治协商会议云南省昆明市盘龙区委员会文史资料委员会编《昆明市盘龙区文史资料选辑》第5辑，1990年版，第144页。
④ 辛：《创刊自白》，《正义报·大千》1943年11月1日创刊号。
⑤ 冯至：《昆明往事》，《新文学史料》1986年第1期。

合出版、编辑、写作，其内容则既不执着于抗战初期本土刊物的"救亡宣传"，也不偏重抗战中期外来刊物所乐于表现的战争心绪，而是立足于昆明抗战后期迥异此前的社会文化背景，刊发与现实密切相关的评论分析和感怀时事的随笔杂文等。这些文字除了篇幅比较短小外，写作态度也不复此前文学进行"救亡宣传"时的"拉长了脸在演讲"，而是"像是在烟雾袅袅的私室里和人作亲切的谈话"。这番"谈话"又并不是"不着边际的空论"或"仅能引人哈哈的笑料"①，而是言之有物并与当下现实密切相关，"在旁敲侧击中，对社会发生些微教育作用"②，所以吸引了众多读者，不仅学生爱读，连店员职员、纱厂工人、汽车司机等"素不读书看报"的人也都成为这些小报短刊的读者。对于抗战后期的昆明，小型刊物的空前活跃既使得城市文化面貌恢复繁荣，"人们又想起'文化城'的谥号了"③，同时也使它因为报刊市场的"景气"而成为"国内稿费最高的地方之一"④。

此时昆明的小报短刊有几种最为常见的办刊方式：或由本地文化人或机构独立创办和维持，如1943年1月10日创刊的综合性旬刊《大观楼》、1944年6月由昆明行营政治部政治大队主编的《笔部队》旬刊、1944年7月由云南著名女企业家顾映秋任名誉社长的评论周刊《真报》等；或由外来者创办、外来文化人是其撰稿主力，但也吸纳本地作者的稿件，如《自由导报周刊》《文聚》（1942年创办的该刊曾一度停刊，1945年1月1日再度复刊）、《文艺新报》等；最普遍而有效的合作方式，则是由本地有财力、物力或"人力"（时间与兴趣等）的个人或团体出头创办，但刊物的"维持"，包括编辑、撰稿等环节又与外来文化人密切相关，如《生活导报周刊》《自由论坛·星期增刊》《观察报·生活风》等。这几种刊物在抗战后期的昆明很有影响，销量也较高，深受市民欢迎，因此对这几个刊物略加考察，倒也可看作了解这一时期昆明城市氛

---

① 吕勋：《文化革命》，《自由导报周刊》1945年第1期。
② 刘志寰：《自我的衡量》，《生活导报周刊》1943年第48期。
③ 老墨：《谈"周期性"》，《云南日报》1943年1月30日。
④ 王了一1944年自述，收入《作家生活自述（特辑）》，《当代文艺》1944年第1卷第4期。

第四章 顺应与反思：商业城中的现代表达（1943—1945）

围的有效途径。

《生活导报周刊》创刊于1942年11月13日[1]，是每逢星期六出版的周刊。据抗战时期活跃于昆明文坛的本地文化人龙显球介绍，它是云南三青团书记长刘志环为"角逐于当时政治舞台，捞一点政治资本"而"以私人名誉创办的一张小报"[2]，社址和编辑部设在昆明城北青云街。实际负责社务的则是云南大学毕业的陈尚藩和熊锡元，陈尚藩担任社长，江西人熊锡元则担任主编。刊物的撰稿人则以其时联大、云大的著名学者为主，如雷海宗、王赣愚、杨振声、冯至、沈从文、费孝通、王了一（王力）、孙毓棠、赵萝蕤等。因有本地充分财力支援，再加上外来文化人编辑与作者的强大阵容，《生活导报周刊》成为抗战后期昆明城很受欢迎的刊物，"销路一时达到三、四千份"[3]，"在昆明周报一类读物中销路最好，声誉最高"[4]。《生活导报》还很善于给自己打广告，号称"昆明的每一个角落都有《生活导报周刊》，三百六十行人人喜读《生活导报周刊》"，并宣传"每期销七千余份"[5]。这一番"自我标榜"虽可能有夸大成分，但也可见其销售势头的旺盛和市场宣传的主动意识。

纵观《生活导报周刊》，可以发现身居抗战后期的"商城"昆明，市场和读者已成为其办刊过程中不可忽视的考虑要素。因为这番考量，《生活导报》常结合当下热点筹办"专号"或举办现场活动。1943年的昆明，空袭已远，战争阴云却并未散去，而且随着1942年中国远征军进入缅甸作战，以往被视为"后方名城"的昆明也随即转换为"前方重镇"[6]，小城中人对战争前途仍然惶惑不安。"山河未复"的精神苦痛还叠加上"民生未苏"[7]的现实压力：此时因政府管理失控，通货膨胀与物资短缺不断加剧，囤积居奇、金钱至上的唯"商"之风愈演愈烈，"社会沉

---

[1] 其停刊日期待考证，目前笔者所见最后一期为第51期，于1944年1月1日出版。
[2] 龙显球：《抗战时期昆明几家有影响的期刊和小报》，中国人民政治协商会议云南省昆明市盘龙区委员会文史资料委员会编《昆明市盘龙区文史资料选辑》第5辑，1990年版，第145页。
[3] 同上。
[4] 徐知免：《回忆熊锡元和昆明〈生活导报〉》，《出版史料》2010年第2期。
[5] 广告，《自由论坛》1943年2月15日创刊号。
[6] 冯友兰：《三松堂自序》，《三松堂全集》第1卷，河南人民出版社2001年版，第93页。
[7] 查良钊：《我所认识的朱子桥先生》，《云南日报》1944年1月13日。

闷，人心焦着，几有岌岌不可终日之势"①。身处如此"一切都在激烈与急剧地改变着"②"旧信念已失，新标准未立"③的大时代，为纾解人群内心的压抑和痛苦，也为仍不可预见的战后"将来"作一番大胆揣测，《生活导报》特在1943年3月20日发表的第17期特辟"狂想专号"。"狂想专号"准备充分，出版之前先由编辑部刊发征稿信，读者投稿之后经过编辑部仔细审阅确定采用者，然后编辑还专门"约谈"这些稿件被采用的人，以便修改稿件④。最后出版的"狂想专号"，刊登陈雪屏《从心理的观点谈狂想》、雷海宗《玄想致用与科学》、费孝通《狂者进取》、王赣愚《狂热与政治》、孙毓棠《谈明星》等各路名家文章，从心理学、科学、政治学、日常生活等诸方面肯定"狂想"的价值，认为"今日大患，在于无梦想之人"，"诚如王赣愚先生所说，狂想往往可以启发热忱。狂与热实在是我们这古老文化中所最缺少的东西"⑤。"狂想专号"还配以漫画，以一趣怪"犬虫"的"想入非非"配合刊物对"狂想"的理性肯定，这种不拘一格、诙谐幽默的表达方式也是《生活导报周刊》此时能吸引城中"眼球"的有效"招数"。

"专号"之外，《生活导报周刊》日常所刊发的文章也大多与昆明现实密切相关。如冯至的《书店所见》，回忆刚到昆明时"市上所有的书店一共不过八九家，走来走去的确很寂寞"，而如今"昆明市上各样新式的商店开设了许多……尤其是在正义路以西的几条街上，新书店与旧书店也渐渐增加了。……在这人口将及四十万的城市里每天都有一些人是要从书店里购买一两本书带回家里去读的"⑥，"书店"的今非昔比中昆明在抗战历程中的发展与进步一目了然。还有沈从文的《统治责任与权力的测验——平价中的小问题》，聚焦抗战后期昆明人最为关注的问题"物价"，认为"本市物价常被人称为中国第一，世界第一"，而想要解决这

---

① 社论：《米》，《云南日报》1944年5月1日。
② 曾昭抡：《中国青年的出路》，《云南日报》之"星期论文"1943年3月28日。
③ 罗莘田：《从文艺晚会说起》，《云南日报》之"星期论文"1944年5月21日。
④ 徐知免：《回忆熊锡元和昆明〈生活导报〉》，《出版史料》2010年第2期。
⑤ 编者：《狂想的前奏》，《生活导报周刊》1943年第17期。
⑥ 冯至：《书店所见》，《生活导报周刊》1943年第45期。

第四章 顺应与反思:商业城中的现代表达(1943—1945)

一问题,对于政府来说"不是能不能,只看为不为了"①,将物价上涨的责任直指政府,笔锋尖锐泼辣。此外刊物连载的王了一"龙虫并雕斋琐语"系列从"穷""儿女"等生活细处着眼,以娓娓道来、亲切生动的随笔风格记录其时身居昆明的感受,因"同感"的表达而受到昆明读者的欢迎。

《生活导报周刊》不仅在稿件选择上贴近昆明现实,更有意"打造"热点,塑造城中的文化盛事,显示出一个成熟刊物应有的眼光与手段。例如1943年6月,在云大任教的社会学家费孝通离开居住5年的昆明到美国访问。此前由于日军进逼,滇越、滇缅路等对外通道相继中断,昆明与外界的交流和联系一度中断,如今对外交通恢复,费孝通访美正是增进昆明与外界联系的一个绝好机会。《生活导报周刊》果断抓住这一机会,不仅从当年10月开始以"本报特稿"的形式连载费孝通"旅美寄言"系列,从地理属性、人情与邦交、生活细节等方面让昆明读者随费孝通脚步了解外界,等费孝通访美归来后,还特别邀请他到青云街编辑部作小型报告,向昆明读者亲身讲述访美见闻。这种以不同方式、多种途径的"打造"不仅扩大了费孝通访美这一事件的影响,这一"打造"过程也反过来增强了报纸自身的吸引力和号召力,"在千篇一律的铜模和铅板里面创造了一点异,这一点异就显出了导报的风格"②,这种对与众不同、独此一家的"异"——独特性、专门性的追求正是《生活导报周刊》在抗战后期昆明脱颖而出、赢得市场的法宝。

与《生活导报周刊》类似,《自由论坛·星期增刊》也是由云南本地人出资创办,并在昆明城很受欢迎的一份周刊,它是政论刊物《自由论坛》下设的周报式增刊。《自由论坛》1943年2月15日在昆明创刊,社址初设在昆明市玉龙堆八号,后搬到昆明市青云街一三六号,社长兼发行人为云南大学政治系毕业的郭相卿。郭相卿是云南新平人,家境富裕,由此成为《自由论坛》的主要出资人,他的云大同学杜迈之(湖南人)

---

① 沈从文:《统治责任与权力的测验——平价中的小问题》,《生活导报周刊》1943年第47期。
② 《面对着迫害,我们战斗——告读者》,《生活导报周刊》1944年第51期。

和周维迅（河北人）则主持社论和编务。《自由论坛》为综合性质的月刊，涵盖政治、经济、社会、教育、文艺等各类论题，但关心的重点为政治问题，撰稿者多为任教于西南联大或云南大学政治、历史、社会学系的学者，郭相卿、杜迈之和周维迅就读云大时的老师、政治学家王赣愚和潘光旦则成为刊物的"精神领袖"[①]。刊物创办后很受欢迎，连延安也有直接订户。或许由于刊物的畅销，1944年9月24日，自由论坛社又创办了发行周期更为快速迅捷的《自由论坛·星期增刊》[②]。新刊物为周刊，每期四个版面，发行人仍为郭相卿。

《自由论坛·星期增刊》偏向文艺性质，常发表杂文、散文、诗歌、小说等文艺作品，西南联大、云南大学等昆明高校的师生是其作者队伍中的主力。刊物作者阵容强大，闻一多、沈从文、冯至、费孝通、李广田、王了一、吴晗等名家都是其撰稿人，汪曾祺、杜运燮、刘北汜等其时的文学新人也常为其写稿。冯至散文《忆旧游》《〈伍子胥〉自序》《个人的地位》《尼采对于将来的推测》《决断》《简单》等，王了一"龙虫并雕斋琐语"系列之《拍照》《跳舞》《看戏》等，李广田"日边随笔"系列之《分担》《建筑》等名篇都刊登于其中，《汪曾祺全集》（北京师范大学出版社1998年版）中未收录的汪曾祺早期小说《序雨》《膝行的人》也刊载其中。强大的作者阵容成为刊物吸引读者、占领市场的一种优势。

与"母刊"《自由论坛》侧重政治视域的学院讨论不同，《自由论坛·星期增刊》的旨趣更为大众化，发表内容多与昆明当下现实密切相关。在创刊号上，它即发表袁方《新旧时代——昆明往何处去？》一文，探讨大变革时代昆明的变化和出路。文章认为，抗战使昆明发生了"空前未有"的变化，"沧海桑田，转眼一切都与过去大异其趣"。这种变化，最显著的表现即是昆明城从的"旧式的农业城"，向如今充斥"机器文明"和

[①] 参见邓丽兰《叩问宪政真谛：抗战时期〈自由论坛〉杂志研究》，《抗日战争研究》2012年第2期。

[②]《自由论坛·星期增刊》的停刊日期待考，目前笔者所见最后一期为第45期，于1946年1月12日出版。

第四章 顺应与反思：商业城中的现代表达（1943—1945）

"商业化"的现代都市转变。袁方充满感情地回忆，战前的昆明生活"朴实""安闲"，手工业制造盛行："街市上熙熙攘攘的行人，穿的土布衣服，鞋帽也都是手工制造的。袜，是衣着业的手艺人的出品。木匠师傅，在他们的住家中，挥动他们的斧子，锯子，替市民做好桌子，椅子，床铺"。而抗战爆发后，建立在手工业制造基础上的"农业城"面貌逐渐消失，工业生产日渐盛行："如今工厂兴起，机器制造出来的纱布，比手工摇纺成的纱布，产量要多要快，而且标准化。不过机器产品里，已看不出工人花费的血汗，是千篇一律的，毫无人性的"。成为"商城"的昆明，不仅自身"被商品的五光十色，弄得头昏目眩"，还改变了居民们的心态和观念："在观念上，一般人趋向发财的路子，用一个专门名词说：这就是'商业化'"。"商业化"不仅产生种种"竞争的怪作风"，更使居民人人"都大受商业化的熏染"，不仅"许多人改行经商"，而且导致"人与钱分不开了"的恶劣后果。面对大变革时代趋向"商业化"的昆明，作者不禁感叹"在新旧时代里过日子难；难在它一边要讨好旧人物；一边还要迎合新潮流"，而在新旧潮流之间，"昆明城究竟变到什么地方去？"

聚焦身处大变革时代昆明的现实，《自由论坛·星期增刊》体现了作为城市周报应有的敏锐与细致。例如昆明1944年下半年影响很大的"筹募援助贫病作家基金"运动，该刊物不仅在第2期上即刊登《为援助贫病作家敬向本刊读者呼吁》的中缝广告，随后又在1944年10月22日出版的第5期中发表闻一多、冯至、楚图南、李广田、尚钺等123人签名的《给贫病作家的慰劳信》予以声援。1945年上半年昆明市物价飞涨、市民怨声载道，在此背景下该刊不仅发表杨西孟《物价问题的新阶段——独占下的动态与既得利益的形成》[①] 等一系列讨论物价问题的文章，还在1945年4月7日出版的第22期中选取市民关注的一系列问题发布民意调查问卷，题目中就包含"目前物价狂涨主要的原因是物资不足并非管制不良。——这句话你看对不对？"并在随后第24期公布根据143个昆明

---

① 杨西孟：《物价问题的新阶段——独占下的动态与既得利益的形成》，《自由论坛·星期增刊》1945年第22期。

市民的回答统计而成的民意测验答案（认为物价狂涨的原因正是政府"管制不良"），显示出刊物与现实问题、大众舆论之间的积极互动。

《自由论坛·星期增刊》还着意刊发与昆明城市氛围密切相关的文学作品。抗战后期，随着以美国空军为主的盟军大量驻扎，"盟军多"已经与前述"洋货多"和"物价高"一起，成为此时昆明社会与市容的三大特点之一[①]。聚焦"盟军"与昆明城不同方面的"交融"，刊物发表吴秋舫的《美国兵》[②]，记录一名大学生到美军招待所做翻译的所见所闻，文章中虽有玩乐但投入工作却非常认真的公私分明的"美国兵"形象令人印象深刻。还有红茜《联欢之夜》[③]，记述昆明城一名女学生第一次参加美军舞会的兴奋和慌张，心理描写细腻真实。同时，昆明城抗战期间翻天覆地的变迁也出现在刊物作者的视野中，如杜运燮的诗歌《晓东街》[④]，从战争期间从无到有、从荒僻到极度繁华的城市地标"晓东街"着眼，以讽喻的笔调表达自己对抗战末期昆明都市"畸变"历程的荒谬感受。这种都市"畸变"的复杂感受，也出现在杜运燮发表于《自由论坛·星期增刊》第27期的散文《第三代》中。《第三代》记述"我"对昆明一条"肮脏小街"三年之间的见闻：三年之前这里陈旧破烂，房东十岁的孙子无人管教学会偷赌，房东希望他变好而不得其法，只能武力惩戒，孩子"每晚回来就驯服地挨打哭号"，引起全街人关注感叹；两年之后"我"又和这个孩子重逢，他的祖父已经死去，他本人则成为贩卖《朝报》晚刊的报童。而在这三年间，昆明"除米价贵了好几十倍，每星期有三天有名无实的吃素日，奢侈品应有尽有，而且更多，咖啡店饭馆的顾客更为拥挤，妓女活动的范围更为扩大，态度更为大胆，一般民众眼里的火光更为炽红外，似乎并没有变了多少"[⑤]，作者对昆明城战争巨变的复杂感受寄寓于平淡的叙述当中。而此时这种"人"对于"城"的复杂感受，或许在叶笙富含现代意味的诗歌《人与城》中体现得更为鲜明：

---

① 丁维栋：《昆明见闻》，《新中华》1945年第3卷第9期。
② 吴秋舫：《美国兵》，《自由论坛·星期增刊》1944年第2期。
③ 红茜：《联欢之夜》，《自由论坛·星期增刊》1945年第20期。
④ 杜运燮：《晓东街》，《自由论坛·星期增刊》1945年第24期。
⑤ 杜运燮：《第三代》，《自由论坛·星期增刊》1945年第27期。

第四章 顺应与反思：商业城中的现代表达(1943—1945)

街牵连街像血统不清的亲属，
光亮映成一疋色盲的印花布，
人群制作那么多方向和声音，
车辆疯狂地丢开手脚和眼睛；
要找一个完整的影子，只有
从另一个世界来看这座城市。

战争似乎在别个星球，
你整天整夜奔向欢笑，
在午后你怀着冲淡的，
情绪向往别人的号外。

你还有一份仇恨，
投给那些外来人：
像脚趾，在鞋破时，
排挤着自己的兄弟，
懂得你像看清透明的锁钥。
你这不智的，走私的口港，
你有流不完的污浊，
你有罚不尽的罪行。①

被称为抗战末期"昆明最好的报纸"② 的《观察报》，也体现着"本地"和"外来"的有效合作。《观察报》是云南省国民政府主席龙云的长子龙绳武"退役后在昆明所办的报纸"③，聘请战时疏散来滇的南京报人陈仲山等筹办，疏散在昆的田汉、安娥也负责其编辑工作，于1944年12月1日创刊，1949年9月终刊。刊物是一份四开日报，社址设在昆明城五华山下华山南路中段的一幢西式楼房中。《观察报》没有"门户之

---

① 叶笙：《人与城》，《自由论坛·星期增刊》1945年第18期。
② 正明译白密勒氏评论报：《昆明的报纸》，《知识与生活半月刊》1947年第15期。
③ 张朋园访问，郑丽榕记录：《"云南王"龙云之子口述历史》，收入"'中研院'近代史研究所口述历史系列"，九州出版社2011年版，第40页。

见"，既邀请费孝通、冯至、孙毓棠、卞之琳、雷石榆、聂索、常枫、赵橹、高音等联大教授和著名文化人为其写稿，也积极培养新人，同时开辟反映昆明现实生活的《特写》专栏、传递外界文化信息的《新书评介》等专栏，显示出兼容并包、生动活泼的刊物风貌。

最能显示出《观察报》兼容并包风格的，是其设立的几种副刊。刊物创刊后先在第三版设立《显微镜》副刊，每日刊登，由昆明本地著名戏剧家范启新[1]负责编辑。《显微镜》特别重视"旧剧"[2]建设，发表不少与"旧剧"相关的随笔杂文，如章礼扬《假使我是王宝钏》[3]等，还连载本地著名剧人陈豫源[4]撰写的专栏"戏有益斋随笔"，如《取闹之味》《义演感言》《旧本潘金莲》《延安也唱旧剧》《戏剧与人生》《秦腔》《办旧剧刊物》等。"戏有益斋随笔"常针对现实戏剧问题或相关现象发表感想，并常常以"旧剧"立场发言，并着眼"旧剧"在新的社会形势和文化面貌下的"改造"，认为"旧剧中趣剧之不合情理处，然而却非常天真，不少趣味盎然者"[5]，而旧剧刊物如今没落，最大原因在于"旧剧本身，已由娱乐而变为文化艺术"，因此刊物也因改变旧套，"谈艺不谈人"[6]，进行自身的现代变革。

与《显微镜》的"念旧"相比照，《观察报》又先后在1945年3月1日和6月11日设立副刊《生活风》和《新希望》，由新文学代表作家沈从文负责主编，之前为联大学生、时任云南大学教师的程应镠则负责《新希望》的日常编辑工作[7]，程应镠还邀请他以前的联大同学钟开莱、王逊（此时在联大教逻辑学）、丁泽良（教中国通史）等一起帮忙。《生活风》和《新希望》着眼于"新"，既关注昆明城日新月异的当下现实，

---

[1] 关于范启新在抗战前昆明剧坛的作为，可参考本书第一章当中"云南话的舞台语"讨论部分。
[2] 昆明文坛此时把话剧（"新剧"）以外的传统剧艺例如京剧（昆明剧坛常称为"平剧"）都称为"旧剧"。
[3] 章礼扬：《假使我是王宝钏》，发表于《观察报》1945年1月7日。
[4] 关于陈豫源相关事迹，可参见本书第二章昆明"抗战剧运"部分。
[5] 陈豫源：《取闹之味》，《观察报》1945年1月3日。
[6] 陈豫源：《办旧剧刊物》，《观察报》1945年1月28日。
[7] 参见程应镠《永恒的怀念》，《长河不尽流》，湖南文艺出版社1989年版，第118页。

第四章 顺应与反思：商业城中的现代表达（1943—1945）

又特别贴近城中新生的文化力量进行编撰工作。1945年3月11日刊登的《生活风书简》，正表达出《生活风》的刊物宗旨：编辑部希望为"活在我们这个灰色的时代的年青的人青年们""在这块园地里能够寻找到一些与他们生活里有关的文字"①。纵观《生活风》和《新希望》，与青年们密切相关的"生活"确实成为刊物聚焦的重心，而这"生活"又特别显示为对战争背景和昆明当下现实的强烈关注。

关注"战争"，《生活风》先后刊登费孝通撰写的《销骨为厉》《亡城宝》《约翰不死》等几个富有传奇色彩的国外战争故事，使小城居民能够通过这些故事与外界战争气氛相联结，并受到故事主人公大无畏英雄气概的感染与熏陶：《销骨为厉》②讲述"二战"中一个捷克女工的复仇故事。她的新婚丈夫，一个研制新型炼钢术的青年工程师因维护人权被德国人害死，妻子为复仇作为女工来到炼钢厂，她记得丈夫的话：磷可使炮弹在发弹时爆炸，而人骨里有磷，于是自己投入钢炉，用自己的身体使钢炉中混入磷，结果苏军攻打此地时堡垒中的重炮自己破裂，守兵都因此死去，苏军因此不战而胜。《亡城宝》③则讲述1940年夏末纳粹攻占诺曼底时，德国军官拜会法国老公爵的山庄，假以安全为名要把山庄中的艺术珍品转移到柏林的博物馆。富有爱国精神的老公爵坚决不答应。后来盟军炸弹不幸误炸山庄，珍藏的艺术珍宝被毁，德国军官气恼老公爵当初不听其建议，老公爵却露出笑容说"我很高兴这些画是毁了，因为即将跟着毁灭的是你所谓艺术的罪人！日子不会太远了"。这些小故事用通俗易懂的传奇笔调叙述外界的战争故事，使昆明读者既有同仇敌忾的感受，又能感受到故事主人公不惜一切代价战胜敌人的精神快感，显示出《生活风》对读者口味精准的拿捏和把握。

聚焦"现实"，《生活风》和《新希望》除开辟《风向》专刊，以《腐烂的新生》《教育贩子》等对昆明城当下风潮发表议论外，还发表杜运燮《追物价的人》《影迷在昆明》《都市的早晨》，傅道声《中印公路

---

① 《爱孤单，爱寂寞，爱沉静，爱艰苦》，《观察报·生活风》1945年3月11日。
② 《销骨为厉》，《观察报·生活风》1945年3月1日创刊号。
③ 《亡城宝》，《观察报·生活风》1945年3月10日。

幻想曲》，瑞《小圈子里》，邹哲《婚嫁》等与昆明背景密切相关的文学作品，从不同角度进行对抗战后期的昆明进行了"想象"。主编沈从文此时在刊物上发表的一系列文章如《说变》《吃大饼》《谈沉默》《欢迎田汉先生》等，也内容也大都由昆明现实引入或直接与其密切相关。

  对抗战末期的昆明城描摹得最为细致生动的，或许要算"生活风"上连载的"昆明旅"小说系列。这一作者署名为"林间楚"的系列小说，以巴尔扎克"人间喜剧"似的全景式白描手法，对昆明抗战末期特殊氛围之下的各类人物及其生活氛围进行了栩栩如生的"速写"：这里有和美国空军中尉海尔塞约会的三位女士——年轻美丽富有的田小姐，有丈夫孩子但是中尉特别喜欢的黄太太，还有在机关工作想靠与美国军官交际赚些外快的李女士。三位女士为中尉争风吃醋，中尉却托人捎信给她们，说他临时接到命令要调到印度去此时已经离开昆明，离开中国，而且不能再回来。三人看完都不再说话，"田小姐和黄太太都凄凉地抬起头来望着那碧蓝无云的天空，想发现一只银白色飞机的影子。李女士握紧了皮夹却仍在发呆"[①]；这里有囊中羞涩，理了发今晚就没钱吃饭的年轻诗人，却在市中心晓东街××理发室门口巧遇三年前弃学投军的老同学贾整。贾整告诉诗人"想不到国内是这样一种情形，昆明城的花天酒地，醉生梦死，简直使人感到缅北前线弟兄的死难真划不来"，然而自己却也夹带私货回国转卖，让诗人感到非常失望[②]；这里还有"南国佳人"丁娟小姐，因为战乱到昆明求学并考取一个有名的大学，但因在香港工作的父亲失业，为在"全球物价最高峰"的昆明养活自己，丁小姐只能每晚到俱乐部陪美军跳舞，最后在"一雨成冬"的早春着凉病倒[③]；这里有苦追昆明女孩王慕荣的战区大学生何苦学，不惜血本带女朋友到繁华的市中心宝善街看电影喝咖啡。王慕荣想买"十几颗红宝石镶起来的手镯"，何苦学看到价钱要国币十万元整，不禁想到远方父母弟弟所过的苦日子，于是"脸孔发灰，全身直抖，觉得天翻地覆，地球都在奔溃"。女朋友不

---

  ① 林间楚：《吉普车上三女性》，"昆明旅"之四，《观察报·生活风》1945年3月13日。
  ② 林间楚：《诗人和战友》，"昆明旅"之五，《观察报·生活风》1945年3月16日。
  ③ 林间楚：《一雨成冬的火山口》，"昆明旅"之三，《观察报·生活风》1945年3月9日。

第四章　顺应与反思：商业城中的现代表达(1943—1945)

屑他的"窘样"，最终和认识的男子一起离开了，何苦学顿时觉得"什么都完了"①；同样面对生活的艰辛的还有居住在一条破旧小巷子里的三位教授，他们都在战争爆发后搬到昆明的一所大学中任教。教授之一冯大林，弟弟写信向他讨要经济支援，他却囊空如洗，不禁后悔自己为何要读书留学当教授。教授之二陈中宣，日夜操劳却无法维持家庭基本的生存需要，只能让妻子和三个孩子吃素，妻子为了买鸡和猪蹄给他过四十岁生日，只能忍痛卖掉自己的结婚戒指。教授之三文廉，生活境遇最为悲惨，妻子卧病在床，两个孩子饥饿却没有饭吃。为给妻子治病文廉向陈中宣借钱，陈中宣把妻子卖戒指的余款借给了他，但妻子最终因病情拖得太久而不幸死去。小说的最后，冯大林的学生钟华因生活困苦离开昆明，离昆明前给老师写信倾诉。冯大林回信，诉说自己为糊口度日只能卖掉珍藏已久的书籍，而这一切苦难"是为的什么呢？我们是曾犯过罪吗？让我们现在过这样的生活？"②

通过"昆明旅"系列以点带面的"勾勒"，我们可以感受到战争末期的昆明城，一方面是交通运输优势造成的商机无限，许多人"找钱的欲望战胜了一切"③，物欲至上、金钱万能的浮华心态融入市中心如晓东街、同仁街一带纸醉金迷的城市氛围，显示出"商城"昆明繁华现代的都市图景；另一方面却是因通货膨胀、纸币贬值、物资紧缺造成的普通人生活困境，学生和教职人员又成为这种困境的最大受害者，他们的基本生存面临巨大压力，更遑谈发展与进步，甚至因此对社会现实和未来产生一种绝望之感。他们的境遇，正显示出"商城"繁华外表之下"充满了畸形的现象"④。对于昆明城的青年学子，这种"现代"面貌之下两极分化、贫富不均、发展极端失衡的城市面貌，不仅以"生活的困苦"⑤使他们感受到"精神上和物质上的窒息与苦痛"⑥，更以"社会不公"的强烈

---

① 林间楚：《同仁街檐下》，"昆明旅"之四，《观察报·生活风》1945年3月5日。
② 林间楚：《名门街》，"昆明旅"之六，《观察报·生活风》1945年3月21日。
③ 《腐烂的新生》，《观察报·生活风》1945年3月1日创刊号。
④ 张柳云：《战时的昆明》，《建国月刊》1945年第1期。
⑤ 本报记者：《愁容满面，不忘救灾：联大学生和救济金》，《云南日报》1944年4月26日。
⑥ 社论：《米》，《云南日报》1944年5月1日。

刺激使他们意欲跳出这压抑的书斋，"投身在狂热的生命的火流里"①，从而成为1945年后愈演愈烈的学潮发生背景。而作用于文学表达，城市"现代"外壳下"社会不大正常"②的"畸变"感受又促使其中富含"当代的敏感"③的青年诗人们以批判的目光审视"商城"，对其中弥漫的所谓"现代"开始进行反思。

第二节 都市畸变体验：西南联大诗歌的现代性生成

一 不满"现代"：本地刊物的诗歌表达

以文学体裁而论，1940年以前，与抗战"剧运"密切相关的话剧（包含演出与创作）是昆明文坛最为耀眼的组成部分，而随着战争背景下昆明城日趋都市化的飞速发展，着意注视小城日新月异的"现代"并对其予以发掘、表达惊叹并常带上某种不满情绪的诗歌，开始越来越多地现身于本地刊物之中。

1940年4月24日，《云南日报·南风》发表了"何首"《关于诗的话》，感叹"现在不论是报纸或杂志，外面的投稿几乎有百分之八十是新诗"。在这篇文字发表之前，作为本省文化刊物的翘楚，《云南日报·南风》在刊登诗歌占比越来越大的情况下，已经分别在1940年3月11日、4月16日和4月23日刊发诗歌"专刊"或"特刊"，集中刊登日益增多的诗歌稿件。这些诗歌除了一如既往抒发抗敌救国的战争情绪之外，战争历程中昆明城自身的"变化"也开始投射于诗人的视野。在"晓阳"的《昆明乡下》中，战争中的昆明"寺庙变成了/修铁路的办公室；/新盖的工厂/也驱逐了古老的坟墓"，同时随着内地人群的涌入，"在河边洗衣的/有江南口音的使女，/在栅子门下摆纸烟摊子的/也是广东老太婆。/小茶铺里的人们；/指手划脚地谈论着油，盐，柴，米。/大家津津

---

① 黄丽生：《沉思者》，《文聚》1945年第2卷第2期。
② 许烺光：《说人——一个社会人类学的观点》，《自由论坛》1944年第2卷第2期。
③ 王佐良：《谈穆旦的诗》，《中楼集》，辽宁教育出版社1995年版，第183页。

第四章　顺应与反思：商业城中的现代表达(1943—1945)

有味的/叙述着已往的生活"①。由战争驱使的工业化发展、外来人群增多而造就的城市发展趋势下，昆明城无可置疑地日益都市化。而这种都市化，因其不可避免带来的物质繁荣与消费浪潮，在本地诗人看来却似乎与"抗战救国"的严肃时代主题有所违背，于是这些聚焦昆明城现代转变的诗歌中，却常常透露出诗人戏谑讽喻甚至蕴含不满的态度。一首名为《娱乐忘了救国》的小诗正是这种态度的极端表现：

> 十一月里树叶黄，昆明有了溜冰场，
> 少爷小姐溜冰喜，场主老板收钱忙，
> 影院天天告客满，饭店天天有开张；
> 若要问起寒衣捐，眉头一皱快步放：
> "快滚快滚快快滚，你要抗战你去抗！"
> ××酒店摆了席，××戏院包了厢。
> 奉告各位阔老们，跳舞勿在火山上；
> 敌军迫近乐园了，昆明将不成后方。②

可以看出，在面对"溜冰场""影院""饭店"等渐次涌现的现代都市意象时，本地文化人的心态仍然与抗战初起、抗拒外来"摩登"时的敏感状态变化不大③，仍旧把其视为颠覆昆明原本淳朴氛围并违背抗战庄严氛围的"入侵物"。而被这些入侵物日渐占领的小城则因并没有显示出对这种入侵的明显"拒绝"。还似乎表现出某种"欢迎"状态，被本地诗人们"怒其不争"地视为"荒淫无耻的姑娘"④。

到抗战后期，随着昆明城都市进程的加剧，这种描绘小城都市外貌并

---

① 晓阳：《昆明乡下》，《云南日报·南风》1940年2月29日。
② 《娱乐忘了救国》，《云南日报》1940年3月29日。
③ 参见本书第二章第三节"抗拒'摩登'与《昆明杂记》风波：面对'外来'的复杂心态"。
④ 林克：《你流亡到虔昆明——给 s》，《云南日报·南风》1940年4月25日。这一意象在其时昆明文学作品并非单独出现，夏凤铎的《昆明散记》中也觉得日渐充满享乐主义的昆明城是"一个荒淫无耻的姑娘"，"让有钱的人，日夜的伴着你享乐下去吧"（云南《民国日报》1940年5月10日），可见"荒淫无耻的姑娘"已成为当时文人对昆明城的某种"同感"。

对其表达讽刺或不满的诗歌在本地诗人中更为流行，如刘光武《糜烂的天堂》，写"昆明之夜，交流着无耻和庄严"，"摩天的高楼，耸立如几何图案，玫瑰灯吐出耀眼的光，销魂的音乐悠扬，轻快的步履，舞姿珊珊，醉人的歌声，拥抱着淫荡飞散，玉臂，酥胸，粉腿……有着神秘的色香"，憎恶批判"高贵的金银，从丑恶里透出光芒，牵引着一串贪婪的心，牵引着一串卑污的灵魂，从糜烂走向死亡"①；还有贾献正《山城夜咏》，眼中的昆明城"小家碧玉学摩登，麇集舞场笑盈盈""酒楼饭店盛筵开，佳丽成群车成排"②。对于本地诗人，此时对都市罪恶的批判仍然与抗战初期类似，常依托与战争严酷氛围的比较来进行，如"溅波"的《伸手》，眼前"虚饰着繁华的市街"即在与"无助地痴立街头/向行人伸手/夜晚缩进久无人避的防空土洞"③的伤兵形象对照中益显出其"虚浮"与"罪恶"。

二 都市畸变：联大诗歌的现代性体验

同样置身抗战昆明趋向都市的现代演变，与本地诗人对城市糜烂物质场景铺陈或对都市罪恶的简单批判相比，西南联大诗人却从昆明由抗战初期的"农业城"④到抗战后期俨然现代都市"巨变"的历史语境中产生了自身独特的"都市畸变体验"。这种对于现代性的本土体验，在孕育出西南联大现代诗"现代"属性的同时，或亦关联着中国现代诗的"中国"品格。

依据现有研究成果，西南联大现代诗的产生与西方现代主义诗歌的影响密切相关，而联大诗人们最为推崇的波德莱尔、艾略特、里尔克、奥登等诗人们正是在对西方现代都市文明的怀疑与否定中建立起自身的现代性。在以往的研究视野中，这些外国诗人和联大诗人之间，如此现代体验仅仅通过学院讲授和文学阅读的途径进行连接。这种研究视野使

---

① 刘光武：《糜烂的天堂》，云南《民国日报》1944年8月3日。
② 贾献正：《山城夜咏》，云南《民国日报》1944年8月10日。
③ 溅波：《伸手》，《诗与散文》1944年第3卷第2期。
④ 袁方：《新旧时代——昆明往何处去？》（一），《自由论坛·星期增刊》1944年第1期。

第四章 顺应与反思：商业城中的现代表达(1943—1945)

我们倾向于认为，西南联大现代诗中的都市体验及由之而起的现实批判与文明反省似乎并不属于联大诗人由生活实感而形成的切身体验，而是教育与阅读影响之下形成的象牙塔中的间接经验。

而事实上，与西方现代主义间接经验间或许同样重要的，是抗战昆明的独特时空给予联大诗人的现代性切身体验。这种切身体验不仅仅是学界思维定式下凝滞空间内的边地风景体验[①]，更是激变时空内应都市畸变景象而生并因抗战因素而深化的现代都市畸变体验。在郑敏看来，联大现代诗源自"具体的生活体验与抽象的思维间不断的循环的精神运动"[②]，如果说"抽象的思维"更多地受到西方现代主义诗歌影响，那么"具体的生活体验"则与联大诗人们所亲历的昆明都市畸变历程密不可分。

把都市畸变体验引入西南联大现代诗的生发背景，不仅能够对西南联大现代诗这一文学本体产生更准确而全面的认识，并为解读西南联大现代诗带来新的阐释资源与角度。更为重要的是，这一研究视野的拓展能够使我们更深刻地感知，诗歌从来不是象牙塔中坐而论道的知识堆砌或观念推演的产物，它从来与敏感而切身的现实体验密切相连，真正优秀的诗歌尤为如此。可以说，正是在对于自身所存生的背景——"抗战昆明"全部现实的感知和体验中，在这背景与自身体验的相互磨砺与激发中，西南联大诗歌方始收获了它的"现代"品格，而这作为背景的全部现实，既包括尤其在抗战初期使联大诗人们印象深刻的边地自然风景，又不可忽视抗战中后期愈加明显和强烈的都市畸变历程。

"畸变"，既畸形的变化，这个畸形，首先意味着急剧甚至不正常的变化速度。对于联大诗人们，这种畸变体验则首先来源于昆明城从富有

[①] 关于边地自然风景对西南联大文学创作的影响，近年来已有一些研究者开始注意到，值得关注的论文有明飞龙《抗战时期沈从文、冯至的文学创作与"风景昆明"》(《江西社会科学》2014年第11期)，马绍玺《边地风景体验与西南联大诗歌》(《文学评论》2015年第1期) 等。然而对于昆明抗战中后期急剧发展的都市化历程对联大文学产生的影响，至今还是一个被学界所忽略的问题。

[②] 郑敏：《诗歌与哲学是近邻——关于我自己》，《诗歌与哲学是近邻——结构·解构诗论》，北京大学出版社1999年版，第474页。

田园色彩的农业小城向现代都市的急剧转变。

抗战初期,从北京、天津这样的大城市疏散到昆明,"逃难"对于沉醉西方现代诗氛围的年轻诗人们,同时也意味着对都市文明自觉的逃离:"我们终于离开了渔网似的城市,/那以窒息的、干燥的、空虚的格子/不断地捞我们到绝望去的城市呵!"(穆旦《原野上走路——三千里步行之二》)。在这样的语境中,城市化进程方始起步的农业小城昆明,吸引这些远道而来的诗人们的,是与现代城市化面貌截然相反的自然美景和田园氛围。这一时期,远来的诗人们几乎都写过一两首赞美边地自然风景的诗歌,赞美这种"朴素,坦白,少有历史的负担和人工的点缀"① 的自然,则同时也意味着与以往都市语境的有意区分。此外,由于这种自然原本具有的"在人类以外,不起一些变化,千百年如一日,默默地对着永恒"② 的凝滞静止、永恒不变的特质(或者说联大诗人们有意挖掘出了这种特质),对于联大诗人,昆明的自然风景在此又构成颠沛流离战乱现实中带有安定感的精神慰藉甚至"精神食粮"——冯至的《十四行集》正是因对这一在联大诗人中富有代表性体验的出色把握而成为抗战初期联大诗歌的一面"旗帜"。

《十四行集》创作于1941年,其时昆明抗战中的城市化跃进方始起步,而且为躲避日益增多的空袭,冯至1940年就举家搬离市区,此时正居住在昆明东郊金殿山后的林场茅屋,有课的时候方短暂进城。依据冯至此时创作的散文《一棵老树》《一个消逝了的山村》及相关回忆,可以想见其时这作为居住地孕育诗情的郊外林场那远离尘嚣的田园风光。可以说,《十四行集》选择以边地风景体验的方式与昆明相连接,正源自冯至此时隐居郊外的切身感受。

相对于为躲避空袭纷纷迁居郊外乡下的联大教师们,此时主要居住于城内校舍而"经常活动的地方是市内"③、偏爱到市中心区域逛街看电

---

① 冯至:《〈山水〉后记》,《冯至全集》第3卷,河北教育出版社1999年版,第73页。
② 冯至:《一个消逝了的山村》,《冯至全集》第3卷,河北教育出版社1999年版,第46页。
③ 汪曾祺:《七载云烟》,《汪曾祺全集》第6卷,北京师范大学出版社1998年版,第121页。

第四章 顺应与反思：商业城中的现代表达(1943—1945)

影的联大学生们，对于昆明此时暗潮涌动、方兴未艾的都市畸变历程则拥有更为敏锐的触觉。1940年，联大外文系的赵瑞蕻写诗《昆明底一个画像——赠新诗人穆旦》①赠予好友穆旦。在这首"采取现代派手法"②为1940年昆明"画像"的诗作中，不仅与时俱进地出现了"沿着滇缅新铺的铁道""跑警报"的新鲜经历，跑警报沿途所领略的昆明自然风物中还骤然出现"远远地，一辆汽车，紫色的一闪，扬着黄尘……"的工业意象，而跑警报的年轻人面对郊外自然，心中却保有"留恋前夜咖啡店那一双闪亮的明眸"这样的都市体验。"汽车"与"咖啡店"这样典型的都市意象在边地自然风物中出现，伴随着跑警报这样的战争经历介入一向被视为世外桃源的昆明城，崭新而复杂的体验使诗人似乎感到必须得采用一种前所未有的诗歌形式才能恰如其分地承载诗情，于是在这首诗的开头，在充满现代都市气息的生活场景描写之后，诗人却骤然穿插古老中国的田园意象作为"对照"：

> 正午十二点一刻又三分钟，
> 朋友冯试弄从安南买来的吉他琴
> 看看还能轻描往日古城的绮梦？
> 六十只越币，法国制，华美的装潢
> 弹奏一只 ALOHA OE 小曲吧
> 试拨一下新弦，静听那流水的琮琮琮
> （公子挥着宫扇，眼前飞过双蝴蝶……）③

依据这幅"画像"，可以想见1940年昆明给予赵瑞蕻最深刻的体

---

① 发表于《中央日报·平明》1940年第225期。
② 赵瑞蕻：《离乱弦歌忆旧游——纪念西南联大六十周年》，《离乱弦歌忆旧游——从西南联大到金色的晚秋》，文汇出版社2000年版，第11页。
③ 此段在收入《西南联大现代诗钞》的版本中作了较大修改。修改后的版本更强调"昆明"的地点因素，"传统"与"现代"两种时代氛围的对照也更为明显："中午十二点十分又三分钟，/昆明，云贵高原上的春城。/同学F试弄从安南买来的吉他，/还能重温故都往日的绮梦吗？/六十越币，法国制，华美的装潢，/弹奏一支 Aloha Oe 小曲吧——/拨动新弦，谛听流泉般的乐音，/（少女摇着团扇，楼外飞过双蝴蝶：/离愁正引千丝乱，更东陌，飞絮蒙蒙……）"

验，正是桃源梦想与战争现实、边地风物与都市文明、田园氛围与现代体验，甚至 ALOHA OE（《夏威夷骊歌》）这样的美国流行音乐与传统中国破旧胡琴的凄然乐声这些性质不同甚至截然相反之因素的矛盾并存。而催生这诸种"对立统一"因素的，正是昆明在抗战期间急剧的变化。这种变化前所未有也无从预测，却正因"变"的丰富与新奇吸引着身处其中又富有"当代敏感"的年轻诗人，而这种吸引显然也不单对赵瑞蕻一人有效。

同年11月，刚留校成为联大教师不久的穆旦创作了可以看作"回赠"赵瑞蕻诗作的著名诗篇《五月》，并在其中把赵诗中玩票性质的偶发"对照"扩展为整首诗作的形式，以五段仿作的七言古诗间隔穿插四段现代诗来组成诗作。诗体形式的猝然对照间，穆旦展现了由"菜花""布谷""扁舟""浪子"等旧时田园意象与由"火炬的行列叫喊过去"的街道、"登过救济民生的谈话"的报纸等现代都市意象奇异并存的"五月"，并把这种奇异并存概括为"一个封建社会搁浅在资本主义的历史里"。其实在更早一些的时候，拥有敏锐洞察力的穆旦就已经把这种诸元素跨越时空的奇异并存放进自己那篇极少见地有着明确地点指向的诗作《一九三九年火炬行列在昆明》，并在该诗中挖掘此时存生于这一地点的、隐身于现实种种表象之后的时代巨力：

  轰隆，
  轰隆，轰隆，轰隆——城池变做了废墟，房屋在倒塌，
  衰老的死去，年轻的一无所有；
  ……
  粗壮的手，开阔条条平坦的大路，
  粗壮的手，转动所有山峰里的钢铁，
  用粗壮的手，拉倒一切过去的堡垒，
  用粗壮的手，写出我们新的书页……[①]

---

① 穆旦：《一九三九年火炬行列在昆明》，《中央日报·平明》1939年第9期。

第四章　顺应与反思：商业城中的现代表达(1943—1945)

在这些诗句中，诗人以敏锐的直觉感受到了此刻正笼罩昆明的时代"翻云覆雨手"的"粗壮"有力，它以碾压一切、势不可当的姿态要推倒一切过往、要写出新的书页、要急不可待地跨越到另一篇章。年轻的诗人为见证这"要有光，就有了光"的时代力量而震惊兴奋，又感到隐隐不安。身处其中的联大诗人们此刻并不能完全获知，在外界观察家看来，1940年前后的昆明已经由于抗战中战略地位的变化，由昔日世外"勘察家"正跃身为"中国的新门户"①，同时由于大量外来人口与资本的涌入，昆明人口已从战前的十万增加到三十多万，地价飞涨，商业也开始繁荣，在外来者眼中甚至已类同上海成为后方"冒险家的乐园"②。这些彼时联大诗人们所尚不能完整获悉的历史叙述，却借助他们敏锐的时代体验，经由《昆明底一个画像——赠新诗人穆旦》《一九三九年火炬行列在昆明》《五月》等现代诗篇"定形"并传递，使我们如今读来，仍能从中真切地感知历史的那一时段，在时代巨流的裹挟中，小城昆明曾经以怎样"粗率的姿态"，匆匆"涉入生命的急流"（郑敏《时代与死》）。

1941年12月7日，日军偷袭珍珠港。万里之外事件的影响却以"蝴蝶效应"迅速波及中国的边陲小城。珍珠港事件迫使美国对日宣战，继而美国对中国的援助升级，1942年为在云南开辟新的国际航线以代替被日本切断的滇缅公路，以美国空军为主的盟军开始大量进驻昆明。盟军的大量到来使此时的昆明"突然热闹沸腾起来，城区也向四面八方扩展，拥挤不堪"③，1942年由此成为昆明抗战时期都市化历程加速的一个时间点，连昔日沉醉边地自然风光的冯至也深刻感到"1942年后，我和林场茅屋的田园风光日渐疏远"④。这种"疏远"固然因为此时的冯至搬离了林场住进了市区，却更因为随着市区急剧的城市化发展，昆明的面貌与氛围已经与抗战初期的自然田园风貌迥然

---

① ［比］G. Samion：《中国的新门户——昆明》，董枢译，《青年》1940年第8期。
② 高山：《昆明——后方冒险家的乐园》，《改进》1939年第2卷第5期。
③ ［美］费正清：《费正清对华回忆录》，陆惠勤等译，知识出版社1991年版，第218页。
④ 冯至：《昆明往事》，《新文学史料》1986年第1期。

有别。

其次，畸变体验中也蕴含对抗战昆明都市巨变"畸形"的价值判断。尤其到了抗战末期，伴随昆明城市化历程在极短时间内的全面加速，联大诗人敏感地注视着昆明的巨变："昆明的房子，越盖越密，越住越挤了，昆明的居民们越过越紧张了"[①]，"汽车路像大蛇蜿蜒着通过来，/……载来了白天和夜晚一样真实的/资本的浪潮"（罗寄一《草叶篇》，1944），"一座偏僻的/小城，承受了从未有过的/繁荣，从大都市里来的/人们给它带来了鼓舞，/也带来了惊慌和恐怖"（冯至《我们的时代》，1943）。这种体验里既感受到变化中"繁荣""鼓舞"的积极一面而确认其"发展"，也因没有逃避变化中"紧张""惊慌"甚至"恐怖"的因素从而对"发展"心存怀疑。

继而，伴随昆明此时的城市化跃进，与抗战初期恬静的自然田园氛围截然不同的都市面貌随之迅速呈现，联大诗人敏锐地捕捉与感受着其中的万物百态，巨变体验中又开始带有"畸变"的价值判断：在联大诗人眼中，都市中热闹的"拍卖行"却是消解价值的所在，它把"尤物"们"潘彼得的梦"解构为"芝加哥的屠场"，而这种价值消解过程正与"汽车，脂粉与香水/以及梅毒的细菌"一起"酿造着都市的氛围"（俞铭传《拍卖行》，1943）；同样进行着价值消解的还有"金子店"，它以伴随行市飞涨的"时代的现实""打倒了释迦和基督，/还向亚里士多德吐着唾沫"（俞铭传《金子店》，1944）。在联大诗人看来，这种价值消解不仅使灵魂变得"不值价"、使作为人的"我"被随便嘲笑，甚至使昔日一切价值归属如同"红色金字的辉煌/正在黯淡的天气里萧缩"（罗寄一《一月一日》）。现代都市中昔日美好的一切"溅满了泥污"，此时城中膜拜的却是物质、金钱与权力："这些金刚钻照亮黑夜的黯淡/这些 Gasoline 无休止地散布/诓人的兴奋，到处是扭结的灯光/映透暗色的荒淫奔波在僵硬的血管。"（罗寄一《珍重——送别"群社"的朋友们》，1942）对于昆明城，物质、金钱与权力此时还集结为让城中人闻风色变的"物

[①] 王季：《昆明的天空》，李光荣编选《西南联大文学作品选》，人民文学出版社 2011 年版，第189页。

第四章 顺应与反思：商业城中的现代表达(1943—1945)

价"，以至有前述《自由论坛·星期增刊》关于物价飞涨问题的问卷调查。在联大诗人笔下，"物价"对人的碾压与"嘲笑"中正彰显着畸形都市中"物"的绝对权威化与"人"价值的相应低落（杜运燮《追物价的人》，1945）。

昆明城市化发展突飞猛进的这几年，也是抗战末期最为艰苦与疲惫的几年，而且随着1942年中国远征军进入缅甸作战，以往被视为"后方名城"的昆明也随即转换为"前方重镇"①。战略位置的转换使联大诗人们的时代感中更增添了对于战争的真切体验。在近在咫尺的残酷战争与城中物欲横流的畸变面貌对比之下，连较为保守的云南本地诗人都难免流露"昆明之夜，交流着无耻和庄严"②的批判之感，而对于联大诗人，此时的诗作则不仅针对城市畸变讽喻更深，更进一步反思这种畸变背后所折射的现代性。这种对现代性的根本质疑使联大诗人的眼光穿越现实中的种种表象，聚焦于都市畸变对人的异化。在他们看来，"都市将一切的商品和太太的脸，/用灯光照在大的窗里，让乞丐瞧"③，人被都市规定和制约为流水线上的同规格商品，"从中心压下挤在边沿的人们/已准确地踏进八小时的房屋"（穆旦《裂纹》，1944），人因此最终成为都市的"囚徒"，每个人都被关进"白色无门窗的监狱"（杜运燮《雾》，1946）。这种异化的存在使眼前的都市虽然五光十色灯红酒绿，却"每一声叫卖后有窟窿飞落，/熙熙攘攘真挤得荒凉"，使置身繁华中的人群感受到的却是荒凉而空虚的"沙漠"感（袁可嘉《进城》，1947）。这种基于人的异化而对眼前都市饱含质疑的审视由此成为抗战末期联大诗人现代诗写作的普遍视角。

正是以此视角，联大诗人中拥有"摄影主义"④那类灵敏视角的杜运燮注视着战争末期昆明的一条小街——晓东街，并将其视为抗战昆明都

---

① 冯友兰：《三松堂自序》，《三松堂全集》第1卷，河南人民出版社2001年版，第93页。
② 刘光武：《糜烂的天堂》，云南《民国日报》1944年8月3日。
③ 王佐良：《诗抄八首（之五）》，李光荣编选《西南联大文学作品选》，人民文学出版社2011年版，第50页。
④ 杨玉霞：《论杜运燮四十年代诗歌创作中的"摄影主义"手法》，《柳州师专学报》2009年第3期。

市畸变的一种象征：

晓东街

杜运燮

当我不堪黑暗压迫的时候（注）
我就上晓东街，晓东街
是昆明的钻石，钻石的闪光
会使我忘记重重霉湿的黑暗。

当我有远来盟友或客人，
我就上晓东街，晓东街
是昆明的骄傲，介绍给他们，
才能对我们有真正的了解。

当我要写一篇"四强之一的贡献"
我就上晓东街，晓东街
有各种的物资，保管得纤尘不染，
人民都穿得体面，安居乐业。

当我要看看中国的救星时候，
我就上晓东街，晓东街
有最现代的青年，知道吃好东西
会跳舞，预言战争六个月就完结。

当朋友问我最喜欢要什么，
我说我喜欢有一条晓东街：
谓全国的傻子们打扮起来
喝酒，跳舞，谈战后的建设。

第四章 顺应与反思：商业城中的现代表达(1943—1945)

注：我指的是刚刚轮到停我们的电而又买不起洋蜡的时候。

四月①

在杜运燮看来，关注这条彼时被视为昆明"骄傲"的晓东街，才能对抗战中后期的昆明有一个"真正的了解"，因为晓东街的从无到有，从荒僻到极度繁荣，正与抗战昆明的都市化发展历程相伴随。晓东街位于昆明城区中心正义路的东南面，北抵南屏街，南起宝善街，长仅180米。抗战爆发之前，晓东街根本不存在，其所在地昆明南校场是荒僻的"杀人的地方"②，到1939年这里还"犹为一片空场"③。但时隔未及一年，随着战时昆明逐渐成为后方文化中心，市内著名的南屏电影院和大光明戏院在这一带兴建起来，云南省政府遂将南屏电影院所在的南屏街新辟街道在1940年定名为"晓东街"④。作为昆明此时装修最为豪华陈设最为现代的电影院，南屏电影院主要放映美国好莱坞大片，每日吸引大量观众，其观众多为知识分子和社会上层人士。影院的繁荣又带动所在街道的发展，咖啡店、服装店、小吃店等如雨后春笋般在晓东街街道两旁先后开设，短短的晓东街开始成为昆明市人口流量大、街市面貌繁荣的著名街道。1942年美国空军等盟军开始大量进驻昆明，晓东街因其影院、咖啡馆等现代娱乐设施密布故盟军常来此消遣，更成为"挂在盟国空军嘴上的街"⑤。到抗战末期的1944—1945年，晓东街已经因其犹如"'小

---

① 发表于1945年4月21日《自由论坛·星期增刊》第24期。杜运燮20世纪40年代创作的诗歌大多收入诗集《诗四十首》（上海文化生活出版社1946年版）和《南音集》（新加坡文学书屋1984年版），《晓东街》并未出现在这两部诗集中，也未出现在新时期之后以《杜运燮60年诗选》（人民文学出版社2000年版）为代表的几部杜运燮诗歌选集中，收录联大诗作比较完备的《西南联大现代诗钞》（中国文学出版社1997年版）、《西南联大文学作品选》（人民文学出版社2011年版）也没有收录该诗，其他收录有杜运燮诗作的诗歌选本也未见该诗，因此《晓东街》是笔者发现的一首杜运燮集外诗（因杜运燮尚未出版全集，暂且不称佚诗）。
② 何来：《晓东街的主人朱晓东的故事》，《民报》1949年1月16日。
③ 肖澄：《昆明的晓东街》，《海光》1945年第9卷第4期。
④ 《云南省政府公报》1940年第12卷第42期。
⑤ 静春：《晓东街之夜（速写）》，《文哨》1945年第1卷第1期。

抗战时期昆明的文化空间与文学表达

巴黎'的陈饰"[1]、"连美国人都要为之眼红"[2] 的丰富奢侈品和时髦的"异国情调"[3] 俨然"国际街市的面貌"[4]，并成为其时昆明现代都市形象的一种象征。

晓东街五六年间的奇迹般崛起正是抗战期间昆明都市畸变的缩影。这个"畸"首先来源于不正常的变化速度：抗战中，昆明凭借其区位优势，在短短几年间由"天末遐荒"般的边陲农业小城变为中国的门户重镇，又因滇缅公路、中印公路、驼峰航线等国际战略通道为世界所瞩目，在抗战后期成为世界知名的现代都市，其跨越式激变的速度令人震惊。然而，激变的辉煌却从开始就掩埋下"畸变"的阴影，畸形的城市发展方式造就出抗战后期畸形的城市面貌：在向现代都市急剧的转型之中，昆明各产业并未获得同等的发展机会，城市建设各方面也没有得到与之相应的均衡发展。各种产业中，抗战昆明一枝独秀的是依靠交通优势而发展起来的商业，其"唯我独尊"的排他性质越到抗战后期越发明显，以致抗战后期的昆明常被外界称为"商城""生意城""发财城"。畸形的商业发展不仅侵吞了严肃文学发展的空间，还导致抗战后期囤积居奇等投机之风在昆明的盛行，使它发生与投机风气密切相关的极为严重的通货膨胀，而拜金主义与享乐主义的浮华风气也在畸形繁荣的商业氛围中得到蔓延。商业的畸形膨胀更损害昆明城市的均衡发展，使昆明各区域发展差距不断拉大：到抗战末期，城市中既有繁华犹如国际都市的东南部商业中心区域，也有尚未脱离农业城朴实与简陋面貌的西、北部地区（西南联大校址就在城郊西北部），而城郊地区很多地方还保留着农耕时代的原始初民风貌。就是在同一个区域，街市面貌的繁华与颓败、人群的富裕与贫穷也呈两极分化并越演越烈。即使是此时已俨然国际街市面貌的晓东街，夜晚金碧辉煌花天酒地，以致"晓东街的晚夜"成为抗战末期昆明都市的繁华象征[5]，而同时距其不远的小巷口，就有"鸠形鬼

---

[1] 张庆若：《昆明的前途》，《自由导报周刊》1945 年第 2 期。
[2] 杜运燮：《影迷在昆明》，《观察报》1945 年 7 月 4 日。
[3] 光山：《密士谢》，云南《民国日报》1944 年 8 月 3 日。
[4] 肖澄：《昆明的晓东街》，《海光》1945 年第 9 卷第 4 期。
[5] 于针：《这儿是昆明！》，《民报周刊》1949 年 6 月 14 日。

第四章 顺应与反思：商业城中的现代表达(1943—1945)

脸"的"一群叫化"在"灯光暗淡"中群聚而食，而他们的食物则不过是"一大锅鸡骨头，肉骨头，洋芋烂菜叶，焦土司。有时会有张糖果纸，一块橘子皮。这些都是酒馆里，招待所里倒出来，从太太小姐尖起了涂着口丹的嘴里吐出来的"[①]——一面是灯红酒绿、醉生梦死，另一面是食不果腹、惨淡度日，晓东街与其周边区域的场景对照之间，昆明都市畸变的病态一目了然。

正是在抗战昆明如此变化的背景中，杜运燮以诗人的慧眼捕捉到了这条凝结昆明战时巨变经历的晓东街，并将自己独特的切身体验注入其中，生成了这能够作为抗战昆明都市畸变象征的文学意象"晓东街"。在诗人讽喻的笔下，战争末期的晓东街经历抗战巨变，此时外表已犹如钻石般光彩熠熠，在外来者面前堪为昆明骄傲，但在"现代"物质外壳——纤尘不染的物资和人们体面的穿着之下，其中蔓延的却是空虚的享乐主义和无脑的随意漫谈。盛装打扮的"傻子"也不过是傻子，钻石般璀璨的物质光芒也无法覆盖其内核"重重霉湿的黑暗"——这是杜运燮笔下晓东街的真相，也蕴含联大诗人对昆明都市畸变历程的深刻反思。

正是由于这种种如同《晓东街》般寄托于具体诗歌意象的反思，联大诗人对于此时昆明都市畸变的体验更为深刻，超越了前述本地诗人对都市罪恶简单的二元对立式批判，而上升为对时代、历史甚至人本身的价值思考。这种反思也使联大诗人在昆明貌似繁荣兴盛的现代城市化历程中所产生的都市畸变体验，与西方现代派那种产生于资本主义鼎盛时期的文明"荒原"意识有了连接之点，而西南联大现代诗正是从这一连接点中生根发芽，并开出繁盛的花朵。尤其值得注意的是，西南联大现代诗写作并没有止步于对畸变都市的批判与质疑，也不是仅仅沉浸于西方现代派所擅长营造的内心幽暗丛林。纵然"这个国度比任何国度更令人迷惑，/这个时代比任何时代更令人怀疑"（郑敏《学生》），联大诗人更为共通的价值取向，却是认清之后的反抗、绝望之后的前行，哪怕

[①] 静春：《晓东街之夜（速写）》，《文哨》1945年第1卷第1期。

"唯有用成熟的勇敢抵抗历史的冷酷"（郑敏《西南联大颂》），也仍然执着于"当下"，"在过去和未来两大黑暗间，以不断熄灭的/现在，举起了泥土，思想和荣耀"（穆旦《三十诞辰有感》）。从这个意义上说，成长于抗战昆明都市嬗变历史语境中的西南联大现代诗，在凝聚现代性本土体验的同时，又始终秉持着和鲁迅"反抗绝望"如出一脉的精神品格，这正是具有"强烈的中国现实感"[①] 的中国现代诗。

第三节 抗战胜利前后的昆明："内地化"语境中的现实与展望

大致从 1944 年开始，随着正面战场的全面反攻，尤其伴随着中国远征军在与昆明距离更近的东南亚战场所取得的一系列胜利，在对战事日渐乐观的心态下，战争似乎已不再是昆明舆论所关注的唯一中心。除了继续对昆明城所面对的匮乏物资、狂涨物价保持强烈的关注和愤慨外，对战争胜利之后中国前途命运的展望也渐渐出现在昆明舆论界的视野中。

伴随战争期间中国宪政运动的推进，战争末期的中国知识分子在学理层面对"宪政""民主""自由"等问题展开热情讨论，此时以《自由论坛》《民主周刊》等为代表的昆明刊物也积极加入这些个对中国前途命运关系重大的讨论中，并因联大、云大等中国顶尖知识分子群的参与而在这场讨论中占有重要地位，比如昆明《自由论坛》即因此讨论的参与而在国内产生很大影响，一度连延安也有了直接订户[②]。

作为时代主潮的"民主"与"自由"，其影响显然也波及昆明城朝野。1945 年 4 月 20 日云南大学校庆日上，省主席龙云向毕业生发表致辞，认为大学应发展"学术自由"的真精神。继而《云南日报》也发表社论呼应，认为"学术自由"与"研究精神"对今日大学同样重要[③]。

[①] 王佐良：《谈穆旦的诗》，《中楼集》，辽宁教育出版社 1995 年版，第 183 页。
[②] 参见邓丽兰《叩问宪政真谛：抗战时期〈自由论坛〉杂志研究》，《抗日战争研究》2012 年第 2 期。
[③] 社论：《研究精神与学术自由——读龙主席在云大校庆日讲词》，《云南日报》1945 年 4 月 22 日。

第四章 顺应与反思:商业城中的现代表达(1943—1945)

其后龙云又在昆明著名私立中学南菁中学的毕业典礼发言,表示"凡受过中学教育者,不仅应作国家良好之公民,遵守国家法令,还应注意地方之改革,启发农村人民之智识,最低限度应使老百姓将自己之权利义务讲清,虐令苛政亦能分辨得出。凡此均应以启发人民之智识为首要"——对公民权利义务概念加以"启发"和培养的"民主"诉求,显然也已伴随时代热潮的影响,出现在这位云南省府最高领导人的视野中。1946年4月1日,作为国民党云南省党务指导委员会机关报的云南《民国日报》改名为《民意日报》,并申明自己改名的缘由,是因为"健全的民意"是实行民主政治的基础和"灵魂",而"经常反映民意的工具却是报纸",因此为"创办反映民意的公器,促成民主政治的必要",故"放弃有悠久历史的民国日报,另行创办民意日报"[①]——"民意"的关注与凸显,显示出战后昆明城"内地化"语境下与全国舆论热潮的紧密衔接。

抗战胜利前后的昆明城,"若从印刷物上表现的种种看来,对民主争原则的勇敢方式,对国事检讨批评的坦白精神,皆可证明昆明多的是'自由'"[②],然而对于此时的云南领袖,"民主"或"自由"固是时代热潮,在其视野中却都有特定的条件与规约,比如对于大学生,"自由"就最好落于"学术",而对于更敏感的"时局问题",则"应当关心,辨别是非,抱着客观的态度,但不可盲从附和,染有颜色。我有个比喻,比如拍卖行里的古董,宜作非卖品而不标价,其价值自是不可估量,如标价出售、令人一见便知,那是自贬身价"[③]。这个有可能使大学生"自贬身价"的"自由",其尺度显然与更激进的外来知识分子所谓"走中间是自由的常轨,'靠左一点'是自由的权变,这是自由的精神"[④]大相径庭。

相较于"民主""自由""宪政"此类关乎"中国何处去"的宏大命题,云南,具体至昆明"何处去"的本土追问显然对昆明文化界形成着

[①] 《发刊词》,《民意日报》1946年4月1日。
[②] 沈从文:《人的重造——从重庆和昆明看到将来》,《世界晨报》1946年3月8日。此文为沈从文佚文,由解志熙先生首先发掘,收入其《沈从文佚文辑补》,《长沙理工大学学报》(社会科学版)2011年第2期。
[③] 《云大昨日校庆 龙主席亲临致词》,《云南日报》1945年4月21日。
[④] 《昆明本报廿九期社言》,《自由导报周刊》1945年第3期。

更为具体可感的"未来"。这种"何处去"的追问则首先体现为对云南抗战阶段所得成绩与不足的陆续"盘点"。以"教育"为例,在论者看来,抗战时期云南地方教育的发展固然像其他方面一样有十足进步,从战前"沉滞而无变化"的状态"激起了亘古未有之活跃进步"①,甚至"自民国廿七年度以来,每一个年度之间,即有一个年度的变化,其变化之速,实为云南教育史上最奇异之记录"②,但惊人的变化之下仍存在"一为师资缺乏。二为发展不平衡。三为重量轻质"的"致命伤"③。且由于战时"疏散"和私立学校的无限制设立,"每学期学生流动性之大,更为云南教育史上所罕见",导致"云南中学、师范、职业三种学校学生成绩低落"④,在战争末期甚至有"逆由过去之自由发展,一变而为三年来之苦撑现状"⑤的发展"回落",由此如何发展战后"实赖滇籍毕业诸生维持"⑥的教育来"建设现代化之云南"⑦,成为昆明文化界战争胜利前后所着重关注的问题。

"得"与"失"的主动"盘点"既显示出昆明文化界着眼将来的建设性眼光,其意识的明确又体现出"昆明"作为文化实体在抗战期间日益增强的主体性。这种主体性,在抗战爆发前后尚不过在与"外来"力量的对抗中"灵光一闪"(如前述"云南话的舞台语"论争及李长之事件),此时却无疑更为积极也更富于力量,并在抗战结束后、"建国"大背景下如何建设地方的主题召唤下以更为明确的姿态显现。

1945年10月29日至11月3日,南迁昆明已7年多的西南联大庆祝校庆,联大学生自治会特举办校庆纪念周,《云南日报》也"应时"发表社论《祝西南联大校庆》同表祝贺。在这篇社论中,《云南日报》代表云

---

① 陈时策:《关于教师的道德问题》,《教育与科学》1940年第1卷第8期。
② 萧右乾:《云南中等教育之改进》,《教育与科学》1947年第2卷第3期。
③ 龚自知:《新制国民教育和新制五年中学——一月二十二日在党务训练班讲》,《云南日报》1944年1月23日。
④ 萧右乾:《云南中等教育之改进》,《教育与科学》1947年第2卷第3期。
⑤ 陈友松:《云南教育感言》,《云南日报》1944年8月14日。
⑥ 陈一得:《云南三十年前的教育漫谈》,《教育与科学》1946年第2卷第1期。
⑦ 社论:《论五华学院》,《云南日报》1946年7月6日。

第四章　顺应与反思：商业城中的现代表达(1943—1945)

南民众感谢战时外来者之中对自己"影响是最大的"① 西南联大：

> 我们站在地方民众的立场上要感谢西南联大。这七年半之中，联大对于云南有不小的贡献。一则云南的子弟受到联大的教育与陶冶，二则联大毕业校友，在云南各界服务，甚至到边远各处服务的，颇不乏人，这两项或则为云南的建设作直接的贡献，或为未来的云南，作间接的准备。直接也好，间接也好，其有裨于云南之发展是无疑的。我们深愧八年来联大师生生活艰苦设备困难而未能多所帮忙。在这里特向联大的教授与同学致深深的敬意。②

这番"站在地方民众的立场上"的"感谢"，其充满"地主之谊"的姿态气度，相较战争伊始联大初临时昆明文化界的反应实在不可同日而语③。对于以西南联大为代表的"外来"，昆明本地心态随战事发展显然已有明显变化，昔日因脆弱敏感而执意挑起意气之争的"旧我"已然逝去，如今更为强大也更为从容的"新我"所关注的，已经由彼此的"相异"转变为"相关"，或者说这种"异"如何"为我所用"。在这种更具主体意味也因而更为平等的视角下，昆明文化界不仅公允注视联大对于战时昆明所作出的巨大贡献，其眼角余光也看到自身对于联大所同样可能起到的积极效用，如联大昔日"徒步来滇"的过程，就是"一面练习吃苦，一面也学习团体生活，此外还得到认识西部风土人情的好处"④。彼此所得"好处"或各有大小，但此番平等视野的获得，或许正是昆明于抗战八年的锤炼中所获得的最大益处。

在这种平等视野的观照下，在战前与战争初期自视为"化外之地"、急欲达成"内地化"的昆明文化界，如今却可以坦然说"云南文化乃是中国文化的一部分，是中国文化有机的一环，中国文化是整个的，不能

---

① 黄裳：《怀昆明》，《周报》1946 年第 48 期。
② 社论：《祝西南联大校庆》，《云南日报》1945 年 10 月 31 日。
③ 可参见本文第二章第三节"抗拒'摩登'与《昆明杂记》风波：面对'外来'的复杂心态"。
④ 社论：《祝西南联大校庆》，《云南日报》1945 年 10 月 31 日。

够分割了来解释"。对于昆明文化界,这种文化"一体化"的得来固然因为"五四新文化运动以后,新思潮也流入了云南,许多文化战士,也曾在这里艰苦的耕耘",但更归功于抗战时期"外来人士对云南既得到重新的认识和估价,而云南文化,也的确有机会接受了许多新鲜的血液","外来"与"本地"此时"都在一个目标,一个理想之下共同携手,奋然前进,新的书刊如雨后春笋,日见增多,学术演讲之类也经常举行",因而"使云南的文化运动深入,到社会各个部门,起了巨大影响!"① 最终因战争的机遇而达成"内地化"——"由独立隔离状态转变为与内地完全一致而成为中国不可分的一部之局面"②。

就抗战结束前后小城目之所及的文化发展态势而言,昆明文化界这种终至与内地融为"一体"的"飞跃"感与信心倒是言来有据。仅以可作为地域文化发展衡量"尺度"的报纸杂志而言,抗战爆发前昆明市场上"只有民国日报社和云南日报社两家的报纸可以看"③,抗战初期小城被视为"文化城"时本地新增刊物也不过十来种④,而经过抗战八年的发展,抗战胜利前后的昆明市场上(截止到1946年年底)除《云南日报》和云南《民国日报》等本地官方大报之外,公开发售、连续出版、有一定销售量和读者群的地方民营刊物据不完全统计即有如下22种:

名称	社址	创办时间
云南晚报	昆明市文庙横街	1944年
龙门周刊	昆明市华山南路52号	1946年4月6日
社会周刊	昆明市金碧路23号	1944年3月20日
新云南周刊	昆明市南屏街云南实业银行大楼	1946年7月3日
真报(周刊)	昆明市庆云街58号	1944年
市民周刊	昆明市来龙巷2号	1945年3月29日
西南风(周刊)	昆明市华山南路141号	1946年5月31日

---

① 社论:《发展云南文化》,《云南日报》1946年1月5日。
② 陈友松:《云南教育感言》,《云南日报》1944年8月14日。
③ 周珞:《沈从文先生会见记》,《云南日报·南风》1938年7月3日。
④ 参见本书第二章第四节"'文化城'的共建:'剧运'的现代洗礼与刊物的本土建设"。

第四章 顺应与反思：商业城中的现代表达(1943—1945)

续表

名称	社址	创办时间
时报（周刊）	昆明市云瑞东路	1946 年 5 月
新民报（三日刊）	昆明市西北门街 167 号	1944 年 11 月
群意旬刊	昆明市华山东路 38 号	1945 年 8 月
农村青年	昆明农村青年社	1946 年
正论周报	昆明市华山南路 141 号	1946 年
影剧周报	昆明市平政街 27 号	1946 年 1 月 6 日
公论周报	昆明市青云街 128 号	1945 年
海鸥周刊	昆明市华山南路楚姚镇巷 6 号	1945 年 5 月 26 日
真理周报	昆明真理周报社	1946 年 3 月 5 日
中国周报	昆明市福照街	1946 年 1 月 12 日
自由论坛·星期增刊	昆明市青云街 136 号	1944 年 9 月 24 日
观察报	昆明市华山南路	1944 年 12 月 1 日
民主与时代	昆明民主与时代评论社	1946 年 2 月
白鸥	昆明市景星街 3—4 号	1946 年 12 月
正义报	昆明市正义路 407 号	1943 年 10 月 23 日

这 20 多种报纸杂志，其数量与质量虽仍不能与"五四"之后的北平或 30 年代的上海等身处巅峰重镇的文化刊物相比，却已给予观察者"雨后春笋"[①]般的蓬勃发展感受，不仅使外来者感觉"昆明的报纸同昆明的市场一样，一天比一天发达"[②]，更促发本地文化人以刊物繁盛所象征的"现代文明的规模"而相信昆明乃至云南所"潜藏着无限的能力"，从而在现实和远望的双重鼓励下确信小城已不复昔日边疆僻壤面貌，俨然成为"建设新中国与新世界的一环"[③]。

现实的鼓励与远景的感召，使得抗战胜利后的昆明对于自己的未来发展充满信心。也因为这种信心，昆明文化界在与"战争"语境做种种告别时能始终保以热情洋溢的乐观精神：当承载战争痕迹的 1945 年终于

---

① 俞仲：《大局逆转以后的昆明》，《时与文》1947 年第 1 卷第 4 期。
② 张柳云：《战时的昆明》，《建国月刊》1945 年第 1 期。
③ 社论：《原子时代的云南》，云南《民国日报》1946 年。

逝去，他们总结这一年是"人类历史的大进步！"并热情展望未来——"以前种种，以后种种，人类的历史，仍看人们怎样写罢！"① 当1945年底省内政局颠簸，国民党政府以卢汉代替更具"独立"意识的龙云，他们仍相信地方前途也会和国家大势一样趋向平稳，期待着必然来临的"治安的恢复，各种事业的促进"②，并祈望即将来临的"一九四六年，是拿着胜利的旗帜，继续奔向民主和平自由世界的一年"③；当对昆明空战出力最巨的美军离开，他们坦然告别，并随后在《云南日报》创办《驼峰》副刊予以纪念，而这种"纪念"中却也带上为此后自身发展开始"积累"的意味④，充满积极的主体意识；当抗战时期"外来者"中对昆明影响最大的联大在1946年5月4日举行结业典礼，启动北上复校的行程，他们更迅速回应，向联大做出动情而得体的"惜别"，而这种"惜别"中却更带上对自身在"文化抗战"中地位的确认："中国社会五千年来，始终靠士大夫阶级支持着，这是一着胜利的棋局。士大夫阶级到今天仍是民族的潜力。日本侵略中国……却放走了这一批文化集团。胜利之局，就决于此。这一个历史使命，昆明何幸竟得完成它的地理环境。昆明的能成为抗战基地，在抗战史上的地位，几乎驾蜀蓉而上之，是联大选择昆明呢？还是昆明选择联大？"在昆明文化界看来，抗战使昆明承受了"文化南向的主流"，这一"主流"既包括中国自古以来"黄河流域、长江流域的文化硕果"，又包含了联大所引入的"自由""民主""合作"的"现代历史的主流"，"只要我们善于接受，善于应用、发挥，其力量是不可限量的"⑤，可见对于联大离开之后的昆明前途怀抱自信而满怀热情。

对于抗战结束之后的昆明，最能显示其发展热情和鲜明主体性的，

---

① 社论：《送一九四五年》，《云南日报》1945年12月31日。
② 社论：《迎一九四六年》，《云南日报》1946年1月1日。
③ 漫画配文，《云南日报》1946年1月1日。
④ 美军在1945年底和1946年初陆续撤出昆明后，《云南日报》于1946年2月1日创办《驼峰》副刊。据其《创刊词》介绍，取名"驼峰"一为纪念"驼峰航线"在抗战末期沟通"洋华"来往方面所作出的贡献，二也因为骆驼要在沙漠里跋涉万里完成任务，需要首先储备养分，取其"积累"之意。
⑤ 社论：《惜别联大》，《云南日报》1946年5月6日。

第四章 顺应与反思：商业城中的现代表达（1943—1945）

是被誉为"开创了私人创立高等学术研究机关的风气"[①] 的五华学院。

历经抗战阶段的发展，昆明高等教育在抗战结束前后取得了很大的进步，例如战前默默无闻，1938年方被确定为"国立"的云南大学，1946年在国内报纸所载十九所国立大学招生名录中，它已经排位第十，并被美国国务院指定为与中国五所大学交换留学生的一所，同年还被英国《大不列颠百科全书》列为中国15所著名大学之一。然而，这个"进步"很大程度上是倚仗联大等内迁高校"外来"之力，到抗战结束后联大、中法大学、华中大学（迁到大理喜洲）纷纷复员北返之际，一流师资力量和优秀生源的撤出，使抗战后的昆明面对高等教育"由盛而衰"[②] 的严峻局面。

1946年的云南仅有4所高校，除云南大学外，国立昆明师范学院是由西南联大师范学院沿袭而成，可算是西南联大的"遗留"，其余省立英语专科学校、省立体育专科学校均为专科院校。为体现自己在"外来"撤出后"自办各项文化事业"[③] 的决心和能力，云南学术界人士决定在昆明兴办一所私立五华学院。该校于1946年5月23日在云南省教育厅备案成立，1946年8月1日开学，1947年6月10日经学校董事会批准更名为"云南省私立五华文理学院"。校舍位于龙翔街原联大师范学院旧址及翠湖公园原云南省图书博物馆南院两处。城中文化名人楚图南出任校董事会名誉董事长，周钟岳任董事长，秦光玉、由云龙任副董事长，于乃仁任院长，于乃义任教务长。

五华学院具有鲜明的"同人"性质。创办者于乃仁、于乃义两兄弟都是昆明人，先后毕业于云南政法学校，抗战胜利后弟弟于乃义执掌昆明云南省立图书馆，兄弟俩有感于"非提倡学术，不足以建国，非致力研究，即无以建学"的国内"大势"，又认为昆明有"位西南边隅，物产丰富，气候温和，尤为治学之良好地区"的优势，故先与志同道合者十

[①] 本报记者：《为云南文化教育祝福——记昆明师院暨五华学院成立》，《云南日报》1946年8月2日。
[②] 蔡寿福：《云南教育史》，云南教育出版社2001年版，第484页。
[③] 社论：《论五华学院》，《云南日报》1946年7月6日。

余人在昆华图书馆设立"五华文史研究会"搞"业余之研究",启动资金为两兄弟抗战时从事滇缅公路运输的"盈裕"①,后更得到省内贤达的捐助资金,在此基础上成立了五华学院。

五华学院的创办具有鲜明的云南本土意识。除了创建者为昆明本地人外,五华学院设立之初的研习范围主要为"植物文史两科之研究"。"文史"不用说,是五华学院的立校之本,学院创办之初就设有一个文史研究班,学生40余人,三个先修班,学生180余人。而"植物研究"在五华学院的办学规划中更占有很大比重,学院还计划"编撰云南省植物全志,调查研究云南经济植物,采集云南园艺植物种苗,制作各种植物标本",办学旨趣中显示出对云南固有自然特色的重视与开拓。此外,"五华"之名本就来源于明清之际昆明著名的"五华书院",此时沿用此名,颇有延续本地文教传统之意。

值得注意的是,虽然沿袭前朝书院旧名,意欲发扬"滇云文化",五华学院却也深信学术"固应配合时代力求改进,不宜墨守成规"②,因此学院在延聘姜亮夫等滇籍名师外,还聘请钱穆、刘文典、朱自清、秦瓒、顾建中等国内著名学者到学校任教或讲学,其中史学家钱穆在教授中国思想史之外更"主持"学校文史研究,显示出校方超出"地方"视野的办学眼光和治学理念,也因此汇集了当时昆明所能延聘到的最佳文史师资阵容。因为五华学院教师阵容的人才济济,因此昆明舆论界对其发展相当重视,认为它"文史方面之研究,当以科学方法,探讨云南过去之历史背景。其实科方面之研究所,亦当应用现代之科学技术,谋彻底之经济改造",其办学宗旨正与战后云南省力求"现代化",并从而"成为中国各省之模范"的目标"不谋而合"③。这种既立足"在乡言乡"的地方文化特色,又"拒囿一方"④、秉持开放而兼容并包的发展方向,使本地舆论界认为五华学院为"云南今后文化的发展开阔了一

---

① 钱穆:《八十忆双亲 师友杂忆》,生活·读书·新知三联书店2005年版,第248页。
② 于乃仁:《五华学院创立之宗趣与实践》,《五华》1947年第4期。
③ 社论:《论五华学院》,《云南日报》1946年7月6日。
④ 仲子:《发刊词》,《民意日报》1946年4月26日。

第四章　顺应与反思：商业城中的现代表达(1943—1945)

个新方式"①。

　　作为此时五华学院的"头牌"学者，五华学院对钱穆很是礼遇，不仅由创办人于乃仁亲自到常熟邀请，更允诺"绝不以五华一切杂务相扰，仅求余每周作讲演一次或两次"②的优厚条件。而钱穆对五华学院的认可，则来自对五华学院所代表的云南文化的重视和对其将来发展的"看好"。在1947年撰写的《中国文化新生与云南》一文中，钱穆认为影响文化演化有两个最重要因素，一个是气候（"先天之宿命"），另一个是交通（"后天之机运"），只要两个条件具备，文化必蒸蒸日上。从这个关系出发，钱穆认为抗战后"中国文化此后新生机之所托命，则大率不外两区，一曰东北，一曰西南"，而西南的气候交通又比东北优胜，故"中国文化此后新生机之萌茁，盖舍西南莫属"，其中西南各省中云南又特别突出，各方面得天独厚，过去没有在文化上崭露头角，在于其"后天机运之迟"，战后则后天机运已开，故钱穆断定云南文化在将来会成为"中国文化新生机新动力之主要一脉"，然而"非二十五十年不足验吾言也"③。

　　钱穆预言云南文化几十年后会成为中国文化"主要一脉"，此番"想象"主要根源于云南优异于国内各省的自然环境。无独有偶，此时另一个身处昆明的外来文化人沈从文也因对云南（昆明）自然环境的喜爱而对其若干年后的境遇发出"畅想"。一向欣赏昆明"丰富的自然环境"④，认为它"是个发展文化艺术最理想的环境"⑤，甚至"廿年后恐将成为第二瑞士日内瓦"⑥的沈从文，想象着"五年后的一天"昆明建成了"一个理想的美术馆"：

---

　　① 本报记者：《为云南文化教育祝福——记昆明师院暨五华学院成立》，《云南日报》1946年8月2日。
　　② 钱穆：《八十忆双亲　师友杂忆》，生活·读书·新知三联书店2005年版，第248页。
　　③ 钱穆：《中国文化新生与云南》，《五华》1947年第4期。
　　④ 知鲁：《沈从文先生会见记》，云南《民国日报》1939年3月10日。
　　⑤ 沈从文致彭荆风，《沈从文全集》第18卷，北岳文艺出版社2002年版，第344页。
　　⑥ 沈从文致沈云麓（1939年2月20日），《沈从文全集》第18卷，北岳文艺出版社2002年版，第344页。

■ 抗战时期昆明的文化空间与文学表达

　　我们且假想这是五年后的一天，气候依然那么温和，天日云影依然那么美丽，昆明广播电台，正播送云南美术馆正式开幕的节目，向群众报告来到些什么人，某一馆有些什么特别陈列。我是被邀参加特别讲演，坐飞机从北平赶来的。一到地，我就住在翠湖南边一所大房子中……从这大房子临湖一面，广阔洋台望出去，可看见许多私人住宅，罗列翠湖周围，云南大学新落成的半透明的科学大厦，与圆通公园山上的一簇玻璃亭子，如俯瞰着城中区的新景象，浴在明朗温和阳光下十分动人，最触目的将是占据翠湖中心，被繁茂花木包围的一列白色建筑物，内中包含廿个陈列室和两个大小会场的美术馆给外来客人一种温静优美梦魇一般离奇的印象。

　　……

　　二十个陈列室中最出色的陈列室，应当数美术馆长个人的精美收藏，和若干种有鲜明地方性的优秀美术品，还有一个房间，是三迤边区人民起居食宿住宅的模型。还有五个房间，都是国内最优秀画家，对于云南壤玮秀丽景物与人民生活的写真，这些特别惊人成就，又差不多是得到美术馆在精神物质多方面的赞助下方完成的。另外几间工艺品的陈列室，每一种还附设有指导机关，可供外地专家咨询那些美术品生产制作的过程。那个能容一千八百个坐位的会堂，将有三十场充满地方性的歌舞演出，能容一百五十坐席的小会堂，还准备有十五回专门艺术讲演。这种纪念美术馆成立的会期，将延长时候到一个月。所印行的出版物，因为精美而价廉，不仅当时成为本地年青人的一种教科书，此后多年，必然还将成为旅行西南的人选择礼物的对象。[①]

　　可以看出，沈从文对战后昆明的畅想，虽具体为"理想的美术

---

① 沈从文：《一个理想的美术馆》，《世界晨报》1946年7月21日。此文为沈从文佚文，由解志熙先生首先发掘，收入其《沈从文佚文辑补》，《长沙理工大学学报》（社会科学版）2011年第2期。解志熙指出"壤"字当作"瑰"字。

第四章 顺应与反思：商业城中的现代表达(1943—1945)

馆",其"理想"依据却仍然同钱穆一般,落于云南（昆明）优越美丽的自然环境。正是出于对这种被沈从文视为"最合理想的美术馆地址"的"气候山水"的"欣赏"[1],钱穆才"欣然允诺"于乃仁的邀约重新回到昆明,在五华学院"讲学"的同时也修养身心,甚至"养病之事乃更过于讲学"[2]。

从沈从文与钱穆对战后云南（昆明）的"想象",可见即使经过抗战八年的都市化历程,昆明留予外来者的特出印象仍然集中于"气候山水"及"壤玮秀丽景物"所集合而成的自然优势。此外,正如沈从文所描述的"温静优美梦魇一般离奇的印象",战后昆明虽局部已有都市形貌,也同样受到战后国内都市经济崩溃、政局混乱等问题的困扰,在他们眼中却仍然是有别于国内都市,甚至仍然是与战争初期一样有"遗世独立"之感的"偏远地"[3]。对于钱穆,促使他选择昆明作为战后讲学与养病之地的重要原因,便是他认为此时的昆明有别于"国共双方有争议,学校师生有风潮"[4]的京沪平津,"又以其偏在边区,西南联大已离去,余再前往,正可谢绝人事,重回余书生苦学之夙愿"[5]。

钱穆没有料到的是,战后的昆明虽仍"地偏"心态却已并不"远",并已经在"内地化"的进程中与国内大势朝夕呼应。钱穆想要避开的"学生风潮"和"国共争议",在昆明即同样成席卷之势。联大还没有离开时,昆明本地学校就已经开始闹学潮,"抬校长""抬教员"的事情屡见,1945年3月"昆师"学生还"忽粘贴标语,散发宣言,丑诋校长教师",要赶走教育厅聘请的倪中方校长,令昆明舆论界感到"惊讶"与"骇异"[6]。联大离开昆明后,云南大学"接棒"成为学潮的主力,学生在校门外大墙上遍贴大字报,对国际形势常以苏联塔斯社的报道"驳斥"

---

[1] 钱穆：《八十忆双亲 师友杂忆》,生活·读书·新知三联书店2005年版,第248页。
[2] 同上书,第249页。
[3] 同上书,第248页。
[4] 同上书,第247页。
[5] 同上书,第248页。
[6] 社论：《昆师学潮》,云南《民国日报》1945年3月4日。

"中通社"报道,在钱穆看来"辞气严厉,令人不堪卒读"①。学生还常常自发随意停课,"只由学生发一通知,校方不加闻问",而这种停课对钱穆的日常教学构成了严重干扰:

> 某一日,罢课既久,学生数人来翠湖寓所请去上课。余告诸生,余之来校授课,乃受学校之聘。今罢课复课,皆由诸君主动,诸君在学校中究是何等地位。余前日非遵诸君罢课令不到校上课,乃因去至讲堂空无听者,不能对壁授课,因此不往。今日余亦不愿遵诸君复课令即去上课。诸君既不像一学生,余亦竟不能做像一教师。甚惭甚愧。②

这种"诸君既不像一学生,余亦竟不能做像一教师"的"学风"使得钱穆终于感受到,昆明并不是他想象中文化氛围超脱于京沪平津之外的世外之地,这个"偏远地"此时所面临的学潮困境与他所意欲逃离的内地都市程度许有差异,本质却并无区别。失望之下,他在受聘五华学院的一年后(1947)便决定离开昆明,返回老家江苏无锡再谋教职。而受此打击的五华学院虽努力维持,在国内高校中却始终再未能脱颖而出,终于在1950年下半年并入云南大学(少部分并入昆明师范学院),"五华学院"一名就此消失,民国时代昆明私人创办高等学术研究机关的探索也由此断绝。

钱穆所遭遇的困扰似乎正喻示战后昆明的境遇:它固然热情迎接也努力延续战争语境赋予的"内地化",但"内地化"的"花种"播下后产生的恐怕也不仅仅是"灿烂奇异的花卉"③。"内地化"的一致性和必然性使昆明身处与内地同样由通货膨胀、物价波动、政局混乱、学潮频发等构成的战后困境之中,小城不仅无法置身事外,某些困扰甚至比内地还要严重。例如通货膨胀,以和市民关系最为密切的米价为例,1938

---

① 钱穆:《八十忆双亲 师友杂忆》,生活·读书·新知三联书店2005年版,第251页。
② 同上书,第252页。
③ 社论:《发展云南文化》,《云南日报》1946年1月5日。

第四章　顺应与反思：商业城中的现代表达(1943—1945)

年3月米价开始超过战前水准，到战争末期的1944年已经"一日一价"①，4月以后跃升至七千余元②，已经使"社会沉闷，人心焦着，几有亟亟不可终日之势"③，抗战胜利后米价不断"疯狂波动"④，至1946年仍"继续不断地上升"，米价的持续增长不仅严重干扰城中百姓的日常生活，导致昆明教育事业的"经济困难"⑤，更形成"艰苦的经济条件"，对城中"文化生活"形成着巨大的"压迫"⑥，成为掣肘昆明战后发展的一个现实而具体的因素。

对于此时的昆明，战争打通原本的时空限制、经由八年发展而来的"内地化"既带来现实中的繁荣、充满希望的远景，也带来全国"一体化"之后难以避免的困惑与隐忧。即便如此，"内地化"对于昆明仍然是尚未结束的命题：抗战末期，相比交通因素造就的商业"畸形"发展、借助西南联大之力而在全国占有一席之地的文教事业，昆明的工业建设、城市规划等在全国范围内仍不算发达，甚至比不上同为内地都市的重庆——从昆明来到重庆的人会感到重庆已经是一个"现代城市"，相比之下昆明让人感到发展落后、"滞气不过"⑦；而抗战结束，"外力"撤出，近代历史上一直"外力"推动超过"内力"⑧的昆明城更处在一种发展动力缺乏的状态，不仅"商业衰落""一切已非昔日可比"⑨，而且"工厂倒闭，机构裁员遣散，失业人数如通货膨胀，一个多月发生十余宗大劫案"⑩，有人甚至预言"外来"撤出后的昆明"农业社会的特质，不致发生基本的变动，因战争的影响是暂时的，敌不过历史悠久的守旧民风"⑪。曾经

---

① 社论：《平米价》，云南《民国日报》1944年4月28日。
② 社论：《再论昆明米价》，《云南日报》1944年5月3日。
③ 社论：《米》，《云南日报》1944年5月1日。
④ 社论：《谈稳定物价》，《云南日报》1945年11月1日。
⑤ 白寿彝：《当前云南教育应注意的几个问题》，《云南日报》1946年9月22日。
⑥ 汤德明：《文化的浊流》，《云南日报》1946年2月8日。
⑦ 行朗：《重庆游记》，《自由论坛·星期增刊》1944年10月8日。
⑧ 参见丁小珊《边疆到门户：抗战时期云南城市发展研究》，科学出版社2014年版，第196—199页。
⑨ 社论：《昆明市政建设》，《民意日报》1946年10月5日。
⑩ 文定邦：《昆明一年》，《运输周刊》1946年第36期。
⑪ 《十字街头的昆明社会》，《时与文》1947年第1卷第6期。

抗战时期昆明的文化空间与文学表达

辉煌一时的文化事业也陷入低谷,以文学类报刊为例:战争结束后,《云南日报》与云南《民国日报》(后改名为《民意日报》)的副刊开始充斥各种逸文趣事、名人逸事、打油诗笑话、电影评论等追求所谓"趣味"的短小文字,虽是遵循抗战中期以来文学"软性"发展趋势、避免"说教说理"①,却也不免文学价值的碎片化、碎屑化和平庸化。最有影响力的两家大报尚且如此,其余本地报纸副刊更"大部份不是色情,便是所谓'幽默'与'杂文'。这些可统称之为低级趣味,至多也只能算'中级趣味'"②。到1947年,本地著名文人马子华认为"回顾当年让一些外来人扶植起来的文艺风气,而今衰败不堪……"③ 外来观察者也认为"本市的副刊是在逐步枯萎中,——不仅篇幅日渐紧缩,而内容也日趋贫乏"④。这种种迹象都表明抗战后的昆明有前行乏力、难以为继的发展趋势,甚至有文化界人士担心在"外力"撤出后,昆明文化人如不继续努力,其文化状态"大有'复原'到战前状况的可能。这几年如火如荼的发展,不啻一场春梦"⑤,昆明陷入战后如何"再繁荣"⑥ 的深深焦虑。"建设现代化之云南"⑦ 的目标仍然任重而道远,"大辂推轮,更期来者!五华之山,滇池之水,佳气葱郁予跂望之!"⑧

---

① "副刊"《开场话》,云南《民国日报》1945年11月1日。
② 汤德明:《文化的浊流》,《云南日报》1946年2月8日。
③ 《复兴晚报》1947年11月2日。
④ 杜非:《枯萎中的文艺》,昆明《中央日报》1948年4月12日。
⑤ 社论:《发展云南文化》,《云南日报》1946年1月5日。
⑥ 在这一时期许多关于云南/昆明如何再繁荣的讨论中,北原《昆明再繁荣与建设新云南》(载《昆明市政》1947年第1卷第1期)一文值得注意。文章认为战后昆明"它的繁荣确实向着衰落的路上走去",摆脱这个困境的思路最重要的是要把昆明的发展放到整个云南的背景上去考虑,"不能舍建设整个云南而独立",另外要从云南本身着眼,重视云南"为其他省份所不常见的困难"。文章从其时常见的昆明"内地化"语境中脱离出去,转而强调昆明为"内地"所无法完全涵盖的自身特点,从中可以看出战后昆明知识界对此前孜孜以求"内地化"目标的某种反省。
⑦ 社论:《论五华学院》,《云南日报》1946年7月6日。
⑧ 仲子:《发刊词》,《民意日报》1946年4月26日。

结　语

如果仅仅注视"结果",历经抗战八年的昆明虽因汇入"文化南向的主流"①,而加速了其现代发展的步伐,却也并未"改天换地",根本"逆转"其在国内城市现代发展序列中的位置:即使在其"现代"发展处于顶点的1945年,它其实也依然没有跃升为"和世界最先进的都市同步"②的"上海",其"摩登"程度甚至相较战争中同为后方都市的重庆也依然"滞气不过",这种比较使战争末期到重庆观光的昆明人羡慕又遗憾③。然而,"惊艳"度不够也尚不足"超群"的结果却正因为不那么"弹眼落睛",倒反使我们更易把视线的焦点放置于其发展的"过程",充分注视过程中每一种变化的细微与艰难。当我们用较为笼统的"文化空间"框住这一过程,聚焦其中时间与空间嬗变的细节与线索,具体考量这些变化作用于其中角色,即"本地"及"外来"身上所产生的效果,从而进一步推敲这些效果在更纵深背景上文学史框架中所产生的影响甚或价值时,过程的意义由此得以凸显。

对于昆明,置身抗战文化空间的最大意义,正在于其文化心理上的从自视"边缘"到渐趋"中心"④,从而真正获得对其时"中国"这一现

---

① 社论:《惜别联大》,《云南日报》1946年5月6日。
② [美]李欧梵:《上海摩登:一种新都市文化在中国1930—1945》,毛尖译,上海三联书店2008年版,第7页。
③ 行朗:《重庆游记》,《自由论坛·星期增刊》1944年10月8日。
④ 昆明文化界视抗战为"机遇",认为正是战争使昆明从"天末遐荒"跃升为"战时的文化首都"。"新文化中心城"等"命名"正是这一心态变化的具体表现。

代意义上国家①的认同感与归属感,本地学界所谓"华族化"到"内地化"的趋势判定,正是这一认同感的具体表现。这种边陲与内地趋于"一体"的认同感改变了昆明的文化气氛,使小城从抗战初期屡为外来者诟病的封闭"排外"②转为开放,不仅更为融洽地接纳内地避难者③,对1943年之后大量进驻城内的英美盟军也能以较为自然的态度平等对待,最终形成战争后期"民主温室"中所谓"自由"的空气④。同时,这种趋于现代意识的开放心态也加强了昆明的"自我"确认。落实到文学,这种自我意识的增强使楚图南等本地文化人着力于表现抗战时期"新云南"的理论倡导,也使白平阶、李寒谷、周锷、马子华等一批云南青年作者开始自觉于战争背景下"地方特色"的描绘与挖掘⑤。这种迥异于内地、被外来文化先行者归结为"别具风格"⑥的定位与探寻,正是昆明(云南)文学在战争中初步完成"内地化"之后,继续其"现代"求索的独特而有效的路径。

对于外来者,抗战昆明文化空间的作用则更为个性化,并作为影响因素直接参与到中国现代文学的创造和发展历程中去。战争使本已在京沪等中心区域渐成规模的现代文化(文学)急速转向,"压缩"于昆明这

---

① 史学界认为南京国民政府时期正是"中国"这一"现代意义上的国家观念已经基本确立"的时期,可参见段金生《边疆问题与国家建设——20世纪40年代云南政、学界对边疆开发的认知》,《暨南学报》(哲学社会科学版)2015年第9期等。

② 如沈从文即感觉昆明在抗战初期"排外",认为正是这一作风使"知识分子如'长之'公,亦因小小事件迫得离开学校"(沈从文复施蛰存,1941年3月28日,《沈从文全集》第18卷,北岳文艺出版社2002年版,第393页),黄裳也认为"抗战初起时,云南人对流亡来归的下江人是颇为歧视的"(黄裳:《怀昆明》,《周报》1946年第48期)。

③ 正是战争初期对昆明"排外"颇为不满的沈从文,也感受到小城在战争中后期对外来者态度的改变,他对先行离开昆明的施蛰存介绍说1941年前后的昆明"各中学多喜用外来教员,甚至于有登广告、贴招纸找请校长事",且待遇优厚,"亦历史上少见少有"(沈从文复施蛰存,1941年3月28日,《沈从文全集》第18卷,北岳文艺出版社2002年版,第393页)。

④ 黄裳:《怀昆明》,《周报》1946年第48期。

⑤ 其中最为出色也最有代表性的是回族作家白平阶。他反映云南人民支援抗战建设的小说《驿运》《金坛子》《风箱》等经沈从文亲自编选后结集为小说集《驿运》,收入巴金主编的文学丛刊第七集,1942年1月由上海文化生活出版社出版。出版后随即在国内受到广泛好评,评论界认为它使读者"看见了我们这国土上另一个角落里的生活,我们也欣赏了作者那种泼辣辣的创造力"(《编者前言》,《世界文艺季刊》1945年第1卷第1期)。

⑥ 沈从文:《本期撰者》,《今日评论》1939年第1卷第23期。

结　语

一边疆小城，原本积蓄的发展"势能"只能以更为个人化，同时也受战争语境紧密制约的渠道转向流泻，并受到作为地理坐标之"昆明"不可忽视的影响：对于冯至，抗战初期昆明山林郊野亘古未变的自然风貌与蓝天中战机翱翔的战争场面奇异混合，促发其迥异体验的碰撞并最终构成其诗歌风格的"转型"，使其从早期的沉郁抒情转向富含哲理的现代书写，并由此成为中国现代诗的一面"旗帜"[1]；对于沈从文，抗战中期昆明所遭受的频繁空袭则使这个"乡下人"与作为疏散地的呈贡"相遇"，在这个恬静自足的世外小城中得以"回乡"，并能够以"回乡"的方式得到一个战争中难能可贵的精神避难所，实现其"隐居山林，自得其乐"[2]的生活方式和人生理想，从而获得战乱纷扰中短暂而可贵的"平静"与"平衡"[3]；而对于闻一多，抗战后期昆明通货膨胀中文化人生活的艰辛与"商城"纸醉金迷物欲至上的强烈对比则加剧了他对现实的激愤与不满，使其不仅想"给昆明一个耳光"[4]，更促成了其从学者到"斗士"的"突变"。除了这些具有标志性意味的作家学者之外，抗战昆明文化空间还以不同的方式作用于战争中长居小城的"新移民"，在其思想状态、体悟追求或具体为创作"链条"之一环上发生效用，例如作为学界研究热点的"西南联大文学"，其生长过程便也与从抗战昆明文化空间中所吸取的养分密不可分[5]。

长居昆明的"新移民"之外，抗战昆明文化空间也同样作用于战争中小城的短暂"来客"，并以其中不同元素对他们的创作产生影响：对于1941年8月至11月短暂居留昆明[6]的老舍，这一空间中恍若"晴朗的梦境"[7]的自然美景与北平友人"朋友圈"在此的重聚，构成温馨美好的生活氛围，舒缓了他此前居于重庆时紧张拘谨、焦虑于实际效用的创作心

---

[1] 参见本书第三章第二节"'不同的河水'：疏散中的'本地'与'外来'"。
[2] 沈从文：《黑魇》，《沈从文全集》第12卷，北岳文艺出版社2002年版，第170页。
[3] 参见本书第三章第三节"沈从文的呈贡：心灵栖息地与现实观测点"。
[4] 闻一多：《"新中国"给昆明一个耳光罢!》，《闻一多全集》第2卷，湖北人民出版社1993年版，第234页。该文写于1945年7月7日。
[5] 可参见本书第四章第二节"都市畸变体验：西南联大诗歌的现代性生成"。
[6] 其中有小部分时间去大理游玩。
[7] 老舍：《八方风雨》，《老舍全集》第14卷，人民文学出版社2008年版，第400页。

态，使作家得到战争期间难能可贵的"放松"。作为这一心态变化的"结晶"，他在昆明创作的《大地龙蛇》更以"同幕换景"的大胆创新成为其抗战剧作中得之不易的"实验"之作①；相较于老舍所获取的"现实"抚慰，抗战昆明文化空间则给予1945年3月到来的田汉以"历史"的启迪。"一到昆明，他就去黑龙潭游览，——这是明末爱国志士薛尔望②殉难的地方。想到这位在民族生死关头'守义捐躯'的英雄，崇高的民族感情油然而生。他也曾到莲花池附近的商山寺去寻陈圆圆的墓，引起深深的历史兴亡之叹"③，这些饱含爱国情怀同时也蕴含历史兴亡之感的历史人物，正为忧心战争现实的田汉找到了"民族精神之所寄"④的独特形式，使他在昆明短短一年中就先后创作了《薛尔望》⑤《门》及《陈圆圆》（五幕话剧）等剧本。这种"高产"的背后，正得益于抗战昆明文化空间所蕴含的独特历史魅力与作家战争体验相激发所产生的巨大能量。

　　正因为抗战昆明文化空间已经不仅仅是地理背景，而成为结构更为独特、能量更为丰富，效果也更为多元的"影响源"，并由此在中国现代文学的抗战阶段产生了不可否认的影响，我们对于它的讨论才更具价值。而且，这种讨论的日趋"细致"，对于现代文学研究中某些问题的廓清与辨明、某些文本的理解与体会也必不可少。本书将抗战昆明文化空间按时间顺序划分为抗战初期的"文化城"时期，抗战中期的空袭疏散时期、抗战后期的"商城"时期，这种具体的划分不仅能使我们更准确地把握"抗战时期昆明的文化空间"这一文化概念，更有助于"身临其境"地理解其时处于这一空间中的人与事。例如闻一多，如果对其生活背景、抗

---

① 可参见笔者论文《老舍、昆明与〈大地龙蛇〉——从一部"失败"的抗战剧谈起》，《海南师范大学学报》2016年第6期。
② 薛尔望是明末清初之际昆明的一位书生。其时吴三桂率领清兵追击南明永历帝，永历帝从昆明败走缅甸，薛尔望见南明大势已去，"不惜以七尺躯为天下明大义"，携妻儿家人投黑龙潭殉节。清末云南经济特科状元袁嘉谷为其题"明忠义薛尔望故里"碑，此碑现存于黑龙潭碑馆之中。
③ 董健：《田汉评传》，南京大学出版社2012年版，第464页。
④ 田汉：《几点历史教训——读史偶得》，昆明《扫荡报》1945年5月20日。
⑤ 原名为《薛尔望殉国》，于1945年9月在昆明《观察报》连载，收入《田汉全集》时更名为《薛尔望》。

战时期昆明文化空间的发展脉络有所知晓，我们便会知道，学界耳熟能详的"突变"背后实则隐藏着与此文化空间自身嬗变相呼应的"渐变"[①]。此外，始终贯穿抗战昆明文化空间的一个特点"昆明城市各区域发展水平的不平衡，城市面貌与氛围的差异与混杂"也密切影响着城中的文化构成，而知晓了这种"不平衡"，你才能不仅理解西南联大师生对于昆明所产生的"中心"与"边缘"不同体验[②]，更可由此"边缘"体验出发，进一步理解西南联大诗歌"现代性"生成的由来。同时，这种"不平衡"认识也有助于我们理解西南联大（以及其他南迁者）文学创作中昆明形象的"不统一"，明白它为何忽而是一个"不缺少一切近代物质设备"[③]、"规制之伟整"之处甚至似北京"具体而微者"[④] 的繁华都市，忽而又是一个落后停滞、处处充满"老中国色彩"的古朴"农业城"[⑤]。

作为历史时段的"抗战"虽已终结，文学想象中的抗战昆明文化空间却又在后世汪曾祺、鹿桥、宗璞等人的笔下获得新的表现形式，以充沛的生命力继续丰富和拓展着这一文化空间的范畴，"抗战时期昆明的文化空间"也由此成为并未随历史语境终结而结束的"未完成"题目。

[①] 可参见本书第二章第二节关于"外来者昆明中心体验"的论述，以及第三章第三节的最后一部分。

[②] 参见本书第二章第二节"'新移民'昆明体验的建立：城市的'中心'与'边缘'"。

[③] 施蛰存：《山城》，《施蛰存七十年文选》，上海文艺出版社1996年版，第136页。

[④] 吴宓：《吴宓日记第6册：1936—1938》，生活·读书·新知三联书店1998年版，第316页。

[⑤] 宋秀婷：《我与昆明》，《中央日报·平明》1940年第197期。

参考文献

基本文献

一 报纸杂志

《边疆文艺》《朝报》《当代评论》《滇潮》《观察报》《教育与科学》《今日评论》《昆明市政》《昆明周报》《旅行杂志》《民意日报》《南方》《生活导报》《诗与散文》《时代轮》《时衡》《天南》《文化岗位》《文聚》《文艺季刊》《五华》《西南边疆》《新动向》《新民众》《新云南》《益世报》《益世周报》《云南教育通讯》云南《民国日报》《云南日报》《云南省政府公报》《战歌》《战国策》《战时知识》《正义报》《正义报》《中央日报》（昆明版）《自由导报周刊》《自由论坛》《自由论坛·星期增刊》

二 作家作品

1. 纪传类

［美］埃德加·斯诺：《马帮旅行》，李希文等译，云南人民出版社2002年版。

［美］伯特·斯特恩：《温德先生：亲历中国六十年的传奇教授》，马小悟等译，北京大学出版社2016年版。

［美］费慰梅：《梁思成与林徽因——一对探索中国建筑史的伴侣》，曲莹璞等译，中国文联出版公司1997年版。

［美］费正清：《费正清对华回忆录》，陆惠勤等译，知识出版社1991年版。

［美］金介甫：《凤凰之子：沈从文传》，符家钦译，中国友谊出版公司2000年版。

［意］马可波罗：《马可波罗行纪》，冯承钧译，东方出版社2007年版。

陈岱孙：《往事偶记》，商务印书馆2016年版。

顾颉刚：《顾颉刚日记》，（台北）联经出版事业股份有限公司2007年版。

何炳棣：《读史阅世六十年》，广西师范大学出版社2005年版。

吉首大学沈从文研究室：《长河不尽流——怀念沈从文先生》，湖南文艺出版社1989年版。

凌宇：《沈从文传》，北京十月文艺出版社1988年版。

刘红庆：《沈从文家事》，新星出版社2012年版。

刘绪贻口述，余坦坦整理：《箫声剑影：刘绪贻口述自传》，广西师范大学出版社2010年版。

梅贻琦：《梅贻琦日记：1941—1946》，黄延复、王小宁整理，清华大学出版社2001年版。

钱穆：《八十忆双亲 师友杂忆》，生活·读书·新知三联书店2005年版。

田本相：《曹禺传》，北京十月文艺出版社1988年版。

吴大年：《跨世纪的教育情怀》，上海远东出版社2012年版。

吴大猷：《回忆》，中国友谊出版公司1984年版。

吴宓：《吴宓日记》，生活·读书·新知三联书店1998年版。

夏济安：《夏济安日记》，人民文学出版社2011年版。

许渊冲：《联大人九歌》，云南人民出版社2008年版。

许渊冲：《追忆似水年华》，生活·读书·新知三联书店1996年版。

张朋园访问，郑丽榕记录：《"云南王"龙云之子口述历史》，九州出版社2011年版。

赵萝蕤：《读书生活散札》，南京师范大学出版社2009年版。

赵瑞蕻：《离乱弦歌忆旧游：从西南联大到金色的晚秋》，文汇出版社2000年版。

233

陈达：《浪迹十年之联大琐记》，商务印书馆2013年版。

蒋梦麟：《西潮》，辽宁教育出版社1997年版。

聂耳：《聂耳日记》，大象出版社2004年版。

浦薛凤：《浦薛凤回忆录》，黄山书社2009年版。

王稼句：《昆明梦忆》，百花文艺出版社2003年版。

闻黎明、侯菊坤编：《闻一多年谱长编》，湖北人民出版社1994年版。

吴世勇：《沈从文年谱（1902—1988）》，天津人民出版社2006年版。

薛子中等：《匹马苍山黔滇川旅行记》，辽宁教育出版社2013年版。

2. 文集类

白平阶：《驿运》，宁夏人民出版社2015年版。

冰心：《冰心全集》，海峡文艺出版社1994年版。

卞之琳：《山山水水》，（香港）山边社1983年版。

陈子善、徐如麟编：《施蛰存七十年文选》，上海文艺出版社1996年版。

楚图南：《楚图南集》，云南教育出版社1999年版。

杜运燮、张同道编：《西南联大现代诗钞》，中国文学出版社1997年版。

冯友兰：《三松堂全集》，河南人民出版社2001年版。

冯至：《冯至全集》，河北教育出版社1999年版。

凤子：《画像——凤子散文小说选集》，北京出版社1982年版。

凤子：《旅途的宿站》，（香港）三联书店香港分店1985年版。

凤子：《台上·台下》，中国戏剧出版社1985年版。

顾颉刚：《顾颉刚读书笔记》，中华书局2010年版。

顾颉刚：《顾颉刚学术文化随笔》，中国青年出版社1998年版。

顾颉刚：《浪口村随笔》，辽宁教育出版社1998年版。

李方编：《穆旦诗文集》，人民文学出版社2006年版。

李光荣编：《西南联大文学作品选》，人民文学出版社2011年版。

梁从诫：《不重合的圈》，百花文艺出版社2003年版。

林徽因：《林徽因全集》，新世界出版社2012年版。

沈从文：《沈从文全集》，北岳文艺出版社2002年版。

王佐良：《中楼集》，辽宁教育出版社1995年版。

汪曾祺：《汪曾祺全集》，北京师范大学出版社1998年版。

汪曾祺：《小说全编》，人民文学出版社2016年版。

吴宓：《吴宓诗集》，商务印书馆2004年版。

萧乾：《从滇缅路走向欧洲战场》，云南人民出版社2011年版。

朱自清：《朱自清全集》，江苏教育出版社1997年版。

朱自清等：《流亡三迤的背影》，云南人民出版社2011年版。

宗璞：《宗璞文集》，京华出版社1996年版。

三 史料汇编

北京大学、清华大学、南开大学、云南师范大学编：《国立西南联合大学史料》（六卷），云南教育出版社1998年版。

呈贡县政协编：《呈贡文史资料选辑》，1987年版。

昆明市地方志编纂委员会编：《昆明历史资料》，1989年版。

昆明市地方志编纂委员会办公室编：《文明的步履——昆明历史文化简明读本》，云南人民出版社2013年版。

昆明市志编纂委员会编：《昆明市志长编》，1984年版。

厉忠教编：《口述昆明》，云南民族出版社2008年版。

蒙自师范高等专科学校编：《西南联大在蒙自》，云南民族出版社1994年版。

南开大学校史研究室编：《联大岁月与边疆人文》，南开大学出版社2004年版。

西南联大《除夕副刊》编：《联大八年》，新星出版社2010年版。

西南联合大学北京校友会编：《国立西南联合大学校史》，北京大学出版社2006年版。

西南联合大学北京校友会编：《笳吹弦诵情弥切》，中国文史出版社1988年版。

云南省档案馆编：《清末民初的云南社会》，云南人民出版社2005年版。

云南省通志馆编：《续云南通志长编》，云南省志编委会印1985年版。

赵树人：《昆明县地志资料》，1922年版。

中国人民政治协商会议昆明市委员会文史委员会编：《昆明文史资料选辑》，

2006年版。

中国人民政治协商会议西南地区文史资料委员会编：《抗日民族统一战线在西南》，四川人民出版社1990年版。

中国人民政治协商会议云南省昆明市盘龙区委员会文史资料委员会编：《昆明市盘龙区文史资料选辑》，1990年版。

中国人民政治协商会议云南省昆明市委员会编：《昆明文史资料集萃》，云南科技出版社2010年版。

中国人民政治协商会议云南省委员会文史资料委员会编：《内迁院校在云南》，云南人民出版社1998年版。

周昕：《昆明城市空间形态演变趋势研究》，云南大学出版社2009年版。

周钟岳、赵式铭等：《新纂云南通志》，云南人民出版社2007版。

研究文献

一　专著

［德］本雅明：《发达资本主义时代的抒情诗人》，张旭东等译，生活·读书·新知三联书店2012年版。

［美］费正清、费维恺：《剑桥中华民国史》，中国社会科学出版社1994年版。

［美］费正清：《美国与中国》，张理京译，世界知识出版社2003年版。

［美］吉尔伯特·罗兹曼主编：《中国的现代化》，江苏人民出版社2003年版。

［美］李欧梵：《上海摩登：一种新都市文化在中国（1930—1945）》，毛尖译，上海三联书店2008年版。

［美］理查德·利罕：《文学中的城市：知识与文化的历史》，吴子枫译，上海人民出版社2009年版。

［美］易劳逸：《毁灭的种子：战争与革命中的国民党中国（1937—1949）》，王建明、王贤知、贾维译，江苏人民出版社2009年版。

［美］易社强：《战争与革命中的西南联大》，饶佳荣译，（台北）传记文

学出版社股份有限公司 2010 年版。

蔡寿福：《云南教育史》，云南教育出版社 2001 年版。

陈平原：《触摸历史与进入五四》，北京大学出版社 2005 年版。

丁小珊：《边疆到门户：抗战时期云南城市发展研究》，科学出版社 2014 年版。

何明、卿前锋：《昆明城市研究》，云南科技出版社 1999 年版。

季剑青：《北平的大学教育与文学生产：1928—1937》，北京大学出版社 2011 年版。

李光荣、宣淑君：《季节燃起的花朵——西南联大文学社团研究》，中华书局 2011 年版。

李光荣：《民国文学观念：西南联大文学例论》，商务印书馆 2014 年版。

廖全京：《大后方戏剧论稿》，四川教育出版社 1988 年版。

凌云岚：《五四前后湖南的文化氛围和新文学》，北京大学出版社 2008 年版。

蒙树宏：《云南抗战时期文学史》，云南教育出版社 1998 年版。

潘洵：《抗战时期西南后方社会变迁研究》，重庆出版社 2011 年版。

石璋如调查，石磊编辑：《龙头一年——抗战期间昆明北郊的农村》，（台北）"中研院"历史语言研究所 2007 年版。

闻黎明：《抗日战争与中国知识分子——西南联合大学的抗战轨迹》，社会科学文献出版社 2009 年版。

吴戈：《云南现代话剧运动史论稿》，中国文联出版社 2001 年版。

谢本书、李江：《近代昆明城市史》，云南大学出版社 1997 年版。

谢泳：《西南联大与中国现代知识分子》，湖南文艺出版社 1998 年版。

杨立德：《西南联大的斯芬克斯之谜》，云南人民出版社 2005 年版。

姚丹：《西南联大历史情境中的文学活动》，广西师范大学出版社 2000 年版。

姚荷生：《水摆夷风土记》，云南人民出版社 2003 年版。

余斌：《西南联大·昆明记忆》（三册），云南民族出版社 2003 年版。

张新颖：《20 世纪上半期中国文学的现代意识》，复旦大学出版社 2009 年版。

赵园：《北京：城与人》，北京大学出版社 2002 年版。

二　论文

1. 期刊论文

车辚：《滇越铁路与民国昆明城市形态变迁》，《广西师范学院学报》（哲学社会科学版）2013年第3期。

陈平原：《"现代中国研究"的四重视野——大学·都市·图像·声音》，《汉语言文学研究》2012年第1期。

冯至：《昆明往事》，《新文学史料》1986年第1期。

光明明：《从演出史看〈原野〉的接受》，《沈阳师范大学学报》2004第3期。

李斌：《沈从文与民盟》，《文学评论》2016年第2期。

凌宇、张森：《论沈从文昆明时期的文学创作》，《中国文学研究》2006年第1期。

吕文浩：《日军空袭威胁下的西南联大日常生活》，《抗日战争研究》2002年第4期。

马绍玺：《边地风景体验与西南联大诗歌》，《文学评论》2015年第1期。

马勇：《中国现代民族国家建构中的重要一环——从抗战期间中国学界深层思索说起》，《北京日报》2015年7月13日。

蒙树宏：《读马子华札记三题》，《楚雄师专学报》1996年第2期。

蒙树宏：《郭沫若、沈从文佚简六封》，《昭通师专学报》1998年第3、4期。

蒙树宏：《云南抗战文学园圃漫步散记》，《抗战文化研究》2007年第1辑。

糜华菱：《沈从文年表简编》，《新文学史料》1995年第3期。

明飞龙：《抗战时期沈从文、冯至的文学创作与"风景昆明"》，《江西社会科学》2014年第11期。

明飞龙：《作为"北平"的昆明——抗战时期外省作家笔下的昆明形象考察》，《云南社会科学》2013年第1期。

潘先林、张黎波：《联通中央与边陲：1937年京滇公路周览团述论》，《中国边疆史地研究》2012年第3期。

商金林：《朱自清日记中的闻一多》，《中国现代文学研究丛刊》2001年第 2 期。

沈虎雏：《1944 年沈从文致董作宾三封信》，《新文学史料》2015 年第 3 期。

王汎森：《天才为何成群地来》，《南方周末》2008 年 12 月 3 日。

谢慧：《〈今日评论〉与抗战时期第一次宪政运动》，《抗日战争研究》2009 年第 1 期。

解志熙：《沈从文佚文辑补》，《长沙理工大学学报》（社会科学版）2011 年第 2 期。

熊朝隽：《二、三十年代的昆明文艺》，《昆明师范学院学报》1982 年第 4 期。

熊朝隽：《抗日战争时期昆明的文艺运动》，《昆明师范学院学报》1981 年第 1 期。

熊朝隽：《五四时期的昆明文艺活动》，《昆明师范学院学报》1980 年第 6 期。

徐知免：《回忆熊锡元和昆明〈生活导报〉》，《出版史料》2010 年第 2 期。

袁成毅等：《笔谈抗日战争与近代中国社会变迁》，《抗日战争研究》2008 年第 2 期。

杨奎松：《抗日战争：使中国走向现代民族国家》，《文汇报》2015 年 8 月 28 日。

于昊燕：《老舍在昆明、大理的经历与创作》，《中国现代文学研究丛刊》2013 年第 11 期。

于天池、李书：《李长之的编刊生涯》，《新文学史料》2003 年第 1 期。

余斌：《抗战初期昆明文协成立的前前后后》，《西南学刊》2012 年第 2 期。

詹福瑞：《转型时代文化空间的建构》（专题讨论），《学术月刊》2012 年第 11 期。

张新颖：《精神迷失的踪迹和文学理解的庄严——从〈黑魇〉看昆明时期的沈从文》，《杭州师范学院学报》（社会科学版）2005 年第 4 期。

张永刚、朱奇琼：《文学记忆中的城市文化审思——以 20 世纪三四十年代文学中的昆明为例》，《学术探索》2012 年第 11 期。

周仁政：《论后期京派文学》，《文学评论》2001 年第 5 期。

2. 学位论文

董晓霞：《滇缅抗战与现代文学》，硕士学位论文，西南大学，2012 年。

黄育聪：《文人群体与现代天津的文化空间》，博士学位论文，北京大学，2013年。

李林瑞：《民国时期昆明地区电影放映事业发展研究》，硕士学位论文，云南师范大学，2008年。

李艳林：《重构与变迁——近代云南城市发展研究（1856—1945年）》，博士学位论文，厦门大学，2008年。

明飞龙：《抗战时期"文学昆明"研究》，博士学位论文，南京大学，2013年。

后　　记

　　本书是在我博士论文的基础上修订而成的，而选题因缘则要追溯到十多年前的硕士阶段。

　　2001—2004年，我在北京师范大学师从杨联芬教授攻读硕士，当时杨老师正负责"十五"国家重点图书出版规划项目《二十世纪中国文学期刊与思潮（1895—1949）》的现代部分，所以她指导的我们这几届学生自然也参与到这个项目中来。在日常学业之外，我开始了跑各种图书馆的历程，也由此和"过刊"结缘。我的工作主要围绕20年代新诗及纯文学刊物展开，然而随后的硕士论文，却并没有在这个范围里直接找一个题目，而是转向冯至，研究其诗歌从20年代浪漫抒情到40年代现代思索的"转型"。选择这个题目，除了因为我当时对诗歌的一心偏爱，更由于冯至是西南联大的诗人，而西南联大，大概是我的家乡——云南昆明在现代文学史上最完整也最光彩的一次"露脸"了。

　　几年后，当我偶然读到数学家熊庆来之子熊秉明写的《父亲之风》，才忽然领悟到这个论文题目选择中所包含着的那种情绪，原来就是古老的"桑梓"之情。对于一个年少时追新求远、最终却因为种种原因厮守故里的人来说，彼时这个词在单纯的恋慕之外，又实在拥有太多的况味。或许正因为这种感受的复杂，虽然也依靠不成系统的阅读和片段的研究在任教学校开设了《西南联大文学研究》的选修课，却没有使这一题目得到实质性的拓展与推进。

　　真正续上硕士论文题目所引出的兴趣，则是在读博以后了。再一次忝列杨老师门墙，对于素来懒散的我，杨老师的要求就一个词——"用功"。经过种种不成功地对二手材料的爬梳整理后,我还是不得不坐在云南省图书馆冬日阴冷的过刊阅览室,依靠其时仅有三台的缩微胶片阅读机,开始了对抗战时期云南报刊的阅读历程。

我的阅读始于"文学期刊"。这个工作相对比较容易,因为期刊的卷册数不会太多,而且纸张较好,印刷也比较清晰(均相较其后的日报而言)。可是看了一段时间后,文学资料是积攒了不少,但对于彼时的昆明究竟是什么样的,却总有一种雾里看花般的朦胧。这种视野的不清晰使我焦虑。我于是做了一个早就知道该做却一直以种种理由推迟的决定——读报,主要是以《云南日报》和云南《民国日报》为主的日报。我还为自己设定了一个时间范围:《云南日报》从创刊的1935年读至抗战结束后的1946年末,创刊时间更早的云南《民国日报》则也从1935年读起,读到它1946年改名为《民意日报》为止(后来读到1947年,想看看它改名后究竟有何不同)。

如果说,我这本粗陋的小书尚有一些可读之处,那么这些"点"则完全来自于这番踟蹰启动更艰难进行的读报历程。随着日复一日、主要以报纸文化新闻和文艺副刊为焦点的"日报"阅读,抗战前后昆明的形象在我眼前慢慢浮现:它如何在战争前渴望冲破"山国"藩篱,却又在物质喧嚣下对现代文明"欲迎还拒";它如何被战争席卷着由文化"边城"骤然跻身"中心",于现代历程的被动加速中寻求自身的艰难定位;最后,当战争阴云日渐远去,它又如何调适自己前行的节奏与方向、谋求价值观的重新建立……在这一系列图景勾勒的背景中,我更感兴趣的是"人"(包括外来者和本地人),他们在战争中"不负一己之才性与能力,应自定取舍,力避纷扰"(钱穆),个体在极端压力(国家与个体的存亡)下的这番取舍又如何于城市的规约中得到表达……这其中"城"与"人"、时间与空间的特殊联结使我着迷,于是上述这力图"看清"的过程与掺杂其中的复杂感受便共同结成了这一本小书。

然而,主要依据报纸与期刊素材构建而成的"现场",固然真切鲜活,却也因缺乏更广阔历史背景和现代体验的参照而深度不足,且与抗战时期同类型的后方都市如重庆、桂林等不同,虽在书中就个别特征有

后　记

所比照，却缺乏更为宏观和整体的对照与比较，这使得抗战昆明的历史形象尚不够清晰……本书的种种不足大多在写作时即已有所感知，但因视野的有限、资料的欠缺、时间的仓促等无法深入、难以补充，我惭愧的同时也庆幸：今后的研究，由此当有了明晰的方向。

此书能够完成和出版，首先感谢我的导师杨联芬先生，是她促使我走入现代文学专业，并始终以言传身教指引我学术研究的正途。还要感谢云南民族大学的李骞教授，他一贯奖掖后进的热情使这本小书有了面世的可能。感谢北京师范大学的李怡教授、黄开发教授和参与我博士论文答辩的全体老师，他们的提点、启发与鼓励使我收获良多，并使我的这本小书能够最终成型。感谢云南民族大学文传学院历任领导和同事们，他们为我提供了力所能及的支持和帮助，使我能够顺利完成学业。感谢我的家人，是他们的爱和关怀一直支持着我的学习和工作。

最后，感谢中国社会科学出版社的史慕鸿女士和慈明亮先生，尤其是慈明亮先生认真细致的工作，使本书得以顺利出版。

2017 年 9 月于昆明